# Kipple
officina libraria

Pubblicazione aperiodica di narrativa noir
a cura di Alessandro Manzetti

marzo 2016© Kipple Officina Libraria
ISBN 978-88-98953-48-6
I ristampa aprile 2016
titolo originale: *The Gentling Box*
Traduzione di Luigi Musolino
copertina: illustrazione di George Cotronis
revisione di Stefano Andrea Noventa
revisioni finali di Alessandro Manzetti
Kipple Officina Libraria - via Ignazio Canale, 5/2
16029 Torriglia (Ge)
www.kipple.it - kippleblog.wordpress.com

Lisa Mannetti

# Torture sottili

Per i miei genitori, Anne e Armand Mannetti,
e in memoria di mia madre

# Parte 1

# Mimi

*Ogni cosa ci viene portata via, e diventa*
*Porzione e frammento dell'orrendo passato.*
Tennyson

## - 1 -

### Nyiregyhaza, Ungheria nord-orientale: Giugno, 1864

Mia moglie siede muta in un angolo della nostra carrozza, stamattina la sua personalità è venuta allo scoperto. Le sue mani sono intrecciate pacificamente sul grembo, sulla sua mano sinistra una spessa cicatrice violacea circonda il polso come un ripugnante braccialetto. Non voglio pensare a quella cicatrice, a come essa sia l'origine del male che affligge le nostre vite.

Se sollevo la testa dal cuscino inzuppato di sudore posso vedere i suoi piedi nudi, le dita divaricate sulle logore assi del pavimento, ma è il suo viso che mi ritrovo a fissare: esile, dominato dai suoi enormi occhi scuri. Occhi da zingara. Erano molto luminosi quando eravamo più giovani; ora sono segnati da profonde ombre grigie, lividi e pieni di dolore. Incrociando i miei, implorano: *Salva Lenore*.

Mia moglie ha ragione, lei stessa è la prova vivente di ciò che succederà a Lenore, nostra figlia, se non farò qualcosa. Ma Cristo, penso, come posso salvarla se la disgustosa malattia che ho contratto infuria dentro di me come un incendio di sterpi? Chiudo gli occhi e sento immediatamente il fruscio della gonna, così capisco che lei si è alzata, che si sta muovendo verso il letto. E ora sento la sua mano che picchietta sulla mia spalla con insistenza.

Apro gli occhi; il suo viso ha un'espressione di sfida. Le sopracciglia nere si contraggono per l'ira e indica il suo polso. Ancora.

— Sì — dico, la mia voce sembra un sussurro a brandelli, — lo so. So che moriremo rinchiusi nella tomba fetida di questa carrozza e che Lenore verrà posseduta dallo stesso spirito affamato che ha preso la vita di mia moglie, ucciso Joseph e punito me.

*No.* Scuote la testa, all'improvviso le sue mani minute salgono verso il volto;

5

le spalle sussultano e intensi, devastanti singhiozzi scuotono la sua piccola figura. Sta piangendo, e la voce lamentosa che sento è il primo suono che ha emesso come Mimi, come mia moglie, da più mesi di quanti ne possa contare. *Parla solo quando è Anyeta*, penso con amarezza. *Però mai come Mimi.* Anyeta le ha portato via anche questo.

Sprofonda sul bordo del letto, i suoi lunghi capelli si sciolgono, vorrei confortarla. Mi metto a sedere ma il mio petto brucia. Tossisco, è difficile respirare quando la gola sembra una colonna di fuoco. Mi costringo a tossire più forte e mi viene su un grasso grumo di catarro giallo, striato di sangue. Riesco a nascondere l'impasto granuloso in un fazzoletto, prima che Mimi giri la testa e lo veda.

Le poggio un braccio sulle spalle. I suoi occhi guizzano verso le mie dita. Si gira di colpo e indica la cicatrice livida sul polso. Annuisco. Mimi me lo sta ricordando di nuovo. Ha cercato lei stessa di salvare Lenore, ma i suoi poteri sono svaniti. Ammiro il suo coraggio. Non è stato un fallimento.

— Non è stata colpa tua — rantolo prima che la tosse scomposta mi squassi di nuovo il petto. Entrambi aspettiamo finché non passa la crisi. Lascio riposare la mia mano sul suo ginocchio.

All'improvviso, Mimi serra il mio polso con forza. La sua stretta è di ferro, una tenaglia d'acciaio, mi terrorizza il cambiamento che incombe su di lei; in un secondo le sue palpebre sbatteranno e si mostreranno gli occhi demoniaci di Anyeta, sentirò le sue urla beffarde e i suoi scherni.

Mimi spinge indietro la mia mano e corre verso lo specchio ovale. Lo stacca dal muro intonacato con tale ferocia che il chiodo schizza fuori con un grido e lei quasi perde l'equilibrio. Lo specchio argentato oscilla tra le sue mani, lo tiene sul petto come uno scudo, si sposta verso il letto. Sta emettendo una sorta di grugnito, cercando di dirmi qualcosa. Mi concentro sulle sue labbra. Le sta muovendo con attenzione, lentamente. Poi capisco:

— *Guarda, Imre.*

Nello specchio vedo i miei lineamenti confusi da spesse croste. La mia faccia è invasa da rosse piaghe gocciolanti; dovrei disperarmi a quella vista, ma poi penso che lei le ha viste diffondersi quelle orribili scaglie, e mi ha accudito senza mai mostrare paura o repulsione.

Mimi spinge di nuovo lo specchio verso di me emettendo un suono furibondo, dando forma alle parole: — *Guarda!*

Vuole che io sappia che il tempo è poco, che sto morendo, che le vesciche purulente mi divoreranno i polmoni, consumeranno tutta la mia carne.

Mimi scaglia lo specchio sul pavimento. Il suono all'interno della carrozza si rivela assordante. Vedo i suoi piedi muoversi tra le schegge della cornice di mogano fracassata, tra i pezzi di vetro rotti. Si accovaccia. Incurante, afferra un lungo frammento affilato e vedo gocce di sangue sgorgare dal suo palmo e dalle dita, per poi scorrere giù e macchiare la manica traslucida della camicetta. Indica il suo polso col coltello di vetro, poi il mio, e mima l'atto di tagliare.

E allora, Cristo, *allora* so cosa vuole. Dentro di me turbina un senso di nausea, sento il vomito salirmi nella gola. Lo rimando giù perché Mimi mi sta chiedendo di essere forte, di salvare Lenore. Guardo nei suoi occhi scuri e so cosa vuole. Vuole che reclami la mano del morto.

## - 2 -

Tiro un profondo respiro. Entrambi sappiamo che reclamare la mano del morto non è una faccenda da poco, alzo lo sguardo verso Mimi, aspettandomi che lo stia ricambiando con partecipazione, con comprensione, magari con un po' di tristezza. Ma sta già salendo la piccola rampa di gradini di legno verso lo stretto soppalco sopra la camera da letto. Sento lo scricchiolio dei suoi passi sulle assi del pavimento sopra la mia testa. Il tetto è basso, quindi so che lei sarà chinata a rovistare tra scatole e barilotti di legno, rotoli di tela sbiaditi che d'estate usiamo come tende, giochi che Lenore ormai non usa più. Non lasciamo mai che lei salga sul soppalco. Le diciamo che è pieno di polvere, pericoloso. Non vogliamo che trovi ciò che mia moglie ha tenuto nascosto lassù. Persino io non so dove sia, e quando ci vado per cercare un attrezzo o un pezzo di pelle per riparare una bardatura rotta, tengo la mente occupata sulle mie faccende. Non voglio pensare al crudele amuleto.

Mimi è sul terzo gradino, ritta in piedi adesso. Riesco a visualizzare la scatola con il coperchio di vetro tra le sue mani. Il respiro mi si strozza in gola.

La scatola ha la forma di un rettangolo. Il fondo di rame battuto è arancione brillante. È molto vecchia, del più elegante artigianato. Probabilmente un tempo il coperchio era una sorta di sottile metallo traforato o intagliato così da consentire al proprietario di poter guardare dentro e vedere la reliquia. Ma i cardini saldati mostrano delle riparazioni, e qualcuno – forse Anyeta – l'ha rimpiazzato col vetro. Mi ricorda una bara in miniatura costruita per un principe o un uomo di Stato.

Mia moglie solleva il coperchio, e la carrozza si riempie all'improvviso di una dolce fragranza. In pochi secondi l'odore di gigli, tuberose e gardenie sovrasta il tanfo di malattia della camera – l'umido odore paludoso della mia carne che si disintegra.

Lei annuisce e poggia la scatola sul basso tavolo d'abete, tra il letto e la parete.

La mano è sistemata su un velluto consunto dello stesso colore rosso cupo del sangue secco, esibita come se fosse un meraviglioso gioiello antico nella vetrina di un negozio, non come un orribile pezzo di carne.

È annerita dal tempo e si è accartocciata su se stessa, tanto che le dita sono arricciate in un pugno. Somiglia più alla zampa senza peli di qualche cane mummificato che a una mano umana. Se mia moglie la capovolgesse, potrei vedere le unghie; chiazze tonde, appena lucenti, come i vetri di mica scuri di una stufa. Al polso si notano due piccoli frammenti di ossa giallastre spezzate.

Il pensiero di reclamare quella mano mi fa girare la testa.

Mimi si sposta verso la porta di legno sul retro del vagone. Giunta sulla soglia, si volta e mi guarda. Nella semioscurità, il suo viso è pallido come la sua camicetta bianca, e gli occhi sono del colore delle viole. Deglutisce nervosa, poi piega un poco la testa. Non vuole che lo faccia, ma temiamo che Anyeta imbroglierà Lenore. Mimi stessa era stata convinta con l'inganno a chiedere la mano del morto.

Nei suoi occhi e nella sua postura non c'è altro che supplica. Si ferma, la sua mano sfiora il chiavistello di ferro, mi fa un piccolo sorriso. Per un secondo mi torna in mente la giovane ragazza di cui mi sono innamorato.

Non so se posso raccogliere abbastanza forza e coraggio per reclamare la mano del morto. Mi sistemo più in profondità tra i cuscini di piume, il braccio poggiato di traverso sulla fronte. Mimi sembra sapere che ho bisogno di pensare all'oscuro e distorto racconto delle nostre vite.

Sospiro, e in un attimo lei è al mio fianco, passa una mano tra i miei capelli che stanno ingrigendosi. Si piega sopra il letto e mi bacia le palpebre, una alla volta.

– Ti amo, Imre – dice, e poi si affretta verso la porta, lasciandola chiudere dietro di lei. Nessuno di noi due sa se ritornerà come se stessa o come Anyeta.

Da fuori, sento sussurrare la voce di Lenore, tremolante di paura e pena: – Papà – sbotta. – È... ? – La sua domanda rimane sospesa per diversi secondi.

– Sta morendo – arriva la pacata risposta. Sono cosciente che la mia bambina è là fuori, sola, a parlare con un demone che finge di essere sua madre.

Il mio sguardo è attratto dalla scatola di rame. La mano sembra vibrare. Sento il suo potere che mi chiama, sussurrando promesse come sospiri nel vento caldo che spazza la piatta pianura ungherese. Digrigno i denti. Goccioline di sudore spuntano sull'attaccatura dei miei capelli. Oh Gesù, no! Non voglio questo. Scuoto la testa e una tosse affilata come l'acciaio mi tortura il petto.

– Per favore. Non posso.

Una costellazione di pallidi volti – Joseph, Constantin, Mimi, Lenore – affolla l'aria intorno alla mia testa, come cherubini in un dipinto religioso. I loro occhi sono pieni di dolore, m'implorano di intervenire.

– Pensa al potere. Una voce musicale canticchia nella mia mente – la colma.

– Cristo, Cristo – gemo. Mi giunge alle orecchie il suono ossessionante dei violini gitani. Vedo i *bosa venos* intorno al fuoco d'accampamento, le loro facce illuminate nel bagliore vermiglio. Le loro teste sono rivolte su strumenti luccicanti. Gli archetti volano veloci, sempre di più. Piedi si muovono su petali di rosa sparpagliati, il turbinio di una fascia trasparente. Mimi sta danzando. Mi copro il volto con le mani.

– Ricordi, Imre?

Sì. Dopo il banchetto, Mimi danzò ancora nella nostra carrozza – solo per me – la notte del nostro matrimonio. Le donne avevano disegnato sulle sue mani dei motivi con l'henné rosso per la cerimonia; ma quando spogliai la mia sposa scoprii che, da sola, si era arditamente tinta di rosso i capezzoli. Svanita l'audacia, il mio piacere l'aveva resa timida, all'improvviso. Temeva l'indomani, quando le donne zingare avrebbero mostrato le bianche lenzuola nuziali, dove non avrebbero trovato sangue di vergine, perché facevamo l'amore, segretamente, da mesi. Non lo fecero, ma noi macchiammo di rosso le lenzuola con l'henné che si trasferiva dal suo corpo al mio. Nelle pause tra i nostri lunghi e dolci accoppiamenti, mi misi in ginocchio e le giurai che non l'avrei mai tradita. Non sapevo che stavo dicendo una bugia. E *non fu* una bugia finché Anyeta non entrò nelle nostre vite; sussulto sentendo una debole risatina gutturale che ribolle di scherno.

– Guarda, Imre – cantilena maliziosa la voce. Guardo pietrificato. La scatola di rame si apre, si chiude, si apre e si chiude, ancora. Ogni volta che il coperchio sbatte, le pareti della carrozza sembrano riverberare il suo arcano suono. Un altro schianto, poi mi perdo nel tunnel dei ricordi, e sento lo straniero che bussa alla porta la notte in cui tutto è cominciato, dieci mesi fa.

## - 3 -

**Tardo agosto, 1863. Buda-Pest.**

Ricordo chiaramente la sera in cui arrivò il messaggero di Anyeta. Era quasi il crepuscolo ed ero in piedi davanti al lungo bancone di legno della cucina, intento a tagliare una grassa lepre marrone, appoggiando i pezzi di carne in un tegame smaltato. Mimi e Lenore sedevano al tavolo affettando funghi selvatici. Attraverso la finestra lanciai un'occhiata verso la radura e vidi volute di fumo sollevarsi da un anello di fuochi d'accampamento abbandonati; si mescolavano con l'avanzare delle ombre e la nebbia grigia. L'unico suono percepibile era il vento che si muoveva tra gli alberi, o gli occasionali e deboli colpi degli insetti, attirati dalle nostre luci, che sbattevano contro il vetro. Ascoltare questi piccoli rumori nella quiete più profonda mi faceva sentire quasi solo. C'era stato un grande, chiassoso banchetto di matrimonio per Tomas e Helene, pochi giorni prima, ma a festeggiamenti conclusi il resto della nostra piccola carovana – circa venti zingari – era partita quel pomeriggio per vagare a sud verso la regione dei laghi e le sorgenti termali, luoghi di villeggiatura per turisti. Qualche volta mi piace pensare che se Mimi, Lenore e io fossimo partiti con la carovana, il messaggero di Anyeta non ci avrebbe mai trovato, o perlomeno avremmo potuto lasciare Lenore al sicuro con gli altri, ma non era così. Sono sicuro che il messaggero di Anyeta aveva l'ordine di rintracciarci attraverso mezzo continente, se necessario. A ogni modo, io – noi tutti – volevamo restare nell'accampamento tra i boschi sulle colline che sovrastavano la città. Circolava voce che l'Imperatrice Sissi stesse arrivando nella capitale. Buda stava celebrando il giorno di Santo Stefano. Mimi – e in particolare Lenore – volevano andarci. C'erano grandi folle per la festa al mercato, e io volevo guadagnare abbastanza soldi da permetterci di superare l'inverno imminente.

– I turisti – dissi, pensando alla carovana partita, in viaggio verso i luoghi di villeggiatura, – non comprano cavalli. – Tagliai una cipolla in quarti approssimativi e l'aggiunsi nel tegame. – Per gli altri va bene – Rudolph può vendere le sue sculture di legno ovunque, e Kitta può continuare a predire il futuro.

– *Dukkeripen!* – Lenore scattò in piedi allontanandosi dal tavolo, le sue lunghe trecce decorate con brillante cotone rosso ondeggiavano, gli occhi marroni erano spalancati. – Andrò dritta da Sissi nella sua carrozza di vetro.

– Quella la usano soltanto per i matrimoni, tesoro – disse Mimi, sorridendo. Lenore aveva sentito che gli Asburgo, Francesco Giuseppe ed Elisabetta, possedevano una speciale carrozza di vetro disegnata da Rubens e nulla avrebbe potuto convincerla che l'Imperatrice non viaggiasse in quel mezzo etereo tutto il tempo.

– Perché no? Se fosse mia, lo farei – diceva sempre Lenore.

Ignorando sua madre, Lenore continuò. − Direi, "Vossignoria, Vostra Eccellenza − mimò l'atto di chinare la testa, piegando le ginocchia in un umile inchino, − non sono che una povera ragazza zingara, inesperta nell'arte del *dukkeripen*, ma lasci che le legga il futuro. Avrà ancora molti bambini e molta felicità. Vivrà fino a tarda età, e quando infine verrà il suo momento, avrà quella che noi zingari chiamiamo una buona morte, tranquilla, circondata dai suoi amati figli e nipoti. Amen".

Al termine di questo caotico discorso, Lenore fece il segno della croce, poi unì le mani nello stesso istante in cui chiudeva gli occhi, strizzandoli il più possibile. Era così piccola per la sua età, e la sua faccia così seria che Mimi e io scoppiammo a ridere. Curiosa, Lenore aprì un occhio per vedere cosa ci fosse di tanto divertente, proprio mentre coglievo il suono distante di zoccoli che risalivano l'altura verso l'accampamento.

− Uno dei tuoi? − scherzò Mimi.

Il giorno prima avevo venduto una puledra tirata a lucido a un giovane contadino, che aveva concentrato il suo entusiasmo sulla nuova sella luccicante che avevo incluso nell'affare, quando invece avrebbe dovuto accorgersi dei considerevoli difetti della cavalla. Ma scontenti o meno, i miei clienti non mi cercavano più. Era mia abitudine dire loro: la contrattazione è chiusa una volta che prendo i soldi o accetto un lavoro. Ora, sentendo cavallo e cavaliere avvicinarsi, strofinai le mani su un asciugamano, pensando che Mimi avrebbe potuto fare un ottimo affare con le sue erbe e i suoi tonici; il prodotto che vendeva di più era un infuso imbottigliato che chiamava *Santekash*. Era corteccia di salice mescolata con normalissima acqua, e sebbene curasse i mal di testa, lei decantava la sua capacità nel fermare sul nascere i postumi di una sbornia. Durante le feste, la città di Buda si riempiva di grandi bevitori. Forse, pensai, quello che stava venendo da noi era qualche Ussaro ubriaco che si era fatto strada sino all'accampamento zingaro in cerca di un rimedio veloce. Fuori dalla carrozza udii una bassa voce maschile che guidava il suo cavallo, lo scricchiolio della pelle mentre smontava veloce.

− Uno dei clienti di mamma − disse Lenore con vivacità.

Ma prima che uno di noi potesse darsi una risposta, si rivelò un brusco staccato di tacchi che si affrettavano su per i gradini di legno, e un pugno che colpiva con violenza la porta, ancora e ancora, proprio sotto gli intarsi della porta verde della carrozza.

\* \* \*

Un Rom che non avevo mai visto prima se ne stava avvolto nell'oscurità della soglia. Nella fioca luce scorsi il bagliore nei suoi occhi scuri, un lungo naso affilato, la sottile falce di un sorriso. La sua faccia e i suoi vestiti erano sporchi di terra della strada. Una mantella inzaccherata mulinava debolmente intorno alle sue gambe, vicino ai gambaletti di un paio di stivali segnati dai viaggi.

− Mi manda Anyeta − disse, e allo stesso tempo piantò una mano al centro della porta, spalancandola. Sollevò i piedi per superare la soglia, mi passò accanto sfiorandomi.

— L'ha vista? — disse Mimi.

Avvertii un lieve timore posarsi su di me come la fredda umidità di una cantina. In Ungheria non c'erano state notizie di Anyeta per vent'anni – non da prima della sommossa del '48, quando l'Imperatore aveva fatto intervenire le truppe russe per sedare la rivolta. E capii all'improvviso che qualche parte della mia mente sperava o credeva che fosse morta durante la sommossa o nei suoi strascichi. Per un colpo d'arma da fuoco... di fame, forse.

L'uomo si fermò al centro della stanza. C'era un'innaturale immobilità nel suo volto e nella sua figura, in tutto, eccetto nei suoi occhi ebano, che luccicavano con troppa intensità. Scrutò Mimi dall'alto. — La strega è accampata a tre, forse quattro giorni a est da qui, appena oltre il confine romeno.

Un'immagine dei Carpazi – scuri, scoscesi, selvaggi – che si estendevano tra noi e la vecchia, si materializzò nella mia mente. — E cosa vuole ora? — domandai, ma vidi che la risposta stava già luccicando dietro gli occhi brillanti e il ghigno sardonico.

— Quello che vuole ogni madre zingara. — Fece una pausa, e il suo sguardo penetrante cadde prima su Mimi e poi su Lenore. — Una buona morte — sussurrò. Udii l'ansito di sorpresa di Lenore, vidi le sue strette spalle irrigidirsi, ma prima che potessi intervenire, lo straniero parlò di nuovo.

— Anyeta sta morendo, vuole la sua bambina. Ha detto, "Voglio che Mimi prenda il mio posto nel gruppo. Dille che possiedo dei segreti". — La sua voce si fece alta e stridula. — "Cose dentro di me che appartengono a lei, a sua figlia, se ne possiede una".

Un silenzio improvviso calò nella stanza. La voce di Anyeta, pensai, non soltanto le sue parole, ma la sua voce – il modo tremolante in cui avrebbe risuonato se si fosse trovata in punto di morte. Pensai a Lenore che fingeva di dire all'Imperatrice che la sua sarebbe stata una buona morte, all'insinuante sguardo untuoso dello straniero mentre aveva sibilato le stesse parole. Sentii il mio cuore accelerare. Era come se la vecchia avesse in qualche modo azzerato la distanza e si fosse nascosta lì dentro per ascoltare, come una spia in agguato negli angoli ombrosi delle cose.

— No — dissi. — *No.* — Non volevo più discorsi sulla vecchia dinanzi a mia figlia. — Incrociai lo sguardo di Mimi, ricordandole con un cenno che Lenore si trovava nella stanza.

— Lenore — disse Mimi, — vai al magazzino a prendere altre patate per lo stufato.

Lei cominciò a protestare, avendone già sbucciate una mezza dozzina, però Mimi fu inflessibile. Mi spostai alla finestra e attesi finché vidi Lenore abbassarsi sulle ginocchia per strisciare verso il piccolo magazzino sotto la carrozza. Poi parlai ad alta voce.

— Siano maledetti i segreti, Anyeta è una puttana — dissi, camminando, ricordando la notte in cui Mimi perse il nostro primo bambino, una femmina nata morta. Mi ero svegliato solo, alla luce della candela. Anyeta se ne stava nuda ai piedi del letto. — Tua moglie è *marhime*; impura. Non puoi giacere con lei per tutto questo mese — aveva detto, ghignando. Non era la prima volta che mi si era offerta e io la respinsi. Mimi non lo seppe mai, ma non ebbe rimpianti a

11

lasciare la vecchia o la Romania quando abbandonammo l'accampamento alcune settimane dopo.

— Stregoneria — scossi la testa. — È una stupidaggine. Non è che un'astuta puttana, e tu lo sai.

— Davvero? — I suoi occhi infossati incontrarono i miei, e mi accorsi che per tutto il tempo il suo braccio fremeva sotto le pesanti pieghe del suo mantello. Udii il debole fruscio della lana mentre mi mostrava la sua mano punteggiata da marroni rigonfiamenti bulbosi di differenti dimensioni. Il bozzo più piccolo aveva l'aspetto luccicante della pelle tirata con forza. Il più grande — delle dimensioni di un uovo — penzolava come una soffice sacca, proprio sopra al polso. Cominciò ad arrotolare all'indietro il polsino della camicia, e il tumore produsse un suono molliccio sulla sua pelle.

— È *pemfigo* — disse Mimi.

— Lo è, *gule romnî?* — Aveva chiamato mia moglie 'guaritrice', ma la sua voce era densa di sarcasmo. — Questo braccio — disse, — questo soltanto; c'è poi un rigonfiamento, che sembra la polpa marcescente di un frutto, nell'incavo tra la mia spalla e il torace. Cominciò a sbottonarsi la camicia.

Mi sentii sbiancare. — No, basta. — Allungai una mano per fermarlo. Le mie dita graffiarono quella sacca marrone simile a un uovo, che si ruppe e prese a stillare un denso fluido dall'aspetto fangoso.

Ritrasse il braccio di scatto, nascondendolo ancora una volta sotto l'ampia mantella. Fece tre lunghi passi verso la porta, poi si fermò sulla soglia.

— Anyeta è una *choovahanee*, vi dico. Non fate niente di stupido; non fatela aspettare. Partite alle prime luci dell'alba.

— Sì — dissi con aria distratta; ma non avevo intenzione di attraversare il confine. Gli zingari romeni erano una massa di superstiziosi, e lui aveva chiamato Anyeta 'strega'. Non sapevo quale fosse il decorso della sua malattia, ma era chiaro che credeva che Anyeta gliel'avesse inflitta; aveva portato il messaggio perché era terrorizzato, temeva che lei potesse fargli di peggio.

— Ma non avete chiesto la strada — disse, estraendo un piccolo foglio dal taschino. Era una mappa approssimativa, col percorso tracciato a matita. Allungai una mano per prenderla e mi accorsi subito dei leggeri passi di Lenore che provenivano da un lato della carrozza. Stava canticchiando sommessamente tra sé e sé.

— Vai, lasciaci ora — dissi, spingendolo verso la scaletta esterna e tirando la maniglia della porta.

Sorridendo con quello stretto ghigno untuoso, mi porse la mappa e poi scese le scale con un gran fracasso. Il foglio svolazzò sulle assi di legno. Mi chinai, lo raccolsi, ritrovandomi all'altezza degli occhi dello zingaro romeno. Lenore adesso era in piedi, tra la sottile erba calpestata ai piedi dei gradini. La sua gonna era spiegata tra le mani e un po' incurvata sotto il peso delle patate.

— *Bathalo drom* — disse gentilmente, facendo un cenno allo straniero. Gli stava augurando buona fortuna per la strada che aveva da fare.

— Proprio le stesse parole di tua nonna — disse lui, e nello stesso istante vidi la frase scarabocchiata in cima alla mappa. Aggrottai la fronte per la coincidenza. Cominciò a ridere piano, poi chiuse il pesante mantello di lana intorno al petto e si avviò nelle ombre più dense. Ascoltai il suono ovattato dei suoi stivali nell'alta erba estiva; i suoi passi si affievolirono, fino a cessare. Fu allora che realizzai, con una sorta di sobbalzo, che si era allontanato nella notte a piedi. Avevo immaginato di sentire il rumore di zoccoli che si arrampicavano su per la collina segnalando il suo avvicinarsi, ma non c'era alcun cavallo nel nostro accampamento sull'altura.

* * *

— Sta morendo, Imre.

Mimi aveva parlato per prima. Sapevo l'avrebbe fatto. Lei non si tiene dentro le cose, non sta mai a rimuginarci sopra. Nessuno di noi aveva mangiato molto a cena, Lenore era addormentata e mia moglie e io sedevamo al tavolo della cucina, ognuno con un piccolo bicchiere di brandy vicino. La lanterna a olio, in alto, creava un cerchio di luce gialla sulla tovaglia bianca e sulle nostre mani; osservai l'ombra di Mimi che oscillava sul muro dietro di lei.

— La odiavi — ribattei.

— Ma è mia madre — disse, alzandosi e passando dal mio lato del tavolo. Guardai la sua ombra tremolare sul muro mentre camminava.

— Ma se non vedevi l'ora di fuggire da lei, da tutti loro.

— Ma ero così giovane. Non ero niente nella carovana, non avevo nessun ruolo, nessun posto. *Gule romni!* — Sputò le parole. — Nemmeno quello, nemmeno una guaritrice, ero soltanto una ragazza che bighellonava e giocava con le erbe. — Mimi abbassò gli occhi. Sembrava triste, un poco ansiosa. — Imre, ci sono cose che non sai.

— Cosa — quei segreti? *Dukkeripen* — predire il futuro? È ridicolo, troppo stupido per essere addirittura preso in considerazione. Mi hai detto centinaia di volte che non è altro se non acuta osservazione. Osservi la carne lisa sul mignolo, dove una donna si è tolta la fede nuziale, e pensa stia per raggirarti. O quello sguardo leggermente ansioso negli occhi di una vecchia domestica. E poi dici loro quello che vogliono sentire. Cristo, lo sa persino Lenore, quella stupida messinscena sull'Imperatrice.

— Forse tu non capisci perché sei un *diddikai* — disse.

Mi aveva chiamato mezzosangue; be', lo ero — mia madre era inglese, ma mio padre era uno zingaro e avevo vissuto in una carovana, e poi con un'altra, per tutta la mia vita. Lei era una *puro-rati*, una sangue puro, era la prima volta che menzionava quella che pensavo fosse una differenza di poco conto tra noi. Fissai Mimi, ma la sua faccia era impassibile.

— Mia madre – lei... — Mimi esitò, mordendosi le labbra. — Mi ha aiutato ad averti. — Se fosse stato vero, pensai, ricordando l'apparizione di Anyeta nuda accanto al mio letto, mi avrebbe tenuto per se stessa.

— Mi ero presa una cotta per te — continuò, — ma tu non sapevi nemmeno che esistessi; e allora mia madre confezionò un talismano da indossare al polso, per legarti a me. Era un *mulengi dori*, lo legai in sette nodi e...

Di solito, Mimi non era affatto superstiziosa e sentii la mia rabbia montare. Colpii il tavolo col palmo della mano. — Mi stai dicendo che credi che un pezzo di corda che qualcuno ha usato per misurare un morto, per costruirgli la bara, ci ha fatto mettere insieme? Siamo innamorati da ventidue anni, Mimi! *Ventidue anni!* − Le afferrai il polso. Cercò di liberarlo dalla mia stretta, ma non mollai. − Ti garantisco che è stata l'influenza di tua madre a forgiare il nostro legame, ma perché la disdegnavi! L'hai dimenticato?

Strinsi il polso più forte, e sotto le fragili ossa la carne della sua mano sbiancò, rivelando più chiaramente del solito una chiazza di tessuto cicatriziale livido e raggrinzito − i resti sbiaditi di un'orribile ustione − al centro del palmo. − L'hai dimenticato? È così?

− No − sussurrò. Lacrime luccicavano ai bordi delle sue palpebre; capii che non avrei dovuto insistere, ma lo feci.

− Spiegami − dissi, − se era una così grande strega, se aveva così tanto potere, perché ha dovuto tenere la mano della sua stessa bambina su un bollitore da tè di ghisa mentre lei gridava e si contorceva, implorandola di smetterla?

− Mi aveva sorpreso a spiare − sospirò Mimi, sembrava più giovane, più vulnerabile ora che era avvinta da quel ricordo. Lasciai andare il polso di mia moglie e lei fece un passo indietro, massaggiandosi la carne tenera.

− E *cosa* ha detto? "La prossima volta che ti scopro a guardarmi, signorina, ti cavo gli occhi..."

− Sì − sibilò Mimi.

− Ed è questo che vuoi per nostra figlia, per Lenore?

− No, no! − Scosse la testa, seguita dai suoi scuri capelli che ondeggiavano intorno alle spalle; l'ombra dietro di lei s'increspò acconsentendo.

− Stai dunque fantasticando? Nonna Anyeta che siede avvolta nel suo scialle, accanto al fuoco, raccontando alla sua amata nipote i vecchi racconti zingari, mentre tu giochi alla bambinaia, prepari una torta al miele e sprimacci i cuscini?

− Sì − disse, ma troppo piano perché potessi sentire. Lo capii dai suoi occhi.

− Tutto ciò che ha fatto è cancellato, dimenticato, perdonato? Dimmi perché vuoi andare!

− Rimorso − disse Mimi. Si sedette al tavolo, lasciandosi cadere sulla sedia. − Se solo tu sapessi come mi fa sentire dentro, come il rancore per lei sia mescolato con questi terribili sentimenti d'odio che nutro per me stessa. − La voce di Mimi divenne acuta, dura. − Pensi che non sappia cos'è successo la notte che ho perduto Elena? Mi scherniva per quello! Diceva di non fidarmi di te, mentre gongolava. "È delizioso, cara, ma dovrai sorvegliarlo come un falco, un così bell'uomo, e tanto bravo con le donne. Però, dovresti saperlo", e mise la sua mano sulla parte bassa della mia pancia, così − disse Mimi, toccandosi il ventre, e diede un'oscena, piccola strizzata.

− E pensi che io ti abbia tradita? Con lei, con *una qualunque*?

− No. Ma mi ritrovavo a civettare, a fantasticare sugli altri uomini, quasi desiderando che accadesse qualcosa, e ciò mi faceva temere che in fondo fossi proprio come lei, una donna che usava gli uomini, una puttana. − Scosse la testa lentamente. − E questo non è nemmeno il peggio. Una volta − si premette le mani sugli occhi, − oh Cristo, Imre, talvolta Lenore faceva dei lavoretti... tentando di aiutarmi, ha fatto cadere una pagnotta pronta da infornare, ho sentito il baccano sferragliante della teglia contro il pavimento e ho visto l'impasto bianco sformato sulle assi sporche, e la mia mente... — Si fermò, digrignando i denti.

— Una rabbia nera si muoveva a spirale, dentro di me, sentivo me stessa urlare, "Ti ho detto di lasciarla stare, Lenore! E ora guarda *questo*! Il pane è rovinato, ha lievitato tutta la mattina, e *adesso che sono pronta a cuocerlo è rovinato*!" E la mia mano è scattata all'insù. Cristo, volevo farle male, farle male sul serio, e poi ho visto te. — Cominciò a piangere sommessamente. — All'ultimo secondo sono rinsavita e mi sono fermata. Ho preso Lenore e l'ho abbracciata, ci siamo trovate entrambe a piangere. Lenore era spaventata, mentre io sapevo che se l'avessi colpita ti avrei perso per sempre. — Fece una pausa, mi sedetti stordito, in silenzio.

— Tu eri la mia forza, Imre — disse con semplicità. — Senza di te sarei stata proprio come Anyeta. Ma tu me l'hai impedito. Perché mi eri fedele, perché sapevi come amare me e Lenore. Perché eri buono e gentile.

Mimi si asciugò gli occhi, presi le sue mani umide tra le mie. — Ragione in più per stare lontani da lei — dissi.

— No, devo vederla. Non posso perdonare me stessa finché non perdonerò lei.

Avvertii un altro impeto di rabbia. Anyeta non meritava il perdono, ma di morire, torturata. — Dimentica questo rimorso, tu non hai fatto nulla! È stata lei. Perché non capisci che è stata lei a fare queste cose crudeli, che non è stata colpa tua.

— Voglio serenità. Devo andare.

— No. Non voglio che Lenore le si avvicini.

— Sono passati vent'anni, Imre. La gente cambia. Forse non ha segreti, nessun posto nella *kumpania*.

Gli occhi viola scuro di Mimi assunsero un aspetto distante. — Magari vuole solo il mio perdono prima che muoia.

— Non l'accetto. — Eppure mentre dicevo quelle parole, sapevo che era soltanto l'ultimo impulso di rabbia che si animava sul fondale d'impotenza che avvertivo, sul controllo che stavo cercando di mantenere. Sentii la mia ira esaurirsi rapidamente. Potevo già vedermi mentre caricavo la carrozza nella grigia oscurità che precede l'alba, consultando la mappa dello straniero disegnata a matita.

— Mia madre ha bisogno di me, e io ho bisogno di vederla. — La voce di Mimi aveva una nota particolare, mi ritrovai a chiedermi cosa la attirasse realmente. Doveva perdonare se stessa per aver disprezzato Anyeta tutti quegli anni? Esorcizzare lo spettro di quei vecchi ricordi dolorosi? Oppure si trattava dell'oscura promessa di sua madre? *Di' a Mimi che possiedo segreti.*

— D'accordo — annuii, cedendo. Non credevo nella stregoneria. E non mi aspettavo scuse sul letto di morte o ripensamenti da parte di Anyeta, ma Mimi era mia moglie, eravamo una famiglia, saremmo andati.

– 4 –

## Romania

– Un viaggio miserabile attraverso un paese miserabile – dissi a voce alta, guardando la luna che illuminava insensibile gli alti picchi alieni dei Carpazi occidentali. Mimi mi aveva incitato a viaggiare spedito e i giorni erano un caleidoscopio d'immagini: Lenore che si lamentava, – Adesso non vedrò più l'Imperatrice – e lanciava un ultimo sguardo alle massicce torri di pietra del ponte Lanchid mentre attraversavamo il Danubio da Buda a Pest; la lunga distesa delle *puszta*, le pianure erbose con le loro mandrie di cavalli selvatici che si allungavano da nord fino alla regione di Nyirseg, i luoghi della mia gioventù; poi quando superammo il confine vicino Oradea e il terreno cominciò a sollevarsi il caleidoscopio mutò, svelando strade in cattive condizioni, pasti frettolosi, vecchie cittadine in sfacelo, donne ottuse e uomini dai volti severi, dentro le loro scarpe rozze e informi, che s'inchinavano davanti a santuari di legno.

Strega o no, chilometro dopo chilometro temevo sempre di più il pensiero di fronteggiare la vecchia. In lontananza un lupo ululò e rabbrividii. Mimi e Lenore stavano dormendo nella carrozza. Avevo il raffreddore, ero stanco. Fermai il carro sulla strada, mi sporsi oltre il margine provando un senso di nausea quando mi resi conto dello strapiombo.

– Cristo. – Una ripida parete di roccia s'innalzava in verticale sulla sinistra. Alla mia destra c'era una valle, ammantata di nebbia; qua e là degli alberi vi spuntavano attraverso, luccicando in maniera opaca. La discesa appariva minacciosa. Volevo fermarmi e dormire un po' ma non c'era alcun posto per impastoiare i cavalli. Piegai le dita dei piedi negli stivali, cercando di scaldarle un po', tirai su col naso, poi diedi un colpo di redini. La carrozza traballò in avanti. Sentii nuovamente il triste grido del lupo; era ancora distante, ma all'improvviso il cavallo di testa piegò le orecchie all'indietro, sbuffò di paura e cominciò a impennarsi.

La ruota posteriore sbandò, mettendosi di traverso, tanto che pensai che si sarebbe deformata sotto il peso, la carrozza ondeggiò e s'inclinò. In un secondo di raggelante chiarezza scorsi gli spuntoni di roccia stagliarsi contro di noi, poi i cavalli reagirono alla tensione, strattonandoci verso destra, ma stavamo ancora rombando in discesa attraverso la notte.

– Ehi! – Mi alzai, gridando loro di fermarsi, con il vento che mi fischiava nelle orecchie. La mia voce echeggiò e rimbombò nei canaloni, ma, sconvolto dal terrore, mi parve tornasse indietro trasformandosi in un *Corri, corri, corri!*

Gli animali erano in preda alla frenesia. Vedevo i loro fianchi ansimanti, le dense nuvole di vapore del loro affannoso respiro, udivo il suono dei loro zoccoli e il baccano della carrozza, e un pensiero folle mi balenò in mente – qualcun altro stava controllando i cavalli. Ci saremmo ammazzati. Attraversando una fitta foresta, la strada iniziò a digradare. Affrontammo una stretta curva e le lanterne della carrozza ballonzolarono e ondeggiarono impazzite. Più avanti, luci brillavano fioche attraverso la spessa nebbia, e per un istante mi ritrovai disorientato. Udii il suono di voci smorzate.

– Indietro, tornate indietro – avvisò qualcuno. Una mano pallida apparve e si dissolse sinistramente nella foschia.

La strada si allargò attraverso il muro di alberi, e in preda al panico compresi che c'era un'altra carrozza proprio davanti a noi. Strattonai le redini, chiusi gli occhi, sollevai le braccia e m'irrigidii, in attesa dello schianto. La carrozza sbandò e colpì una vecchia quercia sulla destra. Sentii il sangue salirmi alla testa. Al momento dell'impatto, ogni cosa si fermò all'improvviso.

Negli attimi che seguirono ero intontito e confuso. Passi e voci sembravano muoversi nella fredda nebbia. Attraverso una cortina opaca pensai di vedere una donna alta, con una lunga veste bianca. Rideva con la testa gettata all'indietro; credetti di sentire il rabbioso ringhio di un uomo che le diceva, – Stanne fuori, hai già fatto abbastanza. – Ma la figura bianca sfumò, poi svanì tra gli alberi e io scivolai in un'oscurità tutta mia.

* * *

– Imre, Imre – una voce mi sussurrò all'orecchio. – Sei svenuto.

Aprii gli occhi, sbattendo le palpebre, e misi a fuoco la faccia di un vecchio. Le sue guance erano magre, senza cuscinetti di carne sotto il mento; i suoi occhi erano socchiusi, piantati sotto folte sopracciglia bianche. Aspirò una sigaretta, e notai un anello d'oro con sigillo luccicare sul suo dito medio.

– Ti ricordi di me? – domandò.

I miei occhi guizzarono dall'anello al volto scavato. – Joseph?

Annuì, massaggiandosi un ginocchio con aria assente. Zoppicava, ricordai; era uno zingaro Lovari – come mio padre – uno dei cavalieri esperti. Era il capo della carovana alla quale apparteneva Anyeta. Le mie dita vagarono alla base del cranio, dove scoprii un bernoccolo a forma d'uovo; i suoi occhi colsero il movimento.

– Hai preso una dannata botta in testa. – Indicò la parete posteriore della carrozza. – Fortuna che non sei stato disarcionato.

– Mimi, Lenore – cominciai.

– Dormono... stanno bene. – Con un colpetto delle dita gettò la sigaretta oltre la fiancata del carro.

– È impossibile – dissi, alzandomi dal sedile. Afferrò il bavero del mio cappotto, i suoi occhi penetranti incrociarono i miei.

– Dormono – disse, toccando per un attimo la mia tempia con un dito rinsecchito. – E dormendo serene, loro sognano. Ascolta.

Mi parve di udire il suono di un respiro all'interno della carrozza – un tenue, pacifico fruscio.

– Sono addormentate – sussurrai. Lui annuì, e la sua mano si staccò dal mio volto. – Il tuo *vurdan* ha qualche danno, ma le ruote sono integre. – Fece una pausa. – Ti ho aspettato qui le scorse due notti.

Pensai al lampo che mi aveva attraversato quando i cavalli si erano impennati. Aveva forse tentato di ucciderci, standosene in mezzo alla strada in quel modo?

Si sporse in avanti, gli occhi gli brillavano, ebbi la sensazione che avesse intuito ciò che mi passava per la testa. Rabbrividii, scacciando quel pensiero. Doveva essere per via della fatica, del raffreddore, dell'incidente e per quella stessa dannata campagna, intrisa di superstizione e paura; tutto si mescolava per farmi confondere la realtà con la fantasia.

— Anyeta è morta — disse Joseph.

Sentii il mio stomaco serrarsi. Avevamo intrapreso quel viaggio per nulla, pensai con tristezza, e mi accasciai contro il legno freddo.

— È meglio così — disse. — Nessuno vi voleva. Se la stavano facendo sotto dalla paura, convinti che la vecchia fattucchiera avrebbe passato i suoi poteri a Mimi, e che si sarebbero ritrovati nella stessa situazione di prima, alla mercé di qualche strega.

— Tu non puoi credere a queste cose. Tu sei il capo, di' loro che...

— Mio figlio Vaclav è il *prima*. Guida lui gli zingari, ora. — Sorrise debolmente, e l'immagine di suo figlio – un uomo grosso e arrogante – mi attraversò la mente. Vaclav non mi era mai piaciuto. — Non importa quello che credo, ma tu faresti bene a stare lontano; almeno adesso. Il funerale è dopodomani.

— Fino a che non sarà seppellita, vuoi dire.

— Non dovrebbe essere difficile — disse. — Potresti prendere la carrozza, guidare oltre la gola, e incontrarti con me tra due o tre notti. Ci sono abbastanza biforcazioni e curve, senza la mia guida probabilmente non troveresti l'accampamento neanche alla luce del giorno.

— Io... — Non sapevo cosa dire. C'era qualcosa di fortemente persuasivo nella sua voce, e quell'idea possedeva una sorta di bagliore perlaceo, come il penetrante conforto di un sogno piacevole. Sì, avrei potuto *fingere* di smarrire la strada, avremmo visto la tomba nel bosco, Mimi se ne sarebbe stata lì in piedi, ad asciugarsi le lacrime a capo chino; poi avremmo raccolto le nostre cose, preso Lenore e lasciato il paese per sempre. In quel momento una vocina ossessiva mi bloccò: *Lo saprà, lo scoprirà, e non ti perdonerà mai.*

— Non posso farlo — dissi. — Anyeta era sua madre. Voleva venire, merita di vedere la vecchia un'ultima volta, prima che finisca sottoterra.

— Come preferisci. — Alzò le spalle e prese a smontare rigidamente dalla carrozza.

— Senti, Mimi mi ha detto che gli altri erano terrorizzati da sua madre, ma tu conosci i Romeni, Joseph... Cristo, se dai retta a loro ogni paese ha più fantasmi che persone... E gli zingari sono persino... — Mi fermai appena in tempo.

— Peggio — finì lui. — Ma forse hanno ragione. — Poggiò un dito accanto alla sua orbita ossuta. — Sei come tua madre, Imre. Non hai mai creduto in niente, nemmeno quando i tuoi sensi erano di diverso avviso. — Fece una pausa, carezzò il muso del cavallo di testa, che si strofinò contro il palmo della sua mano.

— Tieniti il tuo scetticismo, mezzo zingaro, più a lungo che puoi, ma non lasciare andare Mimi da sola nella carrozza della vecchia.

— Anyeta è morta.

— Lo so — disse, dando una debole pacca sul fianco del cavallo, — ma se la trovano da sola, vicina al corpo di Anyeta, accadranno un sacco di brutte cose.

Joseph zoppicò verso la sua carrozza a botte. Si fermò, tossendo dolorosamente, poi si issò a fatica sulla cassetta. *È invecchiato*, pensai con tristezza, schioccando la lingua per incitare i cavalli, *e i vecchi sono più inclini alla superstizione*. Poi la sua carrozza, perpendicolare alla mia, scattò in avanti nella grigia luce mattutina, e per un secondo avrei giurato che le redini fossero legate in un nodo su un lato della sbarra e che lui stesse riposando, a braccia incrociate, con una sigaretta penzolante tra le pallide labbra sottili. Ma era impossibile. Nessun tiro di cavalli avrebbe potuto percorrere senza guida le butterate strade serpeggianti in quel paese dimenticato da Dio. Ero stanco, c'era nebbia, era solo un gioco di luci.

## – 5 –

Un'ora e mezza dopo entravamo nell'accampamento. M'infilai nel rozzo semicerchio di dieci o dodici carrozze malconce che circondavano un fuoco comune. Era passata da poco l'alba e rimasi sorpreso dalla desolazione del posto. Un bambino piangeva dall'interno di una carrozza, facendo sembrare ancora più solitaria la radura circondata di scuri pini torreggianti. Stavo per chiedere a Joseph dove fossero gli altri zingari – quelli che lui avrebbe chiamato *Vaclaveshti* – quando mi voltai per vederlo scomparire attraverso gli svolazzi delle tende di una carrozza blu scolorita. Sospirando, sganciai i miei cavalli, lasciandoli a brucare l'erba, m'incamminai verso il retro della carrozza per entrare e svegliare Mimi, e raccontarle le novità.

Alle mie spalle udii un rapido sferragliare di catene. *La scimmia di qualcuno...* Ma prima che potessi completare il pensiero, un uomo basso e tarchiato, con i capelli scuri intrecciati in punte untuose, balzò verso di me, costringendomi ad arretrare contro la carrozza. Udii lo strisciare delle catene ai suoi piedi, notai l'estremità spezzata di un anello.

– Ten-zione, ten-zione – farfugliò con una voce rotta e gutturale. Si mise in punta di piedi, spinse la faccia dalla barba incolta verso la mia, tanto da farmi sentire l'odore pungente dei suoi denti marci. Cominciò a borbottare di nuovo, io girai il viso di lato, subito dopo aver visto la ferita scorticata della sua lingua tagliata via.

Tentai di scansarlo, spostandomi da un lato all'altro, ma lui era troppo veloce. Le sue mani guizzarono in avanti, bloccandomi prima una spalla, poi l'altra. Rimbalzai come una pallina d'acciaio che sbatacchia avanti e indietro tra due perni in una bagattella, mentre lui rideva di me.

– Constantin – gli gridò Joseph con severità. Vidi il vecchio in piedi in fondo a un passaggio tra le carrozze, simile a un vicolo. – Lascia stare Imre. – L'ometto indietreggiò di colpo e rimase a fregarsi i polsi come se si vergognasse. Osservai i segni rossi dei ceppi sulla sua pelle.

Joseph afferrò il braccio di Constantin e lo attaccò a una delle estremità di un paio di vecchie manette massicce. – Dov'è? – chiese.

Il nanerottolo emise un suono gorgogliante, con aria innocente. – Non cominciare con le tue stupidaggini, dammela – disse Joseph. L'uomo piegò la testa, come un bambino con il mento sporco di marmellata colto ad arraffare un'altra ciambella.

— Andiamo. — Joseph gli tese la mano. Constantin agitò il fondoschiena, poi s'infilò una mano nei pantaloni e tirò fuori una lima. Joseph la prese e la ripose nella tasca della propria giacca, dicendo: — Lo tengo nella mia carrozza quasi sempre; non ieri notte, però. Sono andato a riprenderlo da Stephan, che era privo di sensi. Una sbronza — grugnì Joseph. — Constantin ha colto l'occasione e ha segato le catene e le manette. Sapevo che lo avrei trovato stato qui.

— Come? — Accesi una sigaretta per distendermi i nervi.

— Constantin fiuta qualsiasi cosa fuori dall'ordinario; come l'arrivo di una nuova carrozza. — Joseph fece una pausa e ruotò l'anello d'oro che portava al dito medio.

*Constantin.* Aggrottai le sopracciglia. Conoscevo quel nome. Il ricordo di un giovane grassoccio s'illuminò nella mia testa. Era stato un grande burlone, un buon cantastorie. — È impazzito? — sospirai.

Il vecchio Joseph annuì. — È stata Anyeta.

— Di' quel che vuoi su di *lei*, ma *tu* lo tieni in catene.

— Non farebbe del male a nessuno, le catene servono solo a evitare che faccia del male a se stesso, di nuovo.

Mi attraversò un'ondata di repulsione. — Lui... Constantin si è mozzato la lingua? — Non appena dissi quelle parole, il piccolo uomo strizzò gli occhi e cominciò a piangere, la sua bocca tremava e si contorceva. La barbetta scura sul suo viso luccicava di una mistura di lacrime e saliva.

— Basta così — disse Joseph, poi si voltò verso di me. — Se inizia a piangere forte, poi prenderà a ululare. Roba da far saltare i nervi. — Joseph poggiò una mano sulla testa di Constantin; mi sembrò di osservare un cane accucciato ai piedi del suo padrone. — Andiamo, ora. — Tirando su col naso, Constantin si fregò il viso con una manica e sorrise debolmente.

Non riuscivo a guardarlo. Quel sorrisetto spettrale era persino più orribile delle sue lacrime.

— Due... forse tre mesi fa, abbiamo sentito un grande fracasso nella sua carrozza. Grida. Urlava, ancora e ancora, "Insegnerò a quella bocca da bugiarda a portarmi rispetto!", e poi grida, una serie d'insensati e gorgoglianti grugniti, e il rumore di martellate. — Le labbra di Joseph erano serrate. — Abbiamo dovuto buttare giù la porta. Quando siamo entrati lui era svenuto sul tavolo, con la faccia immersa in una pozza di sangue. Si era mozzato la lingua, che giaceva sul tavolo, recisa e spappolata — disse. — Se mi chiedi qual era la cosa peggiore, la vista del suo volto pallido, col sangue che gli scorreva sulle labbra, o la vista della carne maciullata e appiccicata alla testa del martello, ti risponderò che non lo so. — Chiuse gli occhi. — Li vedo entrambi, la sua faccia e il martello insanguinato, nei miei sogni. — Si fermò. — Così lo tengo con me, pulito e comodo; faccio per lui tutto quello che potrebbe fare un uomo per un altro.

— Credi che Anyeta l'abbia maledetto?

— Imre — disse con voce stanca, — ho visto molte cose: più di quante potrei mai raccontarti. Lascia che tua moglie faccia il suo dovere, e porta via la tua famiglia.

Condusse via Constantin, mentre io consideravo ciò che aveva detto. L'ultimo consiglio era da ascoltare, certamente. Spensi la sigaretta sotto il piede e alzai lo sguardo. In lontananza potevo vedere la carrozza gialla di Anyeta, scostata dal rudimentale cerchio nella radura. L'intero accampamento aveva un'aria scoraggiata, deprimente – qua e là scorgevo una canna fumaria arrugginita inclinata da un angolo bizzarro sulle assi dei tetti, o una rampa di scale arrangiata con delle cassette di legno – come se ultimamente non se la passassero molto bene; pensai a come povertà e superstizione andassero mano nella mano. I giovani sognano il futuro, la prosperità; era la povertà che mi aveva sempre tormentato e innervosito, vent'anni prima – e standomene lì in piedi, all'improvviso ricordai perché io e Mimi avevamo abbandonato la carovana.

– Cosa c'è in quella borsa? – aveva chiesto Mimi. A mio parere era troppo magra, si stava riprendendo troppo lentamente dall'aborto di Elena. Era il crepuscolo ed ero appena rientrato nella carrozza con un grande sacco di tela, e l'odore nell'aria mi diceva che eravamo in procinto di sederci, per la terza sera di fila, davanti a un'altra cena a base di cipolle arrostite.

Ricordo che la carovana era accampata sulle montagne vicino a Tirgu Mures, e per tutto l'inverno non aveva girato molto denaro nella regione, e di conseguenza il commercio di cavalli era fermo. Tutti eravamo emaciati e pallidi, tranne Anyeta. Lei appariva rosea come una pastorella che leccava panna notte e giorno. Adesso stava per arrivare la primavera, ma avevo trascorso un'altra deprimente giornata in paese per racimolare un po' di *lei*, e avevo ripiegato su occupazioni tradizionali per gli zingari, che per me rappresentavano un lavoro marginale. Avevo speso una noiosa mattinata a lucidare scarpe e arrotare coltelli. Nel pomeriggio avevo avuto modo di scegliere tra altri due umili lavori comunemente affidati agli zingari – l'estrazione dei denti e la caccia ai topi. L'idea di dare la caccia a un dente marcio nella bocca di qualcuno mi era parsa persino più terribile che rovistare dietro pareti umide per andare a caccia di ratti. Dopo aver consumato una piccola pagnotta e dispensato una grande quantità di chiacchiere, ero giunto a un accordo stringendo la mano, su un tavolo sporco, di un grasso proprietario di un negozio di formaggi.

All'interno della fradicia cantina sotto al negozio mi ero ritrovato a desiderare di essere in un campo, ad ascoltare il suono squillante dell'incudine e il nitrito dei cavalli, invece dello squittio e del raspare dei topi. Con un sospiro, avevo tirato fuori quelli che tra me e me chiamavo gli strumenti per lo spappolamento dei ratti: un martello per colpirli e un sacco per ficcarne dentro i corpi.

Ma i topi erano furbi a nascondersi, ed ero rimasto lì così a lungo che alla fine il proprietario del negozio di formaggi se n'era andato a casa, portandosi via la cassa e lasciando il suo tirapiedi a occuparsi delle imposte e chiudere la porta. Il negoziante aveva promesso di pagarmi cinquanta *lei* per ogni topo, quando sarebbe tornato al negozio, la mattina. Non mi fidavo che fosse il tirapiedi – un ragazzo brufoloso di tredici o quattordici anni – a tenere la conta delle mie prede. In realtà, sembrava il tipo di ragazzo che avrebbe potuto pensare a diversi modi interessanti per utilizzare i ratti morti, come spaventare i bambini piccoli o veder schizzare fuori le loro schifose budella quando li mettevi sulla strada per farci correre sopra i carretti trainati da cavalli. Così invece di lasciare i roditori morti nella cantina del negozio, avevo portato il mio bottino – quattro o cinque grosse, brutte bestie grigie – a casa.

– È carne? – domandò Mimi.

– Sì – dissi sogghignando, lasciando cadere il sacco di tela sul tavolo.

– Che tipo? – domandò lei, slegando la corda annodata che lo chiudeva.

– Carne scura, perlopiù – risposi, mentre lei sbirciava nel sacco e iniziava a strillare.

– *Ratti!* – gridò. – O madre di Dio, non ti aspetterai che mangiamo queste disgustose bestie!

– Ammetto che sono troppo magri, ma qualcun altro mi ha preceduto nella scelta, gli esemplari migliori e più grassocci sono dal macellaio.

All'improvviso si premette le mani sugli occhi. All'inizio pensai che stesse ridendo; un po' istericamente, forse, ma poi le sue spalle sussultarono e cominciò a singhiozzare. L'avevo stretta tra le mie braccia. Aveva tentato di divincolarsi, ma non l'avevo lasciata andare, continuando a ripeterle che mi dispiaceva, maledicendo la mia stupidità. Era stato un inverno crudele per tutti, e la primavera era finalmente arrivata, ma nulla era migliorato. Mi venne in mente che non stesse piangendo per i ratti, ma perché temesse in segreto di aver perso la bambina a causa della scarsità di cibo.

– Dobbiamo andarcene, non c'è niente per me qui – dissi.

– Odio vagabondare, questo peregrinare senza fine – ribatté, io annuii, sapendo che si sentiva irritabile e debole, e non sapevo se fosse il caso di parlarle degli 'incidenti'.

Il giorno prima avevo visto un uomo dare fuoco alla sua stessa casa, le fiamme ruggivano contro il cielo grigio mentre il piccolo tetto di tegole stava collassando. Mancavano cinque anni alla rivoluzione del '48, quando la Transilvania sarebbe stata governata dagli Asburgo, ma come in tutte le rivolte, i semi si stavano già piantando. Non aveva denaro per pagare la tassa sul camino, quell'uomo che aveva bruciato la sua casa; gli avrebbero sequestrato il terreno se non avesse saldato il suo debito.

– Ora non ho più un camino, signore, quindi non dovrò pagare alcuna tassa – aveva detto, indicando il mucchio scuro di pietre e sputando nel soffice fango marrone tra i suoi scarponi rotti.

– Ma dove andrete? – gli avevo chiesto. Il suo viso rotondo, screpolato, era impassibile, la sua voce piatta per la rassegnazione. – Lassù – aveva detto sollevando il braccio verso le montagne che svettavano all'orizzonte, – sulle colline. – Non ero certo di cosa avesse voluto dire, ma suppongo che avesse colto la perplessità segnata sul mio viso, e le mie sopracciglia che si stringevano dubbiose, e aveva continuato. – Alle caverne, signore. Porterò mia moglie e i bambini a vivere in una caverna. – Stava rabbrividendo nella fredda brezza primaverile. – Dio si prende cura degli animali, forse le cose andranno meglio l'anno prossimo, o per Sua grazia, l'anno dopo ancora. – Nella mente mi ero immaginato il contadino e la sua famiglia rannicchiati dentro una fredda tomba di pietra simile a una scura bocca umida, e avevo tremato. Il fatto che Mimi e io stessimo vivendo in una carrozza era un magro conforto. Sentii il mio cuore battere lievemente per l'ansia; mi ero domandato se le cose sarebbero andate meglio l'anno successivo o l'anno dopo ancora, e se raccontare a Mimi dell'altro incidente l'avrebbe spaventata, o magari fatta arrabbiare abbastanza da convincerla a partire.

— Potremmo chiedere i soldi a mia madre — disse, prendendo la mia mano con delicatezza; involontariamente, si era inserita nei miei pensieri, facendomi sussultare. Un mese prima ero andato da Anyeta per chiederle dei soldi.

— Non credo sia una buona idea — dissi a Mimi, ricordando la risposta di allora di Anyeta, la sua voce dileggiante mi echeggiava ancora in testa: — Manda tua moglie a fare la puttana — mi aveva detto, con quegli occhi che danzavano luminosi come fiamme dietro il vetro di mica della sua stufa. Si stava scaldando il grasso sedere accanto al fuoco, con le mani dietro la schiena e le dita allungate verso le fiamme ardenti.

Ero rimasto lì in piedi, osservando i suoi occhi che strisciavano su di me, facendo girare distrattamente in piccoli cerchi il mio cappello nero tra le mani. Sapevo che aveva monete d'oro a bizzeffe, infilate nel materasso.

*Troia schifosa*, avevo pensato, abbassando gli occhi, ripetendomi di provare un'altra tattica. — Mimi è tua figlia.

— I soldi sono soldi — aveva detto lei, facendo spallucce. Non aveva aggiunto che *per lei fare la puttana andava bene*; invece, si era allontanata dal fuoco, con le sue anche strette che ondeggiavano sinuose come quelle di un gatto, lasciando che la sua camminata sensuale parlasse per lei.

— È incinta — avevo aggiunto, vedendo Anyeta voltarsi e ritirarsi all'altra estremità della sua accogliente carrozza. — Lo sto chiedendo per il suo bene, perché ci sono cose di cui ha bisogno. *Chiedile un dannato prestito invece di un regalo e vattene*, stava pensando una parte di me.

Anyeta si era seduta sul bordo del suo letto e avevo sentito il breve tintinnio delle monete dentro il materasso di piume. A quel suono, i suoi occhi affilati si erano piantati nei miei. — Io non presto mai denaro — aveva detto. All'improvviso si era coricata su un fianco, una mano reggeva la sua testa e quella massa di folti capelli neri, mentre l'altra scorreva leggermente avanti e indietro, tracciando un sentiero tra il punto in cui il suo seno destro sfiorava la stoffa della trapunta e dove poggiava l'anca.

— Prestare soldi è fuori discussione — aveva ripetuto, carezzando la trapunta rossa e blu, e sollevando i suoi occhi lucenti verso i miei. — Ma potrei darli... come un favore.

Non ero granché come marito, mi dissi, ma Mimi meritava di meglio che quel degrado — una vita di povertà o magari la deriva verso la prostituzione.

— Nemmeno io sono una puttana — avevo detto, voltandomi per uscire. La risata gracchiante di Anyeta mi seguì mentre chiudevo la porta.

Guardando il sacco di ratti sul tavolo, decisi di non dirle niente. Scossi la testa: — Non voglio chiedere niente a tua madre. Voglio che ci costruiamo noi stessi la nostra vita. — Le dissi che il mio cuore era in Ungheria con i cavalli selvatici, e nella memoria avevo visto i mandriani, che chiamavamo *csikos*, con indosso le loro larghe camice di lino, e le maniche e le pelose mantelle di pelle di pecora, accovacciati intorno ai fuochi da campo, al galoppo tra le praterie.

Non ricordo tutto quel che dissi quella notte, ma Mimi mi diede una possibilità. Non l'ho mai dimenticato. Credette in me, acconsentì ad abbandonare il certo per l'incerto, e meno di una settimana dopo lasciavamo la Romania per sempre.

Ora, in piedi tra l'erba alta e fissando in lontananza la carrozza fatiscente di Anyeta, si materializzò di nuovo il suo ghigno malizioso, sentii la sua voce stuzzicarmi la mente, e la sua risposta sprezzante riecheggiare: *Manda tua moglie a fare la puttana.* Erano passati vent'anni, il paese era ancora devastato dalla povertà e dalla superstizione. Avremmo accettato il consiglio del vecchio Joseph e saremmo partiti presto, pensai; Mimi si era fidata di me in passato, si sarebbe fidata di nuovo.

Salii la piccola scala di pino pieghevole, che usavo quando viaggiavamo, ed entrai per dire a mia moglie che sua madre era morta.

– 6 –

La mano di Mimi era stretta nella mia, camminavamo nell'erba alta verso la carrozza di Anyeta. Aveva preso la notizia meglio di quanto pensassi. Si era seduta con le mani strette tra le ginocchia, annuendo vigorosamente, come facciamo tutti quando sentiamo qualcosa che ci sconvolge o sbalordisce. Non aveva detto nulla. Dopo alcuni minuti si era alzata dal tavolo. I suoi occhi erano velati, ma non stava piangendo.

Aprii la porta colorata di giallo canarino, Mimi mi seguì nella semioscurità. Anyeta giaceva abbandonata sul suo letto come un'enorme bambola avvizzita. La testa era reclinata sulla spalla. I suoi occhi scuri erano aperti, vacui; uno dei due era diventato completamente bianco e cadente. Sporgeva leggermente verso lo zigomo affilato. Le mani scheletriche, simili a sculture di cera, erano ricurve sull'orlo del copriletto ingrigito.

— Cristo, l'hanno lasciata nel suo sudiciume — disse Mimi. Camminò fino ai piedi del letto, e toccò nervosa uno dei panni di mussola sbrindellati, ammassati sulle assi ricurve del pavimento.

— Dev'essere stata malata a lungo — dissi, ricordando il suo viso grassoccio e ben nutrito, mentre i miei occhi vagavano per quella stanza che un tempo era stata accogliente, quasi sontuosa. Ora, i vetri rotti delle finestre erano imbottiti con palle di stoffa. Lenzuola e vestiti cenciosi erano gettati per terra alla rinfusa. La porta di una credenza penzolava in modo bizzarro, rivelando mensole stracolme di una lurida accozzaglia di pignatte, vasi e cristalli. Sul tavolo notai collose bottiglie di medicinali mescolate a piatti colmi di avanzi, e i resti polverosi di erbe ormai annerite.

— L'odore — mormorò Mimi, arricciando il naso.

Annuii. Era qualcosa simile all'odore della tana di un animale selvatico: un lezzo orribile di sporco, feci e carne guasta.

— Non può essere lei... il suo corpo — disse, — non così presto. — Gli occhi di Mimi guizzarono dal pallido cadavere rugoso alla buia stanza in disordine. Si allontanò e passò un dito sopra una chiazza d'acqua che gonfiava e deformava la parete destra. — Mi si spezza il cuore — sospirò.

Ero d'accordo. I paesaggi dell'infanzia hanno quel potere su di noi; vedere il luogo, che un tempo era la tua casa, malconcio e rovinato è come sentirsi le viscere bloccate dal peso di una dura pietra grigia. − Andiamo − bisbigliai, pensando che Mimi si sentisse sempre più a disagio. − Se rimani ancora, sarà questo il ricordo che porterai via con te.

Si sedette pesantemente su una panca ricavata nella parete della cucina.

− L'hanno lasciata morire, il minimo che posso fare è sistemare e spazzare questo posto.

− Mimi − dissi con gentilezza, sedendomi e prendendole la mano, − dopo che l'avranno seppellita, bruceranno la carrozza, lo sai.

− *Yag* − ripeteva la parola romena che indicava il fuoco. Le sue dita erano fredde contro il mio palmo, tirò via la mano e si alzò. − Tu vai da Lenore, io porto solo questa roba sul soppalco, giusto una pulita. Pochi minuti, non di più.

Credetti di capire. Anyeta era stata crudele, ma lasciare il luogo in una tale confusione avrebbe disonorato anche una bestia.

Mimi mi baciò una guancia, mi spinse ad alzarmi − Vai. Non ci metterò molto.

Ero in piedi, annuendo, quando mi balenò in mente l'avvertimento di Joseph. *Se la trovano da sola, accadranno un sacco di brutte cose.* L'ansia mi attraversò come un dardo. Ero suo marito, ma avrebbero potuto pensare che fosse lo stesso, o peggio, che essere lì da sola. Avrei dovuto portare Joseph con noi, recriminai tra me: adesso era troppo tardi. Mi sedetti, incrociai le braccia. − Ti aspetto, ma fai in fretta.

Mimi trovò una scopa, aprì la porta e cominciò a spazzare una grossa nuvola di polvere all'esterno. Sbadigliai, piegai la testa sul torace. Ricordo che sperai − scherzando solo in parte − che nessuno si rompesse una gamba o avesse un attacco di cuore mentre eravamo ancora nella carrozza della vecchia. Sbirciai il cadavere attraverso le ciglia, poi scivolai verso un sonno leggero.

* * *

− Vadano tutti all'inferno! − urlò Mimi.

Mi svegliai di soprassalto. La porta era socchiusa, gran parte del disordine era stato sistemato.

− Quei *bastardi!* − Mimi era in piedi e reggeva le coperte con una mano, impedendomi la vista del corpo.

− Cosa, che c'è? − Mi alzai in piedi, la mia spina dorsale scricchiolò, mi mossi in fretta verso il letto nello stesso istante in cui Mimi emetteva un singhiozzo atroce. Lasciò cadere le coperte e indietreggiò contro la parete, scuotendo la testa per l'incredulità.

All'improvviso scattò di nuovo in avanti, urlando. − Bastardi, *bastardi.* Cristo, o Cristo! − Afferrò di nuovo le coperte e batté i pugni sul letto, facendo sobbalzare il cadavere. Crollò in ginocchio, poi si sedette stringendo uno dei drappi. Lo vidi tendersi contro la testiera, poi scivolò in un cumulo tra le sue mani.

− Tirale su la camicia da notte e guarda − disse con voce roca. Afferrai il sottile indumento tra le dita, facendolo scivolare sulla carne rinsecchita della vecchia. Mi si serrò lo stomaco, udii il sangue pulsarmi nelle orecchie.

Sopra la fessura rattrappita del suo sesso, al centro dell'addome, c'era una serie di lunghe ferite di coltello, come se qualcuno avesse trascinato più volte una lama dai seni fino al ventre. Scuro sangue coagulato incrostava le ferite.

– È stata uccisa – sussurrò Mimi da un luogo che sembrava molto distante. – L'hanno uccisa loro.

– 7 –

– Non c'è sangue sulle lenzuola. – Qualcuno aveva asciugato e vestito il corpo, e l'aveva sistemato sotto la trapunta.

– Ora ha senso, Joseph aveva paura che lo scoprissi.

– Cosa? – La udii cercare un appiglio, mettersi in piedi. Si mosse lesta attraverso la stanza, scosse la mia spalla con forza. – Cos'hai detto?

– Joseph... lui.

– Lui *cosa*? Non fermarti, continua.

– Mi ha detto di non lasciarti entrare qui da sola – dissi con calma – Sapeva, ma non credo sia stato lui. – La mia mente balzò all'immagine di Constantin, con le sue catene penzolanti. Lo raccontai a Mimi. Mi sedetti sulla panca di legno, fregando le mani sulle cosce, cercando di ragionare. – Supponiamo che Constantin l'abbia smembrata; è pazzo, quindi non è pienamente responsabile. Joseph l'ha scoperto, non sta tentando di proteggere Constantin, ma solo di salvaguardare te.

Mimi s'infuriò. – Loro la odiavano, stava comunque morendo, quindi se qualcuno l'ha uccisa che importa a questo punto? – I suoi occhi brillavano di rabbia, camminava rapida, la sua gonna mulinava.

– Ovviamente non è così – replicai, desiderando dirle che mi spiaceva per lei.

– Guardale le braccia. – Mimi afferrò una mano rigida del cadavere. – Nessun segno – disse, lasciandola poi cadere. – Non ha avuto alcuna possibilità, non ha potuto difendersi. Sono arrivati mentre stava dormendo. – Mimi scosse la testa, poi all'improvviso s'inginocchiò tra le mie gambe, guardandomi dal basso.

– Imre, non capisci? Non è stato un folle, è stato qualcuno molto astuto. Qualcuno che sapeva che eravamo in viaggio e che l'ha uccisa prima che potesse dirmi...

– Ssstt. Afferrai il braccio di Mimi, avevo udito dei passi pesanti tra le erbacce. – Sta arrivando qualcuno. – La spinsi, salimmo di corsa sul malfermo soppalco, ci stendemmo sul pavimento dietro una torre di bauletti e scatole.

– Non possiamo vedere niente da qui – mi sussurrò all'orecchio. Ma la porta si stava aprendo, non era il caso di rischiare strisciando in avanti per sbirciare oltre il bordo.

Chiusi gli occhi, concentrandomi sui suoni – dei passi pesanti, decisi, ci avrebbero potuto rivelare che si trattava di un uomo, oppure una donna se avessimo percepito il fruscio di una gonna. Ma chiunque fosse entrato rimase in silenzio al centro della stanza. Riuscivo a immaginarlo guardare il cadavere scarmigliato, il lavoro di Mimi con la scopa, domandandosi se fossimo ancora all'interno;

mi aspettai di sentire una risatina indecente, lenti passi furtivi che salivano le scale.

Invece, la stanza precipitò in una fredda oscurità – repentina e improvvisa come l'imbrunire d'inverno, e sentii Mimi rannicchiarsi al mio fianco.

Ci fu un tintinnio di vetro – le finestre che venivano frantumate una dopo l'altra, in una spaventosa sequenza intorno alla stanza. Il vento prese a soffiare. Udii l'anta della credenza scattare all'indietro, il suono di bottiglie che tintinnavano e cadevano, quello delle tende del letto che si gonfiavano verso l'alto fino a sfiorare il soffitto di legno; compresi che qualcosa di malvagio era scivolato all'interno e ci attendeva sotto.

Udii una bassa risata minacciosa: – Sorgi – sussurrò una voce asessuata.
– Sorgi – intonò, e poi una sorta di nervosa eccitazione permeò quella voce.
– Sorgi!

Seppellii il volto contro Mimi, cercando di escludere i rumori dai miei sensi: il terribile e lento sibilo delle coperte che cadevano come una cascata, il duplice tonfo di piedi rigidi come legno che colpivano le assi del pavimento, e nella mia testa riuscii a vedere il cadavere – pallido come i sottili capelli bianchi che fluivano dalla sua testa – in piedi al centro della stanza in una goffa posa, che fissava qualcosa, senza espressione, con l'occhio buono.

– Chi possiede la mano del morto porta guarigione. Chi possiede la mano del morto genera distruzione. Chi possiede la mano del morto può prendere una vita o restituirla – recitò la voce, e le parole affondarono come acido nella mia carne.

Percepivo che la figura stava osservando, in attesa.

Poi sentii il suono scricchiolante della mandibola di Anyeta che si abbassava:
– Così come tu hai restituito la mia – disse, e la sua voce era del tutto vuota, desolata. – Chiedi ciò che desideri.

Il mio cuore cominciò a battere con un'enorme risonanza cava.

– Chiedi – disse di nuovo, e il respiro fischiò fuori dal suo petto in un acuto e sottile stridio – come il misterioso e inquietante gemito del vento invernale che turbina sui tetti – nella stanza fredda e invasa dalla notte.

– 8 –

– *Nooo!* – urlò Mimi, la sentii sgomitare al mio fianco e poi sollevarsi. Il bauletto scivolò in avanti, le scatole tremarono mentre lei si dibatteva per mettersi in piedi. Mi alzai in un istante. Udimmo le scatole traballare e schiantarsi al di sotto. La carrozza si riempì di una densa nebbia che penetrava nelle ossa. Sbirciai oltre il bordo e vidi una figura bianca – la stessa che avevo visto sul luogo dell'incidente, pensai – indietreggiare verso la porta. La nebbia diradò, lasciando intravedere il cadavere crollato sul pavimento, con una delle pesanti scatole di legno che gli oscillava ancora contro. Mimi tremava contro il mio petto. – Osceno – gemette. – Imre, è stato così osceno.

Le passai una mano tra i capelli scuri, cercando di calmarla. Si allontanò e alzò lo sguardo verso di me. Lo shock aveva reso i suoi occhi opachi, tali da spaventarmi. Mi piegai per baciarla, o almeno per prenderle il viso tra le mani e farle sapere che ero lì, che lei contava più di ogni altra cosa. Il mio pollice indugiò sull'angolo della sua sottile mascella, e con quella carezza scorsi qualcosa guizzare nei suoi occhi. Una specie di dolorosa consapevolezza attraversò il suo volto.

Singhiozzò, le mani coprirono gli occhi, poi con lentezza abbassò la sinistra – quella con la vecchia cicatrice – e la fissò. – Lo sapevo – disse con voce cupa. – Lo sapevo. Mia madre mi sorprese la prima volta, bruciò la mia mano sul bollitore, ma dopo sono stata più attenta, la osservavo, ho visto dove nascondeva la scatola col coperchio di vetro. – Lo sguardo di Mimi salì al soffitto. Spostò una cassetta e vi si arrampicò sopra, poi si sporse sul soppalco e picchiettò su un'asse del soffitto. – Guarda i segni.

Sotto lo strato di fuliggine e sporcizia c'era la sagoma di un rettangolo, intagliato nel pannello sopra la testa di Mimi. Lo stava spingendo con tutte le sue forze. Il pannello cedette all'improvviso, scomparendo in un buco scuro. Mimi emise un piccolo gemito, temetti che sarebbe caduta. Scattai verso di lei, afferrandola per le cosce, col volto sepolto nella gonna. – Per l'amor di Dio, sta' attenta – dissi.

Sopra di me la udii ripetere le stesse parole, ancora e ancora, nella nicchia buia. – Mia madre voleva che l'avessi io. – La sua voce aveva un'inflessione particolare – come quella di un taccagno che sussurra al suo oro e lo setaccia. Si mise in punta di piedi, le mani si agitavano all'interno dello spazio ristretto.

– La mano del morto appartiene a me.

Un brivido mi scosse, d'istinto la tirai giù allontanandola dalla scatola. Urlò. Vidi che si era scorticata un polso contro il bordo tagliente del pannello. Incespicò, mi calpestò i piedi e perdemmo l'equilibrio, ma la tenevo per un braccio e riuscii a mantenerci in piedi.

– Cosa stai facendo? – disse con furia, cercando di liberare la mano dalla mia stretta. Continuai a trattenerla.

– Osceno – sussurrai. – L'hai detto tu stessa. – Accennai con il mento al cadavere. – È questo che vuoi? – Cominciò a lottare per raggiungere la cassetta, urlando di lasciarla andare, ma la sollevai e la trascinai giù per le scale.

La rimisi giù, tenendola per il braccio, costringendola a guardare lo sgraziato, raggrinzito corpo che giaceva per terra con la bocca spalancata, come un giocattolo meccanico dagli ingranaggi consumati.

– È così che vuoi che vada a finire? – domandai, respirando con affanno.

– La mano può guarire – disse con calma, e sentii i suoi muscoli rilassarsi nella mia stretta. La lasciai andare e rimase lì, tranquilla.

– Lascia perdere. Gli zingari avrebbero bruciato la carrozza, insieme al suo terribile amuleto.

– Va bene, Imre – sospirò, ma vidi i suoi occhi sollevarsi verso il ritaglio nel soffitto.

La cinsi e l'accompagnai verso la porta. Si fermò all'improvviso vicino alla soglia. – La scatola non è lì – bisbigliò. – L'ha presa qualcuno.

– Immagino che la donna, o chiunque fosse, pensasse di poterla usare – cominciai.

– Io ho visto un uomo qui dentro.

– Era una donna coi capelli scuri, vestita di bianco.

Mimi scosse la testa. – Visioni, confusione, fanno tutte parte del potere. – Fece una pausa. – Era Joseph. Sapeva che stavamo guardando. Voleva che sapessi che anche lui ha reclamato la mano. Imre, per favore, lasciami guardare ancora una volta.

– No.

– Solo per controllare se è davvero sparita – implorò Mimi, e io volevo cercare un sistema per porre fine alla questione.

– D'accordo – annuii. – Ma sei troppo bassa, ti ammazzerai sporgendoti dal soppalco. – Presi a salire le scale, muovendomi lungo un lato. Potevo vedere che un tempo c'era stata una barra per prevenire le cadute. Le piccole tacche circolari, dove una volta erano collocate le aste, erano evidenti; alcune delle assi avevano un aspetto scheggiato e polveroso, potevano essere marce. Eravamo stati fortunati – in due là sopra avremmo potuto far crollare l'intera struttura.

Presi a muovermi con cautela, controllando se vi fossero punti ammuffiti. Camminai sul mucchio di lenzuola, e mi resi conto che erano rigide, striate di sangue secco. *Nascoste da chiunque abbia ucciso Anyeta*, pensai. Le assi si lamentarono sotto i miei talloni.

Risistemai la cassetta che aveva utilizzato Mimi, vi salii sopra e posai il palmo sul soffitto. Poi mi piegai oltre il bordo del soppalco e tastai con la mano destra all'interno del foro. La prima cosa che toccai fu il pannello, lo spinsi leggermente con la punta delle dita. Mi allungai ancora un po', il mio peso si spostava sul braccio infilato nel buco, mentre la mia mente vorticava per l'irritazione. Mi domandai come diavolo avesse fatto la vecchia a raggiungerlo.

– È lì? – chiese Mimi da sotto, spaventandomi. Barcollai, sentii il cuore tamburellare, mantenni l'equilibrio.

– Sembra di no. – Parlai con tono abbastanza neutro, ma fui attraversato da un'ondata di fastidio. Ero lassù a fare ciò che voleva, non poteva semplicemente lasciarmelo fare senza continuare a parlarmi? Idiota, pensai, dille che quella cosa è sparita e scendi. Mossi le dita lì intorno per fare scena.

– No. – Scossi la testa e lanciai un'occhiata al suo viso, rivolto in su. – Non è qui. – Mi preparai per spostare il mio peso all'indietro. Mi piegai, ritirando la mano con cautela, e fu allora che la sentii.

Il lato di rame era untuoso, ripugnante, ma provai uno strano desiderio di toccarlo ancora. Mi fermai, e le mie dita strisciarono verso la scatola. Produsse una qualche strana vibrazione – un basso mormorio insistente – e i miei polpastrelli cominciarono a formicolare.

Sfiorai la fredda superficie oleosa della scatola, le mie dita pulsarono come se le unghie fossero state strappate via, esponendo la carne viva. Ritrassi la mano e il dolore si attenuò. Il mio cervello vorticava, avvertivo un potere che mi oltraggiava e attraeva nello stesso momento, come la spiacevole sensazione di tenere del ghiaccio sulle dita calde e malconce che hai schiacciato in una porta. Volevo prendere la scatola di rame col coperchio di vetro, eppure desideravo anche che si trovasse a migliaia di chilometri di distanza.

– Imre – cominciò Mimi, e mi domandai se avesse colto la mia esitazione, notato la miscela di paura e meraviglia sulla mia faccia, e capito tutto. – Imre – disse di nuovo con un tono di prudenza nella sua voce, proprio nello stesso momento in cui mi rendevo conto del suono di legno e metallo che cedevano.

Voltai la testa, vidi la spaccatura: il pavimento del soppalco si flettè in modo allarmante, rivelando una serie di chiodi piegati e piantati nella parete. Ci fu un gemito, un suono di lacerazione, il soppalco ondeggiò.

– Sta cedendo! – strillò Mimi.

Mi lanciai fuori da quello spazio, dondolando aggrappato al buco nel soffitto, la scatola scivolò più in profondità nel recesso. Dietro di me udii il soppalco andare in pezzi e crollare. Il soffitto era sottile, sapevo che non avrebbe potuto sostenermi. – Spostati, spostati – urlai, e saltai.

Atterrai male, i piedi mi bruciavano. Persi l'equilibrio, caddi all'indietro. Un pezzo frastagliato di soffitto precipitò e mi colpì un ginocchio.

Mimi si precipitò al mio fianco per aiutarmi a rimettermi in piedi, tirandomi verso la parte anteriore della carrozza.

Guardai indietro. L'estremità opposta del carro era una folle confusione di scatole, calcinacci, pulviscolo. Il letto era demolito; i suoi drappi luridi giacevano in un groviglio di legno e tessuto. Una gamba del cadavere sporgeva sotto un'asse spezzata. Non m'importava della fine della vecchia, se fosse rimasta ad ardere nella sua carrozza o se qualcuno l'avrebbe tirata fuori da quel disastro.

Il mio sguardo scivolò sulle scale schiantate, poi salì verso il soffitto squarciato. *Nessuno può raggiungere quella cosa orribile, ora*, pensai. La mia testa pulsava al pensiero di come l'amuleto mi avesse attratto, come il canto di una sirena, facendomi desiderare di possederlo. Rividi Mimi in piedi sulla cassetta, che sussurrava *Mia madre voleva che l'avessi io*, e capii che la mano l'aveva blandita con fascino mortale quando aveva tentato di raggiungerla. Avevo la nausea al pensiero di aver toccato quella scatola viscida.

Mi spostai verso l'uscio con cautela, conscio del dolore acuto nei piedi, e mi domandai se si fossero rotti, uno o entrambi, quand'ero saltato giù dal soppalco. Gli stivali mi sembravano stretti, il cuoio rigido premeva contro la carne gonfia. Zoppicavo un po', ma sembrava tutto a posto. Scesi adagio il primo gradino. – Andiamo – chiamai al di sopra della mia spalla, e mi voltai per vedere Mimi che fissava il soffitto.

– Lui ha tentato di ucciderti – disse.

Scossi la testa. – L'intero posto sta cadendo a pezzi.

– È lì. Lo sento. I suoi occhi erano inchiodati sul buco frastagliato.

Un'ondata di rimorso mi colpì, la mia gola si strinse. – Non c'era nessuna scatola di rame – dissi con voce sottile, asciutta.

– Come facevi *tu* a sapere che era fatta di rame? – domandò, fissandomi. Distolsi lo sguardo.

– Per favore, andiamo via prima che qualcuno ci veda. – Ormai era quasi il tramonto; gli uomini sarebbero ritornati presto all'accampamento, e le donne ad affaccendarsi intorno ai fuochi.

Mimi chiuse la porta gialla, poi infilò il suo braccio sotto il mio e mi lasciò usare la sua spalla come sostegno. Scendemmo piano i gradini. Mi sentii sollevato vedendo che la radura era deserta. Un cane latrava in lontananza. All'ingresso della nostra carrozza, Mimi si fermò e guardò indietro. Il carro di Anyeta era un monolito scuro nella luce morente.

– Può essere usata per curare. – Emise un debole sospiro. Allungò la mano per un attimo – il palmo in su, all'altezza della vita – e vidi la vecchia cicatrice al centro della mano, la cruda abrasione sul polso. Per la prima volta mi domandai se si fosse graffiata su un angolo affilato della scatola, non sul bordo di legno dell'intaglio nel soffitto; e se, come un'infezione letale, il suo potere stesse lavorando dentro di lei.

Volevo guardarla in volto, ma non lo feci. Sapevo che i suoi occhi viola possedevano una strana luce guizzante, e ne conoscevo l'origine. Dopotutto, il richiamo della scatola era potente.

## – 9 –

– Dov'è Lenore? – domandai, scostando i tendaggi verdi che separavano lo scomparto da letto di nostra figlia dalla sezione principale della carrozza. Mi trovavo nella zona cucina, potevo vedere con chiarezza l'altra estremità, giù per i due bassi gradini della nostra camera.

Mimi mi dava la schiena e stava rovistando in una delle credenze. – C'era un gruppo di bambini qua fuori, prima, probabilmente è con loro.

– Non vedo nessuno là fuori – dissi.

Alzò le spalle, tirò fuori un rotolo di garza e diede dei colpetti con la mano su una sedia di legno, invitandomi a sedere. Lontana dalla carrozza della vecchia e dal crudele amuleto, pareva più a suo agio, più se stessa, pensai con sollievo.

Mi tolsi gli stivali, un paio di calze di lana, ed esaminammo entrambi i miei piedi. Mi passò un barattolo di unguento e me lo spalmai con una smorfia di dolore.

– Fa molto male? – domandò Mimi, tastando piano con le dita.

– Chiamami "piede tenero" – dissi, Mimi fece una risatina. Gli zingari Lovari, i cavalieri, usavano questa espressione per indicare un uomo timido e nervoso; come un cavallo che cammina con cautela per colpa di una pietra incastrata nello zoccolo.

Cominciai a fasciarmi con la garza, godendo della sensazione rilassante del tessuto sulla pelle.

– Testa tenera è più appropriato. Stai facendo un disastro con quella fasciatura. – Aggrottò le sopracciglia alla vista delle strisce di bende bianche e dei bitorzoli di garza che stavo ammassando. Mimi prese la benda dalle mie mani, allungai il piede mentre la avvolgeva con maggior precisione.

– Qualcosa di me non è tenero – dissi, sogghignando. Mimi colse il mio sguardo e fece un sorrisetto. Le poggiai una mano sulla spalla. – Mentre Lenore è ancora fuori. Sai che ti rilassa – la provocai.

Annuì. Finimmo la fasciatura e Mimi tirò le tende. Lasciò a Lenore un piatto per cena sulla stufa. Andammo a letto.

\* \* \*

La stanza era densa di ombre. Mi accorsi a malapena della porta della carrozza che si apriva, non vi badai, pensando che Lenore fosse entrata per cenare. Udii una serie di piccoli movimenti in cucina e baciai Mimi con maggior trasporto per distrarla dai rumori. Se avesse sentito Lenore, pensai, si sarebbe alzata, e chissà quando sarebbe poi tornata a letto.

Circondai i suoi seni con entrambe le mani, poi premetti la bocca su un capezzolo scuro; sentii le sue mani nei capelli e un debole gemito di soddisfazione.

— Sì — mormorò, mentre la sua mano scivolava verso il basso, insinuandosi tra i nostri corpi. Il mio cuore accelerò, non era da lei toccarmi in quel modo. Mi stavo eccitando sempre di più.

Sorpreso, mi ritrassi. Le dita di Mimi s'infilarono tra le sue gambe, muovendosi con un lento ritmo circolare. Inarcò i fianchi, poi si sedette all'improvviso, tirandomi a sé, strofinando i seni contro il mio petto. — Ummm — espirò, e avvertii le sue dita umide scivolare sulla mia bocca, sul mento, tamburellare sulle mie labbra; le succhiai.

Le sue gambe si curvarono sopra le mie, le strinsi i fianchi con le mani, che mi parvero più morbidi, più flessuosi del solito. La abbracciai, sentendo la punta del suo mento sulla spalla, i capelli che cadevano come una cascata sulla mia schiena.

Era più sensuale di quanto fosse mai stata e la cosa m'infiammò. Scivolammo insieme, senza sforzo, dondolando in una lenta e silenziosa marea.

* * *

Rimasi dentro di lei con gli occhi chiusi, assaporando gli ultimi istanti del nostro amplesso. Fuochi d'artificio e stelle, pensai sorridendo, e dopo tutti quegli anni... Ridacchiai ad alta voce.

— Fai ridere anche me — mi disse lei in un orecchio con voce suadente.

— Sei stata così brava a letto, potrei desiderare che tua madre morisse ogni giorno. — Mi spostai all'indietro, udendo il soffice suono della nostra pelle umida di sudore che si separava in fretta.

— Davvero? — chiese con un tono gutturale, differente.

Guardai fisso verso il basso. Nell'oscurità del crepuscolo, le sue cosce avevano un inusuale aspetto massiccio, la sua pancia era più rotonda, sormontata da grossi seni penduli. — Non stare seduta così — sbottai senza riflettere.

— Cosa? — Si tirò a sedere in fretta e la patetica, indistinta faccia che vidi non era quella di mia moglie. Le mie pulsazioni aumentarono, mi girava la testa. La donna che osservavo aveva sopracciglia più scure e definite. Le labbra carnose erano rosse, imbronciate. I capelli più lunghi. Mi ricordai come cadevano morbidi sulla pelle della mia schiena, e fui colto da un attacco di panico. Chiusi gli occhi, strinsi le mani a pugno.

Lei si alzò dal letto, allungò una mano per prendere una camicia da notte, e sentii il fruscio della seta. Sbirciai attraverso le ciglia.

La vestaglia bianca di Mimi, che su di lei sfiorava il pavimento, su questa donna arrivava a metà polpaccio. Legata in vita, copriva a malapena i seni rigonfi, i fianchi vistosi. Non era una donna grassa, pensai, ma formosa, piena come una rosa prima che i petali avvizziti cadano. Deglutii con ansia, sentii il sudore coprirmi il viso. *Te lo stai immaginando*, mi ripetei, *sei febbricitante, la febbre può creare confusione nella tua mente.*

— Imre, cosa c'è ce non va?

Alzai lo sguardo, assurdamente sollevato nel vedere il piccolo volto malinconico di Mimi che mi osservava di rimando.

— Niente — dissi rabbrividendo, abbracciando il suo corpo minuto. — Fa un maledetto freddo. — Tirai su col naso, strofinandomelo con aria assente. Colsi un vago profumo femminile e tremai di paura.

– 10 –

Quella notte i miei sogni in dormiveglia si mescolarono coi ricordi, così mi ritrovai a vagare per i paesaggi di tempi più lontani e semplici della dolce e verde primavera in cui avevo portato per la prima volta Mimi in Ungheria. Coricato accanto a mia moglie, ricordai quella volta in cui c'eravamo accampati durante un crepuscolo piovoso, vicino al fiume Tisza, una sorta di linea di divisione naturale tra le due metà della prateria: stavo tentando di accendere un fuoco (era mio vanto, in gioventù, essere capace di accenderne uno in qualsiasi condizione atmosferica), e Mimi sedeva lì accanto, sui gradini della nostra carrozza, ascoltandomi mentre le raccontavo l'ultima parte di una vecchia fiaba – quelle che chiamavamo *paramitsha*. Le storie erano considerate proprietà di chi le raccontava, e io l'avevo ereditata da mia zia Hannah.

Dopo un po' terminai la storia, e restammo seduti sereni. Poi dissi: — Amo la pioggia, amo sentirne il suono. Tira fuori il mio lato zingaro. Le lanciai un'occhiata; nella luce della lanterna riuscivo a vedere che le sue guance stavano riprendendo colore. Il viaggio le sta facendo bene, pensai. — Quando ero in Inghilterra, è proprio così che chiamavano questo piovoso tempo primaverile; tempo da zingari.

Coccolai una fiammella al centro del focolare. Mi misi carponi, soffiai sui carboni con delicatezza; cominciarono a brillare. — Ed è stata mia zia Hannah, credici o no, che mi ha insegnato ad accendere la legna umida e fare un bel fuoco caldo.

— Sì — rispose Mimi, sorridendo, — me l'hai già detto. Anche come gli zingari inglesi siano conosciuti per il raccontare storie.

— Ci siamo. — Mi alzai e mi spostai sul lato sopravento per rimuovere un piccolo riparo di rami che avevo sistemato lì. — Te l'ho detto, il metodo di zia Hannah è semplice e funziona sempre; ogni notte, con qualunque tempo.

Mimi stava sogghignando, i suoi occhi scintillavano di gioia. Genuinamente perplesso, mi fermai.

— Hai acceso il fuoco — indicò con un braccio magro, poi scoppiò a ridere.

— E mi hai raccontato una bella storia; ma ti sei dimenticato — disse, tenendosi la pancia, — che non abbiamo nulla da cucinarci sopra a quel fuoco.

— Oh, merda — mormorai, passandomi una mano tra i capelli. Sorrisi imbarazzato.

Mimi si alzò dalle scale con un saltello, e mise un braccio sotto il mio. – Okay, ragazzo inglese, mi hai mostrato cosa sai fare, ora tocca a me.

E fu così che mia moglie m'insegnò il metodo romeno per procurarsi un pasto, curiosamente conosciuto come *adescare il baulo* – o avvelenare il maiale.

\* \* \*

– Questo l'ho imparato da mia prozia Medala – disse per stuzzicarmi dopo aver preso i suoi "strumenti" dall'interno della nostra carrozza. Eravamo a piedi, e indossavamo stivali e cappelli per ripararci dalla pioggia. Seguimmo la strada sino a una vicina fattoria.

Mimi cominciò ad attraversare un campo fangoso, sollecitandomi a stare attento per sentire il grugnito dei maiali nel loro recinto. – Oppure – sussurrò, – i romeni dicono che si possono individuare dall'odore, con qualsiasi tempo – ridacchiò; la pizzicai sul sedere, poi la seguii avanzando a fatica.

Come previsto, dopo pochi minuti a vagare nel buio, trovammo e seguimmo le tracce dei maiali sino al loro porcile. In lontananza, potevo vedere la luce gialla di una finestra della piccola fattoria in un cortile spazzato dalla pioggia.

– Zia Medala – bisbigliò Mimi con tono cospiratorio, – dice che in caso d'emergenza si può usare della polvere di vetro, ma personalmente lei e io preferiamo il metodo della spugna.

Guardai mia moglie infilare una mano sotto la sua mantella di tela ed estrarre una spugna dura e piatta, che sembrava più un frammento di legno che altro. Fece attenzione a tenerla lontana dall'umidità. Poi tirò fuori dello strutto, avvolto nella stamigna, che spalmò sulla spugna, ricoprendola abbondantemente. Poi scavalcò veloce il recinto.

– Vuoi una scrofa intera o soltanto un maialino? – mi chiese attraverso le assi.

– Basta che fai in fretta – le risposi. Non si può mai sapere quando i maiali possono diventare pericolosi, specie se c'è un verro nei paraggi.

Un minuto dopo Mimi si stava arrampicando di nuovo sulle assi. Una volta a terra, mise la sua mano nella mia. – L'ho data a uno che sembrava appena svezzato – rise. – Non c'è bisogno di essere ingordi.

– E ora?

– Ora, ragazzo inglese, stanotte dovrai fare la fame, così potrai fare l'amore con me per aiutarti a dimenticare le richieste del tuo stomaco. – Cominciò a trascinarmi dietro di lei attraverso il campo.

– E poi?

Mi tirò più vicino a sé, tenendosi stretta ai risvolti della mia giacca. – Quando avrai finito di banchettare con me sarà domani, e domani banchetterai con carne di maiale.

\* \* \*

– Bel fuoco, sei stato bravo Imre – sogghignò Mimi. Era quasi mezzogiorno, la pioggia era cessata, ma il tempo era ancora umido sotto un pesante strato di nubi. L'odore del maiale che arrostiva fluttuava nell'aria bagnata, facendo brontolare il mio stomaco; avevo l'acquolina in bocca.

– Bel fuoco, certo, ma è ancora meglio avere qualcosa da cucinarci sopra; e una moglie che è altrettanto brava.

Mimi annuì, e punzecchiò con una forchetta la carcassa di carne che si scuriva lentamente. – Non è ancora pronto – disse, poi continuò a parlare, per finire la storia del metodo sicuro e collaudato della prozia Medala.

– Naturalmente, quando la spugna si espande nel tratto intestinale dell'animale, uccide il maiale.

– Naturalmente.

– Per fortuna non era un maiale molto grosso; qualche volta quelli grandi ci mettono più tempo a morire per il blocco intestinale. Se ne hai tanti ai quali dar da mangiare, tuttavia... – sospirò.

– Vai avanti.

– Be', me ne sono andata a zonzo lungo la strada con la carrozza, stamattina presto, sai, come se passassi per caso. Il maialino stava ancora strillando, si sentiva nonostante il rumore delle ruote e dei sonagli dei finimenti. Quando sono arrivata alla fattoria, il contadino era in piedi accanto al recinto. "Ehi, signore", gli ho urlato, "vuole conoscere il suo futuro?"

– Si è messo le mani sui fianchi, e mi ha detto con voce annoiata, "Signora, non ci vuole un maledetto zingaro per sapere che quel maiale morirà". E ha indicato, giuro, proprio il mio maiale.

– Ho detto, "Oh, bene, so molte cose sulle erbe, forse ho qualcosa con me, qualche tonico nella mia carrozza", ma lui mi ha interrotta.

– Non ho tempo per i tonici; e nemmeno per gli accattoni. – Mi ha guardato accigliato e si è allontanato.

– Questa è sempre la parte complicata – spiegò Mimi, – devi essere molto scaltro, come diceva zia Medala, devi sembrare un po' tonto. Sono scesa dal carrozzone e mi sono avvicinata, ma non troppo. "Crede che si tratti di qualche specie di malattia? Spero non lo sia". L'intero muso del maiale era ricoperto da una bianca schiuma lurida. – Mimi si toccò gli angoli della bocca e il mento.

– La saliva torna su quando non ha nessun altro posto dove andare.

– Il contadino ha fatto spallucce – continuò, – ma sapevo ciò che stava per accadere: lo stomaco si attorciglia, il maiale viene colto dalle convulsioni, e il suo cuore si ferma. È stato fantastico; circa un minuto dopo il maialino ha cominciato a contorcersi come un burattino posseduto dal demonio. Poi ha lanciato un ultimo, lungo e terribile strido e si è capovolto.

– "O Cristo santo", ha mormorato il contadino; era vecchio, ma energico, dotato di muscoli nervosi, ha scavalcato il recinto, ha tirato fuori il maiale, e poi era di nuovo dalla mia parte della staccionata. Il maiale era per terra, ai nostri piedi, e lui lo stava fissando.

– "È davvero giovane", ho detto. "Forse".

– "Stava bene, ieri", ha risposto lui.

– "Per il vostro bene spero non si tratti di qualche terribile malattia che possa contagiare agli altri". Ha borbottato e mi ha detto grazie.

– "Ma sa", ho insistito io, guardandolo dritto nei suoi occhi blu e infilando una mano in tasca, "se vuole venderlo credo che quella carne possa andar bene per i miei cani". E gli ho mostrato un paio di *forints* nella mia mano.

– Si vedeva che era preoccupato per il resto del suo porcile, ha ondeggiato una mano grigia verso di me. "Nah, prendilo", ha detto.

Mimi cominciò a ridere. – Succede sempre così; se ti offri di pagare, te lo regalano. A chi importa cosa succede a un branco di pulciosi cani zingari? – Si fermò, gli occhi le brillavano. – Ci crederesti che sono riuscita a farmi aiutare a portare il maialetto fino alla nostra carrozza sulla strada?

I suoi occhi violetti si spalancarono.

– Zia Medala sarebbe orgogliosa di me – sbuffò. – Ho girato quella carretta in un attimo e ho fatto correre i cavalli. Mimò l'uso della frusta. – E l'ultima cosa che ho sentito è stata il contadino che all'improvviso urlava, "Ehi, hai detto che avevi dei cani! Ehi signora, dove sono i cani?"

– Probabilmente ha realizzato un secondo troppo tardi, non c'erano cani che abbaiavano, che seguivano la carrozza barcollando, e quando ho lanciato un'occhiata alle mie spalle ho visto che aveva corso, perché aveva il fiatone e si premeva una mano sul petto, ma si era ormai fermato lungo la strada, e ho capito che non avrebbe continuato a rincorrermi.

– Ti amo – dissi.

– Sì. Sai cosa dicono gli zingari romeni sul "maiale avvelenato"? – Il suo piccolo viso era illuminato dall'esultanza. Scossi la testa. – Dicono che è la miglior carne del mondo.

Ridemmo entrambi, e poco dopo ci rimpinzammo con la miglior carne del mondo.

\* \* \*

Disteso nel letto, sorridendo tra me, ricordai che era una delle storie "prima che sono nata" preferite di Lenore, come le chiamava lei; desiderava sempre incontrare la prozia Medala. Non c'era modo di convincerla che era uno scherzo tra Mimi e me, che non esisteva alcuna zia Medala, che Mimi l'aveva inventata perché mi vantavo sempre di mia zia Hannah.

– Zia Medala, Lenore – sussurrai tra me, assonnato. Sentii la mano di Mimi uscire di soppiatto dall'oscurità e sfiorarmi la spalla. Mi girai su un fianco, poi caddi in un sonno senza sogni.

\* \* \*

Mi svegliai al suono di un lamento. La carrozza era buia. Non sapevo da quanto tempo stavo dormendo, ma per un istante pensai che Mimi stesse gridando per un incubo; poi udii il fruscio di coperte scostate, il cigolio dei suoi piedi nudi che si muovevano veloci sulle assi incerate, e la voce di Lenore che piagnucolava in lontananza.

– Madre, mamma... mammina – si lamentava. Le parole di mia figlia diventarono un grido prolungato. – Ma-a-adree!

Mi alzai di scatto dal letto, inciampando nei bendaggi allentati, imprecando a bassa voce. Colsi la danza frenetica di una lampada che ondeggiava, il suono della confusione, poi un colpo tremendo e la voce di Mimi che strillava. Strappai la garza e corsi.

All'altra estremità della carrozza, Lenore era seduta nel suo letto, piegata in avanti, le braccia strette intorno alla vita. Mimi stava cercando di arrampicarsi nella sua zona notte, una sorta di compartimento simile alla cuccetta di una nave con porte scorrevoli di legno. Stavano piangendo. Mimi scosse con dolcezza nostra figlia. Vidi delle luci guizzare fuori dalle finestre, zingari che correvano verso la carrozza. Un ferro da stiro che solitamente si trovava sulla stufa a legna della cucina giaceva capovolto sul pavimento. La piastra era bagnata.

Ai piedi del lettino c'era la carcassa lunga trenta centimetri di un insetto simile a una locusta. La sua grossa testa era schiacciata, dalla quale sgocciolava una soffice sostanza giallastra, del colore di un favo marcescente, e sangue denso. Schizzi di questo fluido dall'aspetto viscoso ricoprivano le coperte, il muro, il soffitto della minuscola camera di Lenore. Una luce idiota brillava negli occhi neri e sproporzionati, vidi un frammento di una sottile, coriacea antenna appiccicata al massiccio ferro da stiro. La coda – una specie di sporgenza biforcuta – si contraeva ritmicamente, spargendo lo stesso fluido rosso pallido con uno spruzzo.

Senza pensarci, tirai le coperte e spalancai la porta, verso la quale rotolò il corpo della bestia; una delle sue zampe affusolate s'incastrò nello stretto interstizio. La porta rimbalzò all'indietro, quasi deragliando dal suo binario, e tagliò a metà il corpo dell'insetto. Testa e torace caddero al suolo, e li schiacciai con il piede.

Avvertii un forte scricchiolio e una doppia sensazione: il pungente contatto con la corazza e la massa spugnosa sottostante. Allontanai il piede e sentii qualcosa di freddo e bagnato aderire alla mia pelle, poi vidi un filo viscoso allungarsi dal mio tallone fino alla testa spappolata dell'animale. Mi si rivoltò lo stomaco, sfregai via l'impiastro di poltiglia gialla sul pavimento.

– La coda, la coda – gemette Lenore.

Si stava ancora contorcendo. Allargai le dita ad artiglio e la buttai giù dal bordo del letto. Cadde per terra e il respiro mi soffiò fuori dalla gola.

– Cristo, Cristo. – Il dolore, dove le punte delle mie dita avevano sfiorato la coda che sbatacchiava, era fortissimo. Pulsava con staffilate nauseanti, risaliva dall'avambraccio fino alla spalla. Mi afferrai il gomito, per poco non caddi in ginocchio.

Il volto di Lenore era di un bianco mortale, le braccia incrociate sull'addome. Lo stomaco mi si strinse al pensiero che quella cosa l'aveva toccata.

Mi raddrizzai sulle gambe con difficoltà, lanciai un grande mucchio di coperte sul corpo annerito, lo allontanai con un calcio. Spaventata, Lenore urlò; s'irrigidì, alzò le mani di scatto.

Il mio sguardo cadde sui brandelli insanguinati della sua camicia da notte. Un forte martellio prese a battermi nel cervello. Una ferita rotonda – non più grande di un occhio – luccicava umida tra la peluria in mezzo alle sue gambe. Deglutii a vuoto, cominciai a voltarmi. Era troppo grande per guardarla nella sua nudità. Sentii la mano di Mimi tirarmi indietro, costringendomi a osservare, a capire. Dalla sua fessura, una serie di strisce rosso scure correvano su per l'addome di Lenore, e s'intrecciavano come una ragnatela sulle piccole colline dei suoi seni.

Mentre guardavo, un sottile viticcio attraversò la pallida carne della sua gola. Ferite simili a punture di spillo apparivano sottopelle, mentre quella cosa si scavava una via verso l'orecchio.

Abbassai gli occhi verso la mano. Il dolore si stava attenuando un po', la carne era intatta.

– È dentro di lei – sussurrò Mimi, ravviando i folti capelli di nostra figlia.

Annuii, poi mi fermai. – Cosa intendi con dentro?

Mimi si alzò, soffiandomi il suo respiro caldo nell'orecchio: – Era su di lei, con la bocca affondata nella pancia e le antenne che ondeggiavano sui seni, mentre la coda scavava nella sua... nella sua... – Chiuse gli occhi, si passò una mano tremante sulla fronte.

Vidi tutto con gli occhi della mente: le antenne simili a fruste, l'addome malvagio inarcato oscenamente, la coda da scorpione che guizzava dentro la mia bambina.

– Dobbiamo salvarla – sussurrò Mimi, serrando la sua mano fredda sul mio polso. Il mio sguardo si spostò sul mucchio di coperte nell'angolo.

Sentii dei colpi alla finestra, mi voltai e vidi una folla di facce, illuminate dal bagliore delle fiaccole.

Un suono sibilante mi fece girare di nuovo su me stesso. Un sottile filo di fumo si stava levando dal pavimento. Feci due passi, barcollando, e afferrai le coperte. Niente. Non c'era niente tranne dei segni di bruciatura. La gelatina spiaccicata della testa dell'insetto bruciò senza fuoco, e scomparve. La stanza puzzava di legno carbonizzato.

La porta si spalancò e un gruppo di zingari entrò a fatica; arretrai di un passo, il brusio delle loro voci mi circondò:

– Lei sta bene?

– Abbiamo sentito le urla.

– Joseph ha visto le fiamme.

Alle mie spalle, qualcuno emise un rantolo. Il mio cuore prese a battere più forte, e voltai la testa. La piccola cuccetta di Lenore stava ardendo come braci, cera di candela macchiava le porte, colando giù dal letto. La candela stessa – separata dal suo candelabro di rame – era schiacciata sul pavimento. Sulla parte inferiore dell'addome di Lenore c'era una brutta ustione irregolare, dai bordi grigiastri. Segni rossi come bruciature le coprivano il petto. La pelle sulle braccia era gonfia di vesciche.

Gli occhi scuri di Mimi – impotenti, angosciati – incontrarono i miei. Sappiamo ciò che abbiamo visto, pensai; ciò che è *davvero* accaduto. Un peso come piombo gravò su di me, e un'altra parte del mio cervello prese il comando. La mia voce, quando uscì fuori, aveva il greve suono monotono dello shock.

– Si è addormentata con la candela – mentii, indicando il cero rotto sul pavimento, la mente sopraffatta dal ricordo dell'abietta testa della cosa.

– L'avevamo avvisata. Non deve portare la candela con sé.

Dentro la cuccetta c'era un basso scaffale che conteneva delle bambole e i tesori di Lenore – pietre graziose, un'icona dorata, un mazzo di fiori selvatici che stavano appassendo. Un ruscello di cera fulvo-rossastra colava dallo scaffale sul muro; guardai di nuovo, osservando la macchia di sangue rappreso, interiora, fluidi.

– Le è caduta addosso mentre stava dormendo – bisbigliai. Distolsi lo sguardo, sentii il colore svanire dal mio volto: stavo fingendo che la candela accesa fosse caduta dallo scaffale e nello stesso istante l'immagine della disgustosa locusta che cadeva su Lenore mi riempì la testa. Mi sentivo nauseato, stupido. Ero un terribile bugiardo. Il mozzicone di un'altra candela spenta si trovava su un tavolino lì accanto – chiaramente al di fuori della cuccetta. Avrebbero colto quella prova nel giro di pochi secondi, pensai. Cominciai a infilare una mano in tasca.

Qualcuno tirò il fiato bruscamente e me la afferrò. – Ma ti sei bruciato spegnendo il fuoco – esclamò una voce.

Abbassai gli occhi, la mia vista si annebbiò, ma non a causa delle dita bruciacchiate. La donna che si preoccupava delle mie mani doloranti era la donna con le rosse labbra imbronciate che avevo visto nel mio letto. La stanza, le persone, le voci recedettero, ronzando nel mio orecchio come un distante borbottio d'insetti.

Sentii che stavo crollando in avanti, perdendo i sensi. Braccia anonime mi agguantarono. Caddi. Qualcuno mi aiutò a distendermi. Voci ansiose, Mimi che diceva: – Acqua fredda, acqua fredda, acqua fredda. – Facce sopra di me, corpi che s'inginocchiavano accanto al mio. Movimento. Un volto – quello incorniciato da lunghi capelli ricci e scuri che in qualche modo rendevano le rosse labbra imbronciate ancora più carnose – emerse tra gli altri. Il suo nome, il suo viso, un vecchio ricordo, si rivelarono prima che perdessi conoscenza.

– Zahara – farfugliai. – La cugina di Mimi. – Il pavimento sotto la base del mio cranio era duro. E poi il mondo divenne un grembo nero in cui vagai per qualche tempo.

– 11 –

Il mio inconscio si ricordava di lei. Quelle erano le parole che continuavano a girarmi per la testa quando cominciai ad approdare verso il risveglio. Per un po' mi sentii confuso, poi le cose iniziarono ad assumere la giusta prospettiva. Ero disteso sulla schiena, nel mio letto. Qualcosa premeva su un lato del materasso, mi domandai se avessi sistemato i cunei disallineati tra loro, sotto le ruote della carrozza. Il vetro della finestra vicino alla mia testa lasciava filtrare la solita brezza, la lanterna che pendeva dalla trave era accesa.

– Sta tornando in sé – disse una donna. Il peso sul materasso si spostò, scomparve. Zahara mi osservava dall'alto, vidi Joseph oltre la sua spalla.

– Hai avuto uno shock – disse lei.

Annuii.

Udii un suono tintinnante dalla cucina, e formulai una M con le labbra. Mimi.

— Ssstt — disse Zahara e picchiettò sulla mia bocca con delicatezza. — Non cercare di parlare adesso.

— È Constantin — disse Joseph, e vidi i suoi occhi spostarsi verso l'altra stanza. Percepii una sorta di rumore gorgogliante, il suono di armadietti rovistati.

— Non farà alcun danno. — Mi figurai il piccolo uomo grassoccio che giocava tra pentole e tegami come un ragazzino chiassoso.

Mi faceva male la bocca, la mandibola era indolenzita. — L'ore — mormorai, sorpreso di non riuscire a pronunciare per intero il nome di mia figlia. Joseph e Zahara si scambiarono delle occhiate.

— Hai avuto una specie di convulsione; una soltanto. — Il suo anello luccicava, si accese una sigaretta. — Forse ti sei slogato la mandibola. Zahara l'ha sistemata.

— Bevi questo — disse Zahara. Vidi che reggeva un piatto di zuppa. Sistemò i cuscini dietro la mia testa, mi coprì il grembo con un tovagliolo. La zuppa – una sorta di *gulas* annacquato con pezzi di verdure – era tiepida, ma sembrò attenuare l'indolenzimento della mascella. Pensai che doveva averci mescolato dentro un antidolorifico.

— Mimi è con Lenore — disse. — Sono nella mia carrozza, riposano. Ithal è con loro. Verrà subito a cercare me o Joseph se c'è qualche problema. Ithal è il più giovane; ma dopotutto vent'anni sono abbastanza.

Mi ritrovai a guardarla. Zahara era dieci anni più vecchia di Mimi – intorno ai quarantasei anni, supposi. Era prosperosa, alta, dalle spalle larghe, non era cambiata affatto dall'ultima volta che l'avevamo vista. I miei capelli marroni erano screziati da parecchie tracce di grigio, mentre i suoi erano ancora di un nero lucente. Ma c'era di più – nessuna rotondità si era insinuata nel contorno del suo viso, non c'era segno di rughe vicino alla bocca o intorno agli occhi. Si accorse che la stavo osservando, e distolse lo sguardo.

— Nessuno immaginerebbe che hai un figlio grande, Zahara — dissi, sorseggiando con cautela la zuppa dal cucchiaio. — Come sta Frederic?

— Sono vedova — disse, lisciandosi la gonna. Indossava un braccialetto zingaro fatto con piccole monete d'oro; frusciarono leggermente col movimento della sua mano. — È morto due anni fa.

Joseph sembrava a disagio, non continuai il discorso.

Lanciai un'occhiata fuori dalla finestra. Potevo vedere zingari che si muovevano nei dintorni, le loro carrozze erano illuminate. — Sembra che abbiamo svegliato l'intero accampamento.

— No. — Joseph scosse la testa. — Ricordi il vecchio detto, "Quando il lupo dorme il gregge è salvo?" — I suoi occhi socchiusi sembravano più profondi nella tenue ombra della stanza. Perplesso, annuii. Lui continuò. — È così che abbiamo vissuto per tanti anni. — Sollevò il braccio magro, gesticolando in direzione della finestra. — Ci muovevamo con prudenza, di notte, quando Anyeta dormiva.

— Ma... — cominciai a protestare, seguito subito dalle sue sopracciglia bianche che si sollevarono per il divertimento.

— Le vecchie abitudini sono dure a morire. — Esalò una nube di fumo. Pensai a come non ci fosse nessuno nei paraggi quand'eravamo arrivati, o quando eravamo strisciati nella carrozza della vecchia. Stavo per dire che forse Constantin si era divertito abbastanza – ma Joseph mi anticipò di nuovo.

– Il folle non vive secondo le regole degli altri uomini – disse. Udii il suono gorgogliante dalla cucina. Alzai lo sguardo, Constantin era in piedi sul bordo dei due bassi scalini che separavano la zona notte.

Una casseruola penzolava da una mano, un bianco catino smaltato era capovolto sulla sua testa. Aveva trovato un pezzo di un qualche tipo di tessuto viola – forse l'aveva comprato Mimi per fare delle tende – che gli drappeggiava una spalla come ai Cesari. Fece un largo sorriso, sgattaiolò verso il letto, sentii lo sferragliare della catena di metallo tra le sue caviglie. Le mani non erano incatenate, ma portava delle larghe manette ai polsi, che mi ricordarono dei vecchi braccialetti romani. Restò ad ammiccare sotto il bagliore della luce, all'improvviso sollevò la casseruola e ne estrasse un pezzo di carta. Me lo porse, stendendo il più possibile il suo spesso braccio.

– Ah, un messaggio – disse Joseph. Poi mi sussurrò con un filo di voce: – Assecondalo, d'accordo?

– Che cos'è, Constantin? – domandai. Lui marciò al mio fianco, fece il saluto militare, poi esibì la carta lurida come fosse un dono. – Bel lavoro, soldato. Grazie. – Mi passò il pezzo di carta. Lo guardai appena, aspettando che indietreggiasse, ma si piegò sopra di me, indicando eccitato una serie di rozzi disegni disseminati sulla pagina.

– Guadda, gui, e gui e gui – annuì, picchiettando su tre disegni; capii che stava dicendo *Guarda, qui*. Uno rappresentava una palla tra due picchi. Il tramonto, forse. Uno un quadrato su delle ruote. Una carrozza? All'interno, la testa di un uomo stilizzato era così vicina al soffitto che sembrava penzolasse dalla trave.

Il resto era un compendio di scarabocchi, persone abbozzate, alberi. Mi ricordai dei giorni in cui Lenore aveva disegnato un grande cerchio con due occhielli, e l'aveva chiamato coniglio; vedendo un secondo pezzo di carta con lo stesso disegno avreste detto allegramente "Un altro coniglio", e lei vi avrebbe risposto seriosa "No, *quella* è mamma".

– Molto bene, Constantin – dissi, restituendogli il disegno. Allontanò il mio braccio.

– Nu-u. – La sua faccia tonda era agitata.

– Va bene, Constantin, Imre lo terrà – disse Joseph. Constantin s'illuminò di gioia e lasciò che l'anziano lo riaccompagnasse in cucina. Il disegno era sul letto. Zahara lo prese, e senza guardarlo lo poggiò su una credenza. Si avvicinò e si sedette al mio fianco.

– Pover'uomo – disse, io annuii, sebbene avessi l'impressione che lo stesse dicendo per pura formalità e che trovasse invece Constantin ripugnante. Mi sentivo un poco a disagio con lei, ora che Joseph era uscito dalla stanza. Non indossava nulla che le coprisse la testa, o un abito con le balze lungo fino alle caviglie, era vestita più come una donna transilvana della regione più che da zingara trascurata. Portava un lungo vestito bianco – increspato da ricami rosso vivo, gialli e verdi sul corpetto e sulle maniche – che mi ricordò la donna che avevo visto sul luogo dell'incidente, avvolta dalla nebbia all'interno della carrozza, appena coperta dalla vestaglia di Mimi. *Il tuo inconscio si ricordava di lei*, mi dissi, ed era una pura coincidenza che ora lei indossasse quell'abito. Vestiva spesso di bianco – l'aveva sempre fatto – e come diceva Joseph, le vecchie abitudini sono dure a morire.

Si sedette sul bordo del letto, stropicciandosi le dita; i braccialetti tintinnarono piano, e pensai che fosse consapevole del mio sguardo, ma non sollevò il suo.

Avevo preso una cotta per Zahara quando ero giovane e lei era fidanzata con Frederic.

Non era successo nulla – tranne, ricordavo, un lungo bacio sotto un albero, che era stato senza dubbio più ardente da parte mia. Era notte, e ricordo che avevo cercato di convincerla che nessuno ci avrebbe visto e di lasciarsi palpare. I suoi seni erano parsi enormi alle mie goffe dita inesperte. Era scappata ridendo, con i capelli scuri che facevano da ombra sulla lunga mantellina di lana, ed era finita così. Avevo vagheggiato parecchio, fantasticato ancora di più, infine l'avevo dimenticata e avevo sposato Mimi.

Un sorriso incurvò gli angoli della sua bocca. – Incredibile le cose che la mente riesce a ripescare, vero? Stavo giusto pensando a quella volta che mi hai baciata.

– Anch'io – ammisi, e mi sentii avvampare al viso.

– Quanti anni avevi, quindici?

– Diciassette – la corressi, sentendomi subito uno stupido. Che diavolo di differenza faceva?

– Eri così giovane – rifletté. Il materasso scricchiolò quando si alzò. Attraversò la stanza e poggiò un gomito sulla credenza.

– Lo eravamo entrambi – replicai.

– Ricordo che pensai che eri così... focoso. Ma poi scacciai quel pensiero dalla testa. Mi dissi che eri soltanto un ragazzino. – Si voltò, poggiò per un attimo la testa sulle braccia, incrociò le caviglie; mi ritrovai a osservarla in quella postura. La cascata di capelli scuri nascondeva il profilo, ma la sua vita sottile era ben definita. Il suo fondoschiena era morbidamente tornito. Riuscivo a vedere la sagoma ombrosa delle sue lunghe gambe attraverso il vestito. *Smettila*, esclamò una voce nella mia testa. *Non c'è nulla di male a guardare*, ribatté una voce ugualmente forte e decisa. D'altronde – considerato il suo aspetto – doveva avere almeno una decina di corteggiatori eccitati che le facevano il filo. Tutti rosi dal desiderio – dagli amici di suo figlio fino al vecchio Joseph.

– Allora. Sei vedova? – dissi, domandandomi se qualche assurda parte del mio cervello stesse dirigendo la conversazione verso un argomento di carattere sessuale. Stavo forse per chiederle cosa facesse per provare piacere?

– Anyeta ha ucciso mio marito.

– Sembri Joseph.

– Joseph vede molte cose. – Ritornò al letto. Pensai che sicuramente sarebbe rientrato sentendo pronunciare il suo nome, ma rimase in cucina. Lo udii parlare a voce bassa con Constantin: – Metti a posto le pentole ora.

– Sapevi che Anyeta era una strega, che possedeva un talismano chiamato *mulengi maulo*, la mano del morto? – Zahara si sedette vicino a me, la sua voce era debole.

— Sì. — Sentii dei tintinnii nelle credenze.

— Te l'ha detto *lui*? — I suoi occhi guizzarono in direzione della cucina.

— No... noi. — Mi fermai. Sarebbe stato meglio fingere che non eravamo mai andati nella carrozza. Cominciai a dire che era stata Mimì a raccontarmelo, ma lei sorrise con l'aria di chi la sa lunga, con le sue grandi labbra rosse che si schiudevano.

— Sei entrato nel *vurdan* della vecchia, vero? — chiese. — È successo qualcosa?

Annuii. Si piegò per sussurrarmi nell'orecchio, e avvertii il tepore dove il suo seno abbondante sfiorava il mio braccio. — Non devi fidarti di Joseph. Era geloso dei poteri della vecchia. Constantin sa delle cose, e guarda che gli è successo! — disse. — È stato il vecchio Joseph. — Mimò l'atto del tagliare sulla sua bocca, poi mi afferrò il polso all'improvviso. — Tutti credono che abbia reclamato la mano del morto. Lui... — S'interruppe.

Joseph era in piedi sull'ultimo gradino. Colsi uno sguardo d'intesa negli occhi color onice di Zahara, che concluse la frase con calma, coprendo l'interruzione.

— È un ramaio, e tutti dicono che Ithal non solo somigli a suo padre, ma abbia anche ereditato l'abilità di Frederic. Si piegò all'indietro, incrociò le gambe graziose con molta naturalezza.

— Lascialo dormire — disse Joseph. — Non è abituato a stare sveglio di notte.

Zahara si alzò, afferrando il piatto vuoto. — Mi prenderò cura di Mimì e Lenore. Riposa bene.

Joseph la guardò andarsene, attese che la porta esterna della carrozza si chiudesse.

— Bruceranno il *vurdan* della vecchia domani al tramonto. Porrà fine alla sofferenza che ha inflitto. — Rigirò il luminoso anello d'oro al dito.

— Lo farà davvero? — domandai, pensando alle parole di Zahara. Visioni, confusione, aveva detto Mimì, vedendo un uomo dentro la carrozza di sua madre. Pensai a Joseph che ci attendeva sulla strada, tentando di farci desistere dal proseguire quel viaggio, e all'obbedienza da cane di Constantin.

Il suo sguardo si affilò e si piantò su di me, e ancora una volta ebbi la sensazione che stesse sondando la mia mente. — Dimmi, Imre, come ti è sembrata Zahara?

Cominciai a infuriarmi della sua insinuazione, ma sollevò una mano ossuta.

— No — scosse la testa. — Voglio dire, *che cosa hai visto*? — Gli lanciai uno sguardo interrogativo, e lui continuò. — Sembrava la stessa, non è così? Anche dopo vent'anni?

— E questo cosa...

M'interruppe di nuovo. — Chiedi a tua moglie cosa vede *lei*.

— Huh?

— Chiedi a Lenore, chiedi *a chiunque*. — Intrecciò le dita, giocherellò con lo spesso anello. — Non essere stupido, Imre. Non renderti un idiota agli occhi di tutti. Il resto di noi vede una flaccida donna sfiorita che dondola quando cammina. Le mancano tre denti. — Aprì le labbra, si passò un dito sulle gengive.

— I suoi capelli sono radi, opachi, grigi. Somiglia a qualsiasi altra grassona trasandata prossima ai cinquant'anni, che non si è mai presa cura di se stessa.

Ricordai il materasso che s'incurvava, scacciai il pensiero. Un altro trucco.

Volevano che ce ne andassimo, e lo avremmo fatto. Stavano recitando una parte – per quel che ne sapevo potevano essere tutti d'accordo per evitare che Mimi reclamasse il potere. E qualunque potere si trovasse all'interno di quell'oscena scatola di rame era disgustoso e insidioso; potevano pure tenerselo. Era soltanto un altro stratagemma. Cosa avrei dovuto dire a mia moglie? *Zahara è ancora bellissima. È persino meglio di te.* Mi ci erano voluti mesi, la prima volta, per convincere Mimi che non la stavo sposando per fare un dispetto a Zahara – o così pensavo. Scrollai la testa.

– Chiedi a Mimi – disse Joseph, e se ne andò, portando Constantin con sé.

Mi alzai dal letto, muovendomi con cautela sui piedi ammaccati. Il disegno di Constantin era sulla cassettiera. Lo spinsi da parte con una mano, mi guardai allo specchio. Il mio naso era rosso per il raffreddore, avevo le occhiaie. Tirai un po' in dentro la pancia, raddrizzai la schiena. Un vecchio adagio zingaro ronzò nella mia mente. *Stanki nasuti tshi arakenpe manushen shai:* le montagne non s'incontrano, ma le persone sì. Zahara. Sentii un debole fremito nella pancia, ma lo repressi all'istante.

– Hai un aspetto orribile, stupido – sussurrai. – Mettitelo in testa. Tu hai Mimi, Zahara non stava facendo la civetta con te.

Distolsi lo sguardo, i miei occhi incontrarono gli scarabocchi di Constantin. Rovesciai il disegno, lo tenni capovolto. Quello che stavo guardando era il profilo di una donna con un massiccio doppio mento, la bocca aperta, ghignante. I denti anneriti. I suoi capelli erano un pallido nido di vipere che si arricciavano intorno alla testa. Socchiusi le palpebre. Sotto, delle lettere sottili s'intrecciavano le une con le altre. Inclinai la pagina, la scritta divenne chiara.

StreGA

Strega. Aveva scritto strega. Piegai il disegno e lo riposi nel primo cassetto. Tornai a stendermi sul letto e fissai il soffitto. Non ero stanco, desideravo fosse già mattina.

## – 12 –

– Devo reclamarla – disse Mimi. I suoi occhi erano duri, le lacrime luccicanti ai margini delle palpebre avevano un aspetto gelido. Infilai le mani nelle tasche, guardandomi intorno nella piccola carrozza surriscaldata di Zahara.

Era poco dopo l'alba. Lenore era addormentata su una stretta brandina. Mimi aveva eretto una specie di tenda con le lenzuola e le coperte per evitare che le toccassero la pelle, ormai troppo sensibile.

Mimi poggiò una mano sul mio braccio. – Lei morirà se non la reclamo, Imre.

Sussultai a quelle parole. Lenore aveva solo dodici anni, non poteva essere... *non* poteva essere sul punto di morire. Scossi la testa. Guardando fuori dalla finestra, vidi luci di carrozze spegnersi con un guizzo. Ricordai le parole di Joseph e pensai alla strana inversione del giorno e della notte che quegli zingari stavano vivendo. Io stesso ero assonnato, Mimi sembrava stravolta. No, Lenore era solo addormentata. − No − dissi.

− Ascoltami! − Mimi mi strattonò il braccio con forza e mi tirò verso la brandina. − Guarda! Guarda cosa le sta succedendo. − Cominciò a tirare via le coperte.

Sulla pelle di Lenore s'incrociavano righe nerastre in rilievo. I segni scuri le ricoprivano il volto, seguendo la rete di vene e arterie. La molle ferita purulenta tra le sue gambe − quella che Mimi chiamava il punto d'ingresso − aveva un aspetto bagnato e verdastro, e al di sotto l'intrico disgustoso si avvolgeva a spirale sulle cosce, sulle gambe. Qua e là la pelle si era lacerata e stillava un fluido bianco pallido, simile a pus. Mi colse la nausea. Serrai le palpebre.

− Sta morendo − ripeté Mimi. − È stato Joseph a fare questo. − Gemetti, continuando a dire a me stesso, ancora e ancora: − Non Lenore, o Dio, per favore, non Lenore.

− Stai con lei, Imre. Non lasciarla.

Annuii con aria assente.

− Parlale, tienile la mano. − Mimi poggiò le dita rigide di Lenore tra le mie, e sentii la carne gonfia e calda pulsare con forza sulla mia pelle.

− Oh, Lenore − sussurrai, ma non ci fu risposta. Non fece alcun movimento, nessun suono, il suo respiro era troppo debole perché lo sentissi. − Lenore, non lasciarci. − Le strinsi la mano, ma non ci fu alcuna reazione. Sfiorai i suoi capelli con estrema delicatezza, e fu allora che vidi il primo sottile filamento − come il germoglio annerito di qualche pianta infestante − strisciare lungo il suo cuoio capelluto. La comprensione s'insinuò dentro di me come la lama di un coltello. Il veleno stava invadendo il suo cervello; non stava dormendo, era in uno stato d'incoscienza.

Mi accorsi appena che Mimi aveva chiuso la porta e scendeva i gradini esterni.

* * *

Mi sedetti e guardai attraverso la finestra, accanto al mio letto. Udii i rami spogli degli alberi picchiettare contro il vetro, il vento crescere d'intensità, e sentii l'aria fredda mulinare sul piccolo davanzale. Lenore stava piangendo dall'altra parte del vetro. − Non lasciarmi − singhiozzava. − Per favore, non lasciarmi.

I capelli scuri svolazzarono intorno al suo viso, confondendosi con quella rete di righe nere. La camicia da notte si gonfiò intorno alle gambe. Dall'orlo spiegato a ventaglio del vestito bianco − come se avesse una vita propria − spuntò la forma sfocata di una seconda camicia da notte; poi il piccolo viso di Mimi comparve sopra una spalla di Lenore. Fece un passo di lato proprio mentre Zahara spuntava dietro l'altra spalla. Formarono una fila scomposta, torcendosi le mani e lamentandosi. I loro occhi erano scuri di dolore, le bocche aperte mentre piangevano, le loro voci perse nel sibilo del vento.

Colsi un movimento: proprio sopra le loro teste; il volto senza corpo di Anyeta fluttuava come una palla. C'era qualcosa di bramoso, vigile, nel suo sguardo. Gli occhi come di ossidiana avevano un aspetto ottuso, ingordo, i denti erano spezzati, macchiati di sangue. Aveva mangiato carne umana, pensai follemente. Se ne era ingrassata. Avvertii un disperato attacco di paura. La vecchia strega cominciò a ridere, producendo un rumore ruvido come il suono odioso di denti che masticano vetri rotti.

Lenore all'improvviso gridò e corse verso di me, il suo pugno sinistro fracassò la finestra. Vidi i frammenti di vetro scintillanti volare e danzare sopra il mio letto. La mano insanguinata di Lenore armeggiò con il chiavistello, la sua faccia era astuta come quella di Anyeta. Il ventre mi si contrasse in una stretta di gelido terrore, un potente spasmo mi fece sobbalzare e mi svegliai di colpo, gridando.

Avevo la fronte imperlata di goccioline di sudore, ero su una sedia accanto alla branda nella carrozza di Zahara; nel misterioso meccanismo in cui alcune volte i sogni si fondono con la realtà, udii Lenore lamentarsi.

Scattai in piedi, mi piegai sul letto. I suoi occhi erano chiusi, ma ora vedevo che stava digrignando i denti, muovendo la testa da un lato all'altro. Esitando, allungai una mano, e la sentii sussurrare: — Papà.

— Sta molto meglio stamattina — disse Zahara, nello stesso istante in cui la sua mano si posava con delicatezza sul mio gomito, facendomi sussultare.

— Come sei entrata qui? — dissi, confuso e scosso. — Voglio dire, quando sei entrata?

Scrollò le spalle. — Pochi minuti fa. Stavi dormendo. Ho dato a Lenore un bicchiere d'acqua, ed è tornata a dormire.

— Acqua...

Zahara annuì. — Ha detto che il dolore stava diminuendo. Non credo le rimarranno cicatrici permanenti. Alla sua età, le bruciature guariscono in fretta.

— Bruciature — ripetei, pungolato all'improvviso dal ricordo del fuoco che gli altri avevano visto nella nostra carrozza.

— Molte stanno sparendo, e la maggior parte non è peggio di una scottatura da sole. — Prese un braccio di Lenore e lo sollevò.

Sbattei le palpebre. La pelle era priva di segni, fatta eccezione per alcune strisce scure e delle macchie rossastre. Tirai indietro le coperte. C'erano alcune vesciche che qualcuno aveva cosparso con un unguento oleoso, ma niente di paragonabile alla mappa da incubo di righe nere che si ramificavano poco a poco.

Lenore all'improvviso aprì gli occhi e si sedette. — Posso avere altra acqua, zia?

— Certo, cara, tieni. — Zahara prese il bicchiere d'acqua dal comodino. — È ancora fresca. — Si sedette sul bordo del letto e portò il bicchiere di rame alla bocca di Lenore. — Hai fame?

Lenore scosse la testa, fregò via le goccioline d'acqua dalle labbra e si sdraiò di nuovo. — No — sbadigliò. — Sono solo stanca. — Chiuse gli occhi.

Non riuscivo a capacitarmene. Camminai sino alla finestra all'altro lato della stanza e scostai una tenda con motivi floreali, fissando fuori. La camera era calda, senz'aria.

— Cosa c'è che non va, Imre? — La bassa voce di Zahara era vicina, alle mie spalle.

Accesi una sigaretta, ma Zahara allungò una mano per fermarmi. — Non farlo. Il fumo non farebbe altro che irritare oltre i suoi polmoni. — Udii Lenore tossire debolmente, come per confermarlo, sventolai il fumo con una mano, strappai la punta della sigaretta. Mi ritrovai a fissare intensamente Zahara, e i suoi occhi incrociarono i miei.

– Qualcosa non va, vero? – chiese.

Avevo voglia di una sigaretta ancora più di prima, ma misi da parte il desiderio. Sedetti a un piccolo tavolo quadrato e mi massaggiai la fronte. Non sapevo come spiegarle ciò che avevo visto, suonava stupido, pazzesco. – Sta accadendo qualcosa di così particolare, così bizzarro. – Feci una pausa. – Ma se te lo raccontassi, ti metteresti a ridere.

– No, non lo farò. – I suoi occhi onice erano teneri, comprensivi, mi rese facile parlare. – Cos'è successo nella carrozza di Anyeta?

– Quella è una parte – bisbigliai, – ma c'è dell'altro. – Le raccontai dell'insetto che somigliava a una locusta, delle orrende strisce che ricoprivano la carne di Lenore.

– Joseph – annuì lei.

– Mimi l'ha visto nella carrozza della vecchia, ma io no. Io... – M'interruppi, vergognandomi di dirle che pensavo di aver visto proprio lei. – L'abbiamo sentito richiamare la vecchia dal mondo dei morti. – Rabbrividii.

– È parte del potere; dicono che un cadavere rianimato possa predire il futuro. – Si allungò sul tavolo, la sua mano bianca mi afferrò il braccio. – Ti ucciderà – ucciderà tutti voi. Prendete la carrozza e fuggite, finché c'è ancora tempo. – I suoi occhi lampeggiavano. – Dov'è Mimi? – domandò all'improvviso.

– Lei... – Mi morsi il labbro.

– Non è andata da lui, vero? Da Joseph? – Sentii le unghie di Zahara scavare nel tessuto della mia giacca. Scossi la testa. – Dimmelo! – bisbigliò ferocemente, scuotendomi il braccio.

– È andata nella carrozza per reclamarla lei stessa.

Vidi il colore svanire dalla faccia di Zahara. La sua pelle aveva un pallore cinereo, la bocca serrata. La voce le uscì fiacca. – Reclamarla? – sussurrò. – Oh no, Imre, no. – Si strinse tra le braccia, dondolandosi avanti e indietro sul bordo della sedia. – Sai cosa significa?

Biascicai, impotente. Immagini di un rituale con candele ardenti, incantesimi e litanie svolazzarono nella mia testa. Ricordai Mimi che diceva di aver usato il laccetto rosso della bara di un morto per conquistarmi, avvolgendo il nastro annodato intorno al suo polso sottile.

Zahara s'immobilizzò. – Non sai cosa sta per fare, vero?

– Vuole salvare Lenore – dissi, tirandomi distrattamente il colletto e lanciando un'occhiata alla stufa rovente.

Zahara si alzò, spingendo via la sedia. – Oh Cristo, andiamo – disse, alzandomi in piedi con forza.

Guardai ottusamente Lenore, poi di nuovo Zahara.

– Tua figlia sta bene, dobbiamo salvare tua moglie – disse.

– Salvarla? – borbottai. Faceva così caldo, pensai, era così difficile concentrarsi.

– Sì, salvarla... – disse Zahara, e vidi la sua bocca muoversi, ma non riuscivo a capire cosa stesse dicendo.

La mia mente s'intorpidì, ero inchiodato sul posto. Avvertii la mano di Zahara spingermi al centro della schiena, affrettandomi verso la porta. Le mie gambe sembravano di legno, scollegate dal corpo, mentre lei m'incalzava. Stava parlando, spiegando, ma alle mie orecchie la sua voce arrivava come il ruggito crescente di una folla. Appena fuori dalla carrozza si fermò all'improvviso, mi fronteggiò e si poggiò le mani sui fianchi.

– Imre, ascoltami.

Annuii. Fuori faceva molto più freddo. Il vento scompigliò e sollevò una ciocca dei suoi capelli scuri. Le sue labbra rosse cominciarono a muoversi, e questa volta colsi la sua voce sopra il clamore, ma rimasi muto, scrollando la testa perché ciò che stava dicendo non poteva essere vero. Guardai in basso i fili d'erba ritorti, avvizziti dall'autunno, all'improvviso prese a scuotermi per le spalle, costringendomi ad ascoltare, e il panico nella sua voce rimbombò dentro di me.

– Imre – strillò, – quando tua moglie la reclamerà, si amputerà il suo stesso braccio!

Nella mia mente udii il suono di vetro in frantumi, vidi le piccole dita sanguinolente che cercavano di raggiungermi. Le immagini di Lenore nel sogno sfocarono, trasformandosi in Mimi, e mi intorbidirono il cervello.

Quando sollevai lo sguardo Zahara stava correndo nell'erba alta verso la carrozza di Anyeta, la seguii.

– 13 –

– Ha chiuso la porta a chiave! – urlò Zahara. Dall'interno della carrozza della vecchia proveniva il suono di forti colpi ritmici. Pensai alla scatola di rame sistemata nel soffitto: Mimi stava fracassando il sottile tetto per arrivarci. Ci fu un sibilo di legno agitato in aria, poi un enorme e cupo *crack*!

Gridammo il suo nome, più volte. Mi scagliai contro la porta. Mimi doveva averla barricata. Spingemmo con forza insieme. Era inutile. Non potevamo smuovere il pesante legno massiccio.

Zahara corse su un lato della carrozza, udii il suo gemito di frustrazione.

– Ha chiuso gli scuri sulle finestre – strillò Zahara, tentando d'infilare le dita in una stretta crepa, e poi tirando così forte che la sua faccia divenne rossa per lo sforzo. Con gli scuri sbarrati, vidi che la superficie esterna della carrozza gialla era liscia, solida, impenetrabile.

– Non va bene, lascia stare – le gridai.

Dentro, il picchiare era cessato. Ci fu un breve e secco rantolo. Il suono agghiacciante di una risata sguaiata mi colpì come una fredda ondata. Mi si rizzarono i peli sulla nuca, rabbrividii, la pelle d'oca mi ricoprì il corpo.

Sentii uno strattone violento. Zahara stava tirando l'orlo del mio cappotto e, in quello che mi parve un lampo, ci ritrovammo sotto la carrozza, distesi sulla schiena accanto a una vecchia gabbia per polli abbandonata, scrutando con gli occhi spalancati tra le fessure delle vecchie assi deformate.

Mi abituai alla profonda oscurità all'interno della carrozza. Mimi aveva spostato un tavolo al centro della stanza e vi era salita sopra, forse per afferrare la scatola con il coperchio di vetro non appena le fosse caduta tra le braccia. Una delle colonne del letto a baldacchino era stata divelta e gettata a terra, pensai che Mimi l'avesse usata per allargare il buco nel soffitto.

Potevo sentirla camminare avanti e indietro, appena fuori dalla mia visuale. I suoi piedi battevano sul pavimento, la sua gonna frusciava. Stava sussurrando. Chiusi gli occhi, ascoltai il rapido respiro di Zahara lì vicino, annusai l'odore di marciume e quello pungente del guano proveniente dalla gabbia per galline, in frantumi proprio dietro la mia testa.

I passi cessarono di colpo. Trattenni il fiato. Udii lo stridio fastidioso di qualcosa che veniva trascinato sulle assi, il cigolio a malapena percepibile di un vecchio cardine. Stava osservando l'orribile amuleto? Stava aspettando? Chi? Non accadde nulla per un lungo periodo di tempo, poi all'improvviso il secco tintinnio di una fibbia di cintura colpì le assi proprio sopra i miei piedi. Sbarrai gli occhi.

Allungai il collo. Mimi si lasciò cadere la gonna, si tolse lentamente la camicetta. Sfilò la sottoveste dalla testa; il tessuto sottile produsse un leggero sibilo nel silenzio mortale di quella stanza.

Mi sporsi, guardando, a malapena cosciente dello sforzo dei tendini nel collo e nelle spalle e poi, come nella terribile lentezza tipica dei sogni, lei si chinò sulle ginocchia nude e attraverso le fessure buie vidi le sue labbra ritrarsi e digrignare i denti. Il dorso della sua mano era poggiato sul pavimento. Strizzò gli occhi. Un lamento le uscì dalla gola.

Ci fu il bagliore argenteo, quello di una lama luccicante, il forte suono di qualcosa che veniva reciso: il frantumarsi di ossa, muscoli e legno. Il sangue schizzò verso l'alto componendo un brillante arco, lo sentii sgocciolare attraverso le vecchie assi, inzaccherandomi le gambe e il torace. Volevo gridare, m'imposi di farlo, ma la mia voce era intrappolata in gola. Aprii la bocca, non ne uscì nulla, Cristo, proprio nulla.

Fremetti d'orrore all'acuto stridio del metallo che veniva estratto dal pavimento di legno. La lama si sollevò. E calò. Ancora.

Il sangue gocciolò e scorse, all'improvviso mi resi conto del sordo ticchettio del liquido; la guancia di Zahara era rossa, inzuppata. Il sangue di mia moglie luccicava bagnato sul suo viso, sul mento, nei capelli. Zahara si rannicchiò, si voltò di lato. Le sue spalle si sollevarono e avvertii il suono acquoso di violenti conati. L'odore di vomito si mescolò a quello del legno marcio, dell'erba dolciastra, del sangue caldo.

Sopra di me, la voce di Mimi risuonò vuota, come contro le pietre umide di una cripta in rovina:

— La reclamo, ho sacrificato una parte di me, e reclamo il potere della mano del morto.

In una sequenza da incubo vidi le estremità di carne sbrindellata, la cruda protuberanza umidiccia dell'osso. Le dita sbiancate dell'arto amputato si contraevano piano, un granchio idiota che non avrebbe mai camminato. I talloni insanguinati di Mimi scivolarono sulle assi. Scorsi i suoi esili polpacci bianchi. E mentre passava veloce sopra la mia testa, vidi – dove prima c'era stata la sua mano graziosa – l'estremità frastagliata del moncherino sporgente.

Lo legò di fretta con la sottoveste. La stoffa bianca fiorì di macchie rosso scuro. Rabbrividendo, finalmente chiusi gli occhi. La mia mente farfugliava, rigirando le stesse parole ancora e ancora. *Niente sarà più come prima. Mai. Mai più.*

Udii Zahara girarsi verso di me, singhiozzando.

— No, no, no — mentre seppelliva il suo viso sul mio petto.


## – 14 –


— Ascolta — sussurrai a Zahara. Sopra di noi si sentiva il suono di passi veloci, di un liquido che veniva versato con frenesia in ogni angolo della carrozza. Il tanfo pungente del cherosene mi aggredì le narici. — Cristo, sta per bruciarla! — Cominciai a spingere Zahara, incitandola a sbrigarsi. Strisciammo fuori da sotto la carrozza, ci alzammo in piedi, fuggimmo come lepri impazzite per la paura, poi ci accovacciammo nell'erba alta.

Udii il possente *whump!* dell'aria che veniva risucchiata con un tremendo singulto. Fiamme furiose divamparono attraverso il tetto, nello stesso istante in cui la porta della carrozza – sotto il massiccio architrave intagliato di foglie contorte e rampicanti – si spalancava. Mimi cominciò a correre, zigzagando attraverso la radura.

Zahara si rannicchiò ancora di più al suolo, tenendo un braccio sollevato per ripararsi il volto dal violento calore. La carrozza bruciava a una velocità spaventosa. Un lato collassò all'improvviso, vidi gialle scintille brillanti levarsi contro una colonna di fumo nero.

Mi alzai, gridando sopra il ruggito del fuoco. — Mimi — urlai. Una mantellina fluttuava dietro la sua sagoma in corsa. Potevo vedere che la sua mano sinistra era in qualche modo intatta, il braccio ancora bagnato da viscosi rigagnoli di sangue. Non si guardò mai indietro, ma corse senza sosta verso la nostra carrozza.

— Mimi — mugugnai. Un nodo mi bruciava in gola, avvertii la terribile tristezza della disperazione montarmi dentro. — Ti prego — implorai, — ti prego. Non mi sentì. Era troppo tardi, aveva trovato e reclamato il potere di sua madre. E non c'era niente da fare, nessun modo per tornare indietro. Sconfitto, mi sedetti con pesantezza nell'erba e osservai la folle corsa di mia moglie.

Sballottata tra le sue fragili braccia – la luce del sole che luccicava dalla superficie in strali perversi – c'era il rettangolo brillante della scatola di rame col coperchio di vetro.

# Parte 2

# Zahara

*Perché pensavo che i morti avessero pace,*
*ma non è così.*
Tennyson

## – 15 –

Era quasi il tramonto. Zahara e io avevamo intrapreso una triste e silenziosa camminata, dopo che Mimi se n'era andata. Sedevo sull'argine di un ruscello fangoso, guardando sobbalzare e ruotare nella corrente i bastoncini galleggianti che avevo gettato in acqua. Lei pareva aver intuito il mio stato d'animo – quel poco che aveva detto, era a bassa voce. Dopo parecchio tempo mi alzai, spazzando via l'erba dai pantaloni, e tornammo lentamente verso la radura.

Adesso, da lontano, vedevo gli zingari riversarsi fuori dalle loro carrozze come pipistrelli in volo nella luce morente. Uno a uno si fermavano a guardare la carrozza fumante di Anyeta. Un giovane attraversò la radura di corsa verso l'enorme vagone di Vaclav e bussò freneticamente alla porta del capo.

Gli zingari, a mano a mano che si radunavano, circondarono la carcassa annerita della carrozza. Li udii mormorare, vidi una vecchia farsi il segno della croce e poi stringersi sulle gracili spalle uno scialle frangiato. Mimi e Lenore si unirono alla calca. Cominciai ad avanzare e sentii la mano di Zahara fermarmi, il suo palmo sfiorava appena il mio addome.

– Stai indietro – sussurrò. – Mimi ha guarito se stessa e la bambina; alcuni di loro potrebbero non fidarsi di tua moglie. Aspetta.

Vidi un uomo dal naso aquilino chiamato Vecchio Feri fare una smorfia e sputarsi all'improvviso tra le dita nodose; mi resi conto che Zahara poteva avere ragione – tirava una brutta aria. Guardai attraverso la sottile linea di alberi, tenendo d'occhio Mimi e Lenore.

Vaclav arrivò subito tra la sua gente, facendosi strada tra la folla con le sue spalle larghe. La sua voce tuonò: – Gesù Cristo ci ha mandato un segnale! – Indicò la carcassa ardente.

– O il diavolo – cominciò a ridacchiare una vecchia, ma si ammutolì sotto l'incantesimo dello sguardo adirato di Vaclav.

– Grazie al potere del Salvatore siamo stati liberati da questo male! – intonò, e alla luce vacillante delle torce vidi gli zingari chinare il capo, giungere le mani al petto. – Non è forse scritto? Non permetterete a una strega di vivere! – E come se avesse dato un ordine, gli uomini si ricomposero e si misero al lavoro.

Alcuni gettarono dei secchi d'acqua su ciò che restava della carrozza. Grosse nuvole di vapore si levarono verso l'alto, annebbiando l'aria del soffocante odore di legna bruciata. Altri cominciarono a scavare un profondo buco accanto alla carrozza, vedemmo la terra della fossa volare sempre più veloce.

Piombò l'oscurità completa, alla luce delle torce osservammo gli uomini sollevare pesanti martelli di ferro. I loro volti e toraci brillavano di sudore, colpirono inesorabilmente le assi di metallo, la stufa circolare – qualunque cosa fosse rimasta intatta tra i detriti.

Dall'interno della pira fradicia d'acqua si levò un grido improvviso: – Trovata! Trovata! – Vidi Vaclav voltarsi e saltare senza esitare tra i rottami.

Barcollò come un pazzo sul bordo posteriore dei resti della carrozza – un mucchio obliquo di assi e travetti crollati sulle ruote accartocciate e sui mobili. Si chinò lesto, poi si rialzò, tenendo le massicce braccia striate di fuliggine alte sopra la testa. – Qui! – urlò. – La vostra strega è qui!

Come un sacrificio offerto alla folla, sollevò e scosse più volte tra le mani il torso annerito di Anyeta. La testa ciondolò all'indietro sul collo, e tocchi di carne carbonizzata e ciocche di capelli aggrovigliati penzolavano dal teschio deturpato dal fuoco. La faccia era una macchia grigiastra butterata. Una gamba era andata; la carne, nel punto in cui avrebbe dovuto congiungersi all'anca, si era liquefatta e poi fusa in un moncone nauseante. Le braccia ondeggiavano follemente come stecchi scuri; all'estremità di ciascuna di esse c'era un piccolo grumo di carne accartocciata, dove prima c'era stata una mano.

– Qui! – strillò Vaclav e, oscillando le braccia poderose avanti e indietro per dare forza al lancio, scagliò il cadavere sul terriccio, dinanzi alla folla urlante. Il corpo atterrò e si aprì con il rumore di una poltiglia spappolata, come formaggio liquido gettato sull'acciottolato. Ci fu un attimo di silenzio, poi la folla cominciò a saltellare e a urlare trionfante, agitando i pugni al cielo. Una vecchia mollò un calcio alla cassa toracica. Un giovane con scintillanti denti bianchi calò il calcagno su quella che era stata una spalla. Vidi il vecchio Joseph alzarsi con un balzo dal suo sgabello da campo e, prendendo sottobraccio uno dei suoi compari, ballare una danza vorticosa.

Se n'era andata, era finita, pensai, e un'amara esultanza s'impadronì di me, mentre fissavo le fiamme ondeggianti delle torce, le forme oscure e mutevoli della folla.

– Pazzi, pazzi – udii Zahara piagnucolare, e nello stesso istante mi ritrovai ipnotizzato e attratto da due facce macchiate di fumo: quella di Vaclav, illuminata da una sorta di gioia sacrilega, e quella di Mimi, vitrea d'orrore mentre osservava gli zingari che facevano a pezzi il cadavere.

Vidi Lenore stringersi a Mimi, e il braccio protettivo di mia moglie cingere mia figlia, impedendole la vista degli zingari deliranti che distruggevano la carcassa. *Mimi ha bisogno di me*, pensai, muovendo un paio di passi verso la radura. La mia giacca parve impigliarsi in qualcosa e mi fermai. Zahara mi stava tirando indietro, e mi voltai per vederla annaspare, sull'orlo dello svenimento. L'afferrai, si afflosciò inerte su di me.

– Cristo, Cristo, non posso sopportarlo – mormorò. – Imre, portami via da qui, per favore. – Le sue ginocchia cedettero di nuovo e la sostenni.

\* \* \*

Facemmo un giro molto largo per allontanarci da quella follia e raggiungere la sua carrozza rossa. All'interno, la aiutai a stendersi sul letto e accesi una lampada. Gli occhi di Zahara erano chiusi, le sue palpebre tremavano leggermente; la pelle era molto pallida, mi chiesi se non fosse svenuta.

All'esterno le urla e le risate crebbero d'intensità. Lanciai un'occhiata fuori dalla finestra, vedendo gli zingari che lanciavano i resti di Anyeta e della carrozza nella buca. Altra acqua veniva versata sui resti per accelerare il deterioramento; scaricavano un barile dopo l'altro di calce viva – che s'innalzava dalla tomba bianca come fumo – per eliminare quel che restava del corpo. Avrebbero distrutto ogni cosa, perché credevano che qualunque cosa fosse rimasta – qualunque cosa di sua proprietà – avrebbe permesso alla vecchia di ritrovare la strada per il mondo dei vivi.

Ricordai le parole del vecchio Joseph: bruceranno la carrozza al tramonto, e ciò porrà fine alla sofferenza che ha inflitto Anyeta. Ma in fin dei conti, pensai, non era un funerale – solo una farsa di cerimonia officiata da scimmie. Zahara si lamentò e mi voltai verso di lei. Aprì gli occhi.

– Tutto bene? – domandai.

– Sì – annuì. – Soltanto. Nauseata. Un attimo. – Prendeva dei profondi respiri tra le parole.

– D'accordo. Fai dei bei respiri lenti. – Mi sedetti, le afferrai con delicatezza una mano, e le diedi un paio di colpetti sulle nocche.

– La stanno seppellendo, vero? – Fece per sedersi.

– Ssstt, sdraiati, riposati – dissi, toccandole con gentilezza la spalla. I suoi occhi guizzarono verso la mia mano, poi guardarono i miei. Capii che mi voleva, ma stava aspettando che facessi io la prima mossa. Le sue labbra apparivano piene, morbide. Deglutii nervoso, chiusi gli occhi. All'esterno ci fu un forte rimbombo cupo – il suono di qualcuno che batteva su un tamburo. La musica selvaggia di un violino si unì al ritmo. Aprii gli occhi. Gli zingari stavano pressando la terra della tomba con il retro delle pale, poi continuarono a schiacciarla con i tacchi degli stivali. Passò un istante, mi concentrai sulla scena oltre la finestra, mentre una vocina dentro di me continuava a urlare *Mimi, Mimi*. Allontanai la mano dalla spalla di Zahara e mi piegai all'indietro. M'invase una strana mescolanza di sollievo e disappunto.

– Resta con me per un po' – implorò Zahara. Annuii, incapace di incrociare il suo sguardo, poi attesi un po' prima che cadesse addormentata.

Stavo chiudendo la porta della carrozza di Zahara quando vidi Mimi. Stava piangendo. Una mano teneva un fazzoletto, simile a una nuvola bianca, premuto contro le labbra, l'altra stringeva con fermezza il braccio di Lenore. Ero sicuro che mi avesse visto sui gradini. Gridai il suo nome, ma non mi avrebbe guardato. Si stava affrettando verso la nostra carrozza verde, il piccolo viso scuro per la paura e il dolore. Pensando ai terribili momenti all'interno della carrozza, e a quelli successivi, mi domandai chi di noi fosse la causa della sua evidente pena – Anyeta o io.

## – 16 –

– Hai del sangue sulla camicia – sbottò Mimi. Entrai in cucina, abbassai lo sguardo sulle chiazze sbavate nel punto in cui Zahara aveva poggiato la testa sul mio petto, mentre eravamo distesi sotto la carrozza della vecchia.

– È il tuo sangue – dissi, cominciando a sbottonare la camicia bianca, a togliermi i pantaloni insanguinati e la giacca inzaccherata. Il sangue si era seccato – in particolare sui calzoni – formando delle macchie rigide che aderivano spiacevolmente alla mia pelle.

– È questo che hai fatto; ti sei tolto i vestiti per scopare quella puttana? – mi aggredì, sbattendo con violenza una padella sulla stufa, ammutolendomi.

– Ti ho visto uscire dalla sua carrozza! Pensavo di potermi fidare di te.

– Abbassa la voce – dissi, accennando verso l'estremità della carrozza dove dormiva Lenore. Mi spostai nella nostra camera da letto, aprii i cassetti della credenza rovistando in cerca dei vestiti. Alle mie spalle, udii Mimi raccogliere i miei indumenti.

Corse verso di me con in mano la camicia bianca sporca di sangue. – Queste sono macchie, non gocce. Hai tenuto quella sgualdrina tra le braccia! – Mimi agitò la camicia tra i pugni.

Scossi la testa, non in segno di diniego, ma per scacciare il ricordo di quel che avevo visto attraverso le fessure del pavimento: lei impazzita, nuda, in ginocchio, e io ero stato testimone dell'orribile amputazione. – Un momento di conforto – provai a dire.

Il braccio di Mimi scattò in avanti. La camicia di mussola mi colpì in faccia. Sentii i bottoni d'osso sferzarmi le guance. Il tessuto mi punse gli occhi. Feci un maldestro tentativo per afferrarla, la mancai. Cadde sul pavimento con un fruscio. La fissai: respirava con affanno, era paonazza.

– Adesso basta – dissi. – Non è successo niente. – Mi guardò di traverso, mentre stavo indossando un paio di pantaloni di flanella grigio scuro. – Ora è tutto finito. In mattinata prepariamo la carrozza e torniamo in Ungheria.

– No. No. – Incrociò le braccia sul petto.

Allungai una mano, la presi per un braccio e spinsi la mia faccia vicino alla sua. – Cos'altro vuoi? – sbraitai, strizzando la spessa cicatrice violacea che le circondava il polso. Sentii il mio viso diventare rosso fuoco. – È morta, Mimi, per l'amore di Gesù Cristo, tua madre è morta! – Volarono goccioline di saliva, atterrando sulle sue spalle, sui capelli scuri. Il mio petto sobbalzava su e giù, cominciai ad ansimare. La allontanai di colpo, e la mia voce s'incrinò. – ... bruciata, andata – dissi, mentre la rabbia andava esaurendosi.

Lentamente, Mimi si fregò via le gocce di saliva. Sentii la tensione crescere nella stanza.

— N-o-o-o è mortaaa! — strillò con quanta voce aveva in corpo. Il suo urlo mi risuonò nelle orecchie. — *Non* è morta! — Le vene le pulsavano sulle tempie, strinse i pugni, il suo volto era mutato in una maschera torva. — È lei, è lei, è lei! — ululò, inclinandosi all'indietro e piegando la testa verso l'alto soffitto. La sua bocca era spalancata in una smorfia, gli occhi chiusi.

Di colpo la sua testa scattò in avanti e si volse nella mia direzione. — Non capisci: è stata lei tutto il tempo!

Sentii una parte della mia mente scomparire. Chiusi gli occhi. — Di cosa stai parlando? — domandai a bassa voce.

— Non c'è nessuna Zahara! — rispose. La bocca di Mimi si aprì, ne uscì un profondo singhiozzo strozzato. All'improvviso, coprendosi il volto con le mani, la udii piangere come se il suo dolore fosse così grande, così inesprimibile, da essere al di là di ogni sofferenza che avesse mai conosciuto.

Fui colto da un senso di pietà, e circondai il suo corpo gracile tra le braccia. — Ssstt, asstt, andiamo — la consolai. La tenni stretta mentre piangeva, le passai le dita tra i capelli. Sollevò lo sguardo: il viso era rosso, le labbra tremanti.

— Imre — cominciò, poi esitò. I suoi enormi occhi viola incrociarono i miei, vidi lacrime congelate simili a vetro, udii il suono gelido del vento invernale nella sua voce. — Era Zahara — sussurrò Mimi, e sentii il gelo stringersi intorno al mio cuore a quelle parole spaventose.

— Zahara ha reclamato la mano del morto — e poi ha ucciso mia madre.


– 17 –


È impazzita, pensai, passandomi una mano tra i capelli, se continuo ad ascoltarla farà impazzire anche me. A meno che non sia già troppo tardi. Sospirai, ascoltando solo in parte il brusio della sua voce.

— Ho mandato a chiamare il figlio di Joseph, Vaclav — stava dicendo Mimi.

— Se non vuoi credere a me, almeno ascolta lui!

Mi resi a malapena conto del bussare, dei passi. Lei smise di parlare, il silenzio mi spinse ad alzare lo sguardo.

Erano Lenore e Vaclav. Sovrastata dalla mole torreggiante del capo, appariva persino più gracile mentre se ne stava ai piedi dei gradini che portavano alla nostra stanza da letto. Si schiarì la voce come per annunciare l'arrivo dell'uomo, e se ne andò. Lui accennò un asciutto segno di saluto con la grossa testa dai capelli ispidi, e Mimi mi tirò verso la cucina.


\* \* \*


— Zahara è stata un problema per anni — disse Vaclav, coprendo il suo bicchiere con una mano quando Mimi sollevò la caraffa per versargli un altro giro di brandy. — È sempre stata una donna inquieta, agitata. Ha reso la vita di suo marito una miseria, posso garantirvelo.

— Parliamo un minuto di Frederic — dissi. — Mi ha detto che è stata Anyeta a ucciderlo.

Vaclav distese le lunghe gambe, poi tirò lo stretto nodo del suo *diklo* zingaro, una sciarpa di seta blu, che portava al collo. – Be' – disse con voce strascicata, – questo dipende dalla tua percezione.

– Come ogni cosa in questo maledetto paese – dissi con sarcasmo, allungando una mano per prendere il brandy. Vaclav non mi era mai piaciuto – e adesso, essendo stato testimone delle sue messinscene incivili, lo disprezzavo persino di più. Mi versai un bicchiere.

– Anyeta era una sgualdrina, era così che si faceva strada, che otteneva certe cose dagli uomini.

– Uomini come te? – domandai. – O tuo padre?

– Imre – s'intromise Mimi, ma Vaclav sollevò la grossa mano.

– Sì – disse, – me incluso; non che abbia più importanza ormai. – Mi fissò. I suoi occhi marroni, bordati di ruggine e appena sporgenti, si muovevano senza sosta nelle orbite. – Dal punto di vista di Zahara, Anyeta sembrava passarsela piuttosto bene. Un sacco di soldi, un sacco di amanti. Zahara invece era stufa del suo matrimonio. Così ha stretto un patto di qualche tipo con Anyeta, e in cambio lei ha ucciso Frederic. – Vaclav grugnì. – Decidi pure tu chi ha assassinato quell'uomo.

– E Anyeta cos'ha ottenuto?

Scrollò le spalle. – E chi lo sa? Ma più Zahara s'addentrava nella stregoneria, più le piaceva. Sapeva che Mimi stava arrivando e voleva arraffare i poteri della vecchia per se stessa. Mio padre dice che c'è riuscita.

– Non c'è nessuna cicatrice sul polso di Zahara – dissi con tono piatto. Avvertii gli occhi di Mimi che mi studiavano alla ricerca di indizi d'infedeltà.

– Oh, è lì, Imre. Solo che non l'hai ancora vista. – Sogghignò, facendo tremolare gli enormi baffi ispidi. Sentii montare il disgusto all'idea di quello zotico arrogante seduto al mio tavolo a vomitare assurdità.

– Non si fermerà – spiegò Vaclav, – finché non vi avrà tutti alla sua mercé.

Cominciai a capire il gioco a cui stavano giocando. Joseph voleva potere – per sé, per suo figlio. Osservai Vaclav, tentando di sondarlo in profondità. Aveva paura di reclamare la mano del morto? Era questo? All'improvviso ebbi la certezza che fosse stato Joseph a farlo, che volesse liberarsi di Zahara. Lei sa troppo, pensai stancamente. Ero a pezzi. Posai il bicchiere, mi scusai e andai a letto.

– Aspetta – disse Mimi, – Vaclav ha altre cose da dirti. Anyeta.

Agitai una mano per interromperla. Ero sul punto di gridare: – E immagino tu abbia una o due cose da raccontare *a lui* – ma evitai.

Ero nauseato dalle accuse e da tutti quegli intrighi, quella era solo una sfaccettatura del problema; ero preoccupato anche di ciò che avrebbero potuto fare a Mimi, se avessero saputo. Rabbrividii; nella mia testa sentii Vaclav urlare: *Non è forse scritto? Non permetterete a una strega di vivere.*

\* \* \*

Mi agitavo nel letto, incapace di dormire nonostante la cadenza ipnotica dei loro sussurri. Verso l'alba, udii Vaclav sbadigliare, il suono della sua sedia che strisciava sul pavimento di legno mentre si alzava per andarsene.

Cominciai ad appisolarmi, le palpebre si fecero pesanti, il cuscino di piume sembrava soffice e fresco, invitante. Mimi che accompagnò Vaclav alla porta, la stanchezza si manifestava nella sua voce, nei suoi passi. Una luce pallida filtrava dalla soglia attraverso le tende dischiuse, riuscii a scorgere la sagoma ingombrante di Vaclav. Era in procinto di andarsene quando la quiete dell'accampamento fu squarciata da alcune urla.

Lottai per alzarmi dal letto, ma un peso invisibile m'immobilizzava. – Cristo, è una specie d'incantesimo – disse Vaclav. Lo vidi muoversi con lentezza, come un uomo che guada acque torbide che gli arrivano sino al petto. Mimi sollevò appena lo sguardo, la sua reazione non era in sincronia con quelle grida laceranti.

Vidi la sfera luminosa del sole incombere minacciosa sui frastagliati picchi alpini. Nello stesso attimo, Vaclav crollò come un sasso sui gradini e la sua testa batté con violenza contro lo stipite della porta. Mimi lanciò un gemito e barcollò all'indietro. Il suo viso assunse un'espressione sognante, si sedette, poi cadde distesa, con le mani sul volto.

Le urla salirono fino a trasformarsi in un terribile grido strozzato, poi cessarono di colpo. Sbattei le palpebre al riverbero del sole, le mie braccia si agitarono per liberarsi dal pesante copriletto e poi, incapace di resistere, mi addormentai come un sasso.

* * *

Il tramonto. Spalancai gli occhi. Ero disteso sulla schiena, le braccia incrociate sul petto. Le mie giunture sembravano rigide e fredde. Mi sedetti diritto, sollevandomi come un vampiro dalla bara dei vecchi racconti. Cominciai a fregarmi le mani e i polsi, e mentre il crepuscolo mutava in oscurità avvertii un formicolio che si trasformava in calore, diffondendosi nelle mie membra. All'esterno, riuscivo a sentire dei movimenti nel campo e mi ricordai delle grida. Lenore si stava giusto svegliando, scrollandosi di dosso il sonno. Mimi e Vaclav erano già usciti. Mi vestii di fretta e li seguii.

* * *

Fuori dalla piccola carrozza di Zahara c'era un assembramento di zingari che parlottavano tra loro, mi accostai al gruppo, poi mi feci strada sgomitando.

Una sedia giaceva capovolta sulle assi, con una gamba rotta. Intravidi dei piedi che dondolavano, del sangue. Due uomini sorreggevano un lungo tronco e delle gambe abbandonate che calzavano stivali marroni, mentre un terzo stava tagliando un cappio improvvisato. Il corpo cadde di schianto, e al di sopra delle spalle degli uomini vidi una faccia devastata. Due scure orbite vuote. Guance pelose ricoperte di sangue. La lingua era una salsiccia gonfia che sporgeva da labbra flaccide. La testa senza occhi era piegata in un'angolazione nauseante. Ithal. Era il figlio di Zahara.

Mentre gli uomini lo giravano per adagiarlo sul letto, udii un forte chiacchierio eccitato. Constantin saltò da una panca al centro della cucina come una

rana. La faccia dalla barba ruvida era rossa per l'agitazione, la bocca si contorceva. Ancora acquattato, saltellò per la stanza, squittendo e battendo le mani.
− Stre − canticchiò. − Stre-gagh.

− È una strega, va bene, l'ha ucciso lei − disse uno degli uomini con voce cupa, e Constantin borbottò quella parola diverse volte, finché non m'intromisi.

− Cosa stai dicendo? Dov'è Zahara? − domandai, spostando lo sguardo verso gli zingari, e allo stesso tempo chiedendomi dove fossero Joseph e suo figlio.

− L'abbiamo presa. Ne abbiamo abbastanza delle sue porcherie. Nessuno è al sicuro con una come lei in giro − disse Feri, pulendosi sui pantaloni le mani lorde di sangue.

− Come ha fatto a ucciderlo, e sollevarlo? − Camminai verso il vecchio, afferrandogli una delle maniche sbrindellate, indicai l'estremità sfilacciata della corda che penzolava da un chiodo nella trave del soffitto. − Ci vuole qualcuno molto forte e alto per appendere un uomo in quel modo... qualcuno grosso come te, o Vaclav − ma poi frenai le parole, ricordandomi che Vaclav era caduto addormentato sulla porta della mia carrozza quando erano cominciate le grida all'alba. Udii le risate profonde e fragorose degli zingari.

− Lei è astuta − disse Feri, e vidi gli altri annuire. − All'alba ci ha addormentato con un incantesimo, forse a Ithal ha mandato una visione. *Armaya*, una maledizione; perché con una maledizione non conta ciò che dici, ma ciò che pensi, eh? Qualcosa di malvagio, qualcosa di abbastanza oscuro da spingere il ragazzo a strapparsi gli occhi dalla testa. E poi − diede una pacca sui capelli unti di Constantin, come se il piccolo uomo scimmiesco avesse avuto una vita fortunata, − è salito su una sedia, l'ha calciata via e ha cominciato a dondolare. Feri annuì con solennità, e Constantin iniziò a cinguettare.

Non potevano aver ragione. Non avrebbe mai ucciso suo figlio. Era più una cosa da Joseph. − Lei dov'è?

− Stanotte, nella carrozza del vecchio. Domani, con l'aiuto di Dio e della Vergine Maria, all'inferno − disse Feri, e lo guardai sollevare una mano lurida e fare le corna contro il malocchio.

Mi girai, affrettandomi attraverso la folla di zingari in tumulto. Mi colpirono e spintonarono, barcollai giù per le scale. La luna era una sottile falce bianca che galleggiava nel cielo senza stelle. Scattai di corsa verso la carrozza a barile con l'intelaiatura rotta di Joseph. Udii rimproveri e fischi provenienti dal gruppo di zingari cenciosi accalcati intorno alla carrozza di Zahara. Avvertivo i loro occhi malevoli osservarmi.

Una vecchia urlò il mio nome con voce rotta. − Ehi, *Lovari*, commerciante di cavalli! − Continuai a camminare, ignorandola, ma qualcosa di affilato sembrò colpirmi al fianco.

− *Yekka buliasa nashti beshes pe done grastende* − strillò. Non mi voltai; sapevo che stava levando le sue braccia macilente, tirando su la gonna e piegandosi in avanti in un gesto osceno. − Capisci? Con un solo buco di culo non puoi sederti su due pony! − cantilenò. − Ehi! Ehi, girati!

Vidi di sfuggita le sue braccia magre piegate verso l'esterno come i manici di una brocca, mentre scuoteva il sedere ossuto. Il vestito appariscente scivolò al suo posto, frusciando. − Tutte e due, ragazzo pony! − urlò la vecchia e ciò che disse dopo era indistinguibile, perso nell'intrico di colline scure infestate di pini che circondavano la radura. Aggrottai la fronte, poi presi a camminare più veloce. Alle mie spalle udii il flebile eco delle loro risate.

A venti metri di distanza, all'interno della carrozza del vecchio Joseph, si levarono delle voci maschili, adirate. Zahara strillò. Premendo il muscolo contratto sul fianco, mi lanciai in una corsa dolorosa. Sentivo suoni di lotta. La sua faccia bianca comparve tra le tende di tela consunte. – Sta' indietro, sta' indietro, è una trappola!

Mi fermai, il cuore mi batteva all'impazzata. Lei gridò di dolore, la sua testa scattò all'indietro. Trascinata dentro, sparì dalla vista. La voce confusa di Mimi s'interruppe bruscamente e poi, prima ancora di pensare a scattare in avanti, risuonò lo schiocco di una frusta e la carrozza schizzò via, fuori dalla mia portata.

Dall'altro lato della radura sentii Lenore urlare, vidi il lungo rettangolo di luce gialla proiettato dalla porta spalancata della nostra carrozza. Scese i gradini, allungando le braccia, chiamandomi, singhiozzando. – Hanno preso la mamma – pianse tra le mie braccia.

La tenni stretta, vidi i Rom soddisfatti allontanarsi dalla carrozza abbandonata di Zahara, disperdersi come cavalli liberi di pascolare, annuendo compiaciuti. Abbracciai mia figlia, carezzandole la testa, sfiorandole la nuca. La sua pelle era calda e umida per il pianto.

Guardando al di sopra dei suoi capelli scuri e arruffati, la strinsi più forte – come se in qualche modo potessi proteggerla dall'ombra ondeggiante della carrozza che sfrecciava nella notte. Lenore tremava contro il mio petto. – Hanno portato via la mia mamma – disse.

E io desideravo così tanto portare via il suo dolore.

– 18 –

– Tutte e due – disse Lenore, battendo il piccolo pugno sul ginocchio. Annuii, pensando alle parole stridule della vecchia, ma senza ascoltare davvero. Avevamo seguito le tracce del vecchio Joseph per tutta la notte. Alla luce del sole avevamo trovato segni di accampamento: i resti di un fuoco per cucinare, le ossa sparpagliate di una lepre arrostita, una tazza dimenticata che aveva contenuto caffè o tè. Ma Lenore e io cercavamo soprattutto solchi leggeri di ruote nel terreno, o osservavamo i rami sporgenti alla ricerca di indizi del loro passaggio: foglie piegate, ramoscelli spezzati.

– Gli zingari sono andati dall'altra parte – disse Lenore, indicando i loro *patrins*, cumuli di rametti e pietre che il gruppo aveva lasciato come indicazioni lungo la via. Colsi una punta d'ansietà nella sua voce.

– Con ogni probabilità per incontrarsi con Vaclav e suo padre in un luogo prestabilito. Voglio portare via tua madre prima che s'incontrino, e poi torneremo tutti in Ungheria, anche zia Zahara. – Sarebbe stato molto più facile sopraffare il vecchio e suo figlio da soli, senza il resto della carovana. Nella mia mente immaginai Vaclav e Joseph dormire nei sacchi a pelo, accanto alla carrozza; li avrei raggiunti muovendomi furtivamente. La mia mano si avvicinò alla pistola infilata nella cintura dei pantaloni. Le pistole erano veloci, il massiccio Vaclav e il vecchio erano lenti.

– Non sapevo che voleva dire 'tutte e due' – disse Lenore in tono pietoso; questa volta accantonai il pensiero dell'imboscata e la guardai. La sua bocca era una linea sottile, gli occhi velati dalla preoccupazione.

Fermai la carrozza sferragliante e mi voltai verso di lei. Sotto il mio sguardo un brivido d'imbarazzo le scivolò sulle spalle, sul viso. La paura le invase gli occhi.

– Lenore – incalzai, e le sue parole uscirono come un torrente in piena.

– Non riuscivo a dormire – cominciò. – Ho sentito mamma e Vaclav parlare. Sembrava che alla mamma non piacesse zia Zahara – io annuii, sapendo che Lenore aveva ascoltato la nostra violenta discussione. – Vaclav ha detto che zia Zahara è una strega, che una strega crea incantesimi e malefici. "Quando sarà finita saremo liberi", dicevano. "Ci libereremo del demone che vive nel suo cervello!"

Le mani di Lenore si contorsero impotenti in grembo alla gonna sgualcita.

– Non sembrava così male, non pensavo fosse una brutta cosa che la zia diventasse una donna tranquilla. – Fece una pausa. I suoi occhi guizzavano con ansia, lo sguardo cadde sui cavalli immobili. – Lo giuro, non sapevo che Vaclav stava dicendo una bugia, che era un traditore, che voleva prendere la mamma e...

Fui colto da un attacco di panico. – Lenore, Lenore – dissi, afferrando le sue piccole spalle. – Cosa stai dicendo?

Crollò sudi me, con la voce rauca per il pianto. – Domarla – singhiozzò, – hanno detto che domarla era l'unico modo.

– Domarla! – strillai. – Oh, Cristo! – Fui colto da un brivido devastante. All'improvviso sentivo freddo, tremavo.

– Non ti ho detto che li ho sentiti parlare perché continuavo a dirmi che zia Zahara sarebbe stata bene, solo un po' diversa, come i cavalli. Una volta mi hai detto che molti cavalli sopravvivono.

Ricordando un giorno in cui Lenore mi stava aiutando coi cavalli, sentii il bruciore delle mie stesse lacrime. – Che cos'è, papà? – aveva domandato, indicando con un dito paffuto. È una cosa per il mio lavoro, un *ammansitore*, le avevo detto, sorvolando su una verità che pensavo fosse troppo dolorosa per una bambina di cinque anni. Ma non l'avevo mai usato, non avevo mai domato un cavallo, e non le avevo mai raccontato come si facesse. Per alcuni cavalieri era solo un ammansitore, uno strumento di lavoro – non diverso da una mola utilizzata da un arrotino; ma per me era molto più sinistro – era il cappio di un carnefice, l'ascia di un boia.

– Lenore, Lenore – dissi, piangendo dentro di me, non volendo punirla per quella che era in parte una mia colpa. Per bontà mentiamo ai nostri figli, e quelle bugie tornano indietro per ferirci ancora di più.

– E poi non te l'ho detto prima perché avevo paura che ti saresti infuriato con me. Capii che aveva sofferto più di me durante il nostro lungo viaggio nella notte. Volendo fare la cosa giusta, e temendo la mia ira, Lenore si era sentita in trappola.

La consolai, mentre le parole di Vaclav risalivano e scendevano nella mia testa come colpi di martello. Non permetterete a una strega di vivere. Il vecchio

Joseph e suo figlio sapevano che Mimi aveva reclamato la mano del morto, pensai, mentre una lama di ghiaccio mi attraversava le viscere; avevano usato la rabbia di Mimi contro Zahara per ingannarla.

– Non sapevo che voleva dire 'anche la mamma' – piagnucolò di nuovo Lenore. Abbracciai Lenore per non vedere l'espressione devastata e colma di rimorso del suo viso. Un'espressione che rivelava tutto il suo dispiacere e la consapevolezza, ancora più dolorosa, che ormai era troppo tardi.

La sentii allontanarsi dal mio abbraccio. Schioccai la lingua e i cavalli cominciarono a tirare piano la carrozza lungo la strada. Lenore trovò un fazzoletto, si soffiò il naso.

– Questi cavalli sono stati domati? – domandò. Colsi la nota di speranza nella sua voce, e senza volerlo la mia mente e il mio cuore tornarono indietro nel tempo.

C'è pochissima luce. È molto presto, mattina, mentre una parte di me è ancora un ragazzino assonnato di otto anni che preferirebbe sedere con sua madre accanto al fuoco a mangiare porridge, ascoltando la sua voce rilassante, infornando il pane e riempiendo la carrozza con gli odori di una buona cena, sono orgoglioso di camminare al fianco del mio alto padre. Mamma è a casa, ci attende entrambi: mio padre mi ha detto che ormai sono abbastanza grande per imparare che negli affari esiste qualcosa di più che camuffare il muso grigio di una giumenta; stiamo andando a domare alcuni cavalli.

C'è una patina di ghiaccio sul terreno, le suole dei nostri stivali producono degli scricchiolii ovattati mentre attraversiamo il campo. La grossa mano di mio padre scatta all'improvviso, fermandomi. Alzo lo sguardo, osservando il luccichio del cerchietto d'oro al suo orecchio destro, la nube di fiato condensato intorno ai folti baffi neri. – Guarda là – sospira piano, e i miei occhi seguono il suo dito.

Su un pendio lontano c'è una piccola mandria di cavalli selvaggi, al pascolo, che nitriscono piano, scuotendo le teste. Osservando il movimento dell'erba, capisco che siamo sottovento; pur vedendo le loro sagome, non sono consapevoli della nostra presenza.

– Muoviti piano, Imre – dice mio padre, e lo guardo sollevare un po' più in alto sulla spalla la cinghia di pelle che regge la scatola contenente l'ammansitore. Costeggiamo il limitare del campo, in diagonale, per avvicinarci ai cavalli. Sto spingendo un carretto pieno di pastoie. Alcune sono di ferro – una serie di anelli uniti tra loro – alcune di pelle – delle cinghie collegate a pali di legno da piantare nel terreno. Mio padre, che è un esperto, li catturerà usando le corde. Io preparerò le pastoie. – Tieniti lontano dalla portata dei loro calci – mi ricorda con un sussurro, mentre ci accovacciamo sul bordo del campo, con la scatola con l'ammansitore poggiata sul terreno, tra di noi.

Sorge il sole e guardo mio padre che fa volteggiare la corda, ogni volta che questa spiraleggia nell'aria come un serpente luccicante e cattura un cavallo, io schizzo fuori dall'erba e assicuro gli anelli o i lacci di pelle a quelle furiose, energiche zampe anteriori. Sono felice per la corsa, per il vento che mi punge le guance; osservo l'aggraziato lavoro di mio padre, ascoltando i suoi complimenti per come lego i cavalli.

Ne conto quindici. Non ci sono altre pastoie nel carretto rosso; chiamo mio padre, lui si sposta verso di me.

— Quelli li lasciamo andare — dice, e sembra un po' a corto di fiato dopo il lavoro. Indica con la testa una mezza dozzina di cavalli che si muovono in cerchio velocemente, in modo incontrollato.

Grugnendo, mio padre prende la scatola e si avvicina al primo cavallo. Cammino al suo fianco. — Piano, ora — dice a bassa voce, e il cavallo lancia un possente sbuffo nello stesso istante in cui scarta di lato; ma le gambe sono strette nell'anello di ferro. I suoi occhi roteano per la paura.

Mio padre apre la scatola di legno. — Mettigli il frontalino — dice, armeggiando nel congegno, — e stai lontano dalla sua bocca. — Intende dire che devo fare attenzione a non essere morso e controllare che il cavallo non snudi i lunghi denti.

Mi è stato detto che sono alto, ma per me è un grande sforzo sollevarmi in punta di piedi e sistemare i finimenti – il frontalino, la striscia di cuoio che chiamiamo corona – e il cavallo quasi mi scaglia di lato con la sua testa due volte, prima di riuscire a fissare il morso di ferro.

— Pronto — grida mio padre. Muovendosi in avanti con rapidità, attacca un anello di legno al frontale. Stringe le strisce di cuoio intrecciate e consunte che lo assicurano alla corona dietro le orecchie del cavallo. — Qui, sali su questo — dice, spingendo la scatola dell'ammansitore verso di me con un colpetto del piede. — Tieni ferma la corona. — Salgo sulla scatola, ritrovandomi alla stessa altezza delle orecchie dell'animale. Muovo la mano lungo la solida mascella, sul pelo liscio e marrone. Emetto dei deboli versi con la lingua e i denti, per tranquillizzarlo.

— Tieni la corona — dice di nuovo mio padre, e i miei occhi cadono sul cerchio della banda di legno. Ora vedo che in realtà ci sono due bande, come degli anelli infilati uno dentro l'altro, separati da una piccola flangia di metallo.

— La banda esterna mantiene la pressione costante — spiega mio padre.

— Vedi quei buchi? — Mi alzo in punta di piedi, piego la testa e annuisco. Ci sono due fori in ciascuna delle bande.

— Allineali — dice mio padre, svitando i dadi ad alette da un paio di grosse viti oliate che spuntano da entrambi i lati delle bande di legno, simili a falene grigie. È semplice, le bande scivolano in senso orario, ruotano facilmente, ma mi concentro per sistemarle a dovere.

— Bene — dice, inserendo nei buchi della banda esterna i due chiodi appuntiti che aveva battuto sull'incudine. Guardo senza davvero comprendere, ma prima di poter porre la mia domanda, i chiodi passano attraverso il cerchietto interno, poggiandosi contro l'ampia superficie ossuta della fronte del cavallo.

— Tieni la corona più ferma che puoi — dice, mentre le sue grosse mani scattano verso l'alto, veloci come un battito di cuore. I suoi pollici robusti stringono le viti e all'improvviso, troppo all'improvviso, comprendo il funzionamento di quel marchingegno.

Sento me stesso gridare, − No, non farlo! − La mia mano sussulta con violenza, portando fuori equilibrio una delle sue, e mio padre sta urlando, − Non fa male se è fatto bene, sono animali, non sentono nulla! − Ma il cavallo sta gridando per il terrore e il dolore, prossimo a crollare su un ginocchio, la sua grande testa si dimena, scuotendo gli occhi vitrei, le labbra ritirate e il corpo screziato di sudore. Mio padre sta urlando contro di me, adesso, sta dicendo che se avessi tenuto ferma la corona questo non sarebbe accaduto, che non è niente, come mettersi a dormire. La sua voce è aspra, i movimenti rapidi ed energici; mi spinge via, cado straziato al suolo guardando la sua mano che si allunga da un lato e le dita che stringono la seconda vite. Trattengo il respiro.

Il secondo chiodo penetra il manto, il cranio.

Il cavallo barcolla, il suono del grido s'interrompe. Vedo morire la luce nei suoi occhi – di colpo, come se si spegnesse una lampada. Sento mio padre dire: − Il cavallo sarà tranquillo come un agnellino, di nuovo sulle sue gambe prima che abbiamo finito con il successivo.

La luce nei suoi occhi è morta, qualcosa in me muore nello stesso momento. Due densi rivoli di sangue colano lungo il muso. Il cavallo se ne sta lì istupidito, sbattendo le palpebre per frenare i ruscelli sanguinolenti.

Mio padre raccoglie la scatola, osservo la sua schiena all0ntanarsi mentre si sposta verso un altro cavallo, già sconvolto dall'odore di sangue, uomini e paura. Vedo la testa del mio genitore girarsi, so che sta per dirmi di essere un uomo, un *Lovari*, un commerciante di cavalli, ma prima che possa pronunciare quelle parole sono in piedi e sto già correndo.

Un ragazzetto con un cerchio d'oro all'orecchio, le maniche bianche che ondeggiano, agito le braccia e corro verso i cavalli, sperando che fuggano. Il vento è un singhiozzo nelle mie orecchie, i miei occhi sono appannati dalle lacrime. − Non sapevo, non sapevo cos'era! − grido, e la mandria si fa inquieta, i cavalli legati muovono dei passi maldestri.

− Non sapevo cos'era − urlo, alzando i miei piccoli occhi verso i loro, enormi e lucenti. Ricambiano lo sguardo e intravedo qualcosa che sembra dolore, comprensione.

Mio padre sta imprecando tra i denti, dandomi del buono a nulla. Sento un nitrito straziante, poi il suono di uno dei cavalli che ho aiutato a impastoiare che cade sulle ginocchia. L'odore del sangue e della schiuma scivola sull'erba ondeggiante.

− Mi dispiace − bisbiglio a una pallida giumenta dalla lunga criniera; la sua testa si abbassa due volte, con grazia, come quella di una donna che annuisce. Presto il suo muso color panna diventerà rosso, lucido di strisce di sangue, e sarà troppo tardi. Le mie mani si allungano per sfilare il palo, liberare la pastoia.

Sento i passi di mio padre, le sue mani e i suoi vestiti sono punteggiati di crine di cavallo e sangue. Sento le bande di legno, i chiodi di metallo che rotolano dentro la scatola.

Affrettandomi, strattono con forza la pastoia piantata nel terreno. Vede cosa sto facendo, urla: − Fermati! − Il palo emerge dal suolo sollevando un'enorme zolla di terra. Schiaffeggio il fianco della giumenta per farla scappare.

Il cavallo corre in una direzione, io scappo dall'altra. Senza fiato, mi fermo, porto una mano a coppa sulla fronte: vedo la parte superiore della sua testa pallida che dondola sul campo, mi fa pensare alla furia del mare increspato di schiuma. Ce l'ha fatta, penso, quando ormai non è altro che una macchia in fuga, lontana. Intorno a me vedo i risultati del lavoro dall'ammansitore. Erano cavalli selvaggi, adesso i loro occhi sono morti, idioti. Si annusano l'un l'altro, respirando sangue coagulato, placidi come vacche da latte. Arrancano, con lo stesso passo pesante degli arcigni, stupidi contadini cui li venderà mio padre.

Corro verso i boschi. Alle mie spalle sento mio padre urlare: — Cosa c'è che non va in te? Torna indietro! Una volta fatta, non si ricordano niente. E io continuo a correre. Perché mi sembra di aver visto la cosa più terribile di tutte.

* * *

— Lo sono, papà? Sono domati?

La voce di Lenore riuscì ad aprirsi un varco trascinandomi fuori da quell'infernale visione, il peggior ricordò della mia vita. — No — dissi, pregando con tutto il cuore che non fosse così; perché lei, ovviamente, intendeva i cavalli, mentre io stavo pensando a Mimi, a Zahara. Schioccai la lingua per incitare la pariglia, agitai le redini facendo galoppare i cavalli. Immagini di mia moglie e della sua bella cugina mi riempivano la testa; le vidi sedute sotto un albero, spalla contro spalla, i lunghi capelli intrecciati sui seni. Gli occhi chiusi come quelli di santi dormienti. Intorno alle loro teste, aureole maligne le sorvegliavano mentre il sangue colava giù sulle guance.

Mi sfuggì un gemito. Con gli occhi della mente, le stavo osservando nella morte: i lunghi chiodi destinati ai crani dei cavalli erano piantati, troppo in profondità, nelle loro fronti ceree. Ma se fossero sopravvissute... il filo dei miei pensieri s'interruppe, vidi gli splendenti occhi viola di Mimi offuscati da un'idiozia ottusa, la bocca trasformata nell'eterno ghigno di un ritardato. Zahara strascicava i piedi, trascinandosi come una vecchia confusa che all'improvviso si ritrova nella propria cucina e comincia a piangere perché non sa com'è arrivata fin lì, o perché ci è andata. Gesù Cristo, se fossero sopravvissute! Gridai dentro di me, con un nodo che mi bruciava in gola.

*Dopo non ricordano niente,* echeggiò la voce di mio padre nella mia testa. Se le avessero ammansite, se fossimo arrivati troppo tardi, pensai, guidando i cavalli con furia, quella sarebbe stata la cosa più terribile di tutte.

– 19 –

Fu Lenore la prima a vedere all'orizzonte la striscia di fumo dei falò che si stagliava sopra gli alberi. Fermai la carrozza. Il vecchio e suo figlio erano a meno di cinquecento metri di distanza. La boscaglia e gli alberi che costeggiavano la strada creavano una fitta, impenetrabile muraglia. Riuscivo a vedere un ponte in lontananza. Molto probabilmente Joseph aveva nascosto la sua carrozza sgangherata vicino all'acqua, mentre lui e Vaclav andavano nei boschi a piedi.

Mia moglie e sua cugina erano rinchiuse nella carrozza? Ero abbastanza sicuro che Mimi e Zahara fossero state costrette a marciare nel bosco, ma un errore da parte mia poteva costare loro la vita. Avrei prima controllato la carrozza del vecchio, e se erano lì dentro le avrei liberate e messe fuori uso le ruote.

Porsi le redini a Lenore, scivolai giù dalla cassetta, formulai il mio piano.

– Vedi quel ponte? – domandai.

– Sì – disse lei, stringendo le consunte redini di cuoio tra le dita minute.

– È possibile che Vaclav abbia lasciato la carrozza e seguito il torrente nei boschi.

– Per essere vicino all'acqua.

– Sì. Se la carrozza fosse lì, e se tua madre si trovasse all'interno, sparerò tre colpi in aria. Poi, e solo allora, Lenore, voglio che guidi verso il ponte. Altrimenti rimani qui.

– E se lei non è lì... – sussurrò Lenore, mordendosi le labbra.

– Allora la tirerò fuori dal bosco con tua zia e le porterò qui. – Sempre che Joseph, pensai, non userà il potere della mano del morto per fiutarmi e impedirmelo.

Gli occhi di Lenore vagarono dalla strada solitaria al cielo che si scuriva, fino alla fitta boscaglia, per poi posarsi sulle lanterne della carrozza. – Le accenderai prima di andare?

– Sì – dissi, pensando che la luce le sarebbe stata di conforto, che c'erano poche possibilità che Vaclav o Joseph scorgessero il bagliore. Se sapevano che stavo arrivando, non avrebbe avuto comunque importanza. – Hai paura, Lenore? – chiesi, accendendo la lanterna rivolta verso la strada.

– No – rispose, tentando di apparire coraggiosa, ma allo stesso tempo annuendo con gli occhi. La guardai, chinò il capo. – Un po'. – Si piegò sulla cassetta e le baciai la testa. Posò una piccola mano sulla mia spalla. – Non stare via a lungo, papà – disse con dolcezza.

– Non lo farò – risposi, sistemando la pistola e controllando le munizioni nella tasca.

– Ho paura dei lupi. – Vidi i suoi occhi rotondi sollevarsi verso l'orizzonte blu scuro, dove la luna era una lampada smorta, visibile a malapena in cielo.

– È tutto il giorno che sono preoccupata per i lupi.

Non potevo dirle di non esserlo anch'io, ma affermai: – Non ne ho sentiti.

– Io sì – sospirò. – Qualche volta ho pensato fosse il vento, ma non era così. – Rabbrividì e chiuse gli occhi, come se avesse sentito i lugubri ululati riecheggiare lungo i pendii. Poi un sorrisino stanco le sfiorò le labbra. – Farai in fretta. Ti aspetterò. A meno che non senta gli spari.

Annuii, meravigliandomi che mia figlia avesse pronunciato le stesse parole di commiato che ero sul punto di dirle. La baciai di nuovo.

– Molto in fretta – aggiunsi, poi mi avviai lungo la strada. Mi voltai una volta, la salutai con la mano.

– Lupi – sussurrò, la sua voce si percepiva appena. – Fai *attenzione* ai lupi, papà.

Mesi dopo, le sue parole tornarono a tormentarmi. Ma quella notte pensavo al potere del vecchio, alla sua chiaroveggenza, dimenticandomi che tutti noi ne possediamo un po', e trascurando quella di mia figlia.

\* \* \*

Vicino al ponte c'era un vecchio sentiero per carri usato dai mandriani per portare le loro bestie al fiume. Vaclav aveva seguito quel percorso e lasciato la carrozza vicino all'argine. Mimi e Zahara non erano all'interno; mi sentii meglio dopo essermene accertato. Cominciai a camminare seguendo la corrente del fiume, cercando un punto per infilarmi nel bosco, diverso da quello che avevano usato loro. Non volevo imbattermi in quei due, volevo esplorare i confini del loro accampamento. Usavo la luna come guida, facendomi strada attraverso la fitta boscaglia, in silenzio. Mezz'ora dopo ero a portata di orecchio dal nascondiglio. Spostando con cautela il fogliame vidi i due uomini seduti accanto a un fuoco, all'ingresso di una piccola caverna. L'attenzione del vecchio era rivolta a qualche specie di manufatto che teneva in grembo. Vaclav era arrabbiato.

— Perché ci vuole così tanto? — disse, poi si alzò e passeggiò rapidamente davanti alla grotta.

— La precisione è importante — disse il vecchio, sollevando un ammansitore completo solo in parte. Il mio cuore sobbalzò a quel gesto.

— Non m'importa se muore — sputò Vaclav. — Non m'importa se quel maledetto chiodo le esce dall'altra parte della sua cazzo di testa!

— Non posso togliere una vita – nemmeno la sua — replicò il vecchio con calma, poi fece ruotare la mano con lentezza per praticare i fori.

— Avrei potuto costruire una dozzina di quei dannati affari, a quest'ora! — disse Vaclav con voce più bassa. Vidi i suoi occhi guizzare verso la bocca nera della caverna e ritenni che le donne si trovassero all'interno.

— Sì, ma tu non puoi farlo, non sei un *Lovari*. — Joseph soffiò sui trucioli e ricominciò a scavare i buchi.

— Se non ti sbrighi — disse Vaclav dando un veloce sguardo alla luna, — ci troverà prima che siamo pronti. — La sua bocca si piegò verso il basso in una furiosa maschera di frustrazione.

— C'è ancora tempo — rispose Joseph. Guardò fisso verso gli alberi, facendomi quasi sussultare. Ero grato dell'oscurità e del fitto sottobosco che mi nascondevano. Mi domandai se avvertisse quanto fossi vicino. Osservai la sua faccia magra allargarsi in un ghigno, poi inserì un chiodo nel buco che aveva appena creato. Testandolo con cautela, fece ruotare il meccanismo. Vidi il chiodo scattare nella sua sede.

— Sono stufo di aspettare — urlò Vaclav. Si chinò all'improvviso e raccolse qualcosa che non riuscii a distinguere. Era un chiodo, un altro marchingegno? Non lo sapevo. Spinse suo padre all'indietro con il palmo della mano. Joseph si lamentò e cercò di rimettersi in piedi. Alla luce del fuoco vidi il suo viso diventare paonazzo, lo colse un attacco di tosse e cadde pesantemente sulle mani e sulle ginocchia. Vaclav fece due lunghi passi all'interno della caverna.

Udii il suono di voci femminili che gridavano allarmate, e il cuore mi sobbalzò nel petto. Alcuni secondi dopo, vidi Vaclav tenere Zahara per i capelli e trascinarla, legata, fuori dalla grotta. La corona dell'ammansitore le circondava la fronte. Cercò di svincolare dalla stretta dell'uomo. La testa si liberò con uno scatto dalle dita dell'uomo strette a pugno, la vidi ruotare su se stessa, mostrare i denti, cercare di mordere. Lui la colpì sulla spalla, poi tirò indietro l'altro braccio e le sferrò un pugno su un lato della testa. La rovesciò sulla pancia, serrò le corde che le legavano le mani dietro la schiena e la trascinò nella polvere. Vidi lo scuro luccichio del sangue che le ricopriva il viso.

Mimi all'improvviso lanciò un grido. – Sbrigati, *sbrigati!* – gridò dall'interno della caverna. Realizzai in un baleno che doveva aver usato i poteri della mano: aveva sentito che ero lì. Mi sentii sollevato, lei era illesa, stava implorando di salvarle entrambe. Non osavo aspettare, non osavo fermarmi, pensare. Uscii allo scoperto e mi lanciai nello scontro.

## – 20 –

Mimi corse fuori dalla caverna. Urlava il nome di Vaclav. Avvertii una vibrazione che sembrava guadagnare intensità e gravare su tutti noi. La sua voce salì sino a diventare un grido stentoreo, le piccole mani si sollevarono sulla testa, e scorsi qualcosa sfrecciare come il vento tra lei e Zahara. Il volto di quest'ultima si contorse in una maschera di terrore e agonia.

Vidi il vecchio mettersi in piedi e Vaclav sollevare un braccio per girare le viti, e poi l'accampamento fu squarciato all'improvviso dal crepitio di un tuono e da un gigantesco lampo blu che scagliò Mimi e il vecchio a gambe all'aria, scaraventando Vaclav oltre il corpo di Zahara. Nello stesso istante udii un ululato acuto, il suono di zampe pesanti che pestavano il terreno. Mi voltai e apparvero i fianchi ferini di un branco di lupi che emergeva dalla linea degli alberi. I loro occhi erano illuminati da una mortale luminescenza blu-verde. Scorsi zanne scoperte, umide lingue a penzoloni. Tre di loro scattarono all'istante. Il capobranco affondò le lunghe zanne nel corpo di Vaclav. Gli altri azzannarono le gambe che scalciavano.

– Fallo! – sbraitò Mimi. – Per l'amor di Dio, fallo!

La mia prima pallottola sbriciolò il muso del capobranco in una massa di denti e ossa frantumati. Vaclav urlò. Vidi ciuffi di pelo e sangue piovere sugli uomini urlanti che lottavano. Presi la mira, alzai il cane della pistola, feci fuoco altre due volte, facendo esplodere le teste degli altri lupi in una poltiglia di cervello e fluidi. L'aria si riempì di un denso fumo nero.

Coi nervi a fior di pelle, girai più volte su me stesso, fronteggiando il vuoto. Il fumo divenne più spesso, avvolgendosi in turbini e macchie filiformi. Sentii il suono di una risata stridula, mi voltai e inquadrai Zahara che si strappava via il congegno dalla testa.

Al suo fianco Vaclav giaceva immobile, coperto da una luccicante poltiglia di sangue. La sua mandibola penzolava da un unico nervo gocciolante. Denti rotti sporgevano dalle gengive sbrindellate. L'orbita sinistra era ridotta a un buco sanguinolento, grande quanto un pugno. Su un lato della testa, un lungo lembo sfilacciato di cuoio capelluto era stato strappato, rivelando ossa polverizzate e parti di cervello spappolato.

– L'hai ucciso! – mi urlò Mimi.

— Lupi — balbettai, e nello stesso istante udii un debole sibilo. Vidi i tre corpi accartocciati, le grandi zampe pelose divaricate, le teste insanguinate e le bocche spalancate dalla morte, tremolare per un istante e poi svanire. Strabuzzai gli occhi. Niente lupi, non c'erano lupi, era solo una visione, borbottai dentro di me; avevo sparato a Vaclav... un occhio fissava vacuo la luna, la sommità della sua testa era schizzata via, la mandibola devastata come il muso distrutto del lupo... *Fallo, fallo*, la voce di Mimi risuonava nella mia testa, compresi con un nauseante senso di terrore che non aveva esortato me a usare la pistola, ma aveva incitato Vaclav a fare in fretta. Vidi che c'era un solo congegno – quello destinato a Zahara.

L'aria parve incresparsi. Attraverso una foschia mutevole scorsi di nuovo i lupi morti distesi sul terreno. Vidi le grosse mani di Vaclav che continuavano a stringere il pelo, la testa volta all'indietro nell'agonia, il suo lungo corpo schiacciato sotto il peso mortale della bestia. La mia mente annaspò, sentii la pistola scivolarmi di mano, le mie ginocchia divennero deboli e acquose.

— Resisti, resisti! — urlò qualcuno.

Ma l'aria densa di fumo si faceva calda, sempre più, assorbendo ogni suono, ogni immagine intorno a noi, finché poi non rimase più nulla. Sentii il mio petto venire strizzato, schiacciato lentamente da qualcosa di pesante come una lastra di pietra. Boccheggiai, ero a malapena in grado di respirare quell'aria immobile. Crollai in ginocchio, pensai: *il silenzio della morte dev'essere così*, e poi sentii una voce sussurrarmi nell'orecchio, aprendosi un varco nella nebbia velenosa.

Delle braccia mi sollevarono, poi iniziarono a trascinarmi, guidandomi in una corsa confusa attraverso i boschi. Non sentivo più i miei piedi toccare il suolo. — Da questa parte, da questa parte — urlava la voce. Dietro di me soffiavano suoni d'inseguimento. Devastato dalla confusione, non riuscivo a scacciare la terrificante immagine dei lupi affamati e sbavanti che ci davano la caccia. Tutt'intorno, la notte prendeva vita dai suoni implacabili di gole ringhianti, lamenti, carne che veniva azzannata e strappata dalle ossa. Il tanfo dei loro manti, del fiato caldo, mi piombò addosso. Qualcosa mi afferrò la gamba, il mio cuore sussultò con un lungo, folle, irregolare balzo; inciampai e caddi lungo disteso. Provai lo shock dell'acqua gelata, udii il battito cardiaco pulsarmi nelle orecchie.

Qualcuno mi tirò all'indietro per il colletto, le mie spalle emersero dal ruscello, e capii che ero con Zahara. — Dobbiamo correre! — ansimò. — Alzati, Imre, Cristo! Per favore alzati! Non senti quanto sono vicini? — Mi rimisi in piedi, mi trascinò con sé. Corremmo nel letto del torrente, sollevando schizzi sottili nell'acqua poco profonda. Ricordo di aver pensato che l'acqua avrebbe impedito al fine olfatto dei lupi di avvertire il nostro odore; ricordo di essere stato spinto sulla cassetta della mia carrozza e di aver udito lo schiocco della frusta, mentre balzavamo in avanti. Ma oltre a questo – finché non mi risvegliai in una vita cambiata per sempre – non ricordavo assolutamente nulla.

Mi risvegliai nell'oscurità più fitta. Disteso sulla schiena, sollevai una mano davanti alla faccia e sussultai, sconvolto da quella sensazione: sapevo che era lì, avvertivo la tensione nei tendini dell'avambraccio, quando voltavo il palmo avanti e indietro, ma non riuscivo a vederla. Quel buio vellutato era come un mantello sopra la mia testa, smorzava le emozioni, confondeva i pensieri. Mi sentivo intorpidito; come se qualcosa che era sempre stata parte integrante di me fosse venuta a mancare all'improvviso. Tirai un profondo respiro.

Ero solo nel mio letto. La carrozza era immobile, silenziosa. Lentamente, brandelli e manciate di ricordi tornarono a galla: ero disteso nel ruscello, sentivo il flusso dell'acqua gelida che m'inzuppava la pelle e i vestiti. La folle corsa nei boschi bui. Il suono di zampe che si muovevano nel sottobosco. Lupi. Tutto a un tratto, nella mia mente udii Mimi gridare *Fallo!* e la sensazione di stordimento scomparve con facilità, come se avessi strappato via una tenda diafana, marcita dal sole.

Mimi era alleata con Joseph, pensai, sentendo la rabbia salirmi in gola come un succo amaro. Insieme a Vaclav avevano pianificato di domare Zahara. Come aveva potuto Mimi prendere anche soltanto in considerazione una cosa del genere? Sapeva di cosa si trattava. Scossi la testa. Mimi credeva che Zahara avesse ucciso sua madre, ma Cristo! Non c'era niente sulla faccia della terra che avrebbe potuto spingermi a 'domare' un essere umano.

Per la prima volta in tutti quegli anni, provai un terribile senso di delusione verso mia moglie. Il suo desiderio di domare Zahara era come una pugnalata al cuore. – Come hai potuto, Mimi? – gemetti, e nello stesso istante una risposta sgorgò dalle mie labbra. Joseph. Era lui ad aver stregato mia moglie. Per qualche ragione che non riuscivo neppure a immaginare, Joseph voleva tutto il potere. Era odioso. Malvagio. Questo era l'amico di mio padre, questo bastardo, questo *Lovari*. – Ha mandato lui la visione – sussurrai, sentendo la verità affiorare dentro di me. Joseph aveva creato la visione dei lupi e voleva che uccidessi suo figlio. Voleva reclamare il suo posto come *prima*.

*Dov'è Mimi adesso?* mi domandai. La mia rabbia lasciò spazio a uno sconforto nero come la notte che mi circondava. Dov'era? Sentii il cuore accelerare e una nuova paura, una nuova ansia, s'impadronì di me facendomi urlare d'agonia come un animale ferito: – Lenore – gridai. – Lenore, Lenore, dove sei?

Una candela accesa si mosse nell'oscurità. La vista di dita rosee che proteggevano la fiamma, gli spettrali lineamenti di una faccia indistinta, il suono di piedi nudi che strisciavano sul pavimento. Gettai le coperte di lato e mi sedetti sul bordo del letto.

Zahara era in piedi al mio fianco. Mi bastò uno sguardo nei suoi occhi scuri, pieni di lacrime, e capii.

– È sparita – disse, scrollando le spalle in un gesto d'impotenza. La sua voce era tentennante, segnata dal dolore. – Lenore... lei non è... non era qui. – Zahara allungò una mano tremante e sfiorò con delicatezza il mio braccio.

Un dolore affilato come un coltello mi attraversò.

– Sparite, sono sparite entrambe – piansi, coprendomi il volto con le mani.

\* \* \*

Raccontai ogni cosa: tutti i miei sospetti, il mio odio per Joseph, il modo in cui aveva usato mia moglie come una pedina. Zahara crollò sul letto, i lunghi capelli le ricadevano sulle spalle, le lacrime scorrevano giù per le guance e scurivano il tessuto della sua camicetta. Non incrociava i miei occhi. M'implorò di smetterla. − Basta, ti prego − sussurrò. − Non riesco a sopportarlo.

Ma era dentro di me: esasperante, terribile, vivo. − È colpa mia − dissi, strattonando inutilmente le coperte. − Ho detto a Lenore, "Parti se senti tre spari". E poi... − Piansi disperatamente. − I lupi, Cristo, i maledetti lupi; lui sapeva e li ha inviati. Ne ho visti tre attaccare Vaclav. Tre di loro − ripetei. Il mio petto si fece pesante, mi piegai in avanti tenendomi la pancia. Fui colto da un attacco di nausea, il mio cervello era stordito, avevo il capogiro. O, madre di Dio, gli abissi dell'astuzia di quell'uomo.

− Lenore, lei... o Dio, ha sentito gli spari ed è partita, perché le avevo detto... pensava significassero che Mimi era nella carrozza di Vaclav. − Immaginai Lenore salire i malfermi gradini fino alla porta del vecchio, immaginai le sue piccole mani girare la maniglia, tremando per l'attesa, chiamare sua madre, e poi, poi cosa? Era stata vittima anche lei di un'illusione? Non lo sapevo. Chiusi gli occhi, digrignai i denti.

− O Dio perdonami; era così preoccupata, così spaventata, dev'essere entrata di corsa nella carrozza per vedere sua madre, assicurarsi che stesse bene. Voleva sua madre! Sono stato proprio io a mandare mia figlia da quel... da lui.

− No, no. Zahara mi afferrò un polso. − No, è stato lui, è stato lui! Non capisci?

Scossi la testa. − Mimi − dissi, tirando su col naso le lacrime. − Era una brava donna. Ha fatto tante cose per me... e per Lenore. − Feci una pausa. − Una volta eravamo a Buda Vecchia, in centro. Lenore aveva visto una bambola di porcellana in una vetrina. Aveva capelli biondi, una minuscola collana di perle al collo e guanti bianchi. Non riuscivamo a portarla via dal negozio, era estasiata da quella bambola. Dopo quel giorno, Lenore aveva iniziato a vedere bambole dappertutto. Ogni volta che vedeva in giro qualche ragazza *gajo* ben vestita, con una di quelle costose bambole in mano, piangeva dicendo che voleva una bambola vera, non un'altra logora bambola di stracci fatta in casa, come quelle delle bambine zingare, una con riccioli biondi, un cappellino pitturato e sottoveste. Non so dove Mimi trovò i soldi, o cosa vendette per comprarla, ma il giorno del suo compleanno Lenore, quando entrò in cucina per la colazione, trovò sulla sua sedia quella bambola vestita di raso.

Sospirai, ricordando ancora una volta il gridolino di eccitazione di Lenore quando aveva visto quella splendida bambola. Parlando a voce alta, ansiosa, si era seduta al tavolo tenendo la bambola in grembo come un bambino, per poi imboccarla con cucchiaiate di porridge. Ripensai al gioioso, soddisfatto sguardo negli occhi violetti di Mimi, e come aveva preso la mia mano nella sua, mentre stavamo lì a guardare la felicità di nostra figlia.

− L'amavo − dissi. − Mimi riempiva la casa d'amore, lei... − Mi bloccai.

– Oh, quel maledetto bastardo! Ha distrutto ogni cosa, ha preso tutto ciò che amo.

– Anch'io l'amavo! – urlò Zahara. – Mimi era mia cugina. Mi voleva bene, e Joseph l'ha messa contro di me. – Zahara scrollò il capo. – Se chiudo gli occhi posso vederla danzare la notte del vostro matrimonio, la sua bocca sbarazzina che ride dietro i veli di seta. Era così innamorata, così felice.

– Il banchetto di matrimonio – dissi. Ma nessuno l'aveva vista danzare per me nella carrozza. La luce calda nei suoi occhi viola.

– Ricordi il tuo fidanzamento? Il *pliashka*?

Annuii, rivedendo la bottiglia di brandy coperta dalla fascia di seta rossa e decorata con una collana di monete d'oro. Avevamo bevuto per suggellare la nostra unione. Il viso di Mimi, i suoi occhi incollati ai miei.

– Fu allora che mi raccontò – disse Zahara. – Che mi raccontò di Sighisoara.

* * *

Chiusi gli occhi, perso in quel vecchio ricordo. Sighisoara era un paese che pareva uscito da una favola medievale, situato in cima a una collina, a meno di un giorno di viaggio da Tirgu Mures. Non molto tempo dopo il nostro fidanzamento, vi portai Mimi. Ricordavo bene quel pomeriggio d'estate trascorso ad arrampicarci su per le sue strade strette e sinuose; la gioia di Mimi davanti all'antica torre dell'orologio; le case turrite – come minareti – con i loro tetti di tegole a mosaico; la cittadella in sfacelo appollaiata sopra il paese, simile a un cormorano durante la cova. Ricordavo di aver tenuto la mano di Mimi mentre eravamo in una gioielleria, le sue dita che strizzavano le mie (sì, voglio quella!), quando la ragazza che gestiva il negozio ci mostrò una collana, una piccola falce di luna appesa a una catenina d'argento. La comprai, poi la chiusi intorno al suo collo sottile. Mimi sorrise, pavoneggiandosi, la ragazza del negozio annuì, dicendo che su di lei quel gioiello era adorabile, perfetto! Ricordavo di aver desiderato sollevare la pesante massa dei capelli scuri di Mimi per baciare il punto del collo dove poggiava il piccolo fermaglio bianco, rammaricandomi di non poterlo fare perché eravamo in un luogo pubblico. Più tardi pagammo un penny per visitare un'enorme e vecchia casa color ocra che un uomo avvizzito con una voce stridula ci aveva spiegato essere il luogo di nascita del sanguinario eroe romeno Vlad Dracul.

Al tramonto, faceva fresco tra le montagne. La portai in un *levnerker*, una trattoria, per cena. Sorrisi, ricordando come avevo cercato di farla ubriacare di *tuica* – un brandy ricavato dalle prugne. Lei sapeva che ci stavo provando e mi lasciò fare; ridacchiava, fingendo solo in parte di strapparmi di mano i bicchieri che le riempivo mentre sedevamo davanti al fuoco.

– Prendi una camera, Imre – canticchiò. Era in quello stato di ubriachezza in cui un sussurro ha la forza di un grido. Io stesso ero alticcio, e Mimi aveva parlato a voce abbastanza alta; quando mi voltai per cercare l'oste calvo, lui stava già sollevando una sezione del bancone di mogano. Poi si diresse a grandi passi verso di me e si fregò le mani.

– Una camera, sì, per la notte? Mia moglie serve una colazione molto buona.

– Alzò due lunghe dita ossute.

Ci scambiammo un'occhiata; eravamo solo fidanzati, non potevamo stare fuori tutta la notte. Sollevai l'indice. – Una camera per una persona, per poche ore, così mia moglie può riposare prima del viaggio di ritorno. – Non parve contento, ma acconsentì; contai i soldi mettendoglieli in mano.

Lasciai che il proprietario mostrasse a Mimi la camera, poi appena si allontanò salii a balzi le scale di legno, grattai alla porta blu sbiadito contrassegnata col numero 3 da una targa di ottone arrugginito. La stanza era rivestita dal pavimento al soffitto da stretti pannelli di legno dipinti di un bianco opaco. Le finestre erano spinte all'infuori, aperte. Vasi di brillanti gerani rossi riempivano il davanzale. Mi fermai appena oltre la soglia, in attesa, respirando a malapena. Mimi spalancò le sue braccia affusolate, accogliendomi nel piccolo letto di ferro. Era vergine, quando c'eravamo messi in viaggio quella mattina. Facemmo l'amore due volte.

Fu uno di quei rari giorni che ci vengono concessi di tanto in tanto, quando ogni momento, ogni sensazione, risalta perfetto, separato da tutto il resto: il tranquillo viaggio lungo le pacifiche strade di campagna, la vista dei buoi che arrancano nella luce del sole; le vecchie lanterne di vetro assicurate a graziosi archi di ferro fissati direttamente agli edifici; il modo in cui le lampade brillano al crepuscolo nelle strade ripide; il suono delle campane che battono le ore; il ritmo di giovani corpi che cercano piacere e trovavano gioia.

Entrambi amammo – e non dimenticammo mai – Sighisoara; sulla via di casa fermammo la carrozza su un lato della strada fiancheggiata d'alberi e facemmo l'amore al chiaro di luna. Mimi, la mia futura moglie, mi tenne contro il suo piccolo petto, incontrò il mio ardore con slancio.

Ricordai di aver osservato con affetto il suo corpo sotto il mio, guardando la sua mano pallida, argentea sotto la luce lunare, guizzare verso l'alto per carezzarmi una guancia. Rividi il suo sorriso, la udii prendermi in giro: – Il mio, il mio Vlad Tepes.

Era l'altro nome di Vlad Dracul – mi aveva chiamato Vlad l'Impalatore. Poi spostò la testa velocemente, le sue labbra umide toccarono le mie per il tempo di un battito di cuore, ed entrambi scoppiammo a ridere.

\* \* \*

– Sì, mi ha raccontato del primo giorno, della prima volta, del vostro intimo scherzo su Vlad l'Impalatore – disse Zahara; fui troppo sorpreso per arrossire. Rimuginai su ciò che mi aveva detto, pensando che sua cugina doveva aver significato per Mimi più di quanto avessi mai creduto. Se solo me l'avesse confidato...

– È venuta da me, proprio prima del matrimonio – continuò Zahara, – ha preso le mie mani tra le sue. "Voglio che tu sappia", mi disse Mimi, "che di tutta la compagnia sei quella a cui voglio più bene, e ho qualcosa per te". Era il suo matrimonio, e lei aveva un regalo per me. Un ciondolo.

Chiusi gli occhi, rivedendo quel polveroso negozio di Sighisoara, lo splendore del sorriso di Mimi, il pendaglio che ammiccava sulla pelle, sotto la gola...

– Argento, falce di luna – disse Zahara. La sua mano strisciò verso il colletto, slacciò due minuscoli bottoni di conchiglia. – Non hai mai saputo che l'aveva data a me – disse con voce roca per l'emozione, – ma ce l'ho ancora. – Toccò la catenina finemente intrecciata che portava al collo, la estrasse con lentezza. Vidi la luna d'argento che avevo donato alla mia amata sorgere dai suoi seni.

Sighisoara, gemetti tra me e me. Una favola.

Era nella mano di Zahara, entrambi fissammo il palmo, il fragile ornamento che giaceva sulla sua pelle, e udii la sua voce vacillare. – Era di Mimi e, siccome mi amava, l'ha data a me.

Mi piegai per sfiorare con le labbra il ciondolo nella sua mano, mentre mi chinavo verso di lei, notai della carne sotto i polsini increspati della sua camicetta. Sentii il dolore della disperazione, e mi sfuggì un lamento. Il polso di Zahara era bianco e liscio – bianco e intatto come quello di Mimi prima che quel male terribile ci attaccasse.

Mi fermai, sollevando lo sguardo. I suoi occhi onice incrociarono i miei, e vi scorsi una luce interrogativa.

– Oh, Zahara – bisbigliai, – Mimi diceva che avevi reclamato la mano del morto.

– Joseph... – cominciò.

– Joseph glielo ha fatto credere – conclusi con tristezza. Chiusi gli occhi, lasciai cadere la testa in avanti e le sue braccia mi circondarono, confortandomi. La sua voce, un sussurro, riusciva a calmarmi. Stava ripetendo più volte il nome di Mimi. Il suono del nome di mia moglie era come il distante sciabordio delle onde che s'infrangono sulla spiaggia; mi sentii solo come un uomo lasciato ad annegare nel mare di notte, che agogna la luce, vuole toccare terra, sente l'ossessionante suono delle campane della nave scomparire in lontananza, e finalmente si lascia andare.

– Mimi – sussurrò ancora.

Ci tenemmo stretti l'un l'altra. Le mie mani incontrarono i suoi capelli, voltai il suo viso verso il mio e, piangendo per Mimi, baciai il salato della sua pelle.

– 22 –

Facemmo l'amore, la prima volta fu come se entrambi avessimo fatto l'amore con mia moglie. Ma la seconda volta, all'alba, fu solo nostra, tutti gli anni di passione sepolta tra di noi esplosero rinascendo.

Mi svegliai poco a poco. La stanza sembrava fluttuare, sospesa tra la notte e il giorno; livide strisce di luce duellavano con profonde chiazze d'ombra. Il sole faceva risaltare i vestiti sparpagliati per terra – pantaloni, una sottoveste trasparente, una camicia bianca consunta dal lavoro, calze di cotone. Zahara si piegò su di me, sentii le sue labbra strofinarsi sulla mia pelle, sotto l'orecchio.

Con una mano giocherellò sul mio petto, le sue dita indugiarono nel groviglio di corta peluria che andava ingrigendosi. Strinsi una mano sulle sue. Mi voltai per incrociare il suo sguardo e sentii le sue labbra carnose premere sulle mie. Sorrise come se nascondesse qualche dolce segreto, il gesto fu così innocente e femminile al tempo stesso che mi eccitò. Vacci piano, mi ammonii, e lasciai che gli occhi si chiudessero.

Le carezzai la base del collo, passai le mani tra i folti capelli luccicanti. Era piacevole, sembravano ragnatele sottili che si libravano sulla mia pelle.

— Imre, amore mio — sospirò nella mia bocca, il suo respiro era caldo e confortante, la sua lingua attraeva fortemente la mia. Sentii che si spostava, mettendosi a cavalcioni su di me con agilità, e aprii gli occhi per guardarla. La testa di Zahara era inclinata indietro, il viso rasserenato in un mezzo sorriso. La sua pelle era olivastra. Portai le mani sui seni, circondandoli piano, stuzzicando con dolcezza i capezzoli scuri tra indice e medio. Gustai il suo profondo, soave mormorio.

Si piegò in avanti. Assaporai i suoi seni, passandomi le loro rotondità sulle labbra, il mento. Le infilai una mano tra le gambe, la carne delle sue cosce irradiava uno splendido, rilassante calore. Era scivolosa. Bagnata.

Sentii che si girava e lo prendeva in bocca; le sue mani si mossero su di me con calma, e nello stesso istante feci scivolare le dita dentro di lei, le passai intorno al piccolo, caldo clitoride di carne. Udii il suo respiro farsi più affannato, e i suoi bassi gemiti sempre più bassi e feroci; rabbrividii, ormai vicino all'orgasmo. Quando si scostò per salirmi a cavalcioni, mi resi conto dell'umidità che la sua bocca aveva lasciato su di me.

Le sue dita mi guidarono, ero dentro di lei; la aiutai a sollevare i fianchi per poterci muovere su e giù con maggior piacere. Spostò il suo peso, ci tenemmo stretti e con una breve rotazione fui sopra di lei, avvertendo all'improvviso la sua meravigliosa profondità. Guardai verso il basso. I suoi occhi erano chiusi, le labbra arrossate per i baci, i capelli scuri un ventaglio ondulato sulle lenzuola. Sentii i suoi denti, il leggero schiocco quando morse e succhiò la pelle del mio collo. Le sue gambe si aprivano e chiudevano dietro di me; poggiai le labbra a un capezzolo, esplose nella mia mente l'immagine di me, a diciassette anni, che baciavo i suoi seni accanto a un nodoso albero di rose, la corteccia scura come la notte, avvertendo il principio di quell'abbandonarsi che conduce alla fine.

* * *

Dopo, rimasi poggiato a lungo sul suo petto. Le sue mani si muovevano lentamente tra i miei capelli, sulle spalle, su e giù lungo la morbida pelle della schiena.

— Sono innamorata di te — sussurrò Zahara, tirandomi con delicatezza una piccola ciocca di capelli e facendomi guardare nei suoi scuri occhi ossidiana.

Li fissai a lungo. Sorrisi, ma non risposi.

* * *

Quando mi svegliai, alcune ore dopo, lei stava dormendo distesa sulla schiena. Non faccio mai colazione, il mio stomaco è molto meno mattiniero rispetto al resto del mio corpo, e la mattina la sola idea del cibo mi provoca una leggera nausea. Ma quel giorno ero affamato e l'immagine sfavillante di uova strapazzate, patate fritte, sfrigolanti pezzi di carne e caffè nero, mi fece brontolare lo stomaco e sorridere. Lei dormiva profondamente. Avrei preparato qualcosa da mangiare, pensai, saltando fuori da sotto le coperte e infilandomi i vestiti.

Ero piegato in avanti, con una gamba ficcata nei pantaloni, quando sentii un gorgoglio rauco, seguito da un protratto russare. Rimasi sorpreso per un momento, poi pensai di dovermi ricordare di quel suono, per prenderla in giro. Quasi tutti russano, ogni tanto, ma teniamo la cosa privata, come un segreto – insieme al resto dei nostri rumorosi segnali corporali. Sorridendo, mi tirai su i pantaloni e diedi un'occhiata alla stanza.

La finestra accanto al mio letto lasciava entrare la luce, ma il sole si era spostato dall'altro lato della carrozza, rendendo la stanza più smorta di quanto avrebbe potuto essere. La pelle di Zahara aveva un aspetto strano e molliccio, in qualche modo più compatto di quanto ricordassi, con un biancore untuoso simile al lardo. Il lenzuolo creava una riga di demarcazione spiegazzata sulla sua pancia. Un braccio era buttato all'indietro sopra la testa.

Mi avvicinai e all'improvviso la stanza si fece più scura, offuscata dalle ombre, come se il sole invisibile fosse scivolato dietro una spessa cortina di nubi. Sotto il lenzuolo, le gambe e le cosce sembravano aver assunto un gonfiore esagerato. Il ventre e la vita erano larghi, rotondi, butterati da depressioni nella carne, marmorizzati da minuscoli capillari che conferivano un vago aspetto rosato tipico della carne di maiale. I seni pendevano come grosse bistecche, sformati dal peso massiccio. Vidi una profonda piega di pelle flaccida sulla spalla, nel punto in cui il braccio era sollevato sopra la testa. Il gomito era tozzo, rugoso. Mi si mozzò il fiato. Quella era una cosa che capitava alle persone obese – Cristo, puoi startene a oziare per anni prima che il grasso cominci a depositarsi sulle spalle, sui gomiti.

*Il resto di noi vede una flaccida donna sfiorita che dondola quando cammina.*

Mi tornarono in mente le parole di Joseph. Sentii un lento ribollire nella pancia. No, lui ti ha piantato quell'idea nel cervello, e col tempo è maturata lentamente in un frutto nero...

Mi avvicinai al letto. La sua bocca era aperta, il torace si sollevava e abbassava pigramente, il respiro usciva in sbuffi brevi e pesanti. Nella luce fioca, i suoi capelli erano color topo, spruzzati di grigio, e i denti rivelavano una nauseante sfumatura brunastra.

*Le mancano tre denti.*

Per un secondo vidi lo scuro spazio vuoto, il rosa stentato e pallido delle gengive dove i denti erano caduti; la lingua rigirò e schioccò nella bocca, le labbra si unirono con un impercettibile tremolio. Mi piegai più vicino, respirando una nube disgustosa. Ebbi un conato di vomito per il tanfo che saliva dai *sordes*, le incrostazioni che ricoprivano denti e gengive, per i gas accumulati nelle profondità del suo corpo.

Indietreggiai e mi voltai, coprendomi il naso e la bocca con una mano. Impossibile, mi dissi. Era il senso di colpa che stava scavando una galleria sotterranea nel mio cervello, poco a poco, aprendosi la strada verso la superficie, attraverso le tremende parole del vecchio.

*Che cosa vedi, Imre? Il resto di noi vede...*

Il lato destro del materasso sprofondava sotto il corpo, inclinandosi sotto un peso enorme. Dentro di me, gemetti. Un uomo avrebbe potuto rotolare verso il centro di quella massa, ritrovandosi sulla sua carne. Sentii la mia bocca contorcersi. Nella mente mi rividi mentre infilavo una mano tra le grandi cosce tremolanti e baciavo una bocca devastata e putrida, spiegazzata di rughe. Rividi il disegno di Constantin della grassa donna senza mento, il suo ghigno scheggiato ritratto di profilo. La scritta sinuosa mi fece girare la testa. *Strega.* Tremai, ripetendomi che Constantin era solo un folle, e poi chiusi le palpebre.

Passai una mano sulla fronte, costringendomi a guardare di nuovo, poi emisi un sospiro di sollievo. Osservai le labbra rossastre e carnose ritornare normali; Zahara sorrideva nel sonno e si sistemò su un fianco – il suo corpo magro piegato in una lunga e delicata curva – come ogni giovane donna sazia d'amore.

Misi da parte la mia inquietudine e uscii dalla stanza, salii la breve rampa di scale che portava in cucina. Muovendomi con cautela presi la pentola di stagno, poi misi il caffè a bollire. Rimasi accanto alla finestra, osservando soprappensiero all'esterno, mentre aspettavo che il caffè fosse pronto. Nel vetro scorsi dei segni bluastri – succhiotti – che mi punteggiavano il collo. Distolsi gli occhi dal riflesso, cominciai ad abbottonare il colletto della camicia, e mentre sollevavo la mano annusai l'odore umido e sgradevole del suo sesso sulle dita. Fui colto da un attacco di panico; andai al catino e cominciai a lavarmi, col vecchio detto di uno zingaro Kaldersh che mi ronzava in testa. *Kon khal but, kal peski bakht.* Chi mangia troppo, divora la sua fortuna.

Mi accorsi a malapena di non avere più appetito.

## – 23 –

**Tardo autunno, 1863**

Giorno dopo giorno guidai la carrozza per viottoli di campagna e passi montani, cercando qualche traccia di Mimi, di Lenore. Chiedemmo nei paesi; parlammo con contadini dalle facce severe che annuivano mentre si piegavano su staccionate rotte, stringendomi la mano e augurandomi buona fortuna. Ci fermammo nelle fiere e nei mercati. Sempre lo stesso risultato. Nessuno aveva visto Mimi, nessuno aveva visto una ragazzina o un vecchio zingaro di passaggio con una carrozza malconcia.

Zahara non disse mai una parola su quella lunga ricerca infruttuosa; né feci mai cenno della mia sensazione che Mimi stesse cercando di tornare da me in qualche modo.

Si stava avvicinando novembre. C'eravamo accampati vicino a Deva. In lontananza, le rovine ricoperte di muschio della vecchia cittadella incombevano sulle colline. Zahara era nella carrozza; verso il tramonto slegai i cavalli e li condussi in una radura per farli pascolare. Li guardai brucare per un po', lasciando che le loro bocche mordicchiassero il fieno stopposo; poi vidi una cavalla saura che teneva la zampa anteriore destra sollevata.

— Una pietra, sicuro — dissi, avanzando ed estraendo un punteruolo dalla tasca. Mentre mi chinavo a esaminare lo zoccolo, sentii il mio nome scivolare attraverso i silenziosi campi gialli.

*Imre, Imre.*

Sollevai lo sguardo, stranamente certo che fosse lei, che mi avesse chiamato Mimi. Ma vidi solo uno stormo di quaglie spiccare il volo, all'improvviso. Come se fossero appena state stanate, si sollevarono in una nube di ali, dando sfogo alle loro grida acute, e il mio cuore accelerò all'improvviso. Guardai verso la radura.

Al centro c'era un vecchio albero rachitico che creava un grezzo riparo naturale per il bestiame durante l'estate. Si alzò il vento, udii i rami spogli sbatacchiare gli uni contro gli altri con un suono scheletrico di ossa di uomini morti. La sommità della quercia splendeva di un'intensa luce rossa, la base era immersa in una densa nebbia crepuscolare. Il sole sprofondò dietro l'orizzonte, avvertii un brivido di eccitazione lungo la spina dorsale, come se fosse calata su di me una consapevolezza che dilatava il tempo.

E poi la vidi. La carrozza a barile del vecchio era lì; un'immagine ondeggiante che emergeva dalla nebbia grigia tra gli alberi. Trattenni il respiro.

Il rivestimento di tela parve svanire, e un attimo mi trovai a guardare all'interno. Una pallida luce ocra, proveniente da una lanterna arrugginita, si spandeva in un cerchio sul tavolo. Mimi si alzò, riempì un piatto bianco di stufato, prendendolo da una pentola di ferro poggiata sulla piccola stufa nera. Lo riportò al tavolo, lo posò di fronte al vecchio. Lenore sorrise, sollevando il suo piatto per un'altra porzione.

Mi avvicinai, la carrozza parve dissolversi nella nebbia turbinante, strappandomi un gemito. Arretrai, la visione tornò a essere vivida, e all'improvviso mi resi conto che li potevo ascoltare...

— Ci arriverà col tempo, mia cara — disse Joseph, carezzando il polso di Mimi, e vidi il bagliore dell'anello d'oro al dito sottile, l'espressione astuta negli occhi socchiusi. Il vecchio pensava che anch'io avrei reclamato il terribile potere?

— Questa attesa infinita — sospirò Mimi. — È così lunga, così stancante — la vidi lanciare un'occhiata a Lenore, combattuta tra il dirle qualcosa o lasciarla all'oscuro di tutto. Il viso di Mimi era troppo magro, sembrava stanca, schiacciata dal dolore. Disse a Lenore di finire la cena e di prepararsi per andare a letto. Mia figlia, i suoi capelli ricadevano in folte trecce castane, era in piedi davanti a Joseph. Vidi il vecchio baciarle la fronte, e avvertii nel cuore una paura nauseante. Le ha stregate, ha impresso il suo sigillo nelle loro menti, dà loro baci degni di quelli di Giuda.

Mimi si avvicinò al vano della porta, incrociò le braccia sulla vita, notai che lanciava uno sguardo verso i campi che imbrunivano; mi domandai se i suoi occhi avessero incrociato i miei, se mi vedesse. Dalla gola mi sfuggì un lamento e cominciai a correre verso di lei. A ogni passo la carrozza veniva inghiottita sempre più dall'oscurità, finché non rimase altro che la sagoma di Mimi – la massa di riccioli scuri intorno alla testa, la forma a campana della lunga gonna – e il suono della sua voce che si affievoliva, un sospiro, e poi un sussurro: *Imre, Imre*, che divenne silenzio.

Sotto la quercia non c'era nulla. Esaminai il terreno, camminai in cerchio intorno al tronco. I miei occhi pulsavano, la testa doleva per il tentativo di scorgere qualcosa tra le ombre crescenti, alla ricerca di erba schiacciata, un fazzoletto dimenticato, un avanzo di cibo – un segno, un barlume di speranza, un puro e semplice contatto.

*Erano qui, adesso?* mi domandai, colpendo l'albero col pugno. Erano stati lì prima, o vi sarebbero arrivati tra qualche notte, in futuro? Non lo sapevo, ma ero riluttante ad andarmene. Quel campo ammantato d'autunno era diventato ai miei occhi un luogo romantico, infestato; il luogo in cui ero stato più vicino a trovare Mimi e Lenore. Credo che avrei potuto trascorrere tutti i tramonti della mia vita su quel prato ad attenderle; ma una parte profonda di me stesso sapeva che non ci sarebbero state altre visioni. L'improvviso senso di vuoto che permeava il posto e la sensazione che la sua magia fosse svanita erano innegabili, e dopo altre tre notti solitarie rinunciai, sentendomi triste e addolorato.

*\* \* \**

Anche se i miei giorni appartenevano a Mimi – e vi dirò con franchezza che ero un uomo diviso, una divisione sottile come la linea tra luce e ombra ai tropici – con l'oscurità crescente della stagione le mie notti appartenevano sempre più a Zahara.

Facevamo l'amore con un abbandono che non avevo mai sperimentato, ma, al di fuori di quell'impetuosità, tra noi stava nascendo qualcosa di malsano. Come una grassa sanguisuga, si aggrappava e nutriva del nostro sudore, dei nostri gemiti, delle nostre urla.

Era cominciato in modo abbastanza innocente, come una divertente avventura che potrebbero condividere due bambini incoscienti. C'eravamo stuzzicati durante una lunga cena, seduti fianco a fianco su una panca – e ci stavamo eccitando. Zahara indossava una mia camicia bianca di lino; e se la vista delle sue gambe scoperte non fosse stata sufficiente, il pensiero che sotto fosse nuda lo era di certo. Ogni volta che si piegava o spostava, il colletto si apriva, concedendomi un'allettante sbirciata ai suoi seni e alla liscia distesa di pelle appena sotto.

– Oh, tutta questa fatica e non mangi niente – disse ridacchiando, scuotendo la testa in direzione del mio piatto pieno di cibo, un *sarmale* di foglie di cavolo ripiene di riso e carne.

Mi piegai all'indietro contro la parete della carrozza e spinsi il piatto verso il centro del tavolo.

– Ha funzionato? – I suoi occhi luccicavano maliziosi. All'improvviso si spostò di fronte a me, col petto in fuori. – Ha funzionato? – sussurrò ancora, sfiorandomi appena coi seni. – Già, mi chiedo se il mio piano... – Sentii le sue mani armeggiarmi sul ventre, facendomi rilasciare un debole ansito.

– Sì, piccola strega, il tuo piano ha funzionato – dissi, nello stesso istante in cui mi strappavo i bottoni della camicia e avvicinavo la bocca ai suoi seni.

Si divincolò. – Prendimi – urlò, e poi corse nuda verso la camera da letto, con la camicia strappata che si muoveva come una vela nella sua mano.

Incespicai dietro di lei. Era distesa sul letto, con le ginocchia sollevate e le mani dietro la testa. – Com'è la vista? – disse, aprendo e chiudendo le gambe più volte.

– Divina.

– Vuoi vedere meglio? – mi stuzzicò, dando dei colpetti sul lenzuolo per invitarmi a raggiungerla. Il viso le brillava d'intenzioni piccanti mentre cominciavo a svestirmi.

Mi lasciai cadere su di lei con i pantaloni calati a metà e la camicia aperta. Si contorse e agitò sotto di me, poi riuscì a divincolarsi. – Presa – esultai, allungandomi e afferrandola per una caviglia.

– Lo pensi tu – rise, mentre lottavo per riportarla giù sul letto e mi sedevo cavalcioni su di lei. I suoi piedi si dimenavano e mi sbattevano sulle spalle. Le sollevai le braccia sopra la testa, tenendole spalancate, spostai il peso in modo che rimanesse bloccata sotto di me, i nostri occhi s'incontrarono.

– Legami – disse.

– Cosa? – Udii la voce venirmi meno.

– Fallo – disse, indicando la camicia stracciata, e, Dio mi aiuti, le mie mani tremarono, il mio cuore prese a battere all'impazzata; ridussi l'indumento in strisce bianche sfilacciate e gliele intrecciai intorno ai polsi e alle caviglie, legandola a X sul letto, come un uomo crocifisso nell'antica Roma.

La possedetti e, Cristo mi salvi, persino allora sapevo che era sbagliato, che era l'inizio di qualcosa di spiacevole, nero, letale. Quelle fantasie oscure che tessemmo insieme mi fecero sentire nauseato prima del mattino, quando le mie mani ancora tremavano e la mia coscienza si contorceva. Ma non potei farne a meno, e quello fu solo l'inizio.


– 24 –


Zahara mi trascinò sempre più a fondo perché gran parte di quel che faceva vestiva la maschera dell'innocenza. Cominciò a indossare dei costumi, e una volta, ricordo, si era agghindata con una lunga veste gialla, come una donna inglese del diciottesimo secolo. La sua vita era strizzata, il seno tirato su. Indossava calze bianche, sorrideva in modo melenso dietro al merletto di un ventaglio nero, si era incipriata il viso e il collo, con un minuscolo neo posticcio vicino all'angolo della bocca; un altro luccicava appena sotto l'occhio destro. Aveva affittato una parrucca bianca e mi serviva il tè.

All'improvviso, nel bel mezzo di quella provocante commedia, sul suo viso apparve un'espressione strana, stupita. Si fermò, grattandosi la testa per un attimo, e parve vuotare la testa di qualunque cosa. Versò il tè in una piccola tazza blu. – Non sei curioso di quest'intimo di pizzo? – domandò; nei suoi occhi tornò la stessa espressione perplessa e, un attimo dopo, come se avesse compreso qualcosa all'improvviso, urlò: – Merda! – strappandosi via la parrucca e scagliandola al centro della stanza. Si piegò in due e agitò la testa avanti e indietro con rapidità, affondando le mani nei capelli neri, ancora e ancora. – *Oh, merda, quel maledetto affare è pieno di pulci!* – strillò.

I parassiti caduti strisciarono incerti lungo la gonna di raso del suo vestito. Si alzò e cominciò a spazzolarsi con foga il grembo, il suo sguardo cadde sulla parrucca infestata e prese a urlare di nuovo. − Quando prendo la puttana che me l'ha affittata... − borbottò, e poi, siccome ero già esploso in una risata isterica, cominciò a ridere pure lei. Si tolse i vestiti, li gettò in un mucchio fuori dalla finestra, e mi trascinò con lei sul tavolo della cucina. − Non ha senso − disse, − spargerli sul nostro letto. − Dopo aver fatto l'amore lavammo la carrozza con una soluzione di acqua calda e sapone di lisciva e ci facemmo un bagno prima di dormire sulle lenzuola.

Ma c'era anche un lato più oscuro di quella pantomima: i costumi. Una notte rientrai e la trovai vestita con un corsetto di stecche di balena allacciato strettamente intorno alla vita; le sollevava i seni sul petto, esponendoli del tutto.

− Sei mai stato con una puttana? − sussurrò, pizzicandosi il capezzolo destro.

− No − dissi.

− Vuoi che finga?

− D'accordo. − Deglutii a vuoto; visto il suo aspetto, non avevo alcuna intenzione di rifiutare. Il corsetto d'avorio terminava sulla linea dell'anca, un paio di giarrettiere ornate di pizzi si allungavano verso il basso mettendo in risalto gli scuri riccioli di peluria tra le sue gambe.

− Quanto pagheresti? − domandò Zahara, sedendo poggiata ai cuscini mentre giocava con la sua carne liscia, scoperta sopra un paio di calze nere. I miei occhi erano inchiodati sulle sue dita che scorrevano con leggerezza sulla pelle.

− Qualsiasi cosa.

Rise della mia voce stridula. − Quanto?

− Tanto − sussurrai.

Si alzò pavoneggiandosi, si mise in equilibrio su un tacco e sollevò una gamba, poggiandola sul letto. Mi guardò da sopra una spalla, esortandomi con le dita. − Andiamo allora, paga. − La sua voce era liquida, melodiosa di eccitazione.

Ridacchiai e mi mossi verso di lei, le circondai la vita con le braccia, poi la tirai contro di me per sentire le sue natiche sode, per accarezzarla. Le mie dita scivolarono tra le sue gambe.

Si voltò e fischiò. − Per chi mi hai presa, eh? Paga o vattene.

− Paga? − Era un gioco, pensai. Ma non ero certo di cosa volesse da me.

− Sei stupido? Pagamento anticipato. Svuota le tasche.

Infilai le mani nelle tasche dei pantaloni e le rovesciai accidentalmente; le monete caddero dalle mie mani impacciate e tintinnarono in una grandinata sul pavimento. Lei mi guardò di traverso. − Raccoglile.

Mi inginocchiai e cominciai ad ammucchiare i soldi. Una moneta schizzò via dalla mia presa. − Tutte − sogghignò, e acciuffai la moneta d'oro che rotolava.

La sollevai verso di lei, per un attimo pensai che l'avrebbe presa e subito gettata via, che mi avrebbe stretto a sé. Invece, infilò una mano tra i seni e tirò fuori un piccolo sacchetto di cotone a strisce rosa, chiuso con una cordicella. Mise la mia moneta nel sacchetto, e lo infilò nel corsetto.

− Così va bene. − Un'espressione severa attraversò i suoi occhi. − Hai comprato la puttana e avrai la puttana. Ma questo − diede una pacca al pesante busto, − rimane dov'è.

\* \* \*

— È una cosa stupida, ecco perché! — urlai. Erano trascorse due settimane. Non aveva ceduto di un centimetro su quello che chiamavo il gioco della puttana.
— I soldi sono tuoi, prenditeli, tutto ciò che ho è tuo, ma non farmi fare questo.
— Te l'ho già detto — disse, sedendosi su una sedia con le gambe spalancate.
— Potrai farti una svelina. — Era fasciata in un negligé a brandelli, si fissava in un piccolo specchio mentre s'imbellettava le labbra, i capezzoli, con la noncuranza di una consumata cortigiana. — Se vuoi un pompino, paghi in anticipo. Se vuoi leccarmi la fica — ghignò, sapendo che la sua volgarità mi sconvolgeva ed eccitava nello stesso tempo, — allora paghi. — Sbirciando nello specchio, piantò la punta del dito nel vasetto di tintura rossa, poi diede dei colpetti su un angolo della sua bocca rosea.
— Ma perché mi fermi? Perché non... perché non posso pagare per... tutto in una volta?
— Funzionano così gli affari — disse, senza distogliere lo sguardo dallo specchio, e rimettendosi la veste sulle spalle.
— È squallido — aggiunsi, nauseato al pensiero che l'avevo già fatto tante altre volte. La pagai. Poi mi alzai dal letto, presi il portafogli e la pagai una seconda e una terza volta per sentire la sua bocca su di me, per poggiare la mia su di lei, per tutto.
— Sei stanco di tutto questo, non è vero?
Annuii spossato.
— Forse, se prendessimo una camera, la situazione ti sembrerebbe più reale.
La guardai, senza capire.
— Sì — disse, — faremo così. Mi vide scuotere la testa. — Perché no? Non vuoi affittare una camera?
Quando annuii, mi lanciò un'occhiata scaltra, di chi la sa lunga. — Bene, allora fingeremo soltanto.
Due notti dopo ebbe ciò che voleva, e fu reale.

\* \* \*

Mi soffiai sulle mani, percorsi a grandi passi una sala piena di spifferi sbattendo i piedi per scaldarmi. Quindi bussai alla porta, aspettando paziente finché sentii la sua voce che mi esortava a entrare. La stanza imbiancata era illuminata da un'unica candela. Il soffitto era basso, striato di fuliggine proveniente dal camino di mattoni. Scuri di legno coprivano le finestre, qua e là mancavano delle assicelle. In un angolo c'era uno spartano, puzzolente vaso da notte coperto solo in parte da un asciugamano ingrigito. Su un piccolo mobile sgangherato poggiavano una brocca scheggiata e un malridotto catino verde. Il letto era piccolo, le coperte tirate su senza cura. Lei era distesa sul letto, scalza, nuda dalla vita in giù. La sommità arrotondata dei seni spuntava dalla scollatura di una sottoveste bianca come la neve. I capelli neri le ricadevano in morbidi riccioli sulle spalle.

— Oh, Zahara — cominciai, per dirle che nulla di tutto quello era necessario, per domandarle di smetterla.

— Zitto — disse. — Metti i soldi sulla toeletta. — La indicò con una limetta per unghie che teneva tra le mani. Attraversai la stanza adagio, sospirando, i miei piedi facevano scricchiolare le assi ondulate; poggiai tre monete d'oro in un vassoio di porcellana dipinto di fiori rossi.

— Vieni qui — disse; mi avvicinai al letto, temendo ciò che sarebbe accaduto. Rimasi in piedi davanti a lei.

— Tiralo fuori dai pantaloni — ordinò.

Sbottonai i calzoni, lo tenni sollevato mentre lei avvicinava la candela, come per ispezionare la mia pelle alla ricerca di segni di malattie.

— Va bene.

Strizzai le palpebre, sentendola armeggiare tra fiale e bottiglie che ingombravano il comodino. Udii il suono di un turacciolo stappato. Provai la sensazione bagnata di essere intriso in qualcosa che odorava d'alcool e mordeva come fuoco. Non sapevo cosa fosse, disse che lo usavano tutte le puttane per prevenire le malattie. Me lo schizzò e sfregò addosso, lasciando su di me un'enorme chiazza liquida. Lo sentii colare sulle cosce attraverso il tessuto dei pantaloni.

— Puoi spogliarti — disse con compostezza, sdraiandosi di nuovo.

\* \* \*

Venti minuti dopo ero nel corridoio, quasi mi scontrai con un contadino calvo che se ne stava poggiato al muro. Incespicai lungo il passaggio diretto verso le scale, troppo stordito e umiliato per pensare alla mia dipendenza da quella donna, al modo in cui mi eccitava e ripugnava, finché all'improvviso udii Zahara urlare alle mie spalle: — Entra.

Mi voltai incredulo per scorgere la larga schiena del contadino che oltrepassava la soglia. È uno scherzo, non può essere, mi dissi, avvicinandomi di soppiatto alla porta. Colsi un improvviso e irreale odore di cibo andato a male proveniente dalla cucina della taverna al piano inferiore, udii lo sbattere di pentole, tintinnii metallici.

— Apri — urlai, scuotendo la maniglia, sorpreso di trovarla chiusa. — Smettila!

Dall'interno giunse il debole suono della sua voce: — Metti i soldi sulla toeletta.

La voce del contadino aveva il pesante accento nasale della gente di campagna. — Mi avevano detto che eri abbondante — ruggì in tono di approvazione, — mi piacciono le donne grosse.

Nauseato, fuggii dalla taverna.

– 25 –

Sedevo su una panca, con un occhio che esaminava distrattamente il piccolo libro nero che tenevo in grembo, mentre l'altro era all'erta aspettando di vedere Zahara. Avevo cominciato a seguirla tormentato dalla mia gelosia, così intensa da nausearmi. I miei pensieri turbinavano in un circolo incontrollabile, immaginari ratti rosicchianti facevano girare la ruota della mia testa, del mio ventre.

*Con chi era? Cosa stava facendo?*

"Andava a caccia" per i cimiteri, questo avevo scoperto nel mese in cui avevamo viaggiato diretti a est, verso Sibiu, un'antica cittadina gotica proprio sui Carpazi. Appena prima di mezzogiorno avevo visto Zahara superare le alte colonne di pietra che fiancheggiavano i cancelli d'ingresso del cimitero, e stavolta l'avevo seguita all'interno, sistemandomi su un'elaborata panca di ferro battuto per osservarla a debita distanza.

Ebbi una visione di sfuggita della sua testa, dei suoi riccioli scuri che svolazzavano al vento. Allungai il collo. Il camposanto, proprio come la città, era costruito su diversi livelli collegati tra loro, in mezzo alle colline irregolari. Scomparve dietro il rettangolo di un mausoleo bianco, poi la vidi passeggiare lentamente, con la mantellina nera che sventolava all'altezza dei calcagni, e scendere lungo un ripido sentiero di ghiaia.

Accanto a me una vecchia poggiò un piccolo mazzo di crisantemi color sangue accanto a uno stretto lembo di terra infossato. Un paio di sudici becchini mi superarono, trascinando i loro attrezzi. In lontananza, li guardai costeggiare con discrezione una cerimonia presieduta da un prete di alta statura, e sorrisi: anch'io ero vestito come un sacerdote. Mi era venuto in mente che avrei potuto seguire le peregrinazioni di Zahara nel cimitero con più facilità se avessi indossato quell'abito, e una notte mi ero introdotto in un'isolata canonica di campagna e avevo rubato la tonaca nera del monsignore locale, la sua mantella e il libro di preghiere quotidiane – il breviario.

Di tanto in tanto, Zahara usciva dalla mia visuale, ma sedetti sotto quell'anemico sole invernale aspettando, osservando, avvertendo l'inconsueta sensazione dell'abito scuro che si gonfiava intorno alle gambe, mosso dal vento. Lei procedeva a zigzag lungo i viali costeggiati di alberi, cercando tombe recenti, i segni rivelatori di lapidi posate da poco, cumuli di terra smossi. La vidi indugiare accanto a diverse tombe. Avevo sentito parlare delle prostitute da cimitero, e m'infuriai al pensiero che potesse vendersi nelle stradine e i vicoli della città dei morti.

Sapevo che queste puttane fingevano di essere sconvolte dal dolore. Attendevano una possibile vittima, poi mettevano in atto la loro farsa: singhiozzavano sopra le tombe recenti, qualche volta perdevano il controllo e fingevano di svenire. Un uomo, molto probabilmente, sarebbe subito corso in loro aiuto. Una donna sveglia avrebbe potuto raccontargli qualunque cosa: mia madre è morta di una malattia logorante, tre giorni fa il mio fidanzato si è ucciso, mio marito, un promettente e giovane musicista, è stato investito da una carrozza in corsa.

Dal sentirsi affranti per la donna sconvolta, a offrirle qualcosa di caldo da bere, o una cena, il passo era breve. In posti come Parigi e Londra le puttane fingevano che i gentiluomini avessero infiammato la loro passione: – *Oh, Dio mi perdoni, è sbagliato, abbiamo appena chiuso Allan nella cassa, ma non posso farne a meno.* In poco tempo gli uomini cominciavano a portare regali, comprare vestiti, mobili, appartamenti. Lungo la strada, immaginai, Zahara avrebbe potuto concedersi dichiarando un'improvvisa povertà e facendosi prestare dei soldi, oppure rubandoli. Sentii la mia bocca curvarsi in una stretta linea. In un modo o nell'altro, l'uomo sarebbe stato troppo imbarazzato per recarsi alla polizia, e lei se ne sarebbe andata – se non quel giorno, quello successivo.

Un nodo mi serrò lo stomaco. I movimenti di Zahara non parevano casuali, mi domandai se conoscesse il posto di persona o per la sua fama. L'aveva già fatto prima? Era già stata lì? Soltanto il giorno prima avevo visto una fila di sgargianti carrozze zingare lungo la vecchia strada della città, e sentito le campane tintinnanti dei cavalli.

Si era inginocchiata accanto a una lapide con una decorazione elaborata, col vestito scuro e la mantella raccolte attorno alle ginocchia, pronta ad alzare gli occhi in cerca di passi lungo il sentiero. Una volta si avvicinò una giovane donna, in un istante di stupore pensai fosse Mimi, ma la faccia di Zahara era calma, serena; scacciai il pensiero, dicendomi che avevo immaginato quella somiglianza solo perché avevo visto passare quelle carrozze.

Alcuni minuti dopo un vecchio la salutò sollevando il cappello malconcio. Zahara fece un debole sorriso, poi abbassò lo sguardo.

Non quello, non lui, no, lei voleva qualcuno *ricco*. Avvertii il sudore imperlarmi la spina dorsale e le ascelle.

Immaginai che rimorchiava uno degli aristocratici locali, un uomo raffinato con capelli bianchi, sottili baffi d'argento e guanti grigi, con la catena d'oro di un orologio che gli luccicava dalla cintola. L'uomo avrebbe preso il braccio di Zahara sotto il suo, aiutando la vedova distrutta dal dolore ad alzarsi. La faccia di Zahara pallida dietro il velo nero, le labbra tremanti. Questo immaginavo, in ogni dettaglio. Potevo vedermi balzare in piedi dalla panca e inseguirli per un confronto urlando: – *Puttana! Puttana!* – evocando un'intricata fantasia di urla, zuffe, pugni, vestiti strappati, guance insanguinate. La mia mente vorticava, poi i miei pensieri presero in considerazione la detestabile possibilità che in quel caso, nella realtà, sarei semplicemente sgattaiolato via – un uomo sconfitto che impara la differenza tra sospetto e scoperta. All'improvviso, temetti di vederla con un uomo e non essere in grado di dire niente, non fare niente. Il mio respiro si fece affannato, il cuore cominciò ad accelerare quando pensai di accusarla, di affrontarla.

E se *mi* negasse i suoi favori? O peggio ancora, pensai, se mi lasciasse? La potenza di quell'idea mi colpì come una raffica di vento. La vidi candida e nuda che ondeggiava sotto di me, facendomi gemere di passione, sentii lo stomaco contorcersi in calde ondate. Udii una voce lamentosa dentro di me. No, no, Cristo, non posso rischiare di perderla. Digrignai i denti, attraversato da un'ondata di desiderio.

Il vento si alzò colpo, sfogliando le pagine del breviario, scagliando un fremito lungo la mia pelle sudata. Rabbrividii, dicendomi che non dovevo far altro che attendere e poi avrei saputo con certezza con chi era, cosa stava facendo. Se affrontarla significava perderla, bene allora, che così fosse. Non ci sarebbe stato mutuo disprezzo, non era mia moglie. Strinsi il libro, le unghie lasciarono cicatrici sul dorso di pelle consunta. Non era Mimi. Era solo una puttana con un'anima nera e falsa come il velo fasullo che portava in testa.

* * *

Era il crepuscolo. Mentre il pomeriggio si scuriva, ero lieto di aver indossato la tonaca, la mantella pesante – sarei stato meno visibile nelle ombre che cominciavano ad allungarsi. Poco a poco il cimitero cominciò a svuotarsi, e mi resi conto del vento che si muoveva tra gli alberi, sparpagliando le foglie cadute, facendole stridere e scricchiolare sui sentieri di ghiaia con un suono secco.

Ero sul punto di rinunciare e andare a casa per la notte, quando vidi Zahara strisciare verso le piccole, grigie rovine di una cappella, muovendo la testa con ansia da una parte e dall'altra. Camminava furtivamente, con la cautela di chi non deve essere visto, né scoperto. La osservai mentre provava ad aprire la porta; poi arretrò di un passo e sollevò lo sguardo. Che cosa cercava lì? Le tegole erano cadute dal tetto, le scure travi che puntavano verso l'alto avevano l'aspetto scheletrico di una cassa toracica. Abbassò lo sguardo, poi sollevò la gonna e cominciò a correre in fretta, muovendosi a scatti tra gli alberi, i monumenti, fermandosi spesso per guardarsi intorno prima di muoversi nuovamente.

Di colpo mi resi conto che eravamo entrambi in pericolo. Persino travestito da prete; quale spiegazione avrei potuto dare per il fatto di trovarmi in un cimitero dopo il crepuscolo, in una regione dove si credeva che nessun uomo sano di mente avrebbe avuto motivo di essere lì – a meno che non intrattenesse rapporti col demonio?

La campana della chiesa batté le ore – un cupo clangore riecheggiò sul piazzale. Udii lo stridio del ferro, nelle ombre che si addensavano riuscii a scorgere il becchino che chiudeva i pesanti cancelli, sentii il raspare sul metallo quando abbassò la sbarra e serrò il lucchetto. Poi i suoi tacchi ticchettarono sulle pietre mentre si affrettava verso il debole lucore di un lampione, verso la salvezza che risiedeva nel cuore della città viva.

Girai la testa, sentii lo scricchiolio dei tendini nel collo e vidi Zahara spostarsi, come uno spettro nero tra gli alberi. All'improvviso ricordai la notte dell'incidente, la notte in cui avevamo visto Joseph sulla strada e la donna vestita di bianco che fuggiva nel bosco. La paura mi pulsava nel petto. Zahara esitò, scorsi l'ombra del suo mantello scuro contro il marmo bianco di un alto mausoleo. La udii scuotere la grata di metallo. Poi ci fu un minuscolo lampo di luce giallognola – veloce e repentino come la prima vampa di un fiammifero nell'oscurità totale, quasi accecante – e mi ritrovai ad allungare il collo per riuscire a osservare con maggior chiarezza, ma la forma del suo mantello e del suo velo non erano che una macchia in movimento.

Debole e distante, udii il basso stridio del metallo trascinato sulla pietra con delicatezza, con cautela. E seppi che era entrata nel sepolcro.

Feci due lunghi passi, di corsa, poi mi fermai, perplesso. Riuscivo a sentire delle voci provenienti dall'interno del mausoleo. Il mio cuore prese a battere con tonfi sordi. Cosa stava succedendo? Qualche incontro romantico con un riccone, un pervertito con il gusto della necrofilia? Aveva proposto lei il sepolcro, per rendere la farsa più reale? Potevo immaginare Zahara sdraiata su una lastra di marmo. Completamente immobile, respirare a malapena con gli occhi chiusi. Un giovane con i capelli mossi che si piegava su di lei, allungando una mano su quella figura dormiente, fasciata nel vestito scuro. Le sue dita inanellate che cominciavano a sbottonarle l'abito, carezzando la carne dei seni, intirizzita dall'inverno, seguendo la curva del ventre. Un pensiero febbrile sarebbe fiorito nel suo cervello. Con un cadavere puoi fare tutto ciò che vuoi, già, proprio tutto.

Strinsi i pugni, mi avvicinai. Una debole luce giallastra brillava dentro la cripta, intravidi le ombre quadrettate delle sbarre profilarsi appena sul terreno. L'arco sopra la porta era stato drappeggiato con del tessuto nero; lo osservai incresparsi, gonfiarsi leggermente contro la facciata di marmo. Sul primo gradino c'erano due urne di bronzo, nella luce fioca vidi che erano zeppe di grandi mazzi di fiori dagli steli curvi – rose ferite dal gelo, gigli chiazzati, lunghi gambi piegati e avvizziti di gladioli. Qualcuno era stato sepolto lì di recente – il filo dei miei pensieri s'interruppe.

Dall'interno giunse un basso suono strascicato che mi spinse ad avvicinarmi. Con il crescendo della passione, le avrebbe chiesto di non muoversi?, mi domandai. E poi udii la roca voce gutturale di un uomo, le parole raggrumate nella gola. – Chiedi – ansimò pesantemente. – *Chiedimi ciò che vuoi.*

E corsi a capofitto.

\* \* \*

In una sequenza fulminea, la vidi ritta davanti a un sarcofago di pietra, aperto. Un uomo sedeva sul bordo di marmo, i suoi piedi ciondolavano sul pavimento. Dietro di lui, scorsi il coperchio sollevato di una bara d'ebano. Le mani di Zahara stringevano i risvolti del vestito nero dell'uomo, il viso nascosto contro la seta luccicante di una cravatta. Sopra la spalla di lei, la sua testa penzolava verso il basso, pallide ciocche crespe punteggiavano il cuoio capelluto rinsecchito.

Le mie dita stringevano il reticolo della griglia, mentre stavo lì in piedi fui quasi sopraffatto dall'odore di fiori marcescenti, dal sentore dolciastro del decadimento...

– *Chiedi* – mormorò lui, e il suono non era che un gemito pietoso. Nello stesso istante sollevò il volto, battendo le palpebre...

Un occhio blu era velato di bianco e infossato in profondità nell'orbita morta. La bocca penzolava spalancata, la lingua nerastra si srotolava dalle scure labbra raggrinzite. Il viso era grigio opaco, il colore della carne guasta che ha cominciato a marcire; le mani flaccide erano livide, violacee. I miei occhi si spalancarono, uscirono dalle orbite. Vidi una larva strisciare alla base del naso. La mia mandibola si spalancò con uno schiocco doloroso e urlai.

Zahara si voltò, sibilando, la faccia contorta da una rabbia così nera che l'avvertii come un colpo nelle tempie. Il cadavere cadde di lato all'improvviso, sbattendo violentemente contro la bara imbottita, come un albero abbattuto che crolla sul morbido terreno.

Zahara cominciò ad avanzare, adagio. Ero congelato sul posto, le mani incollate all'acciaio gelido delle sbarre. I suoi tacchi colpivano la pietra, il vestito parve gonfiarsi sempre più, la bocca si arricciò in un ghigno, e poi fui invaso da un terrore così grande da infrangere le mura della mia mente.

* * *

Lei era tutte le cose contemporaneamente. Come nelle indefinibili immagini di un caleidoscopio da incubo, la vidi prima amabile, docile – la ragazza dei sogni della mia gioventù. Poi il corpo e il viso mutarono, gonfiandosi fino a proporzioni mostruose. I capelli grigi penzolavano umidi contro lo spesso scalpo, la bocca sorridente si trasformò in una voragine spalancata. La chioma divenne bianca. Vidi il luccichio del cuoio capelluto attraverso i capelli che diradavano. Il corpo si accartocciò, si restrinse, la pelle si fece tirata e rugosa sopra le ossa erose dal tempo, come pergamena brillante. Camminava rigida, con il passo ingobbito della vecchiaia. Le parole di Mimi turbinarono dentro di me a velocità nauseante: non è morta! E infine la vidi, capii. Era quella puttana, era la strega. Era Anyeta.

– Visioni – cantilenò, con una mano sollevata con fare sognante. Sentii la punta delle sue dita rinsecchite sfiorare le mie. Mi girava la testa, un urlo disarticolato sgorgò dalla mia gola. Zahara era in piedi di fronte a me, alta, le spalle larghe, la folta massa riccioluta di capelli che rendeva le sue labbra carnose ancora più piene.

Mi abbandonai contro le sbarre, desiderandola, di sua volontà la mia testa si volse e inclinò di lato, piegandosi per ricevere il bacio di un'amante. Chiusi gli occhi. Avvertii il piacevole tepore che emanava la sua pelle mentre si faceva più vicina, sempre più vicina.

Da lontano udii me stesso gemere, sconvolto da un profondo struggimento. La soffice pelle delle sue labbra quasi sfiorò le mie, formicolanti; le barre che ci dividevano, in qualche modo, fomentavano qualcosa di oscuro, rovente e passionale. Vidi me stesso desiderarla, lottare per stringere i suoi seni, il suo corpo. Il mio desiderio aumentò, finché divenne un'agonia che non potevo più sopportare. Dovevo aprire la porta e abbracciarla.

Le sue labbra tremavano, prossime a toccare le mie.

Rise debolmente.

Nell'aria fredda sentii un odore simile al fetido miasma degli ossari, di denti imputriditi e gengive oscenamente incrostate.

Spalancai gli occhi.

Una Zahara invecchiata mi guardava con bramosi occhi suini, le fessure scure quasi nascoste dalla pesante carne del viso.

E fuggii.

In seguito, non ricordai mai i dettagli della mia fuga. Riuscivo a evocare solo vaghi frammenti: il tentativo di scavalcare la recinzione arrugginita, dopo essermi tolto gli scarponi e averli buttati dall'altra parte, l'arrampicata a piedi nudi, le dita congelate.

Atterrai con un tonfo malfermo sulla strada di ciottoli e corsi per quello che sembrava un chilometro, gli scarponi stretti in mano, finché non mi fermai nel vano di una porta, il respiro affannato, una fitta al fianco. Mi sedetti sulla soglia di pietra e i miei piedi bruciavano per il freddo e per la martellante, frenetica corsa; m'infilai gli scarponi e vagai per le strade per ore, troppo stordito e confuso per pensare, finché un'idea s'impadronì del mio cervello. Bere. Volevo tramortirmi, crollare ubriaco fradicio per cancellare l'orrendo ricordo della tomba.

Mi ritrovai nell'atrio fumoso di una taverna. Fu solo quando entrai nel bar, con la mente in fiamme all'idea di un benedetto, anestetizzante brandy, che mi resi conto di aver registrato l'immagine di una carrozza zingara rossa e nera, legata a un palo.

Constantin era lì, mi dava la schiena, la sua faccia rotonda raggiungeva appena la sommità dell'alto bancone. Tra le sue mani c'erano quelli che parevano numerosi gettoni di legno; erano dipinti e intagliati a forma di un boccale di birra, di un calice, di un bicchiere. Emise un debole grugnito e spinse quest'ultimo verso l'oste. Comparve una bottiglia di brandy, il barista riempì il bicchiere di *rachia*, roba davvero forte. Constantin sollevò il braccio in un breve brindisi di ringraziamento, fece un gran sorso e ghignò.

Tamburellò con le dita sul gettone. Il barista si mosse per riempire di nuovo il bicchiere, ma Constantin lo spostò, lo coprì con le mani e scosse la testa.

– N-n-nu – borbottò. Indicò davanti a sé le cristallerie disposte sulle mensole.

– N-non me – si diede dei colpetti sul torace, scosse di nuovo la testa.

– Ami-scio. – Vidi l'espressione perplessa sul volto del barista. La voce di Constantin era debole e attutita, rauca a causa della lingua mancante. Ma sapevo cosa stava dicendo.

Si voltò all'improvviso e m'indicò, col viso raggiante di gioia. Attraversai la stanza. L'espressione dell'oste sparì lasciando spazio a un'improvvisa comprensione.

– Vuoi comprare un drink per il tuo amico, è così? – disse, e Constantin annuì con vivacità. – D'accordo.

Mi sistemai al suo fianco e Constantin mi afferrò un braccio, salutandomi con gli occhi. Il barista tirò fuori un sottobicchiere di sughero e riempì il bicchiere che vi aveva poggiato sopra di brandy *rachia*.

Lo presi e lo portai alle labbra, osservando l'oste inclinare la testa di colpo, fregando nervosamente il bancone di legno con uno strofinaccio. I suoi occhi incontrarono i miei, annuii in segno di saluto.

– Un amico, giusto – mormorò, lo sguardo gli cadde sullo straccio che stava passando sul bancone. – Ma qui dentro ci sono venti persone – disse, alzando gli occhi spaventati, guardando verso i tavoli, verso il focolare crepitante.

– La porta si è spalancata e richiusa un sacco di volte, per metà serata. Lui non si è mai girato una volta, nemmeno una. Quindi come faceva a sapere che eri nella stanza?

Constantin mi sorrise, poi i suoi occhi si fecero sottili come quelli di un piccolo, saggio Buddha.

– Mi stava aspettando – spiegai all'oste, e mentre lo dicevo sentii risplendere quella verità, come una piccola gemma brillante. Ricordai le sgargianti carrozze che avevo intravisto il giorno prima; il resto della carovana era vicino, ma Constantin mi aveva trovato.

– Oh – disse il barista. Dalla sua espressione era chiaro che la sua mente si stesse ancora chiedendo come potesse essere possibile. Rinunciò, spostandosi lungo il bancone verso un altro cliente.

Pensai al disegno che aveva fatto Constantin: la vecchia, l'uomo impiccato, la scritta sottile: *Strega*. Non era pazzo, ma solo diverso. Pazzo – quella era solo una mia idea, non la realtà delle cose.

Mi voltai verso Constantin e facemmo tintinnare i bicchieri. Il suono squillante risuonò nelle mie orecchie, a ritmo con il pensiero che continuava a ronzarmi in testa: Constantin sapeva delle cose, possedeva una sorta di chiaroveggenza.

– 28 –

– Anyeta – dissi, indicando il disegno della donna dai capelli simili a serpenti, inginocchiata davanti a un'altra figura.

Constantin annuì.

Eravamo seduti a un tavolo accanto al fuoco. Avevo chiesto al barista carta e matita, e Constantin stava cercando di rispondere alle mie domande con degli schizzi.

Guardai il disegno, sentendomi come un missionario che cerca di leggere una mappa tracciata sulla sabbia da un selvaggio. Anyeta fissava verso l'alto un corpo che fluttuava sopra un rettangolo. – Una bara? – domandai.

– S-sci – annuì, e prese un sorso dal bicchiere.

– Cos'è questo? – Indicai una bolla che racchiudeva una manciata di scarabocchi che fuoriusciva dalla bocca della figura.

Mimò l'atto del parlare con le mani, puntò un dito verso la sua bocca.

Come la vignetta di un giornale, pensai, e annuii. – Lei lo fa parlare?

Scosse la testa. Si toccò di nuovo le labbra, un gesto furtivo, e aggiunse un movimento che indicava l'atto di segare. Deglutii. Sì, ha preso la sua lingua, pensai nauseato, gli diedi un colpetto sul braccio per dimostrargli che avevo capito.

– N-nn-o – la sua testa si mosse a destra e a sinistra in un secco cenno di diniego.

Indicò sul foglio la raffigurazione delle parole, si toccò il petto. – J-uhs – borbottò, poi si passò un dito sul naso.

− Joseph? − chiesi. Non riuscivo a interpretare il suo viso. Constantin sorrise di colpo, il viso rotondo appariva più roseo alla luce del fuoco. Quando la pesante porta si aprì sibilando, si materializzò una folata d'aria fredda. Seguii lo sguardo di Constantin. Sentii i peli rizzarsi dietro il collo e rabbrividii.

Il vecchio in persona entrò nella taverna, col suo grande mantello che turbinava intorno al corpo sottile. Senza incrociare il nostro sguardo, nemmeno una volta, camminò dritto verso il tavolo.

* * *

− Dov'è Mimi? − dissi. Non ero certo di gradire quell'intrusione. Constantin aveva poggiato le mani sul mio braccio diverse volte, ammiccando per farmi capire che ci si poteva fidare di Joseph, l'aveva chiamato amico e aveva pagato da bere al vecchio commerciante di cavalli. Ma mentre osservavo il suo volto magro e impassibile, mi chiesi se Joseph avesse ingannato Constantin, che possedeva la buona fede di un bambino.

− Dov'è?

− Non lontano. − Picchiettò una sigaretta sul piano del tavolo, l'accese.

− Voglio vederla.

− È molto arrabbiata, gelosa; malata di gelosia, se vuoi sapere la verità − disse il vecchio Joseph, e io fui travolto dal senso di colpa.

− Nella sua mente Mimi capisce − si toccò la fronte, − che sei stato ingannato a giacere con un'illusione, ma a livello emotivo... − il suo lungo dito ossuto si spostò al centro del torace, − tutto questo la annienta.

− Come lo sa? − Lo guardai fisso.

− Lo sa perché col trascorrere del tempo il potere della mano cresce. Lo sa perché ha visto. − Aprii la bocca per dire che era più maledettamente probabile che gliel'avesse detto lui, piantando tra noi i terribili semi del dubbio per i suoi scopi, ma sollevò una mano per fermare la mia interruzione.

− Questo è ciò che vuole Anyeta − dividerci. Gli occhi scuri del vecchio si fissarono sui miei.

Strinsi il bicchiere, emisi un debole grugnito.

− Qualunque cosa provi nei miei confronti, ora è il momento di mettere da parte quei sentimenti. − Si fermò. − Se desideri rimettere insieme la tua vita. La vita della tua famiglia.

− Lenore − sussurrai, e sentii la mano magra del vecchio e le piccole dita calde di Constantin sfiorare il mio polso nello stesso istante.

Joseph parlò con dolcezza. − Sarebbe meglio per te combattere armato di conoscenza, piuttosto che andare a tentoni nell'ignoranza. Ascolterai?

Annuii. Avrei ascoltato.

− Anyeta è stata in possesso della mano del morto per anni − disse il vecchio Joseph, piegandosi sul tavolo. La taverna si stava svuotando, il fuoco bruciava debole e caldo. − Ma c'è qualcosa nell'amuleto che agisce sulla mente, imprigionandola, nutrendosene. Come un verme nella pancia, capisci?

− Sì.

− All'inizio Anyeta era come una donna a cui è stato donato un tesoro, felice di guardarlo prima di andare a dormire, o quando si sveglia. Poi aveva bisogno di vederlo. Lo faceva sempre più spesso, toccando la scatola di rame, carezzandola, cantandole.

Con gli occhi della mente, vidi la vecchia bisognosa di passare le mani sul metallo lucente, il vetro brillante, gemendo con un misto di delizia e paura; capii che stavo osservando la scena con gli occhi di Joseph – e di Constantin – così come loro l'avevano vista.

— Mentre il potere aumenta, aumenta anche la conoscenza, e Anyeta stava ormai morendo quando apprese il segreto della mano.

Vidi un muscolo contrarsi nella mascella del vecchio, sentii il mio battito accelerare. Ricordai il giorno nella carrozza della vecchia quando avevo visto il cadavere in piedi. Le parole mi salirono alle labbra. — *Chi possiede la mano del morto porta guarigione. Chi possiede la mano del morto genera distruzione. Chi possiede la mano del morto può prendere una vita o restituirla.*

Joseph annuì, sentii un minuscolo scatto nella testa – la sua mente che si congiungeva alla mia. Continuò. — Sì, i morti possono essere riportati in vita. E lo scopo è la predizione.

Capii ciò che Constantin aveva cercato di dirmi col suo disegno – il corpo fluttuante, le parole che fluivano dalla sua bocca. Tombe recenti, ridacchiai con amarezza; se il corpo era troppo compromesso, era inutile, e di colpo fissai Constantin, ricordando le parole del vecchio. *Si è mozzato la lingua da solo.*

Gli occhi scuri di Joseph luccicavano. — Quanto potere in più si ha, risvegliando il corpo di un veggente, eh? — Toccò la mano di Constantin. — Lei stava cercando di ucciderlo.

Il mio stomaco si contorse; aveva finto di essere matto, si era mutilato per salvarsi la vita. Il figlio di Zahara, forse più debole, era stato indotto al suicidio e si era impiccato.

— Predizione. Scossi la testa. — Tutto questo per vedere cosa riserva il futuro.

— Stai dimenticando che parte del potere consiste nel prendere una vita.

— Uccidere.

— No, *prenderla.* Com'è stata presa quella di Zahara. Joseph fece ruotare l'anello al dito medio, prese un profondo respiro. — Anyeta temeva che Mimi non sarebbe arrivata da lei in tempo. Così ha ingannato Zahara affinché reclamasse la mano.

— Se la vecchia voleva il potere per sé, perché mai?

— Perché morire in possesso della mano del morto significa soffrire un eterno tormento, a meno che non si riesca a trovare un'altra vita. Zahara capì che la vecchia l'aveva imbrogliata. Andò nella sua carrozza e...

Mentre il vecchio parlava, vidi la scena. Zahara che reclamava la mano del morto e all'improvviso veniva sopraffatta dalla conoscenza di un terribile segreto. Avvertii il suo panico incontrollato: si era tagliata una mano, si era guarita, poi aveva avuto una terrificante visione di come sarebbe stata la sua morte. Aveva sentito la bara ondeggiare mentre gli zingari la trasportavano alla fossa e la calavano all'interno, aveva udito le grosse zolle di terra cadere sulla cassa e i suoni ovattati dei passi che si allontanavano alla luce del sole, mentre lei giaceva sepolta nella terra fredda, la carne che si staccava dalle mani, la bocca congelata in un urlo muto, mentre la sua mente si contorceva senza fine nell'angusto spazio in cui giaceva. Distesa, paralizzata, in trappola.

Tramite Joseph, la vidi strisciare nella carrozza di Anyeta, strappare via le coperte da sopra la figura addormentata. Zahara aveva sollevato il coltello.

— Mi hai mentito — aveva urlato, — io non sapevo cos'era! — Aveva piantato la lama nel petto e nella pancia della donna moribonda, squarciando la carne rigonfia. Gli occhi neri di Anyeta si erano aperti di scatto, le mani che armeggiavano intorno al manico della lama insanguinata. Il coltello scintillante era salito e calato, ancora e ancora.

— Muori, voglio che *muori*, maledetta troia! Traditrice! Sarai tu a finire sottoterra come un puzzolente cadavere in putrefazione. Soffrirai per l'eternità, vigile, consapevole del tuo tormento — aveva strillato Zahara.

Vidi il sangue schizzare, macchiarle i vestiti, il viso. Il respiro di Zahara era diventato pesante. Aveva scagliato il coltello gocciolante di lato. La lama aveva tintinnato sul pavimento. Era rimasta lì ansante, fissando il cadavere devastato. Poi aveva sollevato un braccio, se l'era passato sulla bocca, sporcandosi le labbra di sangue. Riflesso, impulso, abitudine. La lingua era scattata verso le labbra umide, malaticce, e in quell'istante aveva barcollato all'indietro, sconvolta, avvertendo il cambiamento, udendo la voce canzonatoria di Anyeta nella sua testa, l'acuto starnazzare di una risata di trionfo.

*Posso farti fare quello che voglio, quando voglio. Sei mia, ragazza.*

Zahara aveva urlato, le mani si erano sollevate di scatto a coprire le orecchie, tentando di zittire quella voce. Aveva serrato le palpebre ma non poteva cancellare l'immagine. Poteva vedere Anyeta saltellare, gongolando, vedere la vecchia strega al suo fianco davanti a uno specchio in una stanza vuota.

Chi possiede la mano del morto può prendere una vita; sospirai. Zahara aveva ucciso la vecchia in un impeto di vendetta, non sapendo che era la cosa più pericolosa che potesse fare, e lo spirito di Anyeta aveva trovato il modo per entrare in lei.

— Non c'era alcuna cicatrice sul polso di Zahara — pensai ad alta voce. Sentii la mano di Constantin stringermi il braccio.

Joseph parlò: — Non c'era nessuna Zahara, non realmente. Lei era priva di forza di volontà sin dal principio. Anyeta l'ha semplicemente prosciugata col tempo, l'ha succhiata fino in fondo, e così facendo ha reso se stessa più forte. *Ragazzo mio, sei andato a letto con quella puttana della vecchia strega in persona.*

\* \* \*

Avevamo ordinato un altro giro, ma i bicchieri erano rimasti intatti davanti a noi. Mi strinsi ulteriormente nella mia mantella grigio scuro, senza sapere se il freddo che provavo era dovuto all'ora tarda o all'orribile racconto.

— Bazzica i cimiteri perché sta cercando di scoprire se c'è un modo per prendere la vita di qualcuno che non l'ha mai reclamata — disse Joseph a voce bassa.

— Può farlo? — domandai, e all'improvviso la mia mente fu invasa dal suono di quel rauco grugnito inumano, *Chiedimi ciò che vuoi.*

Joseph scosse la testa. – No, ma possiede grandi poteri e tenterà di convincere qualcuno a reclamarla. Qualcuno giovane, bello.

Annuii, comprendendo che per Anyeta era una fatica mantenere costante l'illusione di lei. Mentre dormiva avevo visto il vero aspetto del corpo di cui si era impossessata – volgare, obeso. Anche Zahara era quasi una vecchia, ormai.

– Credo stia tentando anche di scoprire se può prendere una vita senza morire lei stessa – disse Joseph. – Ha avuto un assaggio sufficiente, di quel tormento, quando Zahara l'ha pugnalata.

– È possibile? – Cercai di ragionare. Come poteva evitarlo? Pensai a quei poveri derelitti che parlano da soli per strada, che sembrano cambiare personalità. Alcuni li chiamavano pazzi, altri dicevano che erano posseduti – un brivido gelido mi strinse all'improvviso, e tremai.

– Questo non lo so – disse Joseph scrollando le spalle. – Dobbiamo sperare. – Capii che stava pensando a Mimi. Lei avrebbe affrontato quel tormento senza fine a meno che non avesse trovato il modo per possedere qualcun altro. Una sensazione di tristezza parve calare di colpo su noi tre. – So soltanto che devi tornare da Anyeta.

– Mi ha visto nella tomba.

Scacciò la mia protesta con un gesto della mano. – Comunque, lei ti tiene in pugno; Anyeta sa che può usarti per i suoi scopi. Userà te per adescare qualcun altro.

– Un'altra donna?

– O tua moglie.

– Non credo di poterlo fare – sussurrai, ricordando il modo in cui mi aveva costretto a desiderarla nella tomba. – Lei... lei sfrutta le mie fantasie, lei... – Deglutii a vuoto, rivedendo la Zahara della mia passione giovanile ondeggiare sotto di me.

Joseph mi strinse una spalla. – È molto peggio di quanto immagini – disse.

– Anyeta ha messo in moto gli ingranaggi, e Mimi ha già reclamato la mano.

Vidi Mimi folle di gelosia che pugnalava Anyeta, il sangue che sprizzava sopra i nostri corpi che si contorcevano, ricoprendo il viso di Mimi di una rossa maschera viscosa. Vidi la sua lingua strisciare tra le labbra e le urlai di fermarsi... troppo tardi. Mi rattristai, cercando di accantonare quell'immagine.

– Devi ucciderla – disse Joseph.

Constantin emise un grugnito, facendo ruotare un dito in un ampio cerchio intorno alla testa.

– No – dissi, comprendendo all'improvviso, nauseato al solo pensiero.

– È l'unico modo. Non può prendere un'altra vita se non c'è nulla.

– Oh, Cristo, non farmelo fare! – Poggiai la testa fra le braccia. – Non posso – bisbigliai. Mi si gelò il sangue nelle vene, la mente s'intorpidì fino a svuotarsi. Sentii la mano di Joseph sulla spalla, mi raddrizzai. – O Gesù – urlai, spaventato di incrociare il suo sguardo.

Volevano che la ammansissi.

Camminavo per strade buie, con il congegno d'ammansimento che mi aveva dato Joseph stretto sotto il cappotto. La mia ansia stava crescendo, i miei pensieri focalizzati su dove avrei potuto nascondermi se lei fosse già dentro la carrozza, se avessi visto le lampade accese. In uno dei bidoni legati sotto al carro? Da qualche parte tra il groviglio di plaid e di finimenti ammucchiati sotto il coperchio della cassetta del cocchiere? Scossi la testa. Stavo cercando di non pensare a tutte le cose che mi aveva detto Joseph.

– Il suo ego è smisurato – aveva detto, quando avevo protestato che le sarebbe bastato darmi un'occhiata per leggere i miei pensieri tanto facilmente quanto un bambino che legge un sillabario.

– Lei ha potere su di te, ti ha mostrato i lupi, l'attacco a Lenore, e persino nella tomba l'hai vista come la Zahara della tua giovinezza.

Avevo sollevato le mani per l'esasperazione. – Non voglio tornare indietro! Non voglio essere schiavo delle sue passioni! – Il disgusto mi rovistava le viscere, come se avessi mangiato un nauseante stufato. – Perché non lo fai *tu*? – avevo sogghignato. – Tu e Constantin leggete la sua mente, andate da lei mentre sta dormendo o pugnalatela quando è nella vasca, proprio come Charlotte Corday ha assassinato Marat.

– Non posso. – Il vecchio aveva scosso la testa, gli occhi scuri e pensierosi.

– Vi ho visto fabbricare il marchingegno! Vaclav stava quasi per ammansirla quando io... – Mi ero passato le mani tra i capelli. – Quando sono arrivati i lupi – avevo concluso con voce fiacca.

Joseph aveva annuito, comprensivo, come se in qualche modo non solo mi avesse capito, ma mi stesse perdonando.

– Vaclav aveva dormito con lei – aveva detto con semplicità. – Io no.

– Dormito con lei! E questo cosa c'entra?

– Ogni relazione sessuale possiede elementi di una battaglia per il potere. Mio figlio aveva dormito con lei, mentre quella donna assumeva migliaia di sembianze diverse, come un signore arabo che può scegliere tra le donne del suo harem. Eppure esiste una scelta, il libero arbitrio. Alla fine, lui ha scelto di vederla com'era veramente.

– Cosa vuoi dire? – La mia mente aveva evocato immagini di Vaclav che distendeva il proprio lungo e giovane corpo su quello della vecchia, baciandone i seni avvizziti, seppellendo se stesso in quella carne decrepita. Doveva puzzare di vecchio, uno sgradevole odore secco, di quotidiani ingialliti.

– Vederla per quello che è, significa spezzare l'incantesimo, il potere che esercita. Forse ci riuscirai da solo, Imre – continuò giocherellando con il luccicante anello al dito.

– Come posso riuscirci? – avevo risposto con rabbia. – Come posso fottere quella vecchia puttana senza che lei sappia che non sono più vittima del suo incantesimo? Eh? La prima volta che la mia mano si contrarrà per la repulsione, quando la infilerò dentro di lei... puoi scommetterci che scoprirà che non sono più in suo potere.

Joseph si era limitato a sollevare le sopracciglia bianche, in un debole sorriso. Infuriato, mi ero allontanato di scatto dal tavolo, avvicinandomi al focolare. − Scelta! Tu osi dirmi che ho una scelta! − Ero avanzato verso di lui, avvicinando la mia faccia alla sua. − Sappiamo entrambi che tu non hai mai scelto. − Ero arretrato e stavo osservando il suo volto scurirsi a quel vecchio ricordo.

Quand'ero ragazzo, Joseph era stato accusato di adulterio. Sua moglie, un'enorme donna terrificante, l'aveva sorpreso al limitare di un pascolo mentre ci dava dentro con una delle bellezze dai capelli corvini della compagnia. All'epoca, un'adultera veniva picchiata o trascinata legata dietro a una carrozza. In Romania avevo visto donne i cui occhi erano un eterno pozzo di miseria, i visi marchiati per sempre, le orecchie mozzate, le narici squarciate. La *kumpania* aveva rasato la testa della giovane donna che aveva provocato Joseph; tuttavia, sua moglie e le sue amiche non erano soddisfatte, e le avevano spaccato i denti per punirla ulteriormente. Ricordo di averle viste mentre aprivano la bocca della ragazza con un bastone per spaccargliela con un'enorme pietra. Ma la vita non è equa; nella maggior parte dei paesi gli uomini irrispettosi non venivano affatto puniti − tranne che in Ungheria, dove ai rom veniva data la possibilità di scegliere se farsi sparare in un braccio o in una gamba.

Quando era arrivata la mattina della punizione, Joseph se ne stava dritto contro il fianco verde di una collina, l'aspetto coraggioso, mentre il capo della compagnia, a dieci passi di distanza, sollevava la pistola.

− Braccio o gamba? − domandò il *prima*, alzando il cane dell'arma.

Il mio sguardo si era spostato all'improvviso. In una frazione di secondo, avevo avvertito un fremito: Joseph mi aveva insegnato molte cose sui cavalli. Ricordai che diceva sempre: *quando cavalchi, devi essere un tutt'uno col cavallo.* Gli sarebbero servite le sue gambe per condurre e governare i cavalli, ma anche le braccia e le mani erano importanti, per manovrare le redini. Trattenni il fiato.

− Quale? − chiese il capo, poi vidi qualcosa che non dimenticherò mai. Prima di rispondere, gli occhi di Joseph guizzarono verso sua moglie, le palpebre di lei si strinsero, con noncuranza abbassò piano una mano all'altezza della coscia. Vidi l'espressione atterrita negli occhi di Joseph, capii ciò che avrebbe detto prima che le parole sgorgassero dalla sua bocca.

− La gamba − sussurrò, chinando la testa. Risuonò lo sparo, cadde all'indietro col sangue che scorreva dalla ferita al ginocchio.

Nella taverna, i suoi occhi avevano incontrato i miei, inchiodandomi.

− Sappiamo entrambi perché zoppichi, vecchio, e chi ha 'scelto' quel giorno − avevo detto.

− Sì − aveva risposto. − Lasciai scegliere mia moglie, e lei lo fece con crudeltà, aspettando fino all'ultimo istante prima di pronunciare la mia punizione. È stato un errore di cui mi sono pentito per tutta la vita; nonostante ciò, quel momento mi ha cambiato. Da quel giorno non ho più lasciato che qualcun altro decidesse del mio destino. − Si era fermato. − Mio figlio stesso, Vaclav, è rimasto vittima dell'incantesimo di Anyeta. Io no. I miei poteri non sono grandi, ma qualche volta riesco a vedere, sapere cose. Poniti questa domanda, anche se dal mio potere avrebbe guadagnato poco, pensi che durante tutti questi anni Anyeta non abbia mai tentato di adescarmi?

L'avevo immaginata scivolare nei suoi sogni, le braccia e le anche che ondeggiavano, il suono demoniaco di folli violini mentre lei danzava su antichi ritmi gitani che facevano sudare e digrignare i denti agli uomini.

Mi ero abbandonato sulla sedia. Sapevo che aveva tentato di sedurre Joseph, e che lui le aveva resistito.

Mi aveva consegnato l'orrendo congegno e me n'ero andato poco dopo, sentendomi a terra come non mai.

Ora, camminando lungo le strade umide, le sue parole mi riecheggiavano nella testa. *Puoi scegliere, Imre.*

L'ammansitore sembrava più duro, più rigido sotto il mio braccio di quanto avrebbe dovuto essere, pensai. Mi fermai e lo tirai fuori per osservarlo, e il respiro sibilò fuori dalla mia gola. È innocuo, mi dissi, come tutti i congegni meccanici. Nient'altro che legno, cuoio e acciaio. Non era niente – non diverso da una pressa per il sidro o da un filatoio – finché i chiodi letali non venivano messi in funzione.

Poi mi venne in mente un modo per cogliere la vecchia di sorpresa. *Pensa a lei come a Zahara*, mi dissi, mantieni la consapevolezza che è quella puttana di una strega piantata in profondità dentro di te, come un piccolo pugnale. Riposi l'orribile oggetto sotto il cappotto e mi diressi verso la carrozza.

— Zahara, Zahara — sussurravo, a tempo col suono dei miei passi. Raggiunsi la cima di una collinetta, in lontananza vidi la forma luccicante della carrozza che brillava al chiaro di luna.

*Si khohaimo may patshivalo sar o tshatshimo.* Esistono bugie più credibili della verità. Inspirai a fondo. Lei è Zahara finché non arriva il momento giusto, mi dissi. Poi, avrei lasciato che quella lama nascosta dentro di me balzasse fuori come un coltello a serramanico, e l'avrei fatta finita con Anyeta.

– 30 –

Zahara aprì la porta, mentre stavo sulla soglia mi resi conto dell'aria calda proveniente dalla carrozza, che si mischiava col freddo gelido all'esterno. Alle sue spalle una lampada brillava tenuemente accanto al letto. Lei mi sorrise e allungò una mano. Il movimento fu lento, privo di grazia. La mano che vidi era chiazzata, coperta da spesse vene blu. Deglutii, chiudendo per un attimo gli occhi, guardai di nuovo e mi sentii sollevato. Era tutto a posto; l'immagine tremolò, e lei era di nuovo giovane. Proprio come l'effetto ottico che ci fa vedere delle figure nella carta da parati; un fiore si trasforma in una faccia con la bocca spalancata, una foglia su uno stelo diventa un uomo piegato sul suo bastone da passeggio; una volta viste, puoi trattenere queste nuove immagini per sempre.

La seguii all'interno.

L'ammansitore era avvolto e nascosto nelle pieghe del pastrano che portavo arrotolato sotto un braccio. Non vi badò, non gli rivolse nemmeno un'occhiata, e decisi di poggiarlo su una sedia, per poi nasconderlo in seguito sotto il materasso.

Si fermò nella cucina buia e si voltò per guardarmi, mi cinse il collo con le braccia. Sentii le punte dei seni che premevano contro il mio torace. Zahara, Zahara, sospirai tra me e me; bugie più credibili della verità.

— Hai mai pensato di giacere con due donne? — sussurrò, poi indietreggiò e sollevò le dita a forma di V, facendole oscillare. — Cosa pensi accadrebbe? — domandò, e la mia mente ebbe un sussulto. Fantasie indistinte mi riempirono la testa.

Mi si seccò la bocca. La sua voce cantilenava quieta: — Cosa pensi accadrebbe? Lei mi bacerebbe i seni... mi leccherebbe? Saresti geloso come lo sei stato per quel contadino alla locanda? O sarebbe un modo per farmela pagare? Per prenderti la tua rivincita?

Sentii il battito cardiaco accelerare, mi leccai le labbra, poi la sua bocca bagnata incontrò le mie labbra. Le sue mani scivolarono su di me, una spinse la mia sotto i risvolti della veste rossa che indossava, mi guidò tra le gambe dove le mie dita incontrarono calore, umidità. In un istante mi divenne duro. Mi tirò verso la camera da letto, una madre che guida un figlio sonnambulo. Lei è Zahara...

*Zahara* – il suo nome riempiva la mia mente sognante.

— Zahara.

Aprii gli occhi nello stesso istante in cui la ragazza sul letto ripeteva il suo nome. Le sue sopracciglia erano depilate, la bocca e le guance imbellettate con del rosso luminoso, ma era vestita con i caratteristici abiti contadini della regione. Una camicetta ricamata scolorita contrastava con un grembiule scuro. Sollevò le braccia con naturalezza e si tolse un copricapo simile a un lungo velo, orlato da un pizzo blu. Lo poggiò sul letto, lo strascico cadde a cascata sul pavimento. La vita della ragazza era abbastanza stretta da far risaltare le curve e le protuberanze, sopra e sotto. La giovane mi fissò con grandi occhi liquidi.

— L'ho scovata per te, cosa ne pensi? — domandò Zahara. Mi leccò l'orecchio, sussurrò: — Non ha più di diciassette anni, diciotto al massimo.

Era così giovane che mi si strinse il cuore. Ma non per la sua giovinezza, non del tutto. I suoi capelli erano scuri, lucidi, il suo viso un minuscolo ovale, dominato da quegli incredibili occhi viola. Somigliava a Mimi alla stessa età.

— Fai ciò che lui vuole — ordinò Zahara, e la udii uscire dalla stanza.

Sollevai la ragazza dal letto, le passai le mani tra i capelli, le baciai il volto, la bocca, la soffice pelle del collo. Da lontano, udii me stesso emettere un basso gemito. I suoi capelli, la sua carne, quell'odore indefinibile: aveva persino lo stesso odore di Mimi, pensai, senza curarmi se fosse una delle illusioni di Zahara o la realtà. Stregoneria. Mimi, sospirai dentro di me, entusiasta. Se chiudevo gli occhi, era come stringerla di nuovo, sentirla dire ancora: *Giura di andartene quando non ci ameremo più, giura di amarmi finché viviamo.*

Il mio cuore.

*Giuralo...*

Udii il tono supplicante nella sua voce e poi, mentre quel vecchio ricordo sbocciava nella mente, mi sentii trasportato indietro nel tempo, in piedi nella prateria estiva, a osservare un branco di cavalli semiselvaggi che brucavano pigri in lontananza. Il sole era abbagliante, il vento caldo trasportava la polvere, sentivo i piccoli granuli tempestare le mie guance bruciate dal sole, ricoprire di una patina le mie labbra secche.

Era il tredici luglio, la festa di San Paolo, avevo promesso a Mimi che sarei tornato a casa in tempo per la celebrazione.

*Avrei preso parte alla transumanza del bestiame?*, aveva domandato quando una settimana prima avevo lasciato il piccolo paese vicino Debrecen. C'era una venatura di nervosismo nella sua voce, e il mio cuore aveva sussultato a quella domanda.

No, le avevo detto. Avevo sempre voluto farlo – alcune delle spedizioni si spingevano sino ai mercati di Amburgo e Parigi. Gli *csikos* – i mandriani – erano tipi solitari, erano più tolleranti con gli zingari nomadi che con la maggior parte dei *gaje*. Ma no, non avevo intenzione di trascorrere settimane e settimane in sella, vivendo rozzamente tra cavalli, vacche, cani, bovari. Volevo procurarmi un po' di cavalli da vendere agli uomini che avrebbero cavalcato per la spedizione.

E proprio sottovento, avevo pensato, fissandoli in lontananza con un binocolo, c'erano tre o quattro bestie adatte. Avevano l'aspetto di cavalli fuggiti da un recinto, per poi vagare alla ricerca di un pascolo. Qua e là, sul loro manto impolverato, avevo scorto macchie scure che sembravano ferite cicatrizzate, provocate da rovi o corde; un paio di roani avevano dei segni che sembravano vecchi marchi a fuoco. Non avrei venduto quei due, ma i marchi mi allertavano che il branco, con ogni probabilità, era almeno in parte addomesticato. Non era esattamente un furto, mi ero detto; era più come vendere un regalo – per ottenere un utile netto.

Mimi aspettava un altro bambino e avremmo potuto usare quei soldi. Mi ero accovacciato per mascherare i miei movimenti, fregando via il sudore che m'irritava dietro al collo. Avevo a malapena dato un'occhiata al fazzoletto lurido e l'avevo infilato in tasca. Vagavo nella prateria da una settimana e quella era la prima possibilità che mi si presentava – sicuramente Mimi avrebbe capito se mi fossi perso la festa di San Paolo. Speravo fosse così: era una giornata importante per i rom, che avevano assunto l'usanza cristiana di festeggiare e celebrare il culto di *Bibi*, una vecchia crudele il cui nome significava "zia" in Romeno. Si diceva che portasse uomini e donne alla follia, che causasse malattie e ogni sorta d'infermità fisiche. Alcuni bulgari compivano sacrifici rituali di pecore e galline per placarla; ma per la maggior parte degli zingari era soltanto una scusa per un banchetto di torte e cibo – o magari per indossare un'icona dorata con il santo favorito o la Vergine Maria. *Era soltanto un giorno come gli altri, solo una festa*; Mimi ci sarebbe passata sopra, mi ero detto.

Avevo cominciato a pianificare come prendere al lazo le mie prede. Ancora accucciato, avevo piantato i gomiti sulle ginocchia e sollevato il binocolo malconcio, rivestito di cuoio: l'esperienza mi aveva insegnato che era meglio decidere prima quali cavalli desiderassi di più, in modo da poterli separare con facilità dal resto del branco.

Attraverso le lenti avevo visto la polvere grigio-marrone sollevarsi in piccoli sbuffi intorno al branco. Il terreno era sgradevolmente caldo e secco sotto i miei piedi, ma era tipico di quella prateria – secoli prima i turchi avevano bruciato quella che era stata una foresta, lasciando solo la sterpaglia erbosa che cresceva a chiazze dal suolo bruciacchiato.

La polvere era rimasta sospesa, fulva come la schiena di un leone, sembrava scivolare nella luce violenta. Una raffica di vento caldo si era sollevata all'improvviso, ricoprendo le lenti di una sabbia così sottile che non riuscivo più a vedere nulla. Avevo abbassato il binocolo, pulendolo coi polsini della camicia, e rivolto lo sguardo verso terra. Accanto al mio piede destro c'era un mucchietto di sabbia grigio-marrone – simile a un formicaio. Ce n'era un altro sulla suola del mio stivale sinistro. Il vento si era sollevato e avevo visto la polvere turbinare con lentezza, accumulandosi poco a poco. L'avevo osservata, affascinato; era un'illusione ottica così repentina che era impossibile dire se il mio piede stesse affondando nel terreno soffice o se la polvere stesse salendo, strisciando verso l'alto, seppellendo la punta dello stivale. Avevo cominciato a sollevare il binocolo, osservando mani e polsi levigati dalla sabbia brunastra come un'immagine color seppia; l'avevo vista aderire ai peli, alla pelle stessa.

Poi avevo sentito un suono basso – quello di un profondo mormorio mescolato a un sibilo appena udibile, e avevo pensato alle sabbie canterine dei deserti, al suono del vento che si muoveva sulla sabbia, a quell'eterno ronzio. Avevo sollevato lo sguardo per vedere il cielo scurirsi.

Lontano, un cavallo aveva lanciato un nitrito, era partito con un passo allungato, scuotendo il collo robusto e la testa. Avevo osservato la polvere sollevarsi dal suo manto, mentre cominciava a galoppare. Il cielo si era fatto più scuro; i venti turbinanti che trascinavano tonnellate di quel suolo alcalino si erano trasformati in un ruggito. L'aria si era riempita di sabbia, una calda nebbia pungente. Ero accecato dalla ghiaia sottile. Mi ero tirato la giacca sulla testa, avevo tentato di farmi il più piccolo possibile. La sabbia, il vento, soffiavano contro di me, una pressione costante che spingeva la polvere attraverso i miei vestiti, attaccandosi alla pelle umida come una membrana di cenere. Avevo sentito il suono di zoccoli simile a un motore che percuoteva il terreno, il nitrito penetrante della paura. Avevo capito che i cavalli erano fuggiti, cercando di scampare alla tempesta.

* * *

Mimi, quando tornai a casa il mattino dopo, se ne stava in piedi sulla piccola scaletta di legno fuori dalla carrozza. Mi trovavo a circa quattrocento metri, su una collinetta che si affacciava sulla stretta valle. Lei era immobile, le braccia incrociate sulla vita, la testa china, gli occhi tristi. Riuscivo a vedere la porta smaltata di verde scuro alle sue spalle, i frutti pieni e le foglie intagliati sopra l'ingresso.

Per un intero minuto, mi parve di udire l'ultimo rantolo confuso del vento, il suono di una tempesta calante. Osservai i cumuli di sabbia simili a dune che seppellivano per metà le ruote gialle della carrozza, la porta opaca, sudicia, gli intagli oscurati dal vento e dalla polvere. Quando guardai Mimi, lei sembrava una qualche statua semi-erosa, appollaiata sul limitare del deserto, i lineamenti sfocati. Le ossa sabbiose delle braccia che si fondevano sul profilo forato della sua sagoma marrone. Ovunque regnava la polvere. Ogni cosa era diventata polvere.

Sollevò la testa. Urlava, vidi le sue braccia alzarsi. L'orribile immagine era svanita, sostituita dal verde luccicante della carrozza e dell'erba. Mimi corse nella mia direzione, e poi il suo viso sprofondò sul mio petto. Stava piangendo tra le mie braccia.

– Quando non sei tornato, quando non sei arrivato per il banchetto ho pensato... ho pensato che te ne fossi andato. Perché qui in Ungheria...

Piangeva, incapace di finire la frase, ma avevo capito.

In Ungheria non esistevano rituali, nessuna usanza per l'ultimo addio. Un uomo che voleva divorziare preparava le sue cose – oppure no – e se ne andava. Anni dopo la donna poteva fare appello, e nella maggior parte dei casi il matrimonio veniva considerato legalmente finito dal *kris*, il tribunale dei rom. Ma sarebbe rimasta quell'attesa senza fine, la miscela di futilità e speranza. Si era perduto? Oppure era disperso?

– No – sussurrai, – mai. – Si strinse a me. Le baciai la testa. Cingendole la vita con un braccio, la condussi verso i gradini e ci sedemmo.

– Sono stato sorpreso da una tempesta di sabbia, ho perso i cavalli che stavo seguendo, e il mio. Ho camminato per trenta chilometri, tutta la notte.

– La notte scorsa? Ma mercoledì tredici era tre giorni fa.

– Non può essere – dissi, domandandomi nello stesso istante se avessi perso la cognizione del tempo; di certo non mi ero confuso, vagando attraverso la polverosa distesa della pianura... *Bibi*. Il suo nome mi balzò in mente. Un demone-donna che faceva impazzire gli uomini – e le donne. Il banchetto in suo onore – per onorarla, per placarla – pensai, e mi si strinse lo stomaco.

– Ero sicura che non saresti tornato. Mimi si alzò, stringendosi le braccia intorno alla vita. – Oh, Imre. I suoi occhi viola luccicavano di nuovo per le lacrime.

– La tempesta – cominciai.

– Non c'era nessuna tempesta – replicò. – Sono andata al villaggio tutti i giorni; ho persino cavalcato fino a Debrecen. Ho parlato con i fabbri, con gli allevatori, coi bovari che si allontanavano attraverso la pianura. La transumanza è partita ieri; nessuno, nessun *csiko* ha parlato di una tempesta.

– Sabbia.

– Guarda i tuoi vestiti! Li hai lavati, hai lavato la tua sacca di pelle? – Indicò l'equipaggiamento poggiato lì accanto sul gradini. Diedi un'occhiata, aspettandomi di vedere quella velenosa brina grigiastra sulla sacca, sul cappotto, sulla mia pelle. C'era del sudiciume, le mie mani erano striate di sporcizia, i vestiti imbrattati da una settimana all'addiaccio, ma non c'era niente di quella polvere appiccicosa.

– *Detlene* – sussurrò Mimi. – La tempesta che hai visto era *detlene*, il vento oscuro delle anime dei nati morti, degli aborti, che cercano di filtrare nel nostro mondo, urlando, alla ricerca di amore materno.

È incinta, pensai, e i miei occhi si spalancarono per la preoccupazione. L'afferrai per le spalle minute, sentendo le dita strizzare la sua carne.

– Cosa stai dicendo? Mimi, cosa stai dicendo?

— Sto cercando di dirti — rispose. — Quando non sei tornato, pensavo —
S'interruppe. — Non volevo stare da sola con un bambino.

— Non l'hai fatto. — No, mi dissi, non l'avrebbe mai fatto, non avrebbe potuto. — Non hai preso niente? Non hai fatto niente? — Folli immagini di tonici
velenosi e di lunghe lame affilate mulinarono nel mio cervello.

Lei scosse la testa. — Ho pregato Bibi, 'Rimandalo da me, lascialo tornare.

— Ma una preghiera, un desiderio — cominciai.

— Nel mio paese — disse Mimi, — crediamo che lei offra dei doni — ma solo
con la mano sinistra... *Bibi* pretende sacrifici.

— Gli animali più piccoli. Galline, cani, agnelli... e qualche volta.

— Il bambino — disse Mimi, premendosi leggermente una mano sul ventre
piatto. — Sono cominciati i dolori, è arrivato il sangue. Venerdì, quando eri
fuori nella tempesta.

— Una coincidenza — dissi.

— Davvero? Una tempesta che non ha visto nessun altro?

— È stata una coincidenza e nient'altro. — Scossi la testa e udii allo stesso
tempo quel suono, il sospiro lamentoso che sembrava un sussurro.

Il vento oscuro. Vidi il sole inghiottito, sentii la sabbia marrone soffiare intorno, dentro di me; ricoprendomi come un soffice drappo funebre. Addolorato,
solo. *Detlene* – le anime dei nati morti. Ancora una volta scorsi la raggelante
visione polverosa: Mimi immobilizzata, i contorni fusi del suo viso e del suo
corpo per metà sepolti dalla sabbia e dal tempo. Avevamo condiviso un figlio,
avremmo condiviso un mistero?

— Pensavo mi avessi lasciato — disse ancora. — Nel mio paese un uomo che
vuole divorziare lo dice a sua moglie. Ci sono usanze, cerimonie. C'è una testi-
monianza della loro fine, non c'è vergogna per nessuno dei due. Ma qui... —
Deglutì a disagio, scosse la testa.

— Mimi. Io ti amo.

Rivolse i suoi occhi scuri verso i miei, prese il mio viso tra le piccole mani.

— *Giura di andartene quando non ci ameremo più, giura di amarmi finché
viviamo.* — Sentii le sue labbra incontrare le mie. — Giuralo — sussurrò.

Sì. La tenni vicino, stringendo la sua figura minuta al petto. Poi la sollevai e la
portai al nostro letto, nella carrozza. Era mia moglie, avvertivo il suo dolore, la
sua paura, la perdita dolorosa del bambino che non sarebbe mai nato. L'amavo,
e avrei trattenuto quell'amore, quel giuramento, nel rituale dei nostri corpi.
Poggiai con delicatezza mia moglie tra le pieghe ondulate della coperta bianca.

— Mimi — sussurrai, vedendo nella ragazza la madre di mia figlia, completa e
perfetta. Non m'importava se stessi recitando una delle trame di Zahara, uno
dei suoi schemi. La baciai con ardore, sollevai il corpo leggero sul letto. E poi
non seppi più che la giovane dai capelli scuri che aveva scovato Zahara, che
stringevo tra le braccia, non era mia moglie. — Cuore mio.

Giura di amarmi finché viviamo, aveva mormorato.

E sentii la mia passione crescere come il vento oscuro, per sopraffarmi.

Quando mi svegliai ero coricato su un fianco, nudo sotto le pesanti trapunte. La carrozza era buia. La stanza era fredda, ma ero consapevole di un delizioso calore ad appena una spanna di distanza. Aprii gli occhi, sorrisi, sul punto di allungare una mano verso Mimi. Mi fermai prima di fare qualsiasi movimento, udii un debole mormorio. Non era Mimi, ma una ragazza qualsiasi. Una puttana. Poi mi accorsi di un altro esasperante sussurro, quello di una mano che si muoveva con lentezza sulla pelle e sfiorava delicatamente le coperte. Una risatina.

Zahara era nel letto, la ragazza in mezzo a noi due, rivolta verso di lei. Silenzio – fatta eccezione per il suono delle mani che si muovevano, del respiro della ragazza, di un bacio delicato. Immobile, capii che qualunque cosa fosse successa tra le due era finita, era accaduta mentre dormivo.

Poi la voce di Zahara, bassa e tenera, s'intromise. – Se tu reclamassi quella reliquia di cui ti parlavo, potresti vivere per sempre.

– Emmm, bello – rispose la giovane con aria assente. – Sembra bello. – Si spostò un poco. – Dimmi il resto – sussurrò, e udii la mano di Zahara muoversi con delicatezza, le nocche che sfioravano le lenzuola.

– Possiede così tanto potere...

– Potere? – La sua voce era debole.

– Potere, sì, per fare qualunque cosa, per essere qualunque cosa, per avere qualunque cosa...

– Ricchezze?

– Certo.

– Amanti? – La voce era un sospiro. – Mi piacerebbe avere un sacco di amanti. Veri, non di quelli che pagano. Voglio un uomo che mi ama.

– E lo avrai.

La giovane si sedette all'improvviso, mise le braccia intorno alle spalle di Zahara e la strinse. – Sei l'unica persona che conosco che è mai stata gentile con me.

– Vorresti vederla? – chiese Zahara, carezzando la fronte della ragazza, lasciando poi indugiare una mano nel soffice groviglio di riccioli scuri.

– Mmmm?

Intuii che la giovane stava annuendo. La voce di Zahara si sovrappose al movimento. – Va bene, allora. Vieni con me.

Mano nella mano si mossero adagio attraverso la stanza, poi cominciarono a salire le scale del soppalco. Ci fu il suono di un fiammifero che veniva sfregato e capii che Zahara stava accendendo la vecchia lanterna di corno appesa a un chiodo. Rovistò per un attimo tra scatole e barili. Udii il rumore di un coperchio che veniva aperto, della scatola di rame che grattava leggermente l'interno di un barile di legno. Cominciò a pulsarmi la testa.

Udii la donna ansimare. Stava passando le mani sul coperchio di vetro. Zahara le mostrò come far scattare la chiusura. All'improvviso fiutai quella dolce fragranza – gigli, gardenie, tuberose, gelsomini...

— Stupenda, non trovi? — domandò Zahara.

— Sì.

— È tua se vuoi. Un taglio da nulla, puoi guarirti in un batter d'occhio, e poi...

— Ricchezze. Amanti — bisbigliò la ragazza, la voce che si faceva melodiosa, ipnotica, immaginai i suoi occhi guardare lontano, brillando della luce di centinaia di visioni scintillanti. — E vivrò per sempre.

— Sì — disse Zahara. — Oh sì, è così.

— Dammi il coltello allora.

— No. Udii Zahara che prendeva la scatola, e la ragazza emise un debole grido piagnucolante. — Lui è là sotto — disse Zahara. — Non deve vedere.

Capii che parlava di me e sentii il cuore accelerare.

— Domani — disse Zahara, la udii riporre la scatola di rame, con dentro la mano, nel suo nascondiglio. Le parole di Joseph emersero pulsando dentro di me. Tenterà di trovare qualcuno di giovane, splendido. Aveva trovato una ragazza vulnerabile, somigliante a Mimi, con un corpo in cui Anyeta avrebbe potuto essere a suo agio per anni. Dal punto di vista di Anyeta la ragazza era meglio di Mimi, aveva solo diciassette anni ed era già una puttana.

Le udii scendere le scale, chiusi gli occhi e respirai profondamente per imitare il lento ritmo del sonno.

— Domani ci libereremo di lui. Lascia fare a me.

Le coperte scivolarono all'indietro, il materasso cigolò, si accoccolarono una nelle braccia dell'altra.

— Poi condivideremo il nostro segreto.

— Domani — sussurrò la ragazza.

Feci eco a quel pensiero: l'indomani avrei mandato via la ragazza con qualche pretesto – avrei detto o fatto qualunque cosa, le avrei dato dei soldi se necessario – e ucciso la vecchia.

\* \* \*

Rimasi disteso nell'oscurità a lungo, finché fui certo che si erano addormentate. Poi, muovendomi il più adagio possibile, mi feci strada sino in cucina. Sbrogliai il mantello arrotolato, afferrai l'ammansitore e lasciai l'indumento gettato alla rinfusa sulla sedia. Tenni il congegno in una mano senza stringerlo, tornai nella zona notte.

Le coperte ricadevano da un lato del letto come una gonna, m'inginocchiai nascondendo il dispositivo d'ammansimento proprio sotto il punto in cui la mia testa riposava sul cuscino. Facile da afferrare, pensai.

Mi stavo rialzando in piedi, le ginocchia che scricchiolavano e schioccavano, quando la ragazza ebbe un tremito nel sonno e mormorò qualcosa. Trattenni a stento un sussulto, mi passai una mano tremante nei capelli. Lei si sedette di colpo. I suoi occhi erano sbarrati, mi fissavano, il bianco delle sclere luccicava debolmente nella luce che precede l'alba.

— Cosa. Cosa stai facendo? — farfugliò con aria sognante.

— Uso il vaso da notte — dissi, afferrando con rapidità il bacile di porcellana da sotto il letto.

Lei annuì e si coricò di nuovo.

Nell'eventualità che Zahara ci avesse udito, mi sforzai di fare qualche goccia di urina calda nel secchio, lo risistemai sotto il letto il più lontano possibile dal congegno e poi scivolai sotto le coperte sdraiandomi sulla schiena.

— È gia domani? — sussurrò la ragazza nel sonno, e la udii sbadigliare.

— Non ancora — dissi, pensando che presto lo sarebbe stato, mentre il mio cuore prendeva a battere un ritmo costante e senza tregua, e l'immagine delle fasce di legno e delle punte acuminate mi circondava, piantandosi dentro di me.

## – 32 –

— Vai in città per concludere qualche affare, questa mattina? — chiese Zahara.

Era già pieno giorno. Avevo dormito troppo e la sua domanda mi mise in allarme. Nervoso, salii i gradini che portavano in cucina e mi sedetti al tavolo. La giovane stava ancora dormendo della grossa, ma la loro conversazione turbinava ancora nel mio cervello: *Lascia fare a me. Mi libererò di lui.* Zahara conosceva le mie abitudini – stava semplicemente prendendo la strada più breve per assicurarsi che sarei stato via la maggior parte della giornata per commerciare cavalli, mentre lei preparava il suo tranello. Si comportava con molta disinvoltura; versò il caffè in una tazza di stagno, la piazzò davanti a me e si voltò verso la stufa.

— No, non è giorno di mercato, non ci sono fiere nei paraggi — dissi, tentando di suonare neutrale, e le sorrisi. — Preferirei stare qui e giocare con te. — Mi allungai scherzosamente per toccarle i fianchi, poi mi alzai e le carezzai la vita da dietro. Se Zahara fosse crollata in un profondo sonno post-amplesso, pensai borbottando tra me, avrei potuto restare da solo con la ragazza, e mandarla via.

Le annusai il collo. I capelli erano sottili, e colsi il debole odore rancido di sporcizia vecchia che si levava dal suo cuoio capelluto. Mi si strinse lo stomaco, mentre arretravo vidi la linea delle sue spalle curvarsi all'improvviso in una massiccia gobba da anziana. Le mie dita si contrassero sprofondando in un rotolo di grasso della sua pancia. Temetti di avere dei conati di vomito. O Gesù, non farmi vedere questo, farfugliai dentro di me, e socchiusi le palpebre. La sua immagine tremolò, definendosi nella figura familiare della mia fantasia.

Si piegò all'indietro contro di me, sollevò la mano per toccarmi una guancia.

— Se rimani a casa, dove prenderai i soldi per pagarmi?

— Ti ho già pagato abbastanza — dissi, facendo scivolare le mani sulla sua pancia. — Andiamo — insistetti con una piccola stretta, — fammi fare un giro a credito.

— No. — Zahara scosse il capo.

L'aveva detto con dolcezza perché stava solo tentando di farmi andare via, ma una specie di sordo panico cominciò a crescere dentro di me. Avevo bisogno di parlare con la ragazza da solo, e cosa diavolo stavo facendo?

Zahara si girò e risucchiò in dentro le guance, imbronciando le labbra.

— Mamma ha detto di no — sbottò di nuovo, con un sorriso sciocco. Mi pizzicò le guance, all'improvviso sentii la frustrazione agitarsi dentro di me come una tigre inquieta. − Gli affari... − cominciò a dire, ma la interruppi.

− Si fottano gli *affari!* − l'afferrai con forza dai gomiti, stringendo, poi la spinsi di lato rudemente. Barcollò verso i gradini, poggiò a tentoni una mano al muro per evitare di cadere. Sollevò la testa di scatto. Mi guardò con furia e i suoi occhi lampeggiarono, duri e luminosi.

− Non ho bisogno di te! Mi scoperò la ragazza − urlai e sentii la rabbia montare con la mia voce. − Per me è lo stesso. Lei è comunque più giovane − sogghignai. Le voltai la schiena e mi diressi verso la camera da letto con passo pesante.

Zahara grugnì con violenza, poi fu su di me in un lampo. Strattonò la mia camicia. Sentii le sue unghie artigliarmi la carne attraverso il tessuto.

Girai su me stesso e le afferrai le braccia che si agitavano scompostamente. Usai la mia stazza per farla indietreggiare, quasi fino alla porta.

− Figlio di troia, lasciami andare! − urlò nello stesso istante in cui le mettevo una gamba dietro la caviglia e la spingevo. Cadde in avanti, sulle mani e le ginocchia, poi sbatté il mento contro le travi del pavimento, urlando.

Un filo di sangue fluì caldo e luccicante da un angolo della bocca, i suoi occhi avevano un'espressione confusa. Non aspettai oltre. Infilai le braccia dietro le sue spalle e i suoi fianchi, la sollevai, aprii la porta con un calcio e non la misi giù finché non ci trovammo sui gradini, all'esterno.

Corsi su per le scale, la vidi lottare per mettersi in piedi e chiusi di schianto la porta, sbarrando il chiavistello nello stesso istante in cui Zahara si abbatteva contro il legno massiccio e cominciava a tempestarlo di pugni.

− Apri questa porta − strillò.

− Guarda se ti piace! − gridai, sapendo che avrebbe pensato che quello era il mio modo di fargliela pagare per ciò che aveva fatto quella notte col contadino. − Sto andando a gustarmi ogni singolo istante con quella ragazza! Sto andando a leccarmela come panna da un piattino.

Udii che scendeva i gradini, calpestando l'erba secca. Rimasi immobile, in ascolto. Sta camminando verso destra, pensai, sta deviando, no, sta voltando − sta andando alla finestra! O Cristo, stava cercando di entrare dalla finestra della cucina, capii in un lampo di consapevolezza che mi elettrizzò. Il cuore mi martellava follemente il petto. Mi fiondai nell'altra stanza.

Il suo viso gonfio, rotondo, simile a una luna, si sollevò verso di me. La lingua sanguinante strisciò tra le labbra. Stava grugnendo per lo sforzo. Le sue braccia robuste erano sollevate sopra la testa, le mani avvinghiate alla pesante imposta di legno per sollevarla. Scagliai il telaio verso l'alto, il vetro fu scosso e tremò nella cornice. Mi sporsi fuori e strappai l'imposta dalla sua stretta, spezzandole due unghie e graffiandole le dita. Urlò per il dolore e sgattaiolò all'indietro.

− Strozzati, Zahara − urlai, sbattendo l'imposta verso il basso, per poi infilare il gancio nell'anello di metallo, bloccandola dall'interno. Attraversai tutta la carrozza per assicurare anche gli altri accessi.

− Bastardo! Sei un bastardo!

La sua voce risuonava più distante. Con cautela, schiusi un'imposta − in parte temendo che una mano avrebbe cercato di artigliarmi attraverso l'apertura – e notai che stava camminando in direzione della piccola sorgente d'acqua vicino cui ci eravamo accampati. Stava andando a lavarsi via il sangue dalla faccia, supposi. Dovevo fare in fretta, la sorgente non era affatto distante.

* * *

La ragazza era seduta sul letto, con le coperte tirate sulle spalle. Aveva gli occhi spalancati per il terrore.

Cristo, pensai, ho dimenticato la finestra vicino al letto. Tutto ciò che Zahara doveva fare era bussare al vetro e chiedere alla ragazza di farla entrare.

– Non ho intenzione di farti del male – dissi, attraversando la stanza con un lungo sospiro di sollievo – l'imposta era chiusa, bloccata.

– Tieni, mettiti i tuoi vestiti – dissi. – Devi andartene da qui.

– Ma...

– Senti, non c'è tempo! – Chiusi gli occhi, inspirai a fondo, determinato a concludere quella faccenda – So che ti ha raccontato della mano del morto. – La fissai. – È tutta una menzogna.

La ragazza annuì. – Lei mi aveva detto che avresti parlato così. – Le sue dita sottili si mossero pigramente lungo una fila di minuscoli bottoni sul collo.

– Pensala come vuoi. Ma se Zahara stava dicendo la verità, non credi che l'avrei reclamata io per prendermi tutto il potere?

– Hai paura. Come gli altri.

– Non importa se mi credi oppure no; te ne andrai? Posso pagarti qualunque cifra desideri.

Si sedette sul bordo del letto, allacciandosi le scarpe. Esitò. Poi disse: – C'era potere in quella scatola. L'ho sentito. Zahara... lei è davvero molto premurosa. È l'unica persona che sia mai stata gentile con me.

– Bene, allora usa la testa e chiediti perché.

– Per lei sono come una figlia.

Anyeta. Desiderando mia moglie, aveva scelto una sua ingenua sostituta. Gemetti all'improvviso. – Quella – dissi, avvertendo un'oscura tristezza nell'animo, – è l'unica cosa vera che ti ha detto.

La ragazza rivolse i suoi enormi occhi liquidi verso di me, studiando il mio viso. – Perché sei gentile con me, dunque? – La sua voce si era raddolcita.

– Perché mi ricordi qualcuno che amavo.

– Amavi?

– Amo. Ma l'ho delusa – in modo terribile. Feci una pausa, pensieroso. *Cristo, dillo e basta, codardo.* – L'ho tradita.

– Con Zahara?

– Sì. Non so se potrò mai sistemare le cose, ma... mandarti via è un inizio, per cercare di trovare un modo per raggiungerla. In Ungheria, un uomo che voleva divorziare preparava le sue cose, oppure no, e se ne andava. *Giura di amarmi...*

Piegò la testa di lato, la grande massa di ricci cadde da una parte, ancora una volta ebbi la sensazione che mi stesse studiando.

— La fedeltà è una buona cosa — disse, alzandosi.

— Mi credi allora? — Le poggiai una mano sul braccio, con delicatezza.

— Credo che tu ami questa donna. Come si chiama?

— Mimi. — Distolsi lo sguardo per un attimo. — E tu?

— Catherine. — Indossò un logoro scialle scolorito, vidi che si stava arrendendo, che se ne stava andando. Mi seguì su per le scale attraverso la cucina e la cuccetta con le tende, sino alla parte anteriore della carrozza.

Aprii la porta di uno spiraglio. Zahara non era in vista. — Catherine — dissi. — Non ti dimenticherò.

— Non me, è lei che devi ricordare. — Scrollò le spalle. — Ho viaggiato qua e là. Ho visto un mucchio di uomini cadere in disgrazia. Ma un uomo buono... la sua donna lo riprenderà con sé quasi sempre.

Le presi la mano, strinsi le sue piccole dita. Cercai di metterle una manciata di monete d'oro nel palmo, ma non volle prenderle, respingendole con un gesto della mano. — Oggi la tua fortuna è gratis, zingaro — disse, e la sua bocca minuta si curvò in un sorriso luminoso.

Mi piegai in avanti e le baciai la fronte. — Dio ti benedica, allora.

Annuì, sembrando all'improvviso più matura della sua età. — Ricordati di lei.

— Mimi — dissi.

— Mimi.

E poi se n'era andata, muovendosi leggiadra giù per le scale. La osservai finché scomparve alla vista, poi mi sedetti ad aspettare Zahara.

* * *

Il pomello della porta si mosse, richiamandomi alla realtà dai piani che stavo intessendo. Cercai di restare calmo, accesi una sigaretta, accavallai le gambe. Avevo lasciato la porta aperta e Zahara la aprì.

— Lei dov'è? — La sua voce era dura.

— Sul soppalco — risposi con calma, e guardai i muscoli della mascella di Zahara contrarsi. I suoi occhi esaminarono la carrozza per tutta la sua lunghezza, poi si spostarono verso l'alto. — Una mia piccola fantasia — dissi, spegnendo la sigaretta e alzandomi. — Un gioco.

Le sue palpebre si chiusero un po', mi fissò, poi mi lasciò continuare.

— Io e te stiamo facendo l'amore — sussurrai, e allungai un dito per carezzare la curva del suo seno. — Siamo molto impegnati, e non sentiamo lei che s'infila nella stanza — le dissi all'orecchio, massaggiandole la pancia con le mani.

— Sei la mia puttana, la mia ragazzaccia. Cominciai a tirarla verso la stanza da letto.

— Dove sta il gioco? — bisbigliò.

Ridacchiai piano. — Lei è mia moglie, e ci coglie di sorpresa. Dopotutto... assomiglia *un po'* a Mimi...

La sentii sussultare, dissi a me stesso di proseguire, di coglierla alla sprovvista. Le baciai le labbra.

— Ed è molto arrabbiata — disse Zahara.

— No — ghignai, pensando *oh cristo perdonami*, scacciando la repulsione e andando avanti. – No, nella mia fantasia è un giochino che ho elaborato con Mimi: tu fingi di essere spaventata perché sei stata scoperta, ma anche lei, in fondo, ti vuole. – Immaginai gli ingranaggi della sua mente ruotare, mi dissi di prendere all'amo quella puttana. – La ragazza ha detto che lo farà.

– Farà cosa? – domandò, facendo le fusa.

– Tutto ciò che vuoi – risposi, mettendola a proprio agio, così si sedette sul letto. M'inginocchiai tra le sue gambe, le carezzai un seno, poi tirai su la gonna e affondai la faccia tra le cosce. Sentii le sue mani tra i miei capelli, la mia mente cominciò a cedere, a sbandare. Quanto tempo dovevo metterci? Per quanto avrei potuto distrarla prima che chiamasse Catherine? Non mi facevo illusioni, non sarei riuscito a imporle con la forza l'ammansitore; avevo nascosto un lungo coltello vicino al marchingegno, sul pavimento, proprio sotto le coperte cascanti. Potevo sentire la punta arrotondata del manico d'osso che sfiorava il mio ginocchio. Immobilizzala, mi dissi, uno squarcio sugli occhi o alla gola, ovunque la mia mano trovi la carne, poi mentre è fuori gioco, la calotta. Ma dovevo essere veloce...

– Veloce – mormorò lei e sentii il cuore pompare impazzito nel torace. Santa Madre di Cristo, aveva colto a casaccio quel pensiero dal mio cervello con la facilità con cui si strappa un acino marcio dal grappolo.

– Vuoi che vada più veloce, sì? – domandai, scorrendo la lingua sulla coscia, cercando di distrarla, di fermare la rapida ondata di paura che cresceva in me. I profondi pori della sua pelle tremolarono, poi li misi a fuoco. Vidi la carne cedevole, secca, sbiancata da innumerevoli linee e rughe, mi costrinsi a chiudere gli occhi. Mordicchiai e succhiai, la sua pelle rotolò nella mia bocca come il lembo di un sacco di tela, e mi sentii sul punto di soffocare. Zahara. Bugie più credibili della verità. – Immagina se fosse lento, prolungato? – sospirai, – quasi infinito...

– Infinito – disse, e colsi un'esitazione nella sua voce. All'improvviso le sue mani si strinsero nei miei capelli e prima di potermelo impedire i miei occhi si sollevarono e incontrarono i suoi.

Fui colto dal panico. Vidi la luce ostile della consapevolezza cominciare a luccicare in quegli antichi occhi scuri. Ci fu una pausa, al tempo stesso infinitesimale ed eterna, e urlai dentro di me *Ora, ora è il momento di farlo, Cristo, fallo!* così nello stesso istante la mia mano afferrò il coltello sotto il letto, e i suoi occhi fiammeggiarono di piena comprensione. – No! – annaspò, scagliando un braccio verso l'alto e indietreggiando scossa dai brividi, cercando di sollevarsi per fuggire.

Ma il coltello formava già un luccicante arco sollevato.

Anyeta urlò insieme a me, lo piantai con tutte le mie forze al centro del suo petto.

Il sangue eruttò dalla ferita. La mandibola sussultò e cadde verso il basso, gli occhi divennero vitrei. Le dita si contrassero debolmente, aprendosi e chiudendosi intorno al manico che emergeva dal torace, poi crollò all'indietro sul letto, le braccia e le gambe divaricate, le ginocchia piegate oltre il bordo del materasso.

Mi alzai, affannato, respirando quell'odore pungente di rame, guardando il sangue che scorreva in un denso ruscello vischioso, dai seni fino al ventre. Sembrava non avere mai fine, quel palpitante e umido flusso rosso.

Nella sua gola ci fu un gorgoglio. Gli occhi sporgevano spalancati dalle orbite. Si dibatté, cercando di sollevare la testa, vidi le corde vocali sporgere dal collo. La testa ricadde con violenza sul letto. Il sangue che fuoriusciva dal petto ribollì, poi si ridusse a un rivolo.

Era morta, pensai, ma ero abbastanza saggio da non avvicinare un orecchio per sentire anche il più debole movimento dentro di lei. Joseph dubitava che la vecchia strega avrebbe potuto possedere qualcuno che non avesse reclamato la mano del morto, e il suo tentativo d'ingannare la giovane prostituta mi fece pensare che era proprio così, ma mi dissi che non dovevo correre rischi. Le mie mani erano imbrattate di sangue e le fregai con cura sui pantaloni. Andai allo specchio e mi guardai da presso, usando un polsino della camicia per tamponare le macchioline rosse e le chiazze. In seguito avrei bruciato i vestiti, le lenzuola – qualsiasi cosa presentasse una singola goccia del suo sangue.

Presi un profondo respiro e mi dissi che il peggio era davvero finito. La vecchia troia era morta, non restava che mandarla all'inferno che si meritava. E tutto ciò che dovevo fare era prendere l'ammansitore da sotto il letto.

## – 33 –

Non pensare all'ammansimento, fallo e basta, mi dissi mentre guardavo dall'alto il corpo scomposto sul letto schizzato di sangue. Era la Zahara che Joseph mi aveva descritto quel giorno di tanto tempo prima. I suoi capelli erano velati di grigio – persino le sopracciglia e le ciglia erano opache per l'età. La bocca, spalancata, rivelava gli spazi scuri nella dentatura. Il corpo si era afflosciato malamente nella morte. Tuttavia non provavo repulsione, solo tristezza per i suoi sogni che erano cresciuti in modo grottesco quanto il suo corpo, e l'avevano tradita conducendola alla fine. I miei occhi si posarono sul coltello insanguinato che spuntava tra i seni abbondanti, e la mia mano si sollevò per tentare di estrarlo – ma poi pensai che era meglio lasciarlo dov'era. Mi accovacciai e presi la corona d'ammansimento, poggiandola sul bordo del letto.

M'inginocchiai piegandomi sopra di lei, scostandole con le dita i capelli stopposi dalle sopracciglia. Afferrai l'orribile marchingegno. Lo stomaco mi si contrasse, la bocca si seccò.

Joseph aveva cucito alla corona due larghe strisce di cuoio ad angolo retto, creando, supposi, delle modifiche per adattarlo a una testa umana. C'era qualcosa di davvero ripugnante in quello spesso cuoio marrone dall'aspetto grezzo. Udii me stesso grugnire. Vidi che aveva usato del massiccio legno scuro per modellare le bande circolari – noce o faggio, forse – e l'aveva levigato un po', ma quando vi passai sopra un polpastrello, lungo la curva esterna, sentii che era ancora ruvido e granuloso. Una cosa orribile, davvero – scacciai l'immagine di Zahara che urlava per il terrore, quella notte, davanti alla caverna, mentre Vaclav tentava di infilarle la calotta sulla testa.

È l'unico modo.

Tenni il rozzo marchingegno tra le mani e sollevai le braccia per piazzarlo sulla sua testa; ero praticamente a cavalcioni sul corpo e la posizione era davvero scomoda. La testa si trovava quasi al centro dello spazioso letto.

Mi fermai. Sarebbe stato più facile se avessi fatto ruotare il corpo. Scivolai giù dal materasso, poi mi piegai per spostarla, tirandola per le gambe. Infilai il cuscino sotto la testa e ora, distesa, appariva più naturale, come una donna addormentata. Molto meglio, decisi. La guardai per un po', infine mi dissi di procedere con ciò che andava fatto.

Il mio respiro si fece corto, le mani grosse, impacciate. Infilai la calotta. Le fasce di legno si arcuarono sulla fronte. Le strisce di cuoio incrociate erano così strette che sembravano modificare la forma del cranio in qualcosa di nauseante e inumano. Un congegno maligno, una cosa oscena. Cuoio, legno, acciaio. Come uno strumento di tortura inventato nel Medioevo. La guardai, così immobile, gli occhi sbarrati, e deglutii a disagio.

– Dalle un po' di dignità – borbottai ad alta voce, e il suono mi fece sussultare. Incrociai pudicamente le gambe all'altezza delle caviglie, sistemai le mani in modo che una stringesse l'altra alla vita, le serrai la bocca. La sua pelle era molto pallida, di un blu grigiastro, ma perlomeno in quella posa dava l'impressione che qualcuno si fosse preso cura di lei. Indietreggiai, abbracciandomi i gomiti, osservando, pensando a me stesso come all'unico partecipante di un funerale. Poi mi accorsi, di colpo, del pavimento freddo e duro sotto i miei piedi. Scrollai il capo, mi dissi di smetterla di sognare a occhi aperti. Era meglio procedere.

In precedenza avevo rimosso i lunghi chiodi di metallo dalle fasce, ora dovevano essere risistemati. Li estrassi da sotto il materasso, uno alla volta, ruotandoli leggermente sul palmo umido. Davano una sensazione di pesantezza, la sensazione sottilmente untuosa che a volte possiede l'acciaio.

Il cuore mi pulsava nelle tempie. Allineai i buchi nelle fasce, infilai le punte sottili al loro posto. Scorrendo leggermente, senza strappare la pelle, schiacciarono comunque la carne della fronte. E quando entrarono nella carne – chiusi gli occhi, trattenni il fiato, allontanai il pensiero. Cristo, era orribile.

Le mie mani si sollevarono per girare le viti, le dita tremavano, i palmi erano sudati. Le abbassai, sfregandole contro i pantaloni, le alzai di nuovo e mi piegai su di lei.

Il mio viso era così vicino al suo che il fiato mi tornò indietro, caldo e leggero, e per un secondo mi bloccai e mi allontanai con uno scatto, pensando: *è viva, buon Gesù, è viva.*

Feci un lungo passo, la fissai. Sembrava che il suo petto si sollevasse e abbassasse, per quanto piano. Era a malapena percepibile, ma vidi la punta del manico d'osso bianco scivolare appena, su e giù. La mia vista diventò confusa. Sbattei le palpebre, cancellai la visione.

Qualsiasi cosa, mi dissi, fissandola abbastanza intensamente e a lungo, sembra poi muoversi, perché i tuoi occhi...

I suoi occhi. Il pensiero risuonò nella mia testa: erano aperti. Questo stava rendendo il lavoro più difficile. È come se ti stessero fissando, rimproverandoti. Chiuderli sarebbe stata questione di un secondo, poi avrei potuto fare ciò che bisognava fare, ponendo fine a questi folli tentennamenti.

Le mie nocche sfiorarono le guance cineree, sollevai i pollici per abbassare le palpebre e mi ritrovai a fissare le iridi nere. C'era qualcosa di misterioso in quegli abissi oscuri, sotterranei – un lago illuminato dalla luna che sprofondava in eterno.

A un tratto mi risultò difficile respirare, fui schiacciato dal ricordo dei baci, delle sue labbra carnose in primavera. Annusai la carne calda e viva dei suoi seni, sentore di muschio mescolato all'odore di abiti appena lavati e capelli profumati. Aveva ventun anni, una donna più grande con un inesperto giovane di diciassette; aveva intrecciato una manciata di minuscole monete d'oro grandi come lacrime qua e là nei suoi capelli. Udii i pezzi d'oro scampanellare delicatamente quando scosse la testa, udii l'acuto e dolce cinguettio degli uccelli notturni, vidi la luna – bianca e tonda e piena – sopra la sua spalla, dove si poggiava contro la ruvida corteccia nera di un vecchio olmo nodoso. Sentii la sua lingua incontrare la mia, le mani calde e soffici sulla schiena.

– *Tikno* – sussurrò sfiorando la mia bocca. – Ragazzino. – Mi toccò il viso; volevo dirle che non ero un ragazzino, che l'amavo. Le parole mi rimasero bloccate in gola, bruciavano nella testa; pensai che le avrei carezzato i capelli, toccando una delle monete scintillanti. Invece la mia mano cadde maldestra sul suo seno, e udii un gemito risalirmi in gola.

– *Te na khutshos perdal tscho ushalin* – mi prese in giro. – Non cercare di saltare la tua stessa ombra. Non è amore, ragazzino; è soltanto lussuria.

Poi stava correndo, ridendo piano, l'oro nelle ciocche che tintinnava piacevolmente, i capelli un groviglio luminoso contro la macchia in movimento della sua mantella, il mio cuore batteva forte e veloce, e seppi che per me sarebbe stata in eterno quella Zahara.

Un bacio, pensai, soltanto uno prima di – dirle addio. La sua faccia pallida era chiazzata qua e là di sangue, ma le labbra ne erano sfumate, e apparivano ancora più rosse. Di sicuro nemmeno Joseph se la sarebbe presa per un bacio a un vecchio amore. Scrutai nei suoi occhi, la luce parve guizzare e danzare per un attimo, come se lo stesse aspettando, il mio bacio. Chiusi le palpebre, mi piegai verso di lei. Con delicatezza, misi una mano dietro la base del collo, inclinando il suo viso verso il mio, pensando; soltanto un veloce, leggero, singolo bacio. Le mie labbra si sporsero un poco per toccare le sue, la tirai a me. Qualcosa di simile a un sospiro soffiò fuori dalla sua gola; aria che passava dai polmoni attraverso le corde vocali, mi dissi, e al contempo mi parve che il suono della voce fosse il basso canto lontano delle campane di una nave al largo. Ossessionante. Romantico.

– Ah – sospirai, prossimo a baciarla, le mie mani calde che spingevano la testa in avanti per incontrare la sua bocca, poi, all'improvviso, mi resi conto del tocco della carne gelida.

Fui devastato, scosso dall'orrore: i muscoli del suo collo stavano cominciando a irrigidirsi. Sotto le mie dita, la mandibola era dura, di pietra. Indietreggiai di colpo, tremante. La sua testa cadde come un pezzo di legno sul cuscino, un lungo lamento proruppe dalle labbra macchiate, la voce un gemito angosciato, ma Cristo, quanto a lungo ero rimasto lì impalato nell'oscurità della carrozza, a fissarla?

Ore e ore. Mi passai una mano tra i capelli, pensando che non era possibile. Ma era così. Spalancai un'imposta: il sole invernale era basso nel cielo, la luce che illuminava il letto era debole.

*Devi domarla. È l'unico modo.* Il viso pensieroso di Joseph ondeggiarmi davanti.

Infilai le mani in tasca, osservando il corpo di una donna sciatta, sovrappeso, ed espirai di colpo. Capivo che dietro quegli occhi di ossidiana si agitava Anyeta, impaziente di essere liberata; stava giocando con me, tormentandomi. Capivo che persino in quel momento avrebbe saltellato di avida gioia: non potevo farlo. Non importava che lei – che entrambe – mi avessero stregato per tutti quei mesi. Non potevo fare questo a Zahara. Non potevo oltraggiare il ricordo della splendida ragazza che danzava nel mio cuore. No. Non avevo il coraggio di domare qualsiasi essere vivente, qualsiasi essere umano.

Scossi la testa, feci due lunghi passi, strappai l'infame calotta dalla sua testa e la scagliai via. Sbatté e tintinnò follemente sul pavimento, poi si fermò, e l'atmosfera nella stanza si riempì all'improvviso di un silenzio che sembrava benedetto.

* * *

Dopo molto tempo, la mia mano si mosse a lisciare con delicatezza i capelli di Zahara. – Povera creatura – sussurrai, carezzandoli, e all'improvviso la sua testa si girò sotto le mie dita. La guancia sprofondata nel cuscino, udii il debole suono scricchiolante della mandibola che si spalancava verso il basso, e sibilai, saltando all'indietro. Un occhio si sollevò a fissarmi, la luce gli donò uno scintillio malvagio che ben si abbinava al ghigno compiaciuto

*Anyeta.*

– Lasciami stare! – urlai, la mia voce che echeggiava aspra nell'immobilità della stanza.

Rabbrividii, cominciai a camminare avanti e indietro, borbottando tra me: – No. Non si è mossa, no, le stavi carezzando la testa, sei stato tu! – I miei occhi caddero sulla faccia che mi sbirciava; la testa di un morto si prendeva gioco di me. Anyeta.

Mi voltai, crollando con pesantezza sul pavimento, poi chinai la testa e piansi.

– 34 –

Sbattei il pugno chiuso sul ginocchio. Doveva esserci un altro modo, mi dissi. E c'era ancora un lavoro da fare, anche se non ci riuscivo – non potevo disonorare Zahara. Feci una smorfia, scorgendo l'abietta corona dell'ammansitore. Joseph non sapeva tutto. Non dovevo far altro che pensare a un altro modo. Qualcosa di cataclismico. Definitivo. Il mio cervello brulicava d'idee. I denti sbattevano, sentivo la febbre – il corso dei miei pensieri s'interruppe, mi accorsi che un largo ghigno mi stava curvando le labbra – l'idea prese piede ed esplose nella mia testa: fuoco. Sì, il fuoco l'avrebbe consumata finché non sarebbe rimasto nulla. D'accordo allora, annuii, avrei aspettato l'oscurità completa e portato il corpo fuori dalla carrozza. L'avrei bruciato. Proprio come avevo pianificato: le lenzuola macchiate di sangue, la biancheria da letto e tutto il resto; quello avrebbe messo la parola fine su Anyeta.

Mi sollevai in piedi, cominciai a salire la rampa di scale che portava al soppalco. Stracci, cherosene, pezzi di legno – tutto ciò che mi serviva era lassù.

♦ ♦ ♦

Lanciai di lato la pala con un forte grugnito, osservando il profondo pozzo ovale che avevo scavato a circa venti metri dalla carrozza. I miei occhi valutarono le dimensioni del cadavere avvolto nelle lenzuola zuppe di sangue. La tomba era lunga pressappoco due metri, scendeva in modo irregolare per circa un metro e mezzo; era abbastanza grande.

Cominciai a lanciarci dentro pezzi di legname, che atterrarono col secco suono del legno che colpisce il legno. Sistemai le tavole nella forma abbozzata di una pira. Ancora chinato, mi fermai, sfregando il dorso della mano sulla fronte, poi mi allungai all'indietro e presi la rotonda latta rossa che conteneva il cherosene. C'era uno straccio infilato nel beccuccio, nell'istante in cui lo rimossi i miei occhi presero a lacrimare per i vapori acri, tossii. Respirando con la bocca, cominciai a infradiciare le assi, guardandole scurirsi quando il liquido vi penetrava.

Mi alzai e mi girai verso il corpo, riflettendo. Era stato faticoso manovrare quel peso morto, ero riuscito a portarlo sull'orlo della tomba spostandolo con un piccolo carretto con delle ruote, quello che Lenore qualche volta chiamava "il suo carretto per pony". Ora che il tumulto di emozioni che mi aveva spinto a fare il lavoro si era esaurito, pensai che sarebbe stato difficile tirarla fuori da quel carretto squadrato, per calarla nella tomba. Era più facile bruciarla con carretto, decisi, guardando per un attimo il cielo scuro, sentendo il vento che faceva frusciare le foglie degli alberi.

Mi piegai, facendo forza sulle ginocchia, grugnendo e sollevando i manici del carretto. La testa e il collo di Zahara erano premuti contro il fondo, le ginocchia e i piedi penzolavano oltre il bordo su entrambi i lati dei manici. Potevo sentire la carne fredda dei polpacci urtava il dorso delle mie mani, rendendomi inquieto. Deglutii, e cominciai a spingere. Il carretto ondeggiò sotto il peso, lo guidai verso il buco. Si bloccò sul bordo, nel terreno molle. Mi sforzai, facendo leva sulle gambe e sulla schiena, lo sollevai e lo gettai oltre il bordo. Sobbalzò giù per la leggera pendenza. Le ruote colpirono una delle assi e, sotto il peso sgraziato, il carretto si ribaltò, scagliando il corpo di Zahara fuori dal sudario, su un lato del pozzo.

Nella luce della luna, scorsi il viso poggiato sulle assi grezze. Il corpo era piegato in due sotto un lato del carretto. Non guardarla, mi dissi. Mi accovacciai e cominciai ad ammucchiare il resto delle lenzuola e dei vestiti tra le assi di legno. Versai altro cherosene, sentendomi leggermente nauseato quando esso di disperse sulle braccia, sulle gambe e sulla faccia di Zahara. Potevo immaginare le fiamme, il suono ruggente che avrebbero fatto il fuoco, divorandola. Ci sarebbe stato odore di carne bruciata. Se fossi rimasto a osservare, sapevo che il mio sguardo sarebbe stato attratto senza speranza dalla carne che si anneriva, arricciandosi e mostrando i denti, lo scalpo ingrigito e gli occhi velati. Scrollai la testa, sapendo che non sarei mai riuscito ad accendere il fiammifero, se potevo ancora vedere il suo viso.

Sospirai. Non c'era altro da fare che strisciare giù nella tomba e coprirla. Prima il sudario, poi ammucchiare altra legna e non pensare a ciò che si trovava al centro della pira ardente, al corpo che alimentava le fiamme impazzite.

Sul fondo della fossa si avvertiva l'odore freddo e umido della terra, il tanfo pungente del cherosene. Camminai con lentezza e attenzione sulle assi, mentre avanzavo verso di lei.

Afferrai un angolo del lenzuolo, sussultando al contatto col tessuto nel punto in cui il sangue si era seccato. Il corpo si spostò e ci fu un tintinnio – il debole suono secco del metallo sul legno; m'immobilizzai, confuso. Poi capii: era il pendaglio d'argento intorno al collo, quello che avevo comprato per mia moglie quel giorno, tanto tempo fa, a Sighisoara, quello che lei mi aveva raccontato le fosse stato dato da Mimi il giorno del nostro matrimonio; all'improvviso lo desiderai. *Prendilo*, m'incitò una voce, e con una smorfia cercai tra i vestiti finché le mie dita si chiusero intorno al pendaglio. Tirai la catenina, strappandola, e me la infilai nella tasca.

Abbassai lo sguardo: Zahara era coricata su un fianco. La luna faceva risaltare l'estremità luccicante del manico del coltello, le braccia e le mani scomposte in una posa grottesca. Per l'ultima volta guardai il suo viso, un occhio che mi fissava tetramente, la bocca aperta, la mandibola appena inclinata. La coprii col lenzuolo, trascinai le assi sopra il cadavere e mi arrampicai fuori dalla tomba.

Rimasi sul bordo, sentendo il vento scompigliarmi i capelli. Accesi una sigaretta, tirando una lunga boccata, assaporando il fumo acre, poi sbirciai verso il basso. Il suo corpo non si vedeva più, e niente sarebbe rimasto.

– Addio – dissi. – *Akana mukav tut le Devlesa o Beng* – ti lascio a Dio – o al diavolo. Lanciai il fiammifero acceso nel pozzo.

Ci fu una pallida luce blu, molto simile a una gocciolina di petrolio che colpisce l'acqua, un improvviso lampo giallastro che si dilatò e poi parve contrarsi per un istante prima di esplodere in furiose linee di fuoco che presero a correre sulle assi.

\* \* \*

Mi sedetti per terra a cinque, sei metri di distanza, avvertendo l'ondata di calore, osservando le fiamme spettrali guizzare e ondeggiare contro il cielo. Ci sarebbe voluto molto tempo – forse tutta la notte – perché il corpo bruciasse del tutto, avevo ammassato legna e sterpaglie lì vicino per alimentare il fuoco al primo segno di affievolimento. Avrei atteso, non c'era fretta. Mi coprii le spalle con una coperta a mo' di scialle, sistemandone un'estremità sotto le cosce e le gambe.

Poi tirai fuori il pendaglio di Mimi e lo osservai, una luna argento che diventava rossa alla luce del fuoco.

* * *

Sognai me stesso da bambino, in Inghilterra, dove mi ero recato in viaggio un'estate con i miei genitori, con la nostra carrozza gialla. Era in Inghilterra che si erano incontrati, prima che nascessi. Mia madre proveniva da una zona del nord, credo vicino a York. Era una ragazza di campagna – tutto ciò che sapevo davvero sulla sua giovinezza era che era scivolata dalla sua vita in quella di mio padre. L'intrigo e l'aria di mistero delle usanze zingare l'avevano ammaliata, suppongo, ma quell'estate mi mostrò l'Inghilterra, uno dei miei ricordi più vividi era un campo luccicante nel tramonto, con centinaia di conigli marroni che ci saltavano follemente intorno, scappando tra gli arbusti; fu questo vecchio e caro ricordo che trovò la strada nel mio sogno, per poi mutare.

Il tempo collassò su se stesso, all'improvviso mi resi conto di non essere più un bambino, ma un ragazzo, in piedi tra l'erba profumata, baciata dal sole. Guardavo pieno di gioia i conigli sgambettare, scorgevo il lampo biancastro del pelo più chiaro sotto le pance e le code, un largo sorriso dipinto sul volto, le mani sollevate e aperte verso l'alto, mentre piroettavo di felicità.

In quel modo tipico dei sogni, udii il debole battito furtivo di un tamburello e poi, lontano, al limitare dell'orizzonte rosso, vidi Mimi. Corse verso di me con le braccia tese. Scorsi i lunghi nastri colorati ondeggiare come bandiere, penzolando dal tamburello che teneva in mano. La sua faccia era illuminata da un largo sorriso; aveva infilato dei fiori selvatici tra gli scuri capelli intrecciati, vidi bagliori lavanda, blu, bianchi, rosa che cadevano dalla sua chioma, mentre correva verso di me a piedi nudi, ridendo.

Anch'io cominciai a correre, ci incontrammo al centro del campo e ci cullammo uno nelle braccia dell'altro.

– Danza con me, Imre. Danza con me – diceva, sollevando lo sguardo e ridendo, sentii le sue mani sui fianchi, mentre faceva un passo di lato, girava su se stessa, la lunga gonna che fluttuava diafana, un caleidoscopio estivo di rosa chiaro, giallo, verde. Un sottile braccialetto d'oro brillava su una caviglia sottile.

E poi le mie braccia la circondarono, più strette di prima, era così calda contro di me, arrossata per la corsa e per la gioia, schiacciava le sue labbra sulle mie, la udivo gemere, piano; il cielo rosso era una cosa viva tutto intorno, e poi ci fu il leggero e dolce tintinnio del tamburello che le scivolava dalle mani, come il rintocco di campane in una brezza lieve...

* * *

...e mi sentii triste e ingannato quando vidi il dolce prato inglese trasformarsi nei brulli pendii romeni, il cielo brillante non era altro che il bagliore della pira funebre della vecchia strega; eppure mi sorpresi che la mia mente sognante stesse ancora trattenendo con testardaggine il tintinnio delle campane. Udii il rimbombo attenuato di zoccoli, di ruote di legno che si muovevano sul terreno duro, e un attimo dopo comparve una carrozza scura che si fermò tra le ombre. Una figura saltò giù dalla cassetta con leggiadria, la gonna che mulinava intorno alle sottili gambe con gli stivali, e si girò verso di me. I suoi occhi erano luccicanti. Trattenni il respiro, tuttavia un nome mi salì alle labbra: — Catherine — cominciai a dire, udendo una sorta di meraviglia soffocata nella voce, sentendo gli occhi che si spalancavano, il battito cardiaco che esitava nello stesso istante in cui mi alzavo e cominciavo a correre, perché all'improvviso capivo, nel più profondo del cuore, ciò che sapevo fin dal principio: era Mimi, lì in piedi, nel pieno della sua bellezza giovanile – le braccia distese per accogliermi.

Mimi abbassò le braccia lungo i fianchi con lentezza, provai una fitta di disappunto, poi scivolai fuori da quello stato semi-sognante, ritrovandomi ancora seduto per terra, ora completamente sveglio. Sollevai lo sguardo. Il cielo notturno era diventato nuvoloso, la luna non era che una luce offuscata. Nel bagliore vermiglio del fuoco vidi la faccia di Mimi severa, le labbra tirate in una linea sottile, le spalle curve per la stanchezza.

Mi mossi verso di lei, consapevole che il sorriso sulla mia faccia appariva innaturale, come quando si sorride con nervosismo. Non mi voltai mai per dare un'occhiata al fuoco, mi dissi che ciò che non sapeva non poteva ferirla. Le feci un cenno di saluto, i tristi occhi scuri che guardarono nei miei erano esitanti, ma strinsi mia moglie tra le braccia.

* * *

— Questo posto puzza di lei — disse Mimi mentre aprivo la porta della carrozza, avvertendo un'ondata di colpa e dolore stringermi lo stomaco. — Cristo — si portò le mani sopra il naso e la bocca, — odora di casa; non di casa nostra, ma del postaccio in cui vivevo con lei quand'ero bambina.

Si sedette con pesantezza al tavolo, la osservai passare un dito sulla superficie polverosa, fissare in modo assente la stanza disordinata. Per la prima volta in tutti quei mesi mi resi conto di quanto fosse trascurata, sporca. Vestiti smessi e asciugamani chiazzati e ingrigiti erano ammucchiati qua e là – persino in cucina. Pentole e tegami e piatti unti giacevano in cataste sbilenche sul piano di lavoro, argenteria incrostata spuntava dai bordi. La stufa era schizzata di pezzi di cibo rappreso. C'era un lungo strappo frastagliato nella tenda verde che separava la cuccetta di Lenore – feci una smorfia pensando a come si era strappata, una notte, mentre palpeggiavo Zahara.

— Divertente, no? Ha portato il suo odore con sé ed è rimasto — disse Mimi, abbassando gli occhi. — Quando sono stata qui prima non l'ho notato. O forse mi sono costretta a non notarlo.

Mi aveva già detto quello che sapevo sin dall'inizio: Joseph l'aveva mandata da me come Catherine, non tanto per adescare Anyeta – sebbene l'avida disperazione della vecchia le avesse fatto credere che avrebbe trovato una vittima consenziente – ma per usare il suo potere per aiutarmi. Non ci avevo pensato, ma ora capivo che aveva impedito ad Anyeta di farmi a pezzi con una specie di continua ma inesorabile controffensiva, cogliendo la vecchia strega alla sprovvista così che non avesse tempo per pensare, per reagire.

— Ci si può allenare a non vedere certe cose, immagino — disse con un po' di tristezza, e vidi che mi rivolgeva un'occhiata. — Oh bene, meglio che mi dia da fare. Sapevo che intendeva pulire e strofinare prima di lasciar rientrare Lenore, prima di pensare di nuovo alla carrozza come a casa nostra. Si tolse i guanti, poi si allontanò spingendosi dal tavolo e cominciò ad alzarsi; io allungai una mano, afferrandola al polso, proprio dove c'era la cicatrice. La fissammo entrambi per un istante, i nostri occhi si incontrarono.

– Mimi – dissi, lasciandole la mano. – Io...

– Ciò che è fatto è fatto, Imre. – La sua voce aveva un suono legnoso, vuoto, che mi spaventò.

– Mimi – mi alzai, poi affondai il viso contro di lei. – Oh Cristo, ohCristo, potrai mai perdonarmi? – gridai, avvertendo negli occhi e in gola il bruciore di lacrime che volevano sgorgare con forza. – Forse non ora, ma un domani? Dimmi solo se potrai perdonarmi, un giorno? – Piegai la testa, spaventato di incontrare i suoi occhi.

– Imre, guardami.

Sollevai il capo, le sue mani penzolavano inerti lungo i fianchi. – La vedi questa? – All'improvviso tirò indietro una manica e afferrò con forza l'avambraccio tra le dita. La spessa e orrenda cicatrice che le circondava il polso divenne di un profondo rosso purpureo.

– Cosa vuoi dire?

– La mia morte sarà un tormento senza fine, un'eternità di sofferenza, intrappolata in un corpo che marcisce, in un'oscura tomba fetida. Questo è il mio futuro... l'unico futuro che ho. Credi che lascerò diventare i giorni della mia vita, quali che mi rimangono, un fiume di agonia?

Scrollai la testa.

– Allora sai che sei perdonato – disse andandosene, legando i lacci di uno sporco grembiule bianco sul suo vestito.

– Ma la tua voce... è così dura.

– Ho detto che ti perdono, pulirò questo disastro e raccoglierò ciò che posso della vita che avevamo.

– Mi ha stregato, era un'illusione – dissi. – Mimi, ti prego, non era reale.

– Ci passerò sopra, soprattutto per il bene di Lenore e...

– La prima volta, persino la prima volta, ho finto che fossi tu, per favore, oh Cristo, mi dispiace così tanto, mi ha ingannato; e anche con te... quando pensavo fossi Catherine, o buon Dio, mi è tornato tutto in mente... era te che volevo, stavo facendo l'amore con te, persino l'odore... L'ho visto nei tuoi occhi; sai che stavo rivivendo quella prima estate in cui andammo in Ungheria? Giurammo di amarci fino alla fine... sai che quella parte di me aveva capito che eri tu, per favore.

– E cosa mi dici di quell'altra parte che tremava d'eccitazione e si contorceva di passione e si dilettava nella fica di quella puttana di mia madre? – Respirava a fatica, i suoi occhi brillavano di dolore.

– La volevi! – urlò, scoppiando a piangere di colpo e tenendosi la faccia tra le mani; cercai di stringerla tra le braccia, ma si divincolò, singhiozzando.

– Gesù santo, la volevi più di quanto avessi mai desiderato una donna nella tua intera vita.

– No, Mimi, non era reale, nemmeno il desiderio era reale. Era... – Allargai le braccia in un gesto d'impotenza. – Era solo un vecchio ricordo che lei aveva deformato e riportato in vita dentro di me. – Poggiai una mano sulle sue.

– Pensavo le volessi bene. Zahara mi ha detto che te ne voleva.

– Mi voleva bene? *Mi voleva bene!*

– Mi ha mostrato il ciondolo d'argento, ha detto che gliel'avevi dato il giorno del nostro matrimonio... – La mia mano scivolò in profondità in una tasca.

– Me l'aveva rubato! Come ha preso te... Era *armaya*, una maledizione, non capisci? "Ama ciò che odi, ama colei che ti fa infuriare, colei che ti fa piangere" – Mimi scosse la testa. – Ma non è amore, è il potere dell'inganno; fingeva le importasse qualcosa per imbrogliarmi, per intrappolarti.

– Ho la collana – dissi, tirando il pendaglio a forma di luna fuori dalla tasca. – Ho te, siamo insieme ora.

Lo colpì, facendomelo cadere di mano. Piombò rumorosamente sul pavimento, l'argento luccicante che sbatacchiava sulle assi; enfatizzando il silenzio, lo spazio che ci divideva.

Mimi fece un passo indietro. – Continuo a vederti con lei. – Chiuse gli occhi, si portò le mani tremanti alla fronte. – Come una qualche folle creatura che sbava su quella carne grottesca, la sua bocca, la tua, continuo a vedere, a ricordare.

Le tirai via le mani dal viso, le tenni strette tra le mie. – Non farlo! Mimi, non farlo – entrambi dobbiamo imparare a dimenticare. Mi fermai, rabbrividendo, di colpo conscio dell'atmosfera opprimente, dell'odore nella carrozza, un miasma di sesso rancido, sudiciume, sangue versato, pensando che per lei doveva essere mille volte peggio.

– È come se fosse ancora qui, non mi libererò mai di lei, mai. – Mimi gemette, ondeggiò un po', si afflosciò senza forze su di me, la strinsi tra le braccia; poi la sollevai e la portai nell'unico posto pulito della carrozza non avevo mai insudiciato con Zahara, la piccola cuccetta, il letto di Lenore.

La feci distendere con gentilezza e piangemmo uno nelle braccia dell'altra, e poi, o grazie a Dio, tra noi due cominciò la guarigione.

– 35 –

Non potevo cancellare o cambiare ciò che era successo tra Zahara e me, ma potevo far capire a Mimi che era importante, che l'amavo. Rimpianti e scuse possono portare un uomo solo fino a un certo punto, oltre il quale solo l'amore può far sapere alla sua donna ciò che prova. E così, cominciammo a fare l'amore con tenerezza, con dolcezza – proprio come la prima volta – sebbene i nostri corpi si conoscessero bene, e da lungo tempo.

\* \* \*

Mimi si appoggiò alla mia spalla. Le carezzai i capelli a lungo, finché sentii che poco a poco si stava liberando dall'incantesimo della tensione; ci baciammo, all'inizio cautamente. La mia mano si spostò sulla morbida pelle della sua guan-

118

cia, del collo, poi scivolò verso la fila di bottoni. Cominciai a sbottonarli con lentezza, domandandomi quand'era stata l'ultima volta che l'avevo spogliata, che aveva assaporato quel piccolo ma elettrico brivido.

Si sedette di fronte a me, la camicetta sbottonata sino alla vita; lasciai indugiare le mie mani sui seni mentre ci baciavamo, finché non udii il suo respiro accelerare. Aprii la mia camicia, sentii le sue mani che si muovevano adagio tra la peluria del mio petto.

Le carezzai le cosce, le piccole natiche; sentivo la pelle scaldarsi attraverso il tessuto della gonna.

— Ci stai mettendo così tanto — sussurrò.

— Impaziente?

Scrollò il capo. — No. Mi fa sentire più desiderabile... come se fossi una *tschai*, una ragazza, e tu mi volessi pronta, ma senza essere sicuro di quanto lontano potrei spingermi. — Rise piano.

— Abbiamo tutta la notte — dissi, poi spostai una mano con lentezza tra le sue gambe, ascoltando il sussurro di seta della stoffa sotto le dita, godendo di ogni singola e distinta sensazione.

— Ti amo, Mimi.

Sapevo che sarebbe passato molto tempo prima che mi concedessi il piacere di toccare la carne umida là sotto, ancora di più prima di poterla assaporare con la lingua. Chiusi gli occhi, la baciai, pensando che verso l'alba saremmo stati nudi. E allora l'avrei sentita completamente, liscia, calda e deliziosamente umida. I nostri corpi si sarebbero incontrati, andando alla deriva su quell'onda deliziosa, prima di dividersi.

Credo che nessuno di noi due si accorse del suono del nevischio che batteva piano sul tetto. Era l'armonia del nostro lento amoreggiare, l'assaporare ciò che ci attendeva, quell'alba che aspettavamo entrambi.

Le mie mani trovarono il fiocco della biancheria e lo sciolsero con delicatezza, poi le abbassai le mutandine alle ginocchia, ma non le tolsi, non ancora. Sotto la gonna, carezzai la pelle della pancia, sentii le piccole ossa delle anche. Massaggiai la carne tenera dell'interno coscia, lasciando che un dito indugiasse senza fretta tra le gambe. Infilai dentro la punta.

— Fuochi d'artificio e stelle — mormorò. — Dopo tutti questi anni.

Fu la nostra volta migliore, ma io, noi, non sapevamo che era quasi l'ultima volta che avremmo fatto l'amore. E forse è stato meglio così.

* * *

Mi svegliai sorridendo, le mani che cercavano d'istinto Mimi. Volevo baciare via il sonno dai suoi occhi, sentire il suo contatto, il suo calore. Mi voltai verso di lei ma c'era solo la sagoma del suo corpo impressa nel materasso di piume, la sensazione di calore che si affievoliva. La udii muoversi da qualche parte nella carrozza, il suono di alcune note canticchiate a bassa voce. Sorrisi. Mimi aveva il sonno leggero, ci avrei scommesso il cappello che si era alzata e aveva deciso di cominciare a riassettare con tranquillità il disastro in cucina. Ma non era giusto, nemmeno un po', pensai, dondolando le gambe oltre il bordo del letto in miniatura di Lenore. Avevamo cominciato a cancellare ciò che era successo, non volevo rimanesse ferita da ciò che poteva trovare, vedere. Sono le tue lenzuola sporche, lavale tu, mi dissi. Mi passai una mano tra i capelli, sbadigliai, infilai un paio di pantaloni, spostai la tenda strappata di lato, sgambettai fuori.

Era in camera da letto. Provai un'ondata di rimorso, avanzai verso di lei. La sua vestaglia era legata alla vita, mi dava la schiena piegata in avanti, probabilmente sta raccogliendo uno dei corsetti stracciati di Zahara, mi crucciai.

— Ehi, lascia che lo faccia io — dissi, fermandomi in cima alle scale.

Si raddrizzò, si voltò, e vidi cosa reggeva in mano. L'ammansitore.

— Non l'hai fatto... — disse piano.

I miei occhi erano inchiodati sul cerchio di legno, sulle stringhe di cuoio penzolanti. Deglutii a disagio. — Non potevo. — Distolsi lo sguardo, vidi la luce baluginare sulle punte di metallo che si trovavano ancora sul pavimento di legno.

— Quando ho visto il fuoco pensavo che l'avessi bruciata... dopo averla domata.

Sentii la mia bocca spalancarsi, non risposi.

Mimi volse lo sguardo alla finestra, verso il bagliore fumoso della tomba fiammeggiante. Si avvicinò di un passo, e anch'io guardai oltre il vetro. Potevo distinguere la nera forma triangolare della pila di tavole ardenti; erano più sottili, consumate dalle fiamme.

Afferrai il suo braccio e lo scossi piano. — Cosa stai pensando? Non c'è niente là, ora.

— Avresti dovuto farlo – il nevischio – cominciò. — Il fuoco si è quasi spento.

— Se n'è andata! Le fiamme erano alte sei metri.

Mimi scosse la testa, guardò verso il basso la corona d'ammansimento. L'afferrai, la gettai di lato. — È inutile, ti ho detto che là non c'è più niente.

— Devo esserne certa — sussurrò, e poi, prima che potessi fermarla, si voltò e corse fuori dalla carrozza, le sue pantofole schioccavano sulle assi.

* * *

Presi una camicia, infilai un paio di scarponi e le corsi dietro. Quando la raggiunsi era già alla tomba. L'odore era nauseante persino nella gelida aria del mattino. Frugai in una tasca, trovai un fazzoletto e me lo premetti sul naso e la bocca. Il centro della fossa emanava un bagliore rossastro, si udivano deboli scricchiolii, una volta un forte *pop!*, come se fosse esploso un nodo del legno. Il nevischio era cessato, ma la pira era una rovina semi-carbonizzata e fradicia. Vidi il cespuglio e il legno bagnati che avevo ammucchiato da un lato per alimentare il rogo, provai un'ondata di rimorso.

— È lì. Non riesci a sentirlo? — disse Mimi, accovacciandosi sul bordo, appoggiandosi su una mano per impedirsi di cadere, l'altra che reggeva un lungo bastone. Lo conficcò nel pietrisco. Nebbia e fumo si mescolavano, sollevandosi in una nube nociva. Diverse assi carbonizzate cedettero. Udii Mimi boccheggiare, guardai dentro, lo stomaco mi risalì in gola.

Il corpo deturpato dal fuoco, coricato su un fianco, era ancora intatto. I vestiti erano bruciati quasi del tutto, qua e là brandelli scuri e stracci aderivano alla carne nera, peggiorando la visione e ricordandomi che avevo dato fuoco a un essere umano. Vidi che la pelle era sparita dai piedi e dalle mani; le sottili ossa scure erano arricciate su se stesse, come gli artigli di un orribile uccello. Un piede scheletrico si era staccato e giaceva a poca distanza; immaginai fosse caduto quando Mimì aveva smosso i detriti.

La testa non era altro che la forma rigonfia del teschio; un orecchio era andato, l'altro era un'informe protuberanza di carne arsa. Era come dissotterrare qualche antica mummia pietrificata. La pelle avvizzita e scura era arricciata irregolarmente sulle ossa, il viso sembrava più sporgente sotto lo scalpo scoperto. Fu proprio il suo viso che attirò la mia attenzione. Le palpebre erano state bruciate via, esponendo due orbite dall'aspetto viscoso, con una macchia acquosa su uno zigomo che poteva essere stata un occhio. Il naso non era altro che un sottile solco aperto sopra una bocca spalancata nell'agonia di un grido silenzioso.

Barcollai all'indietro, il mio stomaco si contrasse in un lungo spasmo doloroso. Mi piegai, tenendomi la pancia, e vomitai. L'odore che saliva dall'aria vaporosa mi faceva sentire ancora più nauseato, impotente. Crollai sulle mani e sulle ginocchia, indebolito; la mia mandibola fu scossa da spasimi, aprii le labbra spalancando la bocca – proprio come lei, pensai, rivedendo l'immagine della bocca aperta, bruciata – e fui scosso da un'ondata di nausea dopo l'altra.

Dopo un po' mi accorsi di una serie di movimenti; al margine del campo visivo scorsi Mimì sollevare la tanica di cherosene, udii il liquido versato all'interno della tomba. Avrebbe finito il lavoro per me, pensai, sentendomi male al pensiero, cercando nello stesso istante di pulirmi la bocca e di alzarmi.

Mimì era sul bordo del pozzo e reggeva la latta rossa; una mano stringeva saldamente il manico, l'altra il fondo. Vidi le sue braccia muoversi all'indietro, e poi scattare in avanti con un'oscillazione. Cominciai a urlare che era pericoloso, e nello stesso attimo un sottile ruscello di liquido serpeggiò fuori dal beccuccio, rimase sospeso brevemente in aria, sprizzò giù nel pozzo...

Ci fu un lampo, l'aria divenne solida.

– No! – gridai, cercando di coprirmi il volto col braccio. Vidi la latta di cherosene staccarsi dalle sue mani, ma con lentezza, troppa lentezza. Roteò a una spanna di distanza, Mimì cercò di arretrare...

Il fuoco risalì ad arco lungo il rivolo di cherosene. La latta esplose con un rumore fragoroso. L'aria era pesante, calda, intrisa di torbido fumo nero, i suoi vestiti presero fuoco all'improvviso con la furia di una torcia. Fu scagliata in aria, urlante, poi precipitò al suolo.

Corsi verso di lei, gridando il suo nome nello stesso istante in cui il fumo sembrava salire sopra la pira in una massa ribollente, simile a una palla. Si librò per una frazione di secondo, poi esplose in una miriade di nere gocce luccicanti. Scorsi quello che sembrava il profilo di una donna prendere forma contro il cielo grigio. Poi sfrecciò e corse lungo la linea di cherosene, consumandola, dirigendosi rapida verso le braccia e le gambe di mia moglie che si dimenavano, verso le sue grida di panico, puntando dritto alla gola.

All'improvviso una torre di fiamme schizzò verso l'alto dal centro del pozzo con una terrificante ondata di calore, una scossa violenta. Caddi per terra, assordato dal rombo. Un vento caldo mi schiaffeggiò e detriti infuocati piovvero al suolo, sfrigolando sulle zolle bagnate.

Attraverso il fumo, e una patina d'aria sfocata dal calore, vidi Mimi che fuggiva in una corsa folle, trascinandosi dietro il fuoco, il suo viso era una maschera di terrore. La inseguii, urlando il suo nome. I nervi del mio collo si tendevano per lo sforzo di gridare, avvertivo una calda sensazione pungente in fondo alla gola. Sapevo che la mia bocca era aperta, che la mia lingua si muoveva, eppure non riuscivo a sentire il suono della mia voce.

* * *

La raggiunsi e mi tuffai a capofitto per atterrarla. Crollò sotto il mio peso, contorcendosi. Il mio cuore martellava in preda al panico. La feci rotolare avanti e indietro, cercando di estinguere le fiamme. La sua bocca era aperta, stava gridando, gemendo, piangendo, contemporaneamente. Sotto lo strato di fuliggine la sua faccia era rossa, punteggiata di chiazze biancastre, i capelli erano una zazzera grumosa, arricciata, per metà scomparsi. Le gambe erano bruciate in modo grave a causa della veste, ora ricoperta di terra umida. Ma vidi che le sue mani e le sue braccia avevano avuto la peggio, e avvertii qualcosa contorcersi dentro di me. Una era un ammasso liquefatto e umido, e, o buon Gesù, piansi – le sue unghie non erano che macchie incrostate e marroni, le dita fuse in un ammasso ritorto.

Si stava ancora dimenando, i piedi sbattevano e rimbalzavano contro il terreno ghiacciato. – Ferma – sussurrai, desiderando toccarla per confortarla, senza sapere se le avrei fatto ancora più male. – Shhh, prova a stare immobile. Le strinsi una spalla con delicatezza, cercando di scacciare le lacrime. Non c'era mai stato un momento nella mia vita in cui mi ero sentito così impotente. Non sapevo cosa fare. Avevo paura di spostarla, temevo di ucciderla. Avevo paura che stesse morendo e che se non avessi fatto qualcosa in fretta l'avrei persa.

– Mimi, Mimi – dissi, con la voce simile a un tetro rantolo che riuscivo a malapena a distinguere dal ronzio nelle mie orecchie. – Per favore, aiutami. Dimmi cosa fare.

Non rispose. L'angoscia mi travolse, vidi le fiamme infernali che ancora infuriavano nella tomba, e mi maledissi. Il mio fallimento l'aveva portata a questo, pensai. O Cristo, Cristo santo, non puoi punirla, non per la mia debolezza.

– Per favore – dissi di nuovo.

Udii il suono dell'aria inspirata con un sibilo tortuoso nel suo petto. Sapevo cosa significasse e chiusi gli occhi, sentii un'ondata di dolore caldo pugnalarmi il cuore. I suoi polmoni erano bruciati. O Cristo, non ce la farà, sta morendo.

– Ti amo – dissi, la voce rotta. – Non lasciarmi. – Le strinsi con delicatezza la spalla e la sentii muoversi; poi i suoi occhi scuri, devastati dal dolore, si sollevarono piano fino a incontrare i miei.

Il suo petto si sollevò, ancora una volta udii il debole suono di quel sospiro sabbioso, che mi colmò di un dolore così tremendo, così devastante, desiderai che i miei timpani fossero andati in frantumi, per non udire quello che stava patendo.

I suoi occhi rimasero fissi nei miei, stava cercando di parlare. La bocca era serrata, i denti stretti con forza. Le labbra si mossero rigidamente, aprendosi appena. – In... e – sospirò.

La guardai, pensando che stesse cercando di dire il mio nome, ma no, non era così. I suoi occhi guizzarono come per confermare il mio pensiero.

– In ne – ripeté, muovendo appena la testa verso il proprio torace. Cercò di sollevare un braccio, non ci riuscì.

Indicai il mio petto. – Tu, tu? – Chiuse gli occhi, annuì in modo appena percepibile. Stava provando a dirmi cosa potevo fare, sperai, cosa avrei dovuto fare per salvarla. – Sì, sì – dissi, avvicinando un orecchio alle sue labbra. Una calda pulsazione s'irradiava dal suo corpo, mi fece girare la testa. Nessuno poteva ustionarsi in quel modo e sopravvivere. Scacciai il pensiero. – Dimmi.

Chiusi gli occhi, concentrato, e questa volta colsi le parole in quel rantolo soffocato, un grugnito più che una voce: – In me.

Mi sedetti, confuso. Qualcosa mi diceva che non stava parlando del fuoco che l'aveva ustionata internamente. Sentii le mie palpebre stringersi. – In te – ripetei, e ancora una volta annuì debolmente.

– Cosa stai dicendo? – Sentii una sottile isteria scuotermi, crescermi dentro. – Mimi, cosa stai dicendo?

– An-yeta – piagnucolò, gli occhi si mossero lenti a indicare il petto.

Fui colto dal panico. – No, no, è impossibile! – Scattai in piedi, vidi il fumo frammentarsi in quei neri punti vetrosi, duri e luccicanti come migliaia di minuscoli occhi ossidiana. Giravano e vorticavano, ammassandosi nella forma di una donna. Rabbrividii al pensiero: erano sciamati sul volto di Mimi come una nuvola di api inferocite, e poi erano corsi giù per la sua gola.

– Non può essere – dissi, ma le parole risuonarono come una bugia che sgorgava dalle mie labbra e compresi la verità, che si rivelò come una risatina crudele dentro di me. Joseph aveva sempre avuto ragione: *Ammansirla era l'unico modo*. Vidi Zahara leccarsi il sangue dalle labbra. La mia mente annaspò. La vecchia ce l'aveva fatta di nuovo; il suo spirito aveva trovato la strada per entrare in mia moglie.

Guardai Mimi, distesa al suolo, un misto di rabbia e dolore palpitò in me. Strinsi i pugni, capii che stavo perdendo il controllo. Mi balenò in mente l'idea di scagliarmi contro di lei, picchiarla, come se in qualche modo avessi potuto liberarla, estirparla dal corpo devastato di mia moglie. – Anyeta. Sputai fuori quel nome.

Mimi all'improvviso emise un respiro e si afflosciò, la testa reclinata sulla curva delle spalle. I suoi occhi si chiusero con un battito, con la rapidità di una persiana chiusa di colpo.

Un tremore attraversò il suo corpo.

Gli occhi si spalancarono, vidi un barlume malevolo luccicare nelle iridi scure. – NO!

Le labbra cominciarono a muoversi, mormorando le parole dell'incantesimo. Rimasi mesmerizzato a osservare la trasformazione. Come un serpente che esce dal cesto del fachiro, cominciò dai piedi; la carne bruciata cadde, scomparendo con un veloce suono sibilante, e fu sostituita all'istante da pelle integra e guarita.

Distesa sulla schiena, si contorceva e dimenava contro il terreno, a ogni sussulto un'altra parte di lei ritornava intatta, finché le ultime parole fluirono dalle labbra delicate, e la voce che udii era forte, potente.

– *Chi possiede la mano del morto porta guarigione.*

La osservai sconvolto, con gli occhi che mi uscivano dalle orbite. Anyeta si alzò in piedi. La veste distrutta aderiva alla figura di Mimi, rivelando scorci di pelle liscia. Le piccole mani danzarono su e giù lungo il corpo – non per coprire la sua nudità, ma per glorificarla. Anyeta mi guardò, senza pensarci avanzai verso di lei, allungando le mani per toccarla. Ridacchiò, balzai all'indietro come se qualcosa mi avesse punto, ritirando le mani dietro la schiena, confuso.

– Mimi – dissi.

– È qui dentro di me. – Anyeta sorrise, dandosi dei colpetti sul petto. – Cosa vuoi, il suo corpo o la sua anima? – Si afferrò i seni, strizzandoli insieme.

– Non li vuoi più?

Distolsi lo sguardo, nauseato.

Si mise le mani sui fianchi e mi fronteggiò. Poi gettò la testa all'indietro, i folti e lunghi capelli neri che le ricadevano ondulati sulle spalle. Dalla sua bocca uscì uno scroscio di risa incontrollate, una dopo l'altra. Stava ridendo di me, della mia condizione; sghignazzando di pura malvagità... perché era libera.

– Sei patetico – disse, e cominciò ad attraversare il campo con lunghi passi. Rimasi lì, stordito, udendo la sua risata malvagia che risuonava alle mie spalle.

Il suono era come quello del vetro di una finestra che va in mille pezzi e cade, ancora e ancora...

Sapevo che l'avrei udito per sempre, per il resto dei miei giorni.

# Parte 3

# Joseph e Constantin

*Non andartene per timore che la tomba sia,*
*Come la vita e la paura, un'oscura realtà.*
Shelley

## – 36 –

Osservai Anyeta attraversare il campo, il mio cuore batteva all'impazzata. Raggiunse i gradini della carrozza, e all'improvviso, da lontano, vidi le sue mani salire alla testa nello stesso istante in cui metteva un piede in fallo. Crollò al suolo, e la udii gridare.

– Zitta, zitta!

– Provaci! So cosa sei, so cosa le hai fatto. – La voce, più acuta, continuò a urlare.

Rimasi perplesso a osservare. C'era qualcosa di diverso, pensai, poi compresi di colpo. Vidi Mimi lottare per mettersi in piedi, poi cadere sulle scale, e cominciai a correre verso di lei. Il suo viso era contorto dal dolore.

Stava annaspando per respirare, le piccole dita che artigliavano il petto. Scosse la testa, facendomi segno di andarmene. – Corri – ansimò, mentre un secondo spasmo attraversava rapido i suoi lineamenti. – Porta qui Joseph.

Si piantò le mani in profondità tra i folti capelli neri, all'altezza delle tempie, e gridò. – Non riesco a trattenerla! Oh, non posso. – Mimi ondeggiò avanti e indietro. – Sbrigati! Vai a chiamarlo.

Poi, prima di poter dire una parola, stava salendo di corsa i gradini. La porta sbatté alle sue spalle, facendo risuonare l'intelaiatura di legno, facendo vibrare la carrozza in tutta la sua lunghezza.

La voce di Anyeta salì fino a diventare uno strillo. – Lasciami uscire!

Udii il suono dei pugni che percuotevano la porta, i grugniti pesanti di una respirazione difficoltosa. Il chiavistello di ferro si abbassò con un clangore, capii che Mimi stava guadagnando i secondi preziosi di cui avrebbe avuto bisogno quando Anyeta si fosse liberata come un demone infuriato dentro di lei. E corsi.

\* \* \*

La carrozza di Joseph si trovava al limitare di un campo elevato, alla periferia del paese. Cristo, fa che sia lì, pensai. I miei polmoni erano infiammati per i cinque chilometri di corsa, avvertivo una fitta al fianco. Corsi verso la carrozza, con la mente che vorticava, tempestai di pugni le pareti, gridando il suo nome, poi barcollai su per le scale malconce, verso le tende dell'ingresso.

Era in piedi accanto al tavolo, intento a infilarsi un mantello grigio. Lanciai un'occhiata al suo volto e compresi che sapeva che non avevo usato l'ammansitore. All'improvviso fui sopraffatto dall'ansia. Lenore. Mi aveva sentito, sapeva che era accaduto qualcosa di orribile. Mio Dio, ero pazzo a urlare in quel modo?

I miei occhi vagarono per la stanza per individuarla, nello stesso momento avvertii quel sottile legame mentale tra me e Joseph, e lui disse: − Constantin ha portato Lenore al villaggio. Una fiera di strada con mimi e giocolieri. Guardò in profondità nei miei occhi. Sapevano che stavo arrivando, avevano risparmiato quella scena a mia figlia.

All'improvviso, avvertii tutto il peso del mio fallimento nel domare Zahara.

− Non potevo farlo − dissi, abbassando lo sguardo, temendo di scorgere il triste rimprovero nei suoi occhi.

Ma non disse una sola parola contro di me, si limitò a poggiarmi una mano sul braccio con delicatezza. − Tua figlia è al sicuro qui con noi, finché non potrai portarla a casa.

− Mimi − cominciai, lanciando uno sguardo furtivo verso l'alto, e m'interruppi. Vidi che i suoi occhi erano colmi d'angoscia.

− La strega l'ha presa − disse Joseph. − Lo so. − Finì di allacciarsi il mantello e cominciò a muoversi verso la porta.

Fu quel mantello, così simile a quello sotto cui avevo nascosto l'ammansitore, che mi provocò un attacco di paura; la mia mano scattò in avanti, afferrai gli spessi risvolti di lana. − Non puoi! Non stai andando ad ammansirla − gridai, soffocando quella mezza domanda.

− No − replicò con dolcezza, scuotendo la testa. − Andiamo, e vedremo cosa si può fare.

Esitai. − Mimi è più forte di quanto lo era Zahara. La vecchia... lei non era lì... era Mimi quando me ne sono andato.

− Quella forza sarà la sua benedizione e la sua rovina, temo. − Attraversò le tende di tela consunte e ne sollevò su una per farmi passare, ma mi fermai.

− Cosa vuoi dire?

− È giunto il momento che tu riponga tutta la tua fiducia in me, Imre.

Per un breve istante sentii divampare i vecchi sospetti. Cosa avrebbe guadagnato il vecchio da tutto questo? Poi ricordai che Mimi stessa aveva chiesto di lui, e stava soffrendo. − Va bene − dissi, seguendolo attraverso il campo umido, mentre il vento ci soffiava e urlava intorno, ricordandomi le anime tormentate e perdute che si lamentavano.

− Conosci il lavoro dei discepoli di un medico tedesco di nome Franz Mesmer? No? Lascia che ti spieghi.

Pendevo dalle sue labbra.

\* \* \*

Era Mimi, con gli occhi infossati e stanca, ma era senza dubbio lei la donna che tolse il chiavistello alla porta intagliata e ci fece entrare.

Osservai lo sguardo scuro e brillante del vecchio esaminarla con attenzione, poi annuì. – È lei – disse, sollevando una mano sottile per sfiorarle una guancia con tenerezza. Si tolse il mantello dalle spalle e disse: – Capisci che non potevo esserne sicuro finché non l'avessi vista coi miei occhi.

Mimi arrossì.

– Conosco mia moglie – cominciai a dire, ma m'interruppe.

– Forse. Ma un'altra mente, molto astuta, ha accesso alla sua, ora.

– Stai dicendo che Anyeta potrebbe imitarla per ingannarmi?

Annuì, e rivolse la sua attenzione verso Mimi. – Dimmi ciò che puoi. Sei riuscita a tenere la strega fuori da quando Imre se n'è andato?

Mimi annuì piano con la testa. – Sento una pressione, qui – spiegò, portandosi una mano alla testa. – Una specie di tempesta, come neve che vola e turbina sempre più veloce, e un dolore freddo, bruciante; poi ogni cosa viene inghiottita da tutto quel bianco.

– Puoi vederla – vedere cosa fa?

– Sì.

– Sentirla?

Vidi il suo collo sottile tirarsi, e deglutì. – Dice cose, nella mia testa, mi deride... è come la voce di un incubo, che non si ferma mai.

– Lei può sentirti, vederti?

– Non lo so.

– Adesso puoi sentirla, o vederla?

Gli occhi di Mimi assunsero un'espressione lontana, vacua. Sollevò la testa, sussurrando: – È velata, nascosta.

Joseph si appoggiò allo schienale, pensieroso. – Anyeta userà le scorciatoie segrete della mente per metterti da parte. Pensa a Zahara, a come la strega ha usato il suo vecchio desiderio per Imre contro di lei. Dentro di te possono esserci cose che non conosci; tuttavia lavorerà in silenzio, scavando sempre più a fondo per scovare sogni, paure, desideri. Uomo avvisato mezzo salvato; dobbiamo scoprire tutto ciò che possiamo.

– Sì. – Mimi poggiò una mano minuta sul suo torace. – Sento che mi sta facendo a pezzi. Conoscete quella vecchia storia sull'eternità? Dicono che sia come una grande sfera d'argento, grande quanto la Terra, e un solo uccello le vola intorno, picchiettandola con un'ala; e il tempo che ci vorrà affinché l'uccello si stanchi di quell'orbe gigantesco; quello è il principio dell'eternità. – Il volto di Mimi si fece severo. – Sento la sua volontà dentro di me, dura come il ferro, determinata, e dice "Se ci vorrà un'eternità, così sia. Alla fine ti spezzerò e riderò quando schiaccerò le tue ossa nel mio pugno".

– Ci sono cose che Anyeta teme – disse Joseph. – Quelle paure possono essere usate contro di lei.

– Mesmerismo – sussurrò Mimi, e i suoi occhi guizzarono verso quelli del vecchio. Strinse le sue mani nodose, vidi che le loro menti si stavano incontrando in un luogo in cui io non avevo accesso. – Ipnotizzami, allora.

Joseph sembrava preoccupato. – Potresti non ricordare ciò che accade, quando ti risvegli.

Lei annuì. – Ma me lo dirai tu.

– Se esce allo scoperto, potremmo perderti. – Fece una pausa. – Lo sai questo?

Gli occhi di Mimi si chiusero con un frullio, osservai la linea delle ciglia scure contro la guancia pallida. – Dì il mio nome. Se posso sentirti, tornerò indietro.

## – 37 –

Quello che stavano per fare non mi piaceva. Sembrava troppo pericoloso, troppo rischioso. Camminavo avanti e indietro nella carrozza.

– Non mi hai mai detto che poteva essere richiamata! – urlai al vecchio, ma si limitò a scuotere la testa. Mi rivolsi a Mimi. – Se tutto quello che bisogna fare è dire il tuo nome, perché lei rideva di me? Non lasciarglielo fare – implorai, prendendole la mano. – Perché stai facendo questo?

– Verrà fuori, Imre – disse Mimi. – Devo trovare un modo per trattenerla.

– Come sai che lo farà? – Incrociai le braccia.

– Perché so cos'ha fatto a Zahara.

– E cioè?

– L'ha terrorizzata finché non si è ritirata così lontano da non essere altro che un puntino. Anyeta ha preso gli ultimi suoi poteri, e poi per Zahara non è rimasto più nulla.

– Nulla? – Li assillai, ma ignorarono le mie obiezioni, continuarono a preparare la carrozza, chiudendo gli scuri e accendendo una piccola candela.

Joseph aveva creato una comoda sedia con la panca di legno, imbottendola di cuscini e coperte dove Mimi avrebbe potuto adagiarsi, e mi rispose soltanto allora. – Nulla, soltanto quel luogo oscuro che era la somma delle sue paure.

Rabbrividii, sentendo la pelle d'oca sbocciare in fredde ondate sulla mia pelle. Ma non c'era più tempo per protestare, erano pronti a cominciare. Mimi si sistemò sulla sedia, di fronte a Joseph, e io li osservai con ansia. Lui contò alla rovescia partendo da dieci, la condusse per gradi in un luogo in profondità dentro di lei, mentre io sedevo scrutando il suo viso immobile nell'oscurità della carrozza. Mi morsi le dita, desiderando di aver baciato la sua fronte liscia quando ne avevo ancora la possibilità.

\* \* \*

La testa di Mimi ciondolava verso la curva della spalla. Le palpebre chiuse tremolarono leggermente, poi si fermarono. La mano minuta, adagiata in grembo alla gonna, era immobile come quella di una statua.

– Mimi – disse Joseph. – Puoi aprire gli occhi, parlare, muoverti per la stanza. Tuttavia rimarrai in quel posto sicuro e silenzioso dentro di te, finché non ti chiamerò per svegliarti. — Fece una pausa, e lei annuì con lentezza. Le palpebre si sollevarono col movimento meccanico di una bambola. Attendeva che la guidasse; il suo viso era neutro e vacuo quanto i suoi occhi.

— D'accordo — disse Joseph. — Puoi dirmi con esattezza cosa ha utilizzato contro Zahara?

— Buio, freddo — sussurrò Mimi, poi piegò la testa all'indietro di colpo, la bocca pallida spalancata in un grido silenzioso.

— Dove sei?

Si rannicchiò, stringendosi sulla panca. — Non lasciarmi — piagnucolò.

Fissavo, in parte affascinato. Era come osservare l'immagine di Zahara. Il suo viso parve mutare e completarsi, gli zigomi affilati di Mimi spariti sotto massicci cuscinetti di carne. Gli occhi erano più piccoli, più scuri, pieni del terrore impotente di un animale in trappola. Le spalle avevano un aspetto arrotondato, ricurvo.

— Li senti? — domandò, e udii la sua voce roca, guardandola rabbrividire.

— Grattano il legno. Sollevò una mano, mimando un artiglio. — Presto entreranno.

— Terra — continuò, c'era qualcosa di così desolato nella sua voce che mi sentii raggelare. O Cristo, pensai, stava vedendo, provando l'inquietudine eterna che era la maledizione di chi aveva reclamato la mano.

— È così difficile respirare, l'aria è pesante. Anelli — disse, stringendosi le dita. — Sembrano fasce di acciaio congelato. Fanno male. È sempre notte. Sempre. Sento il suono della pioggia... lontano, in alto. — Tremò. — Il grattare e lo scavare dei vermi. Sento il primo che perfora il legno marcio e bagnato, e gli altri si riversano dentro come un'inondazione. Brulicano. La mia carne — gemette, il corpo che diventava rigido come un'effige di pietra. — Mangiano la mia carne. E io non posso muovermi.

Joseph si voltò verso di me. — Questa è la visione che ha utilizzato la vecchia per terrorizzare Zahara, per metterla da parte e indebolirla. Troverà un metodo più efficace per arrivare a tua moglie.

— È... era Zahara?

— No — disse Mimi. — Solo il riflesso di un ricordo dietro la strega. Un'illusione. — La voce era priva di tono, vuota, morta, non aveva più nulla di umano.

— Dov'è Zahara? — urlai.

— Attende. Nella terra. Sempre — rispose Mimi; sentii gli occhi socchiusi di Joseph trafiggermi, vidi l'espressione tormentata che diceva che se l'avessi domata avrebbe trovato la pace. *Dopo non si ricordano!* La voce di mio padre mi risuonò nella testa, e vidi le punte di metallo che sporgevano dalla testa di un cavallo e dalla fronte di una donna; vidi la carne forata, chiari ruscelli di sangue che colavano su facce istupidite e confuse, scossi la testa. Il vecchio Joseph aveva torto. Mio padre aveva torto, mi dissi; la pace e quell'orribile stato di non-esistenza non erano la stessa cosa, non dovevano essere confusi. Mi dispiaceva per Zahara ma non avevo alcun rimorso riguardo l'ammansitore. Udii Joseph sospirare, e sollevai lo sguardo.

— Ora voglio chiederti, Mimi, riesci a vedere Anyeta?

— Sì. È seduta in una stanza vuota, appena oltre la cortina del velo.

— Puoi sentirla, puoi sentire cosa sta pensando?

— Sì. Corro coi lupi quando la luna è alta. Procedo a falcate sui campi e corro. In paese per prendere – per prendere chiunque voglio, e correrò.

Gli occhi di Joseph si spalancarono, e notai la sua confusione. — Prendere, correre — ripeté con lentezza. — Cosa significa?

Mimi si alzò, la sua faccia aveva un aspetto sinistro. Le sopracciglia scure si strinsero diventando un taglio, le labbra si tirarono in un sorrisetto crudele. Cominciò a ridacchiare. — Prima gli animali. Mordi a fondo. Il sangue ti riempie la bocca. Prima gli animali. — La sua voce era un grugnito, densa di saliva, come se fosse eccitata al solo pensiero. Emise una sorta di risucchio. Gli occhi brillavano di una luce maligna, e all'improvviso sbuffò.

— Animali — disse Joseph. — E poi?

Il viso assunse un'espressione scaltra. — Poi vedremo, vedremo in cosa si trasformerà l'altro.

— Chi sei? — domandò Joseph nello stesso istante in cui mi afferrava un braccio, ammonendomi, trattenendomi proprio quando stavo per pronunciare il nome di mia moglie. — Non pensarci nemmeno — mi gridò contro. — Chi sei?

— Eh-Eh-Eh.

Il suono era una risatina stridula e malvagia, così strano e inquietante che sentii rizzarsi i peli sul mio collo. Trattenni il fiato. Il volto assunse un'espressione antica, e vidi che i capelli erano più sottili di quelli di Mimi. Ciocche flosce e untuose si afflosciavano sulle spalle. La faccia bianca luccicava di goccioline di sudore, gli occhi erano capocchie di spillo che brillavano tra le ombre. — Lo sai — cantilenò. — Dillo — urlò.

Joseph scrollò il capo, no, il mio battito stava accelerando. Vidi gli occhi di lei guizzare nella mia direzione.

— Di' il mio nome e ti racconterò. — Si avvicinò e mi si sedette in grembo, il suo corpo era una piccola fornace rovente. Poggiò la bocca al mio orecchio, sussurrando. — Perduta. Lenore sarà perduta. — Dita irrequiete carezzarono i peli ricci alla base del mio collo. — Come la sua amata Imperatrice, Sissi — ridacchiò. Suo figlio, un assassino e un suicida. Sua sorella intrappolata in un teatro, uccisa quando una lanterna a gas esplode. Una vita distrutta; un matrimonio fasullo e una vita di peregrinazioni senza fine.

— Non ci sarà nessuna buona morte. — Scrutò nei miei occhi. — Non per Elisabetta. No. Solo il coltello di un assassino. — Emise una risatina, picchiettando con un dito al centro del mio petto. — Di' il mio nome, salva tua figlia se ci riesci.

Chiusi gli occhi, spaventato di muovermi, domandandomi se potesse essere la verità; no, il figlio dell'imperatrice, pensai, era poco più che un bambino...

— Mimi si lamenta dentro di me, attende in un posto più silenzioso della bara per cui si strugge. Di' il mio nome... possiedo dei segreti. Possono essere tuoi, basta che dici il mio nome.

...e sentii quel secco respiro caldo, e pensai, o Cristo, è questo che Mimi sente, la voce sottile del vento del deserto, vorticante, inesorabile, che la riduce in polvere, in quella sabbia che è il vento stesso. *Detlene*, il vento oscuro. Pensai alla visione che avevo avuto quel giorno, scorgendo Mimi immobilizzata come la moglie di Lot sui gradini della carrozza; mi aspettava. Sola, spaventata, mi supplicava di giurare...

— Di' il mio nome — soffiò, e in quell'istante la mia mandibola si aprì, il nome salì alle labbra e alla lingua, e scorsi qualcosa di avido in quegli occhi color ossidiana. Il suo piccolo corpo bollente fremeva d'impazienza contro il mio.

— Siìì... dillo. — Aprì la bocca per baciarmi. La mia mano si posò sulla sua nuca, ma l'immagine che mi fiorì nella mente era quella di un teschio sbiancato dal sole, pieno di denti affilati. Annaspai, agitai le mani e la spinsi via.

Lei si alzò e rise, imperterrita. — Non adesso. — Agitò un dito nella mia direzione. — Ma te lo farò dire. — I suoi occhi fiammeggiavano. — Ti farò pentire di non averlo detto ora. — Si voltò sibilando, e parve ritornare Mimi.

— Ricorda, avresti potuto sapere... — Poi se n'era andata, e Mimi sbatté le palpebre, due volte, scrollando la testa. Il suo viso era vacuo, come se stesse ancora guardando qualcosa dentro di sé.

— Si sta svegliando — cominciai a dire, ma Joseph m'interruppe.

— Stai buono — ordinò. — Dobbiamo essere veloci, prima che esca dallo stato di trance. Di cosa ha paura, Mimi? — la incalzò. — Che cosa vuole?

— Affilata — mormorò. Le sue spalle sussultarono, le dita si strinsero così tanto da lacerare la pelle. — Mano — disse, osservando con espressione sognante i segni sanguinolenti nel palmo; poi l'espressione vacua scomparve; stava fissando entrambi con intensità.

## — 38 —

— Non è stata fuori tutto il tempo — disse Joseph, camminando lentamente, le mani intrecciate dietro la schiena.

Non ne ero così sicuro. — Cristo, quando mi si è seduta in braccio sembrava un sacco d'ossa, persino l'odore... — Mi fermai, scorgendo il viso di mia moglie.

Gli occhi viola di Mimi avevano un'espressione triste, tormentata. — Sono io — disse adagio. — È il mio corpo. Eppure provi repulsione.

— Sei tu... lo so... ma non sembri tu — dissi, impotente. — Sembri diversa.

Le sfuggì un debole "oh", capii che la stavo sconvolgendo ancora di più, la stavo facendo sentire più isolata, alla deriva. Come potevo spiegare il terrore che Anyeta suscitava in me?

Joseph sollevò una mano. — So che tutto questo è difficile. Ma dobbiamo affrontarlo. Soprattutto tu, Mimi. Se riesce a trovare una strada attraverso le tue difese, non si fermerà finché non ti avrà annientata. — Si rivolse a me. — Userà anche te, Imre. Ogni stratagemma cui riuscirà a pensare, se venisse fuori anche solo in parte, non dovrai mai pensare o dire il suo nome.

— Ha detto la verità? L'imperatrice... — Deglutii a vuoto. Mio Dio, i terribili poteri di quella cosa. Pensai ad Anyeta che risvegliava cadaveri nei cimiteri, le loro voci simili a ululati. *Chiedi. Chiedimi ciò che vuoi.*

Joseph non rispose, si limitò a fissarmi con durezza, ebbi l'impressione che la sua mascella si contraesse, come se sapesse, vedesse. Poi si voltò verso Mimi, si accovacciò. Le prese le mani tra le sue, con delicatezza, prestando attenzione alle bende. – Sei stata brava, mia piccola coraggiosa. Si piegò e le baciò le nocche, una a una. – Puoi fare anche di meglio, non credi? – I suoi occhi luccicavano.

– Questa è l'adulazione peggiore che abbia mai ricevuto – rise lei, e io notai che si sentiva meglio, più a suo agio. – Però sì, ci proverò.

– Bene! Non dare retta a Imre, la strega è emersa solo in parte. Quello che voglio sapere è questo: eri ancora legata a lei, e se è così, puoi dirmi a cosa stava pensando? – Le mani di Mimi si muovevano piano tra le sue; chiuse gli occhi, si concentrò, poi esalò un respiro e scosse la testa. – No.

– Sii paziente – disse Joseph a bassa voce. – Non ritrarti, questa volta lasciati trasportare nei suoi pensieri.

Lei gemette appena. – No, non lo so.

Vidi lacrime gonfiarsi nei suoi occhi. Joseph sollevò una mano per asciugarle, con la dolcezza di una madre. Carezzò i capelli bagnati di sudore, piano, ritmicamente. Mi domandai se lo stesse facendo per confortarla o per condurla di nuovo in quella condizione rilassata in cui si trovava quando era in trance.

– Ssstt, va tutto bene. Tranquilla, ora – disse, e Mimi chiuse gli occhi. – Cosa significa correre coi lupi, mordere prima gli animali?

Lei scrollò il capo.

– Dimmi cosa viene dopo gli animali.

– Bambini. I suoi occhi si sbarrarono per il timore. – Cosa significa?

Joseph ignorò la domanda, poi massaggiò piano le tempie di Mimi. – Cosa mi dici su "affilato" e "mano", le parole che hai detto quando stavi per svegliarti?

– Nulla. Non posso dirlo – disse; pensai che fossimo alla fine, ma qualcosa aveva colpito il vecchio.

Si alzò, tormentando l'anello d'oro al dito indice. – Non posso dirlo – ripeté.

– Mimi – disse, con gli occhi che scintillavano, – posso ipnotizzarti ancora una volta, per poco tempo?

– Adesso?

– Per favore. – Fece un cenno col capo e lei acconsentì. Cominciò a contare, prima di arrivare a cinque Mimi stava già respirando con affanno.

– Che cosa teme Anyeta? Cosa significa "affilato"?

– Non posso dirlo – rispose con voce dura e acuta. – No, non devo dirlo. Scosse la testa, ricordandomi un bambino preoccupato che vuole confessare qualcosa ma ha paura. Forse una parte di Anyeta la stava trattenendo?

– Allora mostracelo – disse Joseph.

Mimi cominciò a mimare l'atto di afferrare un coltello e di pugnalarsi il petto. Un basso gemito proruppe dalla gola del vecchio, e annuì, piano, dolorosamente. Lo guardai, ma non incrociò il mio sguardo. – E cosa vuole, cosa significa la mano?

La osservai con stupore mentre correva leggera su per le scale del soppalco; rovistò tra i barili, poi tornò giù con la scatola di rame. Aprì il coperchio di vetro e la stanza si riempì di quell'inesplicabile fragranza dolciastra – gigli di valle, rose, gardenie. Si piegò, la vidi armeggiare in un angolo della scatola con quello che sembrava un piccolo bottone di rame. Lo premette con la punta delle dita, facendolo scivolare fuori vista. Era un semplice meccanismo di bloccaggio, capii, guardandola sollevare un piccolo scompartimento; del velluto porpora ricopriva la mano del morto.

Al di sotto c'era un altro comparto. All'interno non c'era altro che una sostanza brunastra dall'aspetto essiccato – come la corteccia di un albero, ma contorta in una forma fantastica.

– È un tubero, qualche specie di fungo? – domandai avvicinando un dito.

– Non toccarla – disse Joseph, ma la punta della mia unghia aveva già sfiorato la superficie.

Una goccia di sangue sgorgò all'improvviso dalla forma gibbosa, veloce e lucente, formando una pozza sul fondo di rame della scatola. Sotto il rivolo di sangue fresco, quella cosa assunse una sfumatura rosea.

– È carne – disse Joseph.

– Che tipo di carne?

– Cosa aveva detto? – Joseph sollevò gli occhi verso il soffitto. – Prima gli animali, poi vedremo in cosa si trasformerà l'altra. Prima gli animali, poi i bambini.

In profondo stato di trance, Mimi gemette, oscillò sui piedi.

– Svegliala – dissi, sentendo la rabbia montarmi dentro.

– No, lasciala sognare ancora un po'. Temo sia l'unico conforto che avrà per parecchio tempo.

– Cosa significa, cosa sono tutti questi discorsi folli su lupi, coltelli e carne?

Per la prima volta nella mia vita lo vidi collerico. – Significa, stupido uomo, che quando il suo corpo sarà controllato da Anyeta, correrà farfugliando e uccidendo... animali, bambini, e mangerà la loro carne. – Mi fissò a lungo, poi la luce rovente nei suoi occhi si affievolì. L'espressione sul suo volto scavato si ammorbidì. – Ricordi quando ti dissi che Anyeta stava cercando un modo per impossessarsi di qualcuno che aveva reclamato la mano del morto, senza morire?

Sentii la mia mente vorticare. – Come?

– Quando vai a messa e prendi l'ostia, non diventi una cosa sola con Cristo? Nessun prete ti ha mai raccontato di questo miracolo?

– Certo, ma...

– E tu credi di essere una cosa sola con Lui? – Non attese risposta, ma proseguì con la stessa voce stanca. – Allora eccoti la risposta. Se mangia la carne e il sangue di qualcuno che ha reclamato la mano del morto, quello è suo.

– Anyeta è già in Mimi – dissi, pensando a voce alta.

– Mimi è forte. Anyeta vuole qualcuno di debole da sopraffare, annientare. Un bambino. Fece una pausa. – Lenore è una bambina – disse con aria tetra.

I miei occhi si piantarono nei suoi e, colto da una furia irragionevole, mi alzai di scatto dalla sedia e lo afferrai per le spalle gracili. – L'hai detto tu stesso, vecchio – urlai, scuotendolo. – Mimi è forte, Mimi può respingerla! Lenore no, Lenore no!

Cominciò a ridere, facendo rieccheggiare un lungo suono gorgogliante che crebbe d'intensità, spaventandomi, tanto che le braccia mi caddero debolmente lungo i fianchi, mentre la sua risata diventava simile a un gutturale raglio isterico.

— Sì — disse, — tua moglie può tenerla a bada usando le paure della vecchia contro di lei. E di cosa ha paura Anyeta? Del dolore, di essere pugnalata. — Sputò ogni singola parola, e i suoi occhi scuri brillavano di timore. — Quindi dimmi cosa farai la prima volta che vedrai Mimi con lo *tshuri* stretto tra le mani, che si taglia e fa smorfie di dolore per tenere a freno quel demone.

Non risposi, non c'era risposta. Solo la sensazione che era accaduto qualcosa di terribile: tra noi si era spalancata una porta spaventosa, che non si sarebbe mai più richiusa.

– 39 –

**Inverno, 1864**

— Sissi ne ha una così — disse Lenore, indicando con il dito un lungo filo di perline di granato che il negoziante teneva sollevato perché lo potessimo esaminare. Si stava avvicinando il piccolo Natale, la festa dell'Epifania, e ultimamente Mimi sembrava più se stessa, era meno incline alle folli esplosioni di rabbia e ai violenti cambiamenti d'umore, indotti dalla furia di Anyeta che si stava scatenando. — Ma Sissi ha dei distanziatori d'oro e... — Lenore mimò uno svolazzo nell'aria col dito indice. — Quelle filigrane... come piccoli cappelli intorno alle perline. Alla mamma piacerebbe, però...

No, non un'altra collana, pensai. Comunque il prezzo sulla targa di cartone era fuori dalla mia portata. Scossi la testa per dire no, domandandomi se avessimo dovuto provare in un altro negozio della piazza.

— La signorina e la sua signora madre ammirano l'imperatrice? — domandò il proprietario. Aveva gambe lunghe come una cicogna, fece un passo di lato nello stesso istante in cui stendeva le mani sottili con un gesto enfatico a indicare un'altra vetrinetta, ma Lenore aveva già adocchiato l'oggetto e stava danzando sulle punte dei piedi per l'eccitazione.

— Oh — urlò, — è la cosa più deliziosa, più carina...

Mentre Lenore cantilenava tra sé, gli occhi dell'uomo si sollevarono verso i miei. Ero io il suo vero cliente, quello con il denaro; ero sicuro che non le avrebbe consegnato la spilla di diamante a forma di bouquet di rose perché la osservasse, ma aprì la porta di legno della vetrinetta, tirò fuori il gioiello e glielo poggiò in mano. — Non è vero, ovviamente — disse, e io annuii, entrambi fingendo di sapere che fosse un falso. — Cristalli austriaci, ma di buona qualità — incastonati nell'argento, non nel platino. Ma è una copia esatta di quello che l'imperatore regalò a sua moglie.

— È molto luminoso, sembra proprio fatto di diamanti — lo incalzò Lenore.

— È tremendamente costoso? — chiese.

Avevo già visto che non lo era, mi domandai se comprando la spilla per Lenore, più un altro oggetto che avevo in mente, avrei potuto contrattare sul prezzo.

— Per favore?

— Be' — esitai, sapendo che non sarebbe stato adatto per Mimi; non poteva soffrire i gioielli vistosi, e la spilla era tanto brutta quanto appariscente. D'altro canto, sapevo che il desiderio più grande di Lenore era quello di avere un vestito di velluto color malva (come quello di Elisabetta, solo non così grande, ci implorava, mostrandoci la copia di una litografia strappata dalla pagina di un giornale) come quello che l'imperatrice ventiseienne dalla vita stretta aveva indossato a un ballo di società, in autunno. Ma non c'era velluto nei negozi della zona, e Mimi aveva persino scritto a una sarta di Buda. La lettera era tornata indietro tre giorni prima con sopra la scritta "sconosciuto", ed entrambi eravamo rimasti delusi. Dopo, avevo trovato mia moglie in piedi al centro della carrozza. La stanza era un'esplosione di scialli, camicette, vestiti e sottovesti tirati fuori da un baule, sparpagliati in fretta e furia, come su una bancarella di vestiti di seconda mano in un bazar turco.

– Dov'è, dov'è? – stava dicendo. Subito pensai che Anyeta fosse uscita allo scoperto, ma no, era Mimi, le era venuto in mente di tagliare un suo vecchio vestito e riconfezionarlo per Lenore. Non era di velluto, era una sorta di cotone lucido, color lavanda. Sarebbe andato bene. E la stravagante spilla di cristallo a forma di bouquet sarebbe stata l'ideale per Lenore, applicata al corpetto del suo vestito nuovo. Dovevo trovare un modo per farla uscire dal negozio, però.

– Hai comprato qualcosa per i tuoi zii? – chiesi, con la mano che si muoveva verso la tasca per prendere delle monete.

Lenore cominciò a tamburellare le dita. – Ho fatto a ciascuno di loro un piatto di creta, e l'ho dipinto. Zio Joseph può usarlo come posacenere, mentre credo che zio Constantin può metterci dentro le monete d'oro. Poi ho fatto anche dei disegni.

– Vai, ora – dissi, porgendole il denaro. – Compra qualcosina per ciascuno di loro. Ci incontriamo nella piazza tra pochi minuti.

– Stai cercando di liberarti di me? – Il suo piccolo viso era contorto da un sorriso enorme.

– No.

– Mi piacciono anche i gioielli, papà, lo sai – disse Lenore, muovendosi verso l'entrata del negozio.

– Lo so – dissi, ridendo. – Ora fila via. – Non c'era modo di ingannare Lenore: mentre passava davanti alla vetrina del negozio vidi il dondolio nella sua camminata, il largo sorriso, gli occhi rivolti verso l'alto; capii che era persa nella visione felice di lei stessa con l'imitazione della spilla dell'imperatrice.

Venti minuti dopo ero fuori nella piazza, poggiato contro la base di bronzo di una statua di un soldato a cavallo, in attesa di Lenore. Nella tasca del mio cappotto c'erano due sacchetti chiusi da una cordicella: uno con la spilla di Lenore, l'altro con un paio di piccoli orecchini d'ametista che, pensavo, avrebbero messo in risalto la luce viola degli occhi di Mimi.

Vidi Lenore attraversare la piazza, m'incamminai per raggiungerla; svoltammo in uno stretto vicolo, i tetti coperti di tegole dei negozi affollati che pendevano bassi sulle nostre teste, le minuscole finestre intagliate che ci sbirciavano.

– Ho comprato una pipa per zio Joseph – disse Lenore, camminando e scartando una pipa dal cannello diritto, il fornello scavato in qualche tipo di legno scuro e nodoso. − Non pensi che sarebbe più carino con una pipa, invece che con quelle brutte sigarette marroni?

Annuii, e la ripose nella sua borsa di pezza. − E un gioco per zio Constantin. Si chiama *opre t'a tele...* su e giù; ha dei piccoli dadi di legno, ed è proprio come scale e serpenti, così può giocare con me.

Notai che era seria, trattenni una risata nascondendola con un colpo di tosse, e dissi: − Hai scelto bene.

Lenore si fermò all'improvviso, mormorando: − Oh no.

− Cosa c'è che non va? − chiesi. Vidi l'espressione addolorata sul suo viso, il colore che svaniva dalla pelle. Seguii il suo sguardo. Dalla parte opposta del marciapiede c'era una macelleria. Osservai le carcasse che penzolavano in vetrina, grasse bestie spellate per la festa. Agnelli, capre e galline...

− Mooshie − sussurrò, indicando, e nello stesso istante i mie occhi notarono una lunga fila di papere legate dalle zampe, i becchi scuri che penzolavano verso il basso.

− Lenore − sospirai. Sapevamo tutti, grazie ai discorsi di Lenore sull'imperatrice, che Elisabetta adorava gli animali. Mooshie era un animale che le aveva regalato Constantin. La settimana prima, Lenore aveva portato fuori la grossa anatra bianca per prendere una boccata d'aria, le era scappata dalle braccia ed era fuggita. Aveva tentato di prenderla, ma alla fine era andata a letto piangendo − Mooshie era sparita. Tutti noi − Joseph, Constantin e io − eravamo dispiaciuti, pensavamo che l'anatra fosse spacciata, ma il peggio doveva ancora venire. Il giorno dopo mi dissero che avevano sentito Lenore gridare. Constantin era corso fuori dalla carrozza. Qualcosa − forse una volpe − aveva attaccato l'anatra, l'aveva trascinata negli sterpi lì vicino, e Lenore l'aveva trovata. Era ancora viva. C'erano profondi morsi nella carne morbida dell'addome, un'ala era ritorta e spezzata. Vennero a chiamarmi. Tranne Lenore, sapevamo tutti che l'anatra stava morendo. Costruii una specie di stecca per l'ala, tentai di bendare le ferite. Fu un lavoro penoso e maldestro, con l'anatra che cercava di sfuggirmi e Lenore che piangeva.

− Mamma le farà un impacco − disse. − Cardo e acrimonia per i disturbi interni, e quell'altra cosa, non mi ricordo − pianse, carezzando con delicatezza la testa di Mooshie. − Ma è per l'avvelenamento del sangue.

Già, le avrebbe fatto un impacco, pensai, oppure, se Anyeta gliel'avesse permesso, avrebbe potuto guarire quel dannato animale. Non c'era nient'altro che potessi fare, se non lasciare che Lenore si addolorasse, tenendo il suo animaletto in grembo e carezzandone le piume arruffate.

Quando morì, Constantin e Joseph la seppellirono per lei. Fino ad allora era parso tutto normale, ma la fila di anatre dal macellaio le stava riportando tutto alla memoria, vidi lacrime luccicare tra le lunghe ciglia scure. Le scacciò con una mano, e poi, con mia grande sorpresa, sentii la sua piccola mano infilarsi nella tasca del mio cappotto.

Tirò fuori il sacchetto di cuoio rosso che conteneva il suo regalo di Natale. Sapevo cosa stava per fare, ma prima che potessi fermarla stava aprendo il sacchetto e agitando la spilla di cristallo tra le mani. − Me l'ha detto zio Joseph − spiegò, come se stesse rispondendo a una tacita domanda. − Ha detto che è un'usanza zingara, quando ti ricordi di qualcuno che amavi, regali qualcosa al primo straniero che incontri. I Lovari, i cavalieri, comprano dei finimenti o una sella; qualche volta le donne preparano un pasto, o regalano una camicetta o delle scarpe... – La sua voce era bassa, triste.

Era quella l'usanza: mostrare l'amore per qualcuno che era morto donando qualcosa in suo ricordo – più prezioso era il regalo, più si ravvivava quell'amore.

– Ma, Lenore – cominciai, quasi sbottando *Non la spilla! Non per una maledetta anatra!* Le parole mi morirono sulle labbra. Fui sopraffatto all'improvviso dal ricordo di Mimi, poco più che una ragazzina, che donava la sua cavigliera di monete d'oro, un regalo per il matrimonio, dopo che aveva perso Elena.

Accadde in un villaggio nella regione di Tirgu Mures, poco prima che partissimo per l'Ungheria. Ricordavo di aver sentito la sua mano stringersi sulla mia mentre camminavamo per le strade scoscese; due persone silenziose seguivano una bara trainata da un singolo cavallo, formando una triste processione. La cassa nera non era più grande di una culla. – Elena – sussurrò Mimi; poi si voltò, guardando attraverso una finestra, rabbrividendo quando vide due bambini, fratello e sorella, che imploravano al tavolo di un ristorante per avere gli avanzi lasciati nei piatti da due signore in abiti di lusso.

Una magra donna dal volto acido urlò all'improvviso, correndo dietro ai bambini con una scopa, spazzandoli letteralmente via dal tavolo imbandito e spingendoli fuori.

– Uscite di qui! Andate a mangiare la spazzatura, ma lasciate stare i miei clienti! – Agitò la scopa verso i bambini, vidi una ciocca di capelli grigi cadere disordinatamente da una delle sue forcine. Poi osservai mia moglie sganciare la sua cavigliera e stringere la fila di monete nel palmo. Si avvicinò a quei bambini cenciosi, che si erano spostati di alcuni metri lungo la strada e bighellonavano davanti a un negozio di guanti.

– Non abbiate paura – disse Mimi, chinandosi, così che la sua lunga gonna toccò il marciapiede. – Come ti chiami? – domandò alla bambina, una monella con biondi capelli sporchi e occhi color mogano. Lei tirò su col naso, se lo fregò con un dito sudicio, e tirò su di nuovo. – Non parla – disse il ragazzino. – Lei ha sette anni, io otto.

– Come vi chiamate? – chiese Mimi al bambino.

– Ion. Lei è Eva. – Indicò sua sorella col pollice.

Mimi poggiò una mano con delicatezza sulla testa della bambina. Nello stesso momento vidi la mano del bambino scattare verso l'alto. Afferrò le gialle monete luccicanti che Mimi teneva nell'altra mano e cominciò a correre verso la chiesa. La bambina parve stupita per un istante, la sua bocca si trasformò in una O, poi partì di gran carriera dietro al fratello. Svoltarono un angolo, sparendo alla vista.

– Non importa – disse, mentre mi si avvicinava, quando commentai che i romeni biasimavano gli zingari proprio per questo genere di cose: ogni accattone, ogni ladro, per loro era uno zingaro. – Non importa, Imre – disse, – le monete erano un ricordo per Elena, erano loro comunque.

Nella stretta strada di Sibiu, osservai Lenore dare la sua spilla a una vecchia mendicante seduta su un uscio, le gambe divaricate sotto un vestito grigio consunto, che sbatteva la sua tazza per l'elemosina. Sentii mia figlia sussurrare a voce bassa le parole romene che mia moglie aveva bisbigliato una ventina d'anni prima: *Te avel angla tut...* cominciò a recitare. *Possa questa spilla essere davanti ai tuoi occhi e in tuo ricordo.* Sapevo che stava pensando a ciò che aveva amato, a ciò che aveva perso.

* * *

Il giorno prima del piccolo Natale aveva nevicato, quel tanto che bastava per formare uno strato pungente simile a una rete grigiastra sull'erba gelata che spuntava dalla crosta. La temperatura era calata e mentre mi dirigevo verso la carrozza di Joseph notai lastre di ghiaccio nei canali di scolo, l'acqua che scorreva appena sotto la superficie. Superai una fontana che sembrava un paesaggio artico, con pezzi di ghiaccio verdastri che galleggiavano e si scontravano come iceberg in miniatura; lo zampillo d'acqua si era ridotto a un debole gorgoglio, lucente e vetroso alla luce del sole. Salii fino al campo dove si trovava la carrozza di Joseph. Sotto di me, le campane della torre rintoccavano per l'Epifania e da lontano vidi gli abitanti del villaggio muoversi con lentezza per le strade di ciottoli. Volti illuminati da larghi sorrisi da festa, bambini sollevati dalle carrozzine per essere osservati e baciati, vecchie dalle braccia grasse che portavano pacchetti e scatole dei pasticceri chiuse accuratamente con lo spago.
   I miei stivali producevano scricchiolii mentre mi affrettavo verso la carrozza. Poi vidi uno svolazzare di tende – Lenore che metteva fuori il naso. Scomparve, sentii la sua voce trasportata dall'aria gelida. – È qui, è papà.

* * *

– "Fuori dall'Ungheria non c'è vita. Se ce n'è, non è la stessa" – citai. Era tardo pomeriggio, sedevo poggiato, quasi abbandonato, al tavolo, le dita appena strette intorno a un grande calice pieno di brandy. – Persino i romani lo sapevano... *"Extra Hungarium non est vita"*.
   – Ssstt. – Joseph sollevò un dito contro le labbra sottili. Annuii, ubriaco, borbottando delle scuse. Sorrise, rivolgendo gli occhi verso l'altra estremità della carrozza malandata dove Constantin e Lenore, con il suo vestito da imperatrice spiegato intorno alle gambe come una pallida laguna, stavano provando il gioco che gli aveva comprato. Udii i dadi di legno sbatacchiare e rimbalzare, Lenore ridacchiare di gioia quando vide che il punteggio era a suo favore.
   Riempii di nuovo il bicchiere. – Continuo a sostenere che questo è un maledetto paese miserabile. – Quella mattina mi ero svegliato aspettandomi che Mimi venisse con me; invece avevo trovato la carrozza tetra e fredda. Il fuoco nella stufa si era spento, Mimi se n'era andata e io ero solo. Nei giorni passati era parsa quasi star bene, stavo covando la segreta speranza che avremmo potuto riavere presto Lenore a casa. Ora era il piccolo Natale, mi rammaricai, e non c'era traccia di mia moglie. Mi ero vestito in modo trasandato nella lugubre oscurità della carrozza, pensando che avrei detto a mia figlia che sua madre aveva avuto una ricaduta, un altro attacco di febbre.

Sul tavolo della cucina avevo trovato la grande scatola di cartone che conteneva il vestito di Lenore, legata con un nastro verde scuro. Immagini di Anyeta che s'infuriava e imprecava balenarono nella mia mente. *Non devo stare qui un altro minuto! Non devo vivere con un maledetto idiota!* gridava, avvolgendosi in uno degli scialli di Mimi, allacciando i sottili stivali di pelle. A volte, nel pieno della confusione, emergeva di nuovo la personalità di Mimi, e lei appariva leggermente confusa. Perché indosso il mio scialle? Dove stiamo andando? Le parole erano appena uscite dalla sua bocca, e aveva già capito. — Oh — diceva con voce debole, rassegnata, fregandosi una tempia con la mano. — *Anyeta.*

Avevo esitato, le mani intorno alla scatola. Sarebbe stato da Anyeta fare qualcosa di vendicativo. Mi ero immaginato Lenore che slegava il nastro verde con eccitazione, avevo sentito la sua voce incrinarsi scoprendo che il vestito lavanda era stato fatto a pezzi con delle forbici. Avevo sentito il cuore pulsarmi nelle tempie, avevo slegato il nastro, spostato degli strati di tessuto. Il corpetto del vestito era sopra, imbottito con del tessuto bianco, mentre la lunga e larga gonna era piegata al di sotto. Avevo rifatto il pacchetto, ripetendomi più volte: ecco la prova dell'amore di Mimi, ha tenuto a bada Anyeta e troverà il modo di raggiungerci.

Ora, nella carrozza di Joseph, sentii il mio disappunto trasformarsi in rabbia. Una parte di me aveva atteso tutto il giorno, tremando di speranza; avevo osservato Lenore scartare i regali, mi aveva mostrato le decorazioni che lei e Constantin avevano appeso, avevo ascoltato la sua dolce voce intonare un vecchio canto natalizio mentre Constantin suonava il violino, ed entrambi avevano capovolto i piatti con eccitazione per trovare le monete che Joseph aveva nascosto sotto. Il pomeriggio trascorreva con lentezza, la luce nel cielo si attenuò presto. Poi il piccolo Natale era quasi finito e Mimi non era arrivata.

— Ti sono grato per tutto quello che hai fatto — dissi al vecchio, — ma penso sempre più spesso che dovrei fare fagotto e tornare in Ungheria.

— Con Lenore?

— Certo — risposi.

— E con Mimi?

Feci un'alzata di spalle. *Giura di andartene quando non ci ameremo più, giura di amarmi finché viviamo.* Be', io l'amavo. Non volevo lasciarla. Era di Anyeta che mi volevo sbarazzare. Volevo fuggire da quel paese miserabile. Sentii la mano nodosa di Joseph toccarmi il polso con delicatezza. I suoi occhi erano pieni di comprensione.

— L'Ungheria — disse, avvicinando un fiammifero al fornello della pipa e aspirando il fumo, — ha un fascino speciale per te. Io la vedo diversamente. Il 1848, l'anno in cui Francesco Giuseppe salì al trono, è lo stesso anno della rivoluzione, e i suoi strascichi sono molto chiari nella mia mente.

— Ma Kossuth, il capo, aveva ragione.

Joseph mi zittì con un gesto della mano; capii che stava cercando di dirmi qualcosa, ma non ero sicuro di cosa si trattasse. — Sì, chiedere la fine dei privilegi per gli aristocratici, della censura, pretendere una costituzione, erano tutte cose moralmente giuste; ma il mondo non si basa sulla morale, è impregnato di politica. Allora ero a Buda, e sai cos'ho visto? Soldati imperiali entrare nelle case e colpire donne anziane con le baionette; spie che fingevano di essere partigiani per arrestare coloro che supportavano la rivolta; un regno di terrore; prigione e sentenze capitali. La Tour, il ministro della guerra, fu trascinato fuori dalla sua casa e appeso a un lampione. La gente fece a pezzi il suo cadavere con le proprie mani.

Ebbi una visione degli zingari che accerchiavano il corpo devastato dal fuoco di Anyeta, lo smembravano... dopotutto, gli ungheresi erano poi così diversi dai rom? Mi attraversò una sensazione di disagio; il vecchio Joseph parve accordarsi ai miei pensieri.

— La gente diceva che quando lo zar di Russia mandò i suoi soldati per aiutare l'imperatore, salvò l'Ungheria per darla almeno a Francesco Giuseppe, ma la trasformò in Siberia. Per me non era più la mia casa. Era odiosa... tetra. È per questo che me ne sono andato.

Annuii.

— So che l'imperatore, ora che i suoi peggiori timori sono finiti, è diventato una specie di sovrano gentile; che l'imperatrice è amata. So che vivendo a nord, nella regione di Niyrseg, perlopiù non sei stato toccato da queste cose. — Dall'altra parte del tavolo, fece una pausa, guardandomi con attenzione, e mi sentii attraversare dal suo sguardo brillante. — Persino se avessi conosciuto le paure e le privazioni che ho dovuto fronteggiare, torneresti laggiù... perché nonostante i suoi problemi l'Ungheria è un posto che ami.

— Sì. Chiusi gli occhi, scorgendo per un istante le pianure screziate dal sole, le mandrie al pascolo.

— Dimmi, allora — continuò Joseph, — credi che quando Anyeta esce allo scoperto anche Mimi vada in un posto che ama?

Scossi il capo. Joseph aspirava tranquillo dalla pipa.

— Be', dove va allora? — chiese, e mi ritrovai a immaginare una lugubre Siberia dell'anima, pensando che un uomo non abbandona mai il luogo che ama, e tanto meno una persona...

— Che cosa fa? Dorme? Vigila? Aspetta?

— Oh, Cristo — mormorai, sapendo che aveva ragione, e sentii la sorgente della mia rabbia ritirarsi.

* * *

All'imbrunire, sedevo sobrio al tavolo della mia carrozza, tenendo le piccole gemme splendenti davanti ai miei occhi, ruotando gli orecchini di ametista viola scuro tra le dita, osservando le sfaccettature che riflettevano la luce della candela. Pensando alle sfumature viola negli occhi di Mimi. Ricordando altre feste, altri anni: Mimi, che preparava un'enorme infornata di torte ai semi di papavero ripiene di miele. Lenore (aveva quattro anni) e io al suo fianco, che fingevamo di aiutarla, incitandoci a rubare pizzichi di pasta cruda dalla grande scodella blu. Lei che rideva dandomi un colpetto sulla mano col cucchiaio di legno appiccicaticcio.

— Su, andate via, tutti e due — ridacchiava. — O non ne rimarrà abbastanza per una sola torta.

– Ci importa, Lenore? Voglio dire, ci importa se è cruda o cotta, se ci piace?

– No – rispondeva scuotendo il capo, sorridendo. – Guarda mamma, c'è un pipistrello alla finestra. – Mimi che ci cascava (o fingeva) mentre io squittivo per imitare il pipistrello. Lenore urlava, poi piantava una mano paffuta nell'impasto e se la metteva in bocca, masticando veloce.

Mimi rideva, le parole – Lenore, starai male – che le uscivano dalle labbra nello stesso istante in cui la faccia di nostra figlia diventava verde per la nausea, si afferrava la pancia e correva verso il lavello; era così piccola, doveva stare in punta di piedi per arrivarci.

Tossiva, sputava ciò che rimaneva dell'enorme grumo di pasta, poi emetteva il rutto più potente che avessi mai sentito da una bambina, un profondo latrato che sembrava il verso di una rana toro appena fuoriuscita da una palude.

– Ahhh. – Emetteva un suono brontolante, poi ruttava di nuovo, dandosi dei colpetti sulla pancia rotonda. – *Tshailo sim*, sono sazia.

Era così che dicevano i vecchi rom, con gli stomaci gonfi come barili d'acqua dopo essersi ingozzati per ore, quasi fino a scoppiare.

Il cucchiaio cadeva dalla mano di Mimi, scoppiavamo a ridere e ci appoggiavamo l'uno sulla spalla dell'altro. Lenore si chinava nel modo cauto tipico dei bambini, raccoglieva lentamente il cucchiaio caduto e poi s'intrufolava nel nostro abbraccio.

– Cosa c'è di tanto buffo? – domandava, tirando la gonna di Mimi. – Cosa c'è di tanto buffo, mamma? – Nell'altro pugno stringeva il cucchiaio macchiato d'impasto dolce, agitandolo come un bastone, mentre io e Mimi ci dividevamo. Parve attirare la sua attenzione. Si fermava, fissando il cucchiaio, vedevamo spuntare la sua minuscola lingua rosa per un'ultima leccata. Mimi e io ridevamo fino alle lacrime.

Quel ricordo si dissolse, ma la mia mente continuava a ripropormi tutta una serie d'immagini. Mimi, la sua vita stretta che lo sembrava ancora più mentre si allungava per poggiare su una mensola un vaso rosso brillante pieno di agrifoglio. Candele, fiamme che ardevano di un giallo tenue, i supporti di rame che spuntavano dai rami di un pino dall'odore pungente. La tavola con la tovaglia bianca e oro, piena di cibo; delizie ungheresi come la *toltott paprika*, carne ripiena di peperoni servita con salsa di pomodoro; o il *racponty*, una carpa piccante con verdure e ricoperta di panna acida. Mimi, sorridente, ammucchiava i nostri piatti.

Ricordai Mimi, e Lenore a tre anni, mentre preparavano un piccolo presepe di carta al centro del tavolo di legno della cucina. Ma Mimi non voleva un "centapiece", ci disse. Perché non le era permesso giocare sul tavolo, lei voleva giocare con il "mange", e dopotutto, non sarebbe stato molto meglio sul pavimento sotto l'albero? No, le diceva Mimi, non sarebbe stato carino. I bravi bambini non giocavano con Maria, Giuseppe e Gesù Bambino, e la mandava a letto. Più tardi, quella notte, io e Mimi osservavamo una nostra usanza, ci sedevamo al tavolo sotto la lanterna a bere vino dolce. Mimi continuava a tormentare la stella sul tetto della stalla, a sistemare le minuscole figure dipinte, dicendo: – C'è qualcosa che non va. Mentre io le dicevo che era troppo perfezionista. Scoppiavamo a ridere, la mattina seguente, scoprendo che Lenore si era addormentata nella culla con gran parte delle mucche, i Re Magi e tutti i cammelli sparpagliati intorno, e una pecora bianca stretta in una mano grassottella.

Tutti quegli anni di agio, compagnia, felicità. E adesso sedevo da solo allo stesso tavolo, rispettando quell'usanza. Una bottiglia e due bicchieri vuoti poggiavano sulle assi. Rigirai tra le dita i minuscoli orecchini, guardandoli riflettere la luce della lanterna. Lei dov'era? Di sicuro, se fosse conscia in quel freddo, misero Natale, non era in un posto che amava. La voce di Joseph riecheggiò nella mia testa. *Dorme? Guarda? Aspetta?* Pensando al suo dolore, alla sua pena, tenevo il regalo di mia moglie in mano. Era così piccolo in confronto a tutto ciò che aveva dato a Lenore, a ciò che aveva dato a me.

Non avrei dormito, mi dissi. Sarei rimasto di guardia, avrei atteso. Per lei.

## – 40 –

– Devi proprio? – domandò Mimi, mordendosi il labbro. Annuii con tristezza, cominciando a sbrogliare le lunghe strisce che avevamo ricavato dalle lenzuola, cercando di non guardare il suo corpo fragile legato sul letto. Sapeva cos'era successo con Zahara, e questo rendeva tutto più difficile per entrambi.

– Anche quando sai che sono io? Lo sai, vero? – Le sue braccia erano già legate; sollevò la testa con goffaggine, sforzando e contorcendo le spalle per guardarmi.

– Sì... – cominciai, ma la mia voce si affievolì. Sapevo che era mia moglie ad avere il controllo del suo corpo. Ma non potevo fare a meno di legarla. Sbuffai, ripensando a quella voce ringhiante, selvatica. *Corri coi lupi. Mordi a fondo.* Anyeta, ora lo sapevamo, era più facile che emergesse quando Mimi dormiva. Non c'era modo di sorvegliarla tutta la notte, e tutte le notti. – Eravamo d'accordo – dissi. – È l'unico modo.

– Questa volta sono trascorsi due giorni – disse Mimi. Passai la striscia di tessuto intorno a una caviglia minuta, facendo degli stretti nodi, poi l'avvolsi a una colonna del letto a baldacchino, legandola con forza. Mimi indossava un paio di calze di lana rosse. Diceva che quando dormiva i suoi piedi diventavano freddi e rattrappiti per la loro posizione innaturale. Assicurai l'altra gamba, poi cominciai a camminare intorno al letto, dando uno strattone a ciascuna delle quattro strisce per assicurarmi che fossero ben salde.

– Posso dirti quando sta arrivando – sbottò all'improvviso.

Non dissi nulla. Ripensai alla conversazione della notte precedente, Mimi che implorava. *Non legarmi, non legarmi, questa notte non verrà, per favore.* Piangevamo entrambi, mentre la legavo. Mi ero coricato sul letto di piume nell'angolo della stanza buia, ascoltando i suoi singhiozzi – tormentati, disperati. Aveva pianto a lungo, mentre io mi agitavo a disagio su quel letto di fortuna. L'ultima cosa che disse fu *Quando sta per arrivare mi sento stordita per ore, prima, una specie di capogiro* – la sensazione di malessere prima di un'influenza, poi il mal di testa. *Lo so quando sta per arrivare*, aveva concluso, e quando non avevo risposto, lei aveva detto *Imre, per favore, dormi con me, slegami e dormi nel letto con me, ho paura a dormire da sola.* Tuttavia non l'avevo fatto; non era da sola, lo sapevo – non del tutto. Eppure, pensai, Anyeta non era venuta.

– Per favore – ripeté Mimi, quando sistemai il cuscino sotto la sua testa e le rimboccai le coperte. Mi piegai sul letto, le diedi il bacio della buonanotte.

– Ti amo – dissi, carezzandole dolcemente una guancia con il dorso della mano. Girò il viso dall'altra parte. – Non possiamo vivere così per sempre – disse, digrignando i denti. Soffiai sulla candela. Mimi rimase distesa tranquilla. Cominciai a svestirmi al buio, facendo in fretta a causa dell'aria fredda, con la brezza dell'inverno che spazzava il davanzale, soffiando tra le assi del pavimento. Sospirando al pensiero di un altro sonno inquieto su quel giaciglio bitorzoluto, mi voltai, avvertendo il rapido risucchio del mio stesso respiro. Il materasso di piume giaceva in una pozza di brillante luce lunare e sembrava ancora più bianco, in contrasto con le ombre scure. *Quando la luna è alta. Procedi a falcate sui campi e corri.* Sentii gli occhi pulsare. Dal letto giungeva il suono di un respiro ritmico. Sta dormendo, mi dissi, poi mi spostai silenziosamente verso la finestra e scrutai il cielo color ardesia. La notte prima la luna era visibile, ricordai, e non era accaduto nulla. Era da poco passata la fase in cui era piena, e una fetta sottile ne scuriva il bordo gibboso. Ora la luce era bianca, intensa, luccicante; verso l'alba si sarebbe attenuata in giallo, scivolando attraverso i veli di nebbia.

M'infilai a letto e piegai l'orlo del lenzuolo sulle coperte pesanti – poi mi bloccai di colpo. Dall'altra parte della stanza proveniva una debole risatina. Rimasi in ascolto, attento, ma udii solo il tamburellare del mio cuore. Mi coricai, il cotone produsse un fruscio contro il mio orecchio, ma al di sotto, percepii distintamente un riso soffocato, basso e sinistro.

Con gli occhi spalancati, disteso rigido nell'oscurità, mi sforzavo di sentire, concentrandomi. Il vento ci superò veloce, cullando appena la carrozza; dalla cornice del tetto giunse il sottile scricchiolio delle travi di legno; un topo ruzzolò le zampe sul soppalco, con le unghie minuscole che ticchettavano velocemente sulle assi. Non c'era nient'altro, nessun suono proveniente dal letto dove giaceva Mimi. Rimasi sveglio tutta la notte; potrei giurare di non essermi mai mosso, di non aver mai dormito.

All'alba andai a slegare Mimi: voleva sempre il vaso da notte, subito, persino prima che finissi di slegarla – ma quella mattina dormiva ancora. Sbadigliai, gli occhi mi prudevano, provavo quella remota sensazione viscosa derivante della mancanza di sonno. Mi accovacciai per prendere, sotto il letto, il vaso decorato con motivi floreali, e mi risvegliai in un batter d'occhio.

Sulle assi c'era l'impronta insanguinata di un piede umano. Qualcuno era stato lì, piegato in avanti, per poi balzare sul letto: i segni circolari delle dita erano più definiti di quelli del calcagno.

Calze di lana rosse, pensai, seppi che dovevo impedire alle mie mani di tremare mentre la slegavo e la guardavo, per non farle capire che la stavo osservando alla ricerca di qualche traccia. Sentii la mia mente vacillare. Non poteva essere, mi dissi, tirando il manico del vaso con una mano tremante, era impossibile. Sopra la mia testa udii il suono della voce di Mimi che mi augurava buongiorno.

\* \* \*

— Sa che hai visto? — mi chiese Joseph più tardi, quella mattina. Camminavamo nei boschi vicino alla mia carrozza. Il vecchio veniva a farci visita ogni tanto, e qualche volta portava Lenore.

Non riuscivo a vedere la carrozza verde, ma mi ritrovai a guardare con ansia in quella direzione. — L'ho appena accennato; sono riuscito a malapena a dare un'occhiata ai suoi piedi.

Gli avevo già detto che era facile confondere il sangue secco sui calzini con il rosso vivido della lana, le chiazze scure e i nodi del grossolano lavoro a maglia. Tentai di non pensare all'aspetto che avrebbero avuto se fossero stati bianchi – ma era sin troppo facile immaginare le pallide sagome delle calze ricoperte di strisce di sangue rappreso. La pelle al di sotto del cotone doveva esserne stata zuppa. Sentii la nausea montare nelle viscere, poi sputai per togliermi il cattivo gusto dalla bocca.

Il sangue era incrostato sulle piante dei piedi – come se Mimi fosse stata in una pozza. La lana spessa era arruffata, e quando le mie mani le avevano sfiorate avevo finto di non notare come le calze fossero dure – irrigidite dal sangue secco.

Balzai all'indietro, ripensando al sangue, al pungente odore di rame che aveva assalito le mie narici quando mi ero piegato per slegare i nodi, e feci una smorfia di disgusto. — Come diavolo sta riuscendo a uscire? — dissi, e nello stesso istante mi domandai con apprensione se l'avesse già fatto prima, anche se quella era stata la prima volta in cui mi ero accorto di qualcosa.

— Stanotte starò con lei — rispose Joseph, sedendosi sul bordo di una roccia, piegandosi a fatica su un bastone da passeggio nero. Si fregò le mani per un breve istante, notai che non indossava il massiccio anello d'oro col sigillo. Il suo dito era leggermente segnato, la pelle un po' lucida nel punto in cui aveva sfregato contro l'anello, per tutti quegli anni. Stavo per chiedergli se l'avesse perso, ma lui interruppe i miei pensieri. — Dille che tornerai in paese, per stare con Lenore. Poi, se Anyeta dovesse farmi addormentare con qualche incantesimo, non avrà importanza.

— D'accordo — dissi, cogliendo al volo la sua proposta. Sarei rimasto nei paraggi, di guardia alla carrozza.

Sollevai lo sguardo verso la sfera ardente del sole, e per un breve attimo il cielo diventò nero; vidi la luce più fioca della luna. Strinsi le mani a pugno. Se Anyeta avesse corso coi lupi, l'avrei scoperto. E l'avrei seguita.

\* \* \*

Ero in piedi alla finestra della carrozza, all'esterno, appena dietro gli scuri, e sbirciavo attraverso il vetro. Al di là della camera da letto potevo vedere il tenue lucore rosso del fuoco nella stufa. Il vecchio aveva legato Mimi al letto, per poi scaldarsi con un bicchiere di brandy. Soffiò sulla candela e si sedette, completamente vestito, con le gambe incrociate sul materasso di piume nell'angolo.

Mimi dormiva. Joseph la osservava in silenzio. Due volte vidi la sua testa inclinarsi verso il petto, per poi raddrizzarsi con uno scatto. Nell'aria c'era una sorta d'immobilità, di fredda pesantezza, e cominciai a sentirmi assonnato. Alitai sulle mie mani per scaldarle, dando un'occhiata al cielo pensai di muovermi verso il bosco, per osservare la carrozza da lontano con il cannocchiale che mi aveva dato Joseph. Stavo per dare dei leggeri colpetti sul vetro della finestra per avvertire il vecchio, quando lo vidi irrigidirsi all'improvviso. Le sue braccia e le sue gambe si tesero, le spalle s'inclinarono all'indietro. Il respiro si fece corto. I suoi occhi erano spalancati, fissi. Mi piegai più vicino alla finestra, e nell'istante in cui compresi che stava dormendo profondamente, vidi il suo fragile corpo sollevarsi dal pavimento.

Fu una cosa lenta. Venne sollevato come una marionetta controllata dalla mano di un bambino; le gambe strascicavano sul pavimento, i tacchi degli stivali sbattevano sul legno, la testa penzolava smorta sul petto.

Sulla credenza una candela si accese da sola, e vidi Anyeta sogghignare attraverso i lineamenti di Mimi. − Vuoi giocare, vecchio? − sussurrò.

Un tremito percorse il corpo di Joseph, ma nemmeno un guizzo si mosse nei suoi occhi immobili.

I legacci che trattenevano Mimi cominciarono a sciogliersi, con lenti e sinuosi movimenti. Come quattro piccole colonne bianche, ruotarono su se stessi e ondeggiarono salendo verso l'alto.

Anyeta si sedette, fregandosi i polsi con aria assente. La osservai ghignare. Fece un secco cenno con la testa e il corpo di Joseph fluttuò all'indietro sino a toccare il muro. Aveva le braccia sollevate sopra la testa, le gambe spalancate. I suoi occhi erano impassibili; un piccolo ruscello di lacrime gocciolava su una guancia affilata. Se ne stava contro il muro, come un insetto attaccato con uno spillo a una tavola di dissezione.

Anyeta cominciò a ridere, come per un magnifico scherzo, poi si voltò e strinse gli occhi, concentrandosi. Le bianche strisce di lenzuola serpeggiarono nell'aria con un rapido sibilo. Cominciarono ad avvolgersi intorno alle caviglie, ai polsi e alla gola del vecchio, immobile in quella posa cruciforme. Suppongo che fosse una sorta di beffa − i legacci erano una decorazione inutile quanto lo erano stati per lei. Joseph non era altro che una bambola rotta, un suo giocattolo; chiusi gli occhi, nauseato al pensiero.

− Stai guardando, vecchio? − disse Anyeta. − Stai sognando che sei sveglio e all'erta? Cosa senti? Il battito del tuo cuore? Il vento tra gli alberi? Nient'altro?

La parte anteriore del letto sobbalzò verso l'alto e ricadde con uno schianto sul pavimento. All'improvviso si sollevò di nuovo e piombò verso il basso, ancora e ancora, finché il rumore e le vibrazioni mutarono in un tuono che riecheggiava nella stanza.

− Hai sentito *questo*? − domandò la strega, cominciando a ridacchiare. Il viso di Joseph era inespressivo, gli occhi scavati, appannati da un velo di lacrime.

− Hai fatto la guardia tutta la notte e non hai visto *niente*! − Spalancò la mandibola, fingendo un'espressione sorpresa, la voce piena d'incredulità e shock.

— Devi guardare più da vicino — disse Anyeta, schioccando le dita, e gli occhi di Joseph cominciarono a muoversi avanti e indietro, nelle orbite, come un pendolo. La vecchia si alzò dal letto, sbadigliò coprendosi la bocca con una mano, poi piegò un dito pigramente. Un pettine sussultò sulla credenza e volò nella sua mano aperta.

Le iridi del vecchio si muovevano da sinistra a destra, e viceversa, il circuito senza fine di un meccanismo animato.

Fuori dalla finestra, sentii il mio cuore accelerare il ritmo, ma strinsi i pugni e mi dissi di aspettare. La luna stava sorgendo. Una volta finito di divertirsi, Anyeta avrebbe corso.

## – 41 –

La porta della carrozza si spalancò. Mi congelai, schiacciandomi contro la parete, e la udii sgambettare giù per la breve rampa di scale. Dalla cresta di un basso crinale si levò un ululato. Mi voltai per guardare, con la strana sensazione che lei stesse facendo lo stesso. La luna era salita un po' sulla linea dell'orizzonte, bassa e brillante, e cancellava le stelle a est.

Sul crinale, vidi le loro sagome ombrose. La luce si rifletteva sul loro pelo screziato d'argento mentre camminavano, annusando il terreno, o sedevano sulle cosce piegando le teste splendenti verso il cielo. Qua e là, scorsi un paio d'occhi luminosi, il bianco dei denti lucidi di saliva.

Il branco ululò e Anyeta rispose. Poi cominciò a muoversi con velocità soprannaturale. Udii il suono degli sterpi che si spezzavano sotto i suoi passi, dei piedi che colpivano il terreno, dell'aria che sibilava intorno alla sua sagoma in corsa. Poi era sulla cresta, in piedi, tra i lupi intimoriti. Le si ammassarono intorno, circondandola, come acque scure che si infrangono intorno a uno scoglio che spunta dal mare.

Piegò indietro le braccia, sollevò la testa e abbaiò. La sua era l'unica voce che si levava nel silenzio della notte. Salì acuta e penetrante, riecheggiando nell'aria gelida. Meno di un secondo dopo, scattò in avanti con un grande balzo, con i capelli lunghi gonfi come una nuvola nera, e tutti loro – Anyeta e i lupi – cominciarono a correre.

＊ ＊ ＊

Non c'era modo di tenere il passo del branco, ma due volte durante la notte, prima di affrontare Anyeta, m'imbattei nel loro operato.

La prima preda era un piccolo gregge di pecore, ammucchiate sull'altopiano più basso di una collina. Prima di vedere il massacro udii i loro belati di terrore, il rapido tintinnio dei campanacci mentre si davano alla fuga e si disperdevano; i versi dei montoni e delle pecore che cercavano di arrampicarsi verso la salvezza, gli zoccoli che producevano ticchettii frenetici sulle rocce, una pioggia di scisto ghiaioso che scivolava verso il basso.

Mi fermai per un attimo, osservando la carneficina. I cadaveri erano una dozzina o più. Giacevano sui fianchi, le lingue grasse che sporgevano dalle bocche strette. Il vello striato e macchiato di sangue scuro e luccicante dove le gole erano state squarciate o le interiora strappate dalla parte molle del ventre.

Sotto di me, provenienti da una striscia di foresta più vicina al paese, udii ringhi e latrati feroci, e m'incamminai giù per la montagna in quella direzione.

* * *

Mi feci strada attraverso i boschi con passo furtivo, muovendomi tra gli alberi, attento a ogni suono. La prima carcassa che incontrai fu quella di uno dei lupi, col corpo straziato e una coscia quasi strappata via. In lontananza udii un improvviso e forte guaito – subito interrotto, immaginai che questa volta avessero aggredito un branco di cani randagi.

Mi tenni sottovento, avvicinandomi con lentezza, poi mi accovacciai in un piccolo avvallamento nel terreno. Tutt'intorno, la notte era animata dal suono del banchetto dei lupi. Gli schiocchi delle fauci che sgranocchiavano le ossa, le lacerazioni bagnate e mollicce della carne, i ringhi minacciosi e i latrati aggressivi quando uno dei lupi proteggeva la sua preda.

Mi strinsi tra le braccia, rannicchiandomi per il terrore, spaventato dalle immagini nella mia mente. I calzini inzuppati di sangue, quella vocina bramosa. *Mordi a fondo. Il sangue ti riempie la bocca.* Gemetti piano. In cielo, la luna era macchiata dalle forme scure delle sue montagne. Brillava come un enorme dente: bianca, insensibile, chiazzata di grumi scuri.

All'improvviso Anyeta abbaiò un segnale, sentii il branco lanciarsi in una corsa agile e determinata, le zampe che si muovevano nel sottobosco verso la tortuosa strada di terra battuta che portava al paese. Mi attraversò un lampo di paura, e rividi i denti della strega scoperti in quel largo ghigno. *E prenderò – prenderò chiunque voglio.* Il petto mi si fece pesante, il fiato sibilò tra le mie labbra, e mi lasciai sfuggire una lunga serie d'imprecazioni. Merda, merda, volevo alzarmi e inseguirli. Respirai a fondo, bestemmiai ancora e mi costrinsi ad aspettare. Sapevo che se mi avessero scoperto sulle loro tracce si sarebbero voltati – con l'efficienza di un ingranaggio ben oliato – e mi avrebbero fatto a pezzi.

* * *

Davanti a me, scorsi il tenue lucore dei lampioni. La strada sterrata diventava all'improvviso pavimentata. Ma percorrendo gli ultimi cinquecento metri avevo capito che i lupi se n'erano andati: la traccia era sparita. Scomparse le impronte, niente più escrementi o pezzi di carne. In alto, lontano, udii le loro grida sollevarsi, poi dissolversi. Ma qualcosa – una sensazione – mi spinse ad attraversare il paese.

Oltrepassai una taverna. All'interno, un piccolo uomo rotondo, che indossava un asciugamano sui fianchi come un grembiule, chiuse i rubinetti della birra e pulì il bancone con uno straccio. Un vecchio sedeva al tenue bagliore del fuoco; l'oste lo incitò a finire il suo drink, e l'uomo corrugò la fronte dietro il bicchiere, sorseggiando con lentezza.

Dal secondo piano giunse un grido. – Gregor! Vieni a letto! – sbraitò una profonda voce femminile. Il proprietario rivolse gli occhi al soffitto, il vecchio sollevò il bicchiere con mano tremante.

– A tua moglie – disse, ingollando il drink e schioccandogli un bacio, seguito da una risatina.

– Vieni a letto! – urlò ancora la donna; dalla porta accanto, da una stanza illuminata, sentii il suono di una finestra che veniva aperta. Una donna si piegò all'esterno tra le imposte del secondo piano, e rise al mio indirizzo.

– E tu? Vuoi venire a letto?

Scossi la testa e continuai a camminare. Vagando per le strade ripide, tortuose. Osservando le luci spegnersi, accendersi. Ascoltando il suono dei miei passi rieccheggiare tra gli edifici, sentendo di tanto in tanto un'insegna scricchiolare sulle sue catene, il grido di un uomo, il miagolio di un gatto, domandandomi se stessi facendo la ronda come una sorta di folle guardiano notturno o se pensassi che lei fosse lì. Mi fermai, rendendomi conto che *avvertivo* la sua presenza – come il battito costante di un cuore.

Accelerai il passo, svoltai in uno stretto vicolo; un cespuglio di erbacce malridotte spuntava dall'angolo di un'abitazione. Avanzai con cautela su dei vetri rotti. Un cane fiutava tra un mucchio di rifiuti – quando gli passai davanti sollevò la testa appiattendo le orecchie, ringhiandomi contro. Sulla destra c'era una casa bassa che diffondeva una luce malsana. Sbirciai attraverso una piccola finestra a colonnine. Al centro del pavimento spoglio vidi uno straccio bruciare fiocamente su un piattino pieno di grasso.

In un angolo della stanza c'era un letto sformato; sopra, vi giaceva una donna seminuda, stordita, una mano che penzolava come un'insegna indicava la bottiglia di brandy vuota scivolatale dalle dita.

Un improvviso raspare mi fece voltare su me stesso. E poi la vidi.

Era in piedi davanti a un camino coperto con delle assi. La sua testa era reclinata verso il basso e stringeva al petto qualcosa che somigliava a un piccolo fagotto di stracci.

La metà inferiore del viso era rossa, imbrattata di sangue – come se l'avesse immersa nel liquido; mi venne il voltastomaco, pensando agli animali sventrati, al masticare delle fauci, alla sua bocca che masticava carne, pelo, ossa. In quell'oscurità, i suoi occhi sembravano ancora più bianchi. Le punte dei suoi capelli erano coperte di sangue secco, e avevano tracciato dei motivi privi di senso sulle spalle e sul petto. La gonna era insudiciata da lunghe macchie.

Arretrò, giocherellando con le mani insanguinate, ghignando. La sua bocca si aprì, vidi il sangue che lordava le fessure tra i denti. La testa protesa in avanti, armeggiò tra gli stracci per rivelare un piccolo torace bianco. Udii un debole pianto. O Cristo, era un bambino. Scorsi la chioma di riccioli graziosi, i grandi occhi blu, e urlai, tirando un pugno contro un piccolo pannello di vetro.

– Fermati! Per l'amor di Dio, fermati! Non farlo, Mimi! *Non farlo!*

Sollevò la testa, gli occhi brillarono per un istante nella luce bluastra. Sbatté le palpebre rapidamente e assunse l'espressione di qualcuno svegliato da un sonno profondo. Il suo sguardo cadde sul bambino, gridò di colpo.

Lasciò cadere il piccolo, e una piccola mano colpì la testiera del letto. Udii il debole schiocco di un osso e lanciai un grido carico d'angoscia. Il bambino piagnucolò chiamando la mamma e scoppiò in rochi singhiozzi isterici. La figura sul letto cominciò a muoversi.

Mimi scosse la testa avanti e indietro, le mani nascoste dietro la schiena.

— No, no, no! Non l'ho fatto!

Balzò in avanti, spingendo di lato i vestiti impiastrati di sangue. Il bambino urlò più forte, sedendosi, poggiandosi al letto con le gambe spalancate. Il viso sporco del fanciullo era rigato di lacrime. Il piccolo torace era privo di segni.

Mimi si portò le mani insanguinate al volto, in piedi al centro di quel tugurio maleodorante, e gridò, ancora e ancora.

Nelle case circostanti tremolarono le luci. Sollevai una gamba, scalciando con forza per rompere l'intelaiatura marcia della finestra. Vetro e schegge di legno si sparpagliarono nella stanza. Mi sollevai oltre il davanzale, saltai all'interno, afferrai Mimi e la trascinai fuori con me.

Udii il suono di voci, di qualcuno che batteva sulla porta all'altra estremità della stanza in rovina, agitando la maniglia, gridando alla donna di lasciarlo entrare.

Strattonai il braccio di Mimi per farla correre, la spinsi davanti a me lungo il vicolo. La guidai attraverso passaggi di acciottolato, procedendo a spirale, sempre più lontani dal centro del paese. La sua voce, mentre correvamo, era un singulto spezzato nelle mie orecchie.

— Oh Dio, ho fatto male a quel *chavo*, oh Dio, perdonami, perdonami, avrei potuto ucciderlo. Oh Dio.


## – 42 –


— Hai visto cos'ha fatto? — Allungai una mano verso Joseph. La luce grigia che precede l'alba filtrava dalle finestre della carrozza, illuminando il corpo minuto immobilizzato contro il muro.

Mimi chiuse gli occhi, emise un veloce sospiro.

Quando ci avvicinammo, le strisce di tessuto bianco ondeggiarono. Sollevai la testa per guardare il vecchio. Il suo volto magro mostrava segni di sfinimento. La pelle aveva una nauseante sfumatura verdastra. Aveva grandi occhiaie sotto gli occhi, che mettevano ancora più in evidenza gli zigomi affilati. La bocca si aprì un poco, con gli angoli lucidi di saliva. Il petto si muoveva a malapena; mi domandai quanta fatica gli costasse prendere fiato, combattere il dolore, il peso della forza di gravità. Soltanto i profondi occhi marroni mostravano segni di vita, muovendosi incessantemente da un lato e dall'altro.

— Sta morendo — sussurrò Mimi. La sua testa si piegò in avanti e la fronte toccò la parete umida. Allungò un braccio verso l'alto e le dita si fermarono per un attimo sulle caviglie ossute di Joseph; pensai alle vecchie in chiesa, coi loro rosari, che pregavano i santi e toccavano le fredde statue di marmo prima di andarsene. Mimi si voltò, poi poggiò di nuovo la testa contro la parete.

— Fai qualcosa — dissi. — Usa il potere della mano.

– Pensi che non ci abbia provato? – sbottò. – Pensi che me ne sia rimasta qui, la scorsa notte, guardandola fare tutto questo senza cercare d'impedirlo?

– Cosa vuoi dire? – Sentii il panico crescere come un tumore nel mio cervello.

– Mi sta mangiando, Imre. Diminuisce i miei poteri, e accresce i suoi. – Si sedette sul bordo del letto, torcendosi le mani in grembo. I suoi occhi, enormi per la paura, incrociarono i miei. – Sai quante volte è venuta allo scoperto da quando mi hai tirata fuori da quella stanza?

Scrollai il capo lentamente.

– Chi ha suggerito di fermarci al ruscello per lavare via il sangue? Ero io?

Emisi un debole lamento.

– Anyeta – disse. – È venuta fuori altre due volte. La prima quando ho visto una macchia di sangue su una foglia, la seconda quando abbiamo superato la cresta di una bassa collina.

Presi le sue mani tra le mie. – E sai perché?

Mimi annuì con foga, scoppiando all'improvviso in aspri singhiozzi. – La preda – piagnucolò, – e il luogo in cui s'incontra con i lupi. I suoi occhi divennero vitrei. – Lo vedo di continuo nei miei sogni, e so qual è la parte peggiore, non è un sogno, è reale. Si guardò le mani con tristezza, come se fossero ancora chiazzate di sangue; lanciò un debole grido disperato, poi si fregò con violenza gli angoli della bocca. La sua voce, quando uscì dalle labbra, era debole e affranta. Dovetti sforzarmi per udirla. – Il rimorso – disse. – Questo rimorso mi accompagnerà per sempre, e non c'è niente che io possa fare per scacciarlo.

Mi sedetti al suo fianco, guardai in profondità nei suoi occhi, provai il suo dolore. Cosa c'era da dire? Il fatto che non avesse massacrato il bambino non era di conforto.

– Lei esce – disse, – e sento me stessa che ti racconta bugie; che ti dice che sono io, e persino mentre lo dico vorrei che la lingua mi si seccasse in bocca, ma non posso impedirlo. Mi tiene in pugno; può sciogliere la mia lingua quando desidera, o legarla, se lo vuole. – Mimi prese fiato. – La scorsa notte non è stata la prima volta che ha ucciso, e nemmeno la seconda o la terza. – Mi afferrò il polso. – Non so quante volte l'abbia fatto. So soltanto che è stata la prima volta che ha osato provare con un essere umano, se non fossi arrivato tu.

– Ma è andata così. – Le strinsi la mano.

– Sì – disse con una risata amara. – La notte scorsa, sì. Ma stanotte, domani e tutte le notti che restano? Potrai inseguirmi mille volte? Diecimila? Quante, Imre?

– Non lo so.

– Quante notti passeranno prima che si stanchi di questo gioco? Perché per lei è un gioco, lo sai. Si divertirà a lungo, a sfuggirti e a farti soffrire. Ma quando si arrabbierà o si annoierà... si rivolterà contro di te, e cosa accadrà allora? – Il suo sguardo si spostò verso il corpo svuotato di Joseph. – Questo... o peggio?

– Dov'è ora?

– Sta dormendo – disse Mimi. – Come un ubriaco istupidito da bagordi sfrenati. − Fece un debole sorriso. − È per questo che ti sto dicendo tutto questo, finché posso.

− Prendi il suo potere, allora − dissi. − Usalo. Lascia che il rimorso venga lavato via dalla salvezza, salva Joseph. − Scorsi un guizzo nei suoi occhi. − Me l'hai detto tu stessa, il primo giorno nella carrozza della vecchia. Può essere usata per fare del bene, per guarire. − Si alzò e camminò piano verso l'uomo moribondo. Si fermò al centro della stanza.

Il suo corpo era dritto come un fuso, vidi il suo mento sollevarsi, gli occhi viola stringersi, e all'improvviso l'atmosfera nella stanza divenne si fece carica, elettrica. Sentii l'aria farsi più calda. Avvertii uno spiacevole formicolio nelle vene, udii un mormorio nelle orecchie, sempre più forte, che salì sino a diventare un insopportabile gemito acuto, e la mia testa risuonò di un dolore affilato.

Osservai il corpo fremere, gli occhi cessare il loro movimento senza fine. Joseph batté le palpebre, e un basso lamento fuoriuscì dalla sua gola. Batté ancora gli occhi. − Il dolore − urlò, e pensai a tutte le ore in cui era stato lì appeso, crocifisso, le palpebre spalancate di forza. − La luce, la luce. − La testa ondeggiò sulla spalla con un movimento da ubriaco; un occhio castano si spostò con lentezza verso il basso, come un marmo opaco che affondava in una vasca piena d'acqua.

− Cieco − rantolò. − Sono cieco! − Le pupille si dilatarono fin quasi a riempire il cerchio dell'iride. Nel margine più esterno dell'occhio comparve una linea, simile a uno strappo frastagliato in una tenda scura. Poi le iridi stesse cominciarono a sanguinare.

La stanza assunse il calore fiammeggiante dell'inferno, il rumore salì d'intensità – gridando, perforandomi i timpani.

Il corpo di Joseph tremava, il respiro raschiava nei polmoni, il torace ossuto si alzava e abbassava. Ci fu uno spasmo convulso, le braccia e le gambe sussultarono.

− No! − Un grido spezzato uscì dalle labbra di Mimi. I suoi occhi si chiusero di scatto, barcollò all'indietro.

Il corpo di Joseph crollò all'improvviso, precipitando sgraziato sul pavimento come un uccello ferito raggiunto da un colpo di fucile. Fu altrettanto veloce. Con le gambe piegate, il vecchio rimase completamente immobile, un braccio schiacciato dietro la schiena, la faccia magra rivolta verso il soffitto. Due sottili filamenti di sangue stillavano dagli occhi spalancati, ciechi.

La stanza piombò in un silenzio innaturale, rimase solo un ronzio ovattato nelle mie orecchie.

I lineamenti astuti di Anyeta incresparono il volto di Mimi, emersero. Gli occhi si aprirono di colpo, il mento stretto assunse un aspetto volpino, le labbra sembravano più sottili sui denti bianchi. Vide che la fissavo e rise.

− È andata − disse, e capii che si riferiva a Mimi. − Si abbraccia e piange impotente, come una vecchia stupida...

...per un secondo vidi il volto di Mimi, devastato, che piangeva per lo shock e la confusione. Sembrava vecchia, consumata...

Anyeta si picchiettò il torace. − Nessuno può usurparmi, *nessuno*, hai capito? Di' a quella stupida troia che se ci prova di nuovo la ucciderò.

Indicò il corpo straziato di Joseph sul pavimento. – La farò soffrire due volte più di lui, prima di lasciarla morire.

Raggiunse l'altra estremità della carrozza a grandi passi, e udii sbattere la porta.

Mi sedetti sul pavimento; sapere che sotto le mie dita c'erano delle assi di legno, solide e un po' fredde, mi parve piacevole. Capii che la mia mente scivolava verso la verità, per poi ritrarsi. Rimasi seduto a fissare il vuoto a lungo; sapevo che non serviva a niente, ma non potevo farne a meno.

Mia moglie se n'era andata, il mio amico era morto.

## – 43 –

Sollevai Joseph. Tra le braccia, mi parve che il suo corpo non pesasse più di un grosso fascio di rami – come se fosse stato malato a lungo. Lo deposi sul letto e lo osservai: sembrava fragile, vulnerabile. Avvertii il bruciore delle lacrime; niente in confronto a ciò che aveva sofferto. I suoi occhi vacui erano pozze sanguinolente. Le linee rosse si erano seccate in una scura crosta purpurea sulle guance.

– Ah, Cristo – sussurrai. Le labbra carnose erano tirate indietro rivelando i denti. La sua bocca, pensai con tristezza, pareva congelata in un grido. Poggiai una mano a coppa sul mento, e chiusi piano la mandibola, sentendola scattare sotto le dita.

Poi cominciai a preparare il corpo per la tomba, l'ultimo atto di gentilezza che ciascuno di noi riceve.

\* \* \*

Due batuffoli di cotone gli coprivano gli occhi. Avevo lavato via il sangue dalle guance spigolose con una spugna, rasato la pelle con cura, sistemato un cerchietto d'oro al suo orecchio carnoso. Andai al mio guardaroba e presi l'unico altro vestito elegante che possedevo; annusai l'odore di canfora sulla lana grigio scuro, ma c'erano alcuni buchi di tarme. Eppure sarebbe dovuto bastare, pensai, tirando un filo allentato nel risvolto. Posai il vestito ai piedi del letto, accanto a una camicia pulita. C'erano rom che avevano paura di maneggiare o toccare in qualunque modo i corpi dei morti, e alcuni dei più vecchi – con grande dolore – sapendo che nessuno si sarebbe avvicinato loro, si alzavano da soli dai loro letti, per lavarsi e vestirsi al meglio. Grazie alla mia madre inglese non ero stato cresciuto con quelle superstizioni, e naturalmente conoscevo bene Joseph, amico di mio padre, sin dall'infanzia.

Lanciando un'occhiata al corpo irrigidito, mi ricordai all'improvviso che un autunno, lui e mio padre, erano preoccupati di avere abbastanza denaro per affrontare l'inverno imminente. Eravamo in Ungheria, la compagnia era accampata vicino a Eger, una regione conosciuta per i vini e le eleganti locande di campagna. Gli aristocratici locali affollavano queste *csardas* – luoghi d'incontri con le loro amanti. Era piuttosto usuale, per il periodo e per il luogo, che dopo cena venissero ingaggiate bande di zingari per l'intrattenimento. Mio padre e Joseph avevano sentito che, se contenti sufficienza e rimpinzati di buon vino, i nobili ricompensavano i musicisti lanciando monete d'oro.

Erano entrambi violinisti mediocri, tuttavia erano *eccellenti* organizzatori – radunavano i migliori *bosa venos* della regione, promettendo a ciascun uomo la spartizione del settantacinque per cento del ricavato, mentre loro due dividevano il restante venticinque per cento.

– Avresti dovuto vederci – disse Joseph, raccontandomi la storia mentre sedevamo vicino a un fuoco da campo in una notte senza stelle, quando ero un ragazzino. – Tuo padre pensò che avremmo guadagnato persino di più, se avessimo portato delle danzatrici; alla fine eravamo venti o trenta. Le donne indossavano scialli ricamati d'oro su una spalla, lasciando l'altro braccio e la spalla completamente scoperti. Noi uomini indossavamo camice di seta viola, rosse o gialle, e tutti portavamo i nostri gioielli migliori. Eravamo orgogliosi, volevamo apparire al meglio, *essere* al meglio, di fronte alla nobiltà.

– Bene, dopo che i signori e le signore ebbero mangiato, il locandiere dispose i tavoli in un largo cerchio, lasciando un enorme spazio al centro della sala. Immagino che fossimo tutti un po' nervosi, mentre facevamo il nostro ingresso; ero abituato ai confini di un *vurdan*, e ricordo di aver provato un timore reverenziale per le dimensioni del posto, per l'arredamento costoso, per l'odore dei profumi e dei fiori; poi cominciammo a suonare.

– Suonammo una canzone, poi passammo a un altro motivo zingaro. Le donne ancheggiavano e ondeggiavano, la musica divenne sempre più frenetica. La stanza era calda come un forno, c'era un enorme camino di pietra che riempiva un'intera parete, si riusciva a vedere il sudore che luccicava sui corpi delle danzatrici, sui volti dei *bosa venos*. Gli uomini del pubblico battevano il tempo coi piedi e urlavano. Ricordo, Imre, di aver capito all'improvviso, di aver *saputo*, aristocratici o no, che *avevamo* il pubblico in pugno.

– Sai cosa dicono i rom quando suonano i *bosa venos*, no?

Annuii, lui fece un debole grugnito.

– Bene. *Beng* il diavolo arriva e crea un legame stretto così – disse, unendo i palmi delle mani e intrecciando le dita, – tra il pubblico e i suonatori. Quando il diavolo discende in quella stanza, i *bosa venos* cominciano a suonare meglio e il pubblico si esalta sempre di più. Ti dico una cosa, ragazzo, che tu ci creda o no: non sottovalutare mai il potere dei ritmi gitani. Io l'ho visto, quella notte.

– Il posto era un delirio. La gente gridava, applaudiva, sorrideva. Le donne zingare agitavano la loro carne ambrata. Gli uomini *gaje* si alzarono e vedemmo le monete sfrecciare nell'aria come grandine dorata. Tuo padre incrociò i miei occhi, mi guardò con un'espressione che diceva che era proprio come c'eravamo aspettati, che quello che avevamo sentito dire sugli aristocratici ungheresi era vero, e che avremmo racimolato ancora più denaro suonando il trascinante finale. Feci un cenno alla banda, e ci lanciammo in una delle più famose melodie zingare di tutti i tempi.

– Li facemmo gridare. Un vecchio in uniforme bianca si eccitò così tanto che balzò in piedi, agitando e brandendo la spada, con le medaglie d'oro sul petto che saltavano e rimbalzavano. "Mio Dio", urlò. "Mio Dio, questi uomini stanno suonando Listz in modo quasi perfetto!"

Avevo capito cosa pensavano i *gaje* – era semplicemente incredibile che una manica di zingari inesperti e poco istruiti avesse potuto imparare a suonare quei capolavori. L'opinione dei rom *non* era che suonassimo Listz "in modo quasi perfetto", ma che il vecchio Frank – astuto com'era – aveva copiato i nostri classici, inserendo qua e là alcune note *sbagliate*.

— Comunque... non aveva importanza, perché il vecchio era in estasi e incitava il pubblico per noi, e questo significava che lo strato di monete poteva solo diventare più grande, più luminoso, più alto. Suonavamo come se le nostre scarpe stessero prendendo fuoco.

— Ma ciò che non sapevamo, ciò che non avevamo sentito, era che i nobili a un certo punto smettevano di tirare monete. Il denaro veniva usato per un'esibizione *piacevole*. Ma quando i *gaje* erano in estasi spaccavano specchi e lanciavano piatti.

— E infatti, alcuni secondi dopo, il pubblico stava staccando gli specchi dalle pareti e afferrando piatti da una massiccia credenza sistemata in un angolo. Piatti e stoviglie cominciarono a volare e a rompersi per la stanza, come se ci avesse colpiti un uragano.

— Smettemmo di suonare. Loro smisero di spaccare la roba. Nella stanza cadde un silenzio mortale.

— "Be', perché non continuate?" domandò un giovane dai capelli biondi.

— Nessuno di noi sapeva cosa fare. Eravamo così confusi, imbarazzati. Forse era questo che succedeva quando il diavolo fuggiva, o arrivava, dipende dall'interpretazione che vuoi dare a quello che accadde. Riprendemmo a suonare, ma non fu più la stessa cosa, infine la maggior parte dei *gaje* se ne andò, portando su nelle stanze le signore.

— Solo più tardi avremmo scoperto che queste locande di campagna chiedevano un supplemento per gli specchi e i piatti, affinché gli aristocratici potessero sfasciarli.

— Tuo padre e io eravamo così stupidi – disse Joseph, scuotendo la testa.

— Pensavamo che i *gaje* fossero andati fuori di testa per colpa nostra, e che l'unica cosa onorevole da farsi fosse ripagare i danni al locandiere con le monete che ci avevano tirato gli uomini. Dopo aver recuperato i suoi soldi, per noi non era rimasto quasi nulla.

— C'era il diavolo lì? – domandai, stringendomi le piccole ginocchia al petto.

— Forse – disse Joseph pensieroso. – Di sicuro il suo marchio era impresso nel cuore nero del locandiere; un uomo così meschino da approfittarsi della nostra ignoranza e del nostro orgoglio, della nostra magra speranza di guadagnare un po' di denaro. Vedi, il locandiere ci ha fatto pagare due volte il costo delle stoviglie rotte e degli specchi dorati. Tuo padre e io non sapevamo che era *normale* che su ogni conto il costo dei piatti e dei bicchieri venisse già calcolato nel prezzo del cibo. Scosse la testa.

Anni dopo, quando un po' dell'amarezza per essere stato ingannato era svanita, Joseph riuscì a vedere il lato divertente di quell'episodio, e ne rideva. Ma ricordavo che era stata una delle ragioni per cui aveva lasciato l'Ungheria. Era, così diceva, stanco di vagare, di vivere in un paese dove gli zingari – costantemente accusati di furto – erano loro stessi vittime di rapine. No, non era un posto per semplici commercianti di cavalli, considerando che persino un uomo importante come Bismarck aveva bisogno di una scorta imperiale per difendersi da banditi e ladri.

Guardando il suo viso immobile, pensai al suo animo, alla sua grande sensibilità, a quanto in un modo o nell'altro fosse stato tormentato, braccato, afflitto per tutta la vita. La cosa più triste, mi rammaricai, era che tutto quello era stata la sua fine.

Tornai al mio lavoro, sospirando un po', strappando la camicia dal suo magro torace di vecchio, poi cominciai ad armeggiare coi suoi pantaloni. Li abbassai, spiegazzandoli, e li feci scivolare giù per le caviglie. Tenendo i risvolti con le mani, strattonai forte. Al margine della mia visuale, vidi qualcosa volare fuori dalla tasca dei pantaloni e attraversare la stanza. Udii il tintinnio di metallo che colpiva una parete, per poi rimbalzare sul legno del pavimento, il suono di qualcosa che rotola. I miei occhi caddero sulla mano inerte di Joseph, sul dito medio spoglio, e mi voltai. L'anello vorticava sul pavimento in cerchi sempre più piccoli, l'oro che luccicava a ogni rotazione. Oscillò per un attimo, poi si fermò.

Lasciai cadere i pantaloni e rimasi a fissare l'anello. Il giorno prima non lo aveva indossato, pensai, e per qualche ragione l'aveva messo in tasca. Il sigillo sull'anello era la sua iniziale, una spessa J germanica. Ricordai che mi aveva fatto vedere cosa c'era scritto all'interno: *Deus vult*. Dio lo vuole.

Dovrebbe averlo Constantin, pensai, accovacciandomi. Le mie dita si chiusero sul freddo metallo. Ci fu un piccolo lampo blu: avvertii una scossa e ritirai la mano.

L'attrito, mi rimproverai, freghi i piedi sul tappeto, tocchi qualcosa di metallo e...

Ma con l'oro e con le assi di legno non succede, disse un'altra parte di me, non c'è nessun tappeto.

Afferrai l'anello, lo strinsi nel palmo. Era caldo contro la pelle.

Si rivelò una sorta di vibrazione – come la risonanza di un diapason – ma la sentii nella carne, piuttosto che udirla. Sorrisi debolmente, pensando si trattasse del battito del mio cuore.

*Dio lo vuole...*

Sollevai l'anello, guardando da vicino la leggera iscrizione. Le sue dita erano più sottili delle mie. Lo feci scivolare sul mignolo. Mi stava un po' stretto.

Udii un suono tumultuoso; prima più forte, poi più debole.

– Sembra il sussurro del mare – dissi ad alta voce, e all'improvviso capii che stavo ascoltando il sussurro di una voce umana. Ripeteva lo stesso debole grido disperato, continuamente.

*Aiutami. Per favore. Aiutami.*

– Non è possibile – dissi, fissando l'anello, e poi lanciando uno sguardo agli occhi coperti del vecchio, al di sopra delle guance cineree. Ero stanco, esausto...

– *Per favore* – implorò la voce. – *Aiutami.* – Chiusi gli occhi, sentendomi mancare, e una debole nausea mi torse lo stomaco. Deglutii a disagio.

Constantin dovrebbe essere qui, amava il vecchio come un padre. Dovrebbe tenere lui l'anello, pensai, togliendomelo e infilandolo in una tasca.

Terminai di vestire Joseph velocemente, poi uscii per cercare Constantin. Camminai lungo la strada conscio del peso dell'anello, un piombo nella mia tasca. Pulsava debole contro la mia coscia come un piccolo cuore caldo.

* * *

Grattai contro le tende consunte e Constantin sollevò un lembo per farmi entrare; ebbi l'impressione che mi stesse aspettando; nella luce fioca della lanterna mi accorsi di colpo che sapeva. Piangeva, i suoi occhi erano arrossati, il viso congestionato.

Cominciai a parlare, ma si portò un dito alle labbra facendomi segno di tacere. La carrozza era più piccola della mia; c'era solo uno strato di tessuto che separava la zona notte, e il letto di Lenore era proprio dall'altra parte della tenda.

Scivolammo fuori e ci mettemmo in marcia la carrozza. I cavalli procedevano piano attraverso i campi; alle mie orecchie, il suono delle campanelle delle bardature sembrava una debole musica funebre. Constantin sedeva al mio fianco sulla cassetta, in silenzio, le mani sulle cosce, le gambe corte che penzolavano a diversi centimetri dal pavimento. Tirò in fuori il petto rotondo ed emise un lungo sospiro. Allungai una mano per sfiorargli il braccio, e all'improvviso sentii calare su di me il peso di tutto ciò che era accaduto – Mimi, l'orribile strega, la morte del vecchio.

– Merda – dissi. – Mimi ci ha provato. Ci ha provato a salvarlo, Constantin.

– U-uh – rispose, annuendo con veemenza.

– Poi quella puttana è venuta fuori e l'ha ucciso! – Agitai una mano con impotenza, lo stavo facendo piangere ancora di più. – Per lei non era che uno scherzo. Forse era già morto quando Mimi ha provato... non lo so.

Constantin s'irrigidì. – N-uh. Si portò gli indici paffuti agli occhi e tracciò due linee lungo le guance.

Il sangue, pensai, capendo che aveva ragione. Anyeta voleva che Joseph soffrisse, che si portasse dietro quell'agonia anche nella morte. I suoi occhi bruciavano come il deserto, sanguinando da ferite che dovevano sembrargli lame di vetro. Il mio battito accelerò, all'improvviso pensai all'anello che tenevo in tasca; a come il vecchio se lo fosse tolto prima di arrivare alla mia carrozza.

– Constantin, lo sapeva? Joseph sapeva già...? – sospirai.

Annuì e pensai, O Cristo, quell'uomo sapeva ed è venuto comunque, si è sacrificato all'altare della mia vita. Sollevai lo sguardo. Il viso rotondo di Constantin si accigliò; si stava indicando il petto per comunicarmi che anche lui sapeva.

– Sapevi? – ripetei.

– U-uh – disse con tristezza. Mimò l'atto di toccarsi la bocca, agitò le dita come un uccello che vola via. Poi mi sfiorò una tempia.

– I tuoi pensieri – dissi lentamente. – È come se parlassi nella mente di Joseph?

– U-uh – disse, facendo il gesto di colpirsi una mano con l'altra, il *coor dur duk*, un giuramento romeno spezzato solo dalla morte. Erano come fratelli... più che fratelli, stava dicendo. Erano una cosa sola. All'improvviso mi fissò con uno sguardo severo, come se ci fosse qualcosa che dovessi sapere. Indicò me, il mio orecchio, mimando l'atto di parlare. – J-uh Juh seph – disse.

– Posso sentire Joseph? – domandai, pensando che non aveva senso, che non poteva essere giusto. Si diede dei colpetti sul dito medio, poi finse di far ruotare un anello, e sentii il sudore sgorgare sotto le ascelle, scorrermi giù per la schiena.

Infilai una mano in tasca; le dita toccarono l'anello, erano umide. Lo tirai fuori, tremando, rigirandolo tra le mani. *Aiutami. Per favore. Non lasciare che...*

– Immagino volesse che lo tenessi tu – dissi, lasciandolo cadere sul palmo aperto di Constantin.

– J-uh Juh-seph – disse. I suoi occhi erano spalancati, strinse con forza l'anello nel piccolo pugno, contro il petto. Poi piegò la testa di lato.

– Lo senti? – chiesi, dicendomi che non poteva essere vero. I suoi occhi cercarono i miei, come se fosse sorpreso che non sentissi il vecchio. Ma prima che potessi dire qualcosa gemette all'improvviso, afferrandomi il braccio.

– Strega – borbottò, indicando con un veloce cenno del capo la mia carrozza dall'altro lato del campo.

– È lì – sospirai. – La strega.

– U-uh. – Mimò l'atto di frustare i cavalli, parlando con la sua voce esitante e soffocata. – Guida veloce, ora. Pensai all'anello, alla vibrazione pulsante, alle parole che riecheggiavano nella mia mente. *Aiutami. Per favore.*

Scorsi la carrozza in lontananza, le finestre illuminate da un bagliore vermiglio, il mio cuore sussultò con l'oscillazione del carro, tenendo il tempo con il battito degli zoccoli dei cavalli.

Gli occhi di Constantin erano incollati sulla carrozza davanti a noi. Baciò l'anello, poi lo infilò in tasca con risolutezza. – Lui lo tengo io – disse.

– 44 –

Strisciammo a piedi verso la carrozza. C'era un silenzio soprannaturale, mentre attraversavamo il campo potevo sentire i cavalli che pestavano le loro impronte. Il basso suono dei loro rapidi sbuffi veniva trasportato dall'aria fredda. Mentre seguivo il profilo scuro della larga schiena di Constantin, mi domandai se li sentisse anche Anyeta, se fosse consapevole dei nostri passi strascicati, del nostro respiro affannoso.

Si fermò accanto alla finestra della stanza da letto, sollevò un braccio per farmi cenno di restare indietro per un attimo, poi guardammo all'interno. La stanza era inondata da uno spettrale bagliore infuocato. Una danza di enormi ombre nere ondeggiava e guizzava sull'intonaco bianco delle pareti. Si sollevarono i contorni di due braccia sottili, vacillanti. Il profilo di una testa di donna si piegò all'indietro – come se stesse lanciando una risata silenziosa – vidi le forme nere dei denti, più grandi del normale. Ci fu una bassa risatina, e poi il suono della sua voce.

– Alzati – sussurrò, sul muro l'ombra oblunga di Joseph sussultò e si tirò a sedere sul letto. Uno dei batuffoli di cotone che avevo usato per tamponare il sangue volò per aria e cadde sul pavimento con un lieve tonfo bagnato.

Mi avvicinai al vetro e scorsi Joseph, la sua testa ruotava lentamente sul collo sottile, il volto pallido era ridotto a una maschera di dolore, gli occhi squarci sanguinolenti infossati sopra la bocca tremante.

– Chiedimi ciò che vuoi. – La sua voce era un sospiro rantolante, lugubre come il vento invernale.

– Dov'è l'anello, vecchio? – domandò Anyeta, entrando nella nostra visuale.

– Mimi! – urlò Constantin, spalancando la finestra. Anyeta si voltò, con gli occhi sfolgoranti di rabbia. Non potevo attendere oltre. Mi allontanai con un balzo, correndo verso la porta, sperando non fosse chiusa a chiave.

● ● ●

Scossi la maniglia, sentii che veniva strattonata con forza dall'altra parte e mi scagliai verso la porta. Si spalancò contro la mia spalla. Cercai di tenermi in piedi, ma caddi, e un ginocchio colpì il pavimento abbastanza forte da farmi sussultare per il dolore. Strisciai in avanti, sfiorai le sue caviglie. Ridendo di me, si allontanò dalle mie braccia, ritirandosi verso la cucina. Anyeta sgambettò fuori portata e si appoggiò al tavolo.

Sollevai lo sguardo, i miei occhi caddero sulla fila di lunghi coltelli sistemati nel loro supporto di legno, proprio sopra il bancone. Fammi avvicinare soltanto un po', pregai.

Cominciai a sollevarmi; Constantin si stava arrampicando dalla finestra. Anyeta intuì la direzione del mio sguardo, poi udì i suoi movimenti e girò la testa. Era il momento giusto. Mi sollevai con un balzo, fiondandomi disperatamente verso il portacoltelli.

Anyeta fu così veloce che le nostre mani lo raggiunsero nello stesso istante e lo fecero cadere sul bancone con uno schianto. Tre lame fuoriuscirono dalle strette scanalature.

Anyeta era piegata sotto di me, i suoi lunghi capelli ricadevano sopra il bordo del bancone. Sentivo i suoi seni contro le mie costole. Con la coda dell'occhio vidi le sue dita chiudersi, afferrando il manico nero di un coltello. Mi sollevai, le presi il polso e lo sollevai in alto sopra la sua testa. Urlò.

La lama brillava minacciosa, nella luce rossa, all'altezza del mio orecchio. Piegai il polso sottile verso il basso. Respirava con affanno. Piantai un ginocchio tra le sue cosce e utilizzai la mia stazza per obbligarla ad allontanarsi dal bancone.

– Lascialo – le intimai.

– No! – ansimò, e nell'istante in cui lo diceva spinsi con forza contro il ventre, mozzandole il fiato, sbilanciandola. Indietreggiò, le afferrai il polso con entrambe le mani e strappai via il coltello.

Restammo a fissarci da breve distanza, ondeggiando leggermente sui piedi. La tenni a bada col coltello e i suoi occhi seguirono la lama che si spostava. All'improvviso Anyeta sfrecciò verso la camera. Allungai una mano per afferrarla e le mie dita s'ingarbugliarono nei suoi capelli. La tirai all'indietro, insinuando un braccio tra le sue. Le poggiai la punta del coltello alla gola.

— Avanti — disse. — Uccidi tua moglie.

Ci fu una sorta di guizzo sul suo viso. Mimi sollevò lo sguardo per fissarmi, gli occhi che roteavano di paura.

— Imre — piagnucolò. — Non farlo! — Spalancò la bocca. Poi scomparve all'improvviso, come se fosse stata risucchiata tra le fauci di Anyeta.

Feci un passo indietro, gemendo.

— Avanti — mi derise la strega, sollevando le braccia, sottomessa. — Non vuoi farlo, mezzo zingaro? — Cominciò a camminare piano verso la porta.

Scrollai il capo, la mano che stringeva il coltello cadde debolmente sul mio fianco.

Cominciò a ridacchiare. — Penso sia una scelta saggia — disse, — e sarà ancora più saggio ricordare questa notte, in futuro. Sollevai lo sguardo verso di lei.

— Anche se lei muore, io continuerò a vivere. — Anyeta sorrise, battendosi il petto. — E quando Lenore si piegherà per baciare le labbra di sua madre morta, sarà *me* che assaggerà, e io la prenderò.

Fuggì oltre la soglia, io scagliai il coltello attraverso la stanza. Rimbalzò sul muro e cadde per terra. Nello stesso istante Constantin urlò e sentii il suono del corpo di Joseph che ricadeva pesantemente sul letto.

All'esterno, l'inquietante risata di Anyeta fluttuava sui campi ammantati dalla notte.

* * *

Avevo portato la carrozza in cui dormiva Lenore vicino alla nostra, e acceso un fuoco sull'erba tra le due. Eravamo rimasti di guardia, ma ora Constatin e io giacevamo su dei letti improvvisati, ricavati con le panche e le sedie della cucina. Avevamo radunato tutti i cuscini che eravamo riusciti a trovare e stese le coperte sui nostri piedi. Nessuno dei due era comodo. Constantin giocava con l'anello, osservando con aria assente le braci nella stufa.

Era quasi l'alba quando chiamò piano il mio nome; vidi la sua mano allungarsi verso di me nella semioscurità. Allungai la mia, pensando fosse il suo modo per darmi la buonanotte, e mi stupii sentendo all'improvviso il peso dell'anello sul mio palmo. Mi sorrise, poi si sistemò per dormire.

Quando hai toccato il corpo di Joseph non è accaduto assolutamente nulla, pensai. Le mie mani avevano percorso su e giù il suo petto magro, la pelle rinsecchita dall'età dei polsi, il collo. Avevo tentato di ritrovare la pulsante vibrazione che avevo avvertito, e poi sentito. Avevo poggiato un orecchio al suo cuore, sentendo solo il vuoto del silenzio. Mi sedetti, guardando il mio palmo. Nella luce fioca l'oro scintillava come una piccola fiamma luminosa. — Che sia l'anello? — mi chiesi, facendolo scivolare sul dito. — Che abbia qualche potere? — Silenzio, poi un suono debolissimo, simile al raschiare di un minuscolo ingranaggio. La sua voce invase la mia mente poco a poco.

— *Qualunque cosa indossata a lungo diventa in qualche modo come la persona stessa, assorbendone pensieri, sensazioni, sogni.*

Annuii.

– Constantin te l'ha donato perché pensava ti avrebbe portato sollievo, proprio com'è per lui. – Joseph sospirò. – Gli parlo dei nostri ricordi, delle cose che abbiamo condiviso in passato, una battuta di caccia, una bottiglia di brandy, un falò, vecchi racconti e canzoni. È questo che pensava di darti.

Provai una staffilata d'ansia. E poi? Cosa? mi chiesi.

– Non voglio che la strega profani di nuovo il mio corpo. – Fece una pausa, e rabbrividii, pensando all'eccitazione nella voce di Anyeta quando gli aveva comandato di svegliarsi, e rividi il suo corpo grigio come cenere sollevarsi all'improvviso dal letto. – Chiedimi ciò che vuoi – aveva piagnucolato, annuendo con la testa bianca, come una marionetta.

– Essere risvegliati è più terribile di quanto tu possa immaginare. Tutta la desolazione del mondo soffia come vento notturno, ululando nell'immenso vuoto che è il tuo essere. Ed esiste soltanto il volere di chi comanda.

Ci fu un'improvvisa folata d'aria giù per il camino, la fiamma sibilò e si sollevò sempre più in alto. Fissai le forme infuocate che si muovevano, per un secondo credetti di udire un lamento, come il pianto distante di anime perdute. Che cosa vuoi, Joseph?

– Sto per chiederti ancora una volta di riporre in me tutta la tua fede; di credere che ciò che ti chiedo è per il mio bene. Il potere della mano è grande, ma dove non c'è pensiero, dove non c'è anima, non c'è nulla che la strega possa raccogliere. Distruggendomi, mi metterai fuori dalla sua portata. Voglio che tu lo faccia sapendo che mi darai la pace, sapendo di aver fatto l'ultima cosa che chiederò di fare a qualcuno su questa terra. Sii mio figlio...

– Non chiedermelo! Non posso ammansirti. – Le parole scivolarono fuori dalle mie labbra, e udii Constantin sussultare e agitarsi nel sonno.

– Non lasciare che mi profani. Per favore. Quella notte sono rimasto nella carrozza perché sapevo che Anyeta era inquieta, satolla di carne animale. Ne voleva ancora. E sapevo che Mimi ti amava, che se l'avessi seguita c'era una possibilità di poterla fermare, di salvarla da un peccato tremendo. Mimi non avrebbe potuto vivere con quel rimorso, Imre.

Nella mente, rividi mia moglie disperata, in lacrime. La sua voce era un pozzo di dolore: – Vedo cosa fa Anyeta nei miei sogni, so qual è la parte peggiore, che non è un sogno.

– Le linee di battaglia vengono tracciate anche adesso, e non dico che alla fine Anyeta sarà sconfitta, ma non possiamo lasciare che ci prenda, uno a uno, come carte estratte da un mazzo e gettate via...

Uno a uno: la frase risuonò come i rigidi passi di un corteo funebre. Mimi era un guscio... che poteva essere distrutto con facilità. Joseph era andato. Ci avrebbe uccisi tutti. La stanza si fece confusa, mi girava la testa.

– La strega vuole Lenore, e adesso tu sei l'unico sul suo cammino, Imre.

Ero intorpidito dalla paura. – Non puoi! Non puoi abbandonarci! Per favore.
– La mia voce si spezzò. – Fallo per Lenore...

– Io ti dico – urlò Joseph, – che mi risveglierà e prenderà da me tutto ciò che può, fino all'ultimo. Se non puoi distruggere il corpo per il mio bene, fallo almeno per il tuo. Più cose saprà del futuro, più difficile sarà il tuo compito.

– Quale compito? – domandai.

Immaginai stesse sorridendo – con un po' di tristezza – e arrossii, sentendomi in colpa. Cristo, questo è ciò che progetta Anyeta, ed è furiosa.

– *I morti conoscono dei segreti, Imre. Vedono nella mente e nel cuore degli uomini. Vedono ciò che è stato e ciò che sarà.*

Avvertii un giramento di testa, una sensazione lacerante che mi attraversò il corpo e la mente, vidi l'Imperatrice Elisabetta, a distanza di parecchi anni, nel futuro. Era ancora magra, ma la luce nei suoi occhi blu era scomparsa quasi del tutto. Era vestita a lutto e non indossava ornamenti, soltanto una pesante collana di perle di legno nere; un piccolo medaglione tratteneva un nastrino ricavato da una ciocca di capelli chiari. *Il mio bambino. Rudolph.* Le sue dita carezzarono i capelli setosi, e il contatto le provocò un'amara mescolanza di conforto e dolore.

Così com'era arrivata, la bizzarra visione se ne andò, e parve dissolversi dalla mia memoria...

– *Ma lascia che per te il futuro sia un velo nero. Certe cose è meglio non saperle. Questo è il volere di Dio.*

Contro la mia pelle, l'anello sembrava bruciare come un debole fuoco.

– *Mimi aveva bisogno di aiuto. Io gliel'ho dato. Ora ti sto chiedendo di essere forte, di darmi la pace che cerco.*

Chiusi gli occhi. *Per favore*, implorai, premendo con forza il sigillo d'oro. *L'ammansimento no.* Spinsi la mandibola in avanti, digrignando i denti.

– *Ci sono altri modi* – disse Joseph con calma. – *Domani Constantin preparerà la bara. Tu andrai in paese per prendere accordi con un sacerdote. Devi essere veloce. Prima che legga la funzione ci sono alcune cose che voglio tu faccia...*

Poi cominciò a descrivere una distruzione tanto orribile che per la prima volta mi domandai se l'ammansimento non sarebbe stato più facile.

## – 45 –

Mi stavo dirigendo in paese per incontrare un prete di mezza età dai capelli biondi che mi aveva descritto Joseph. Sapevo che si sarebbe rifiutato di seppellirlo nel cimitero della chiesa, ma glielo avrei chiesto comunque. Lanciai un'occhiata all'anello del vecchio, e la sua voce ronzò con impazienza dentro di me.

– *Questo prete è molto devoto... ti direbbe di no anche se gli offrissi abbastanza oro da seppellire venti uomini, e se il vescovo dovesse scoprire la cosa dovrebbero riesumare il corpo, ma chiediglielo comunque. Ci sono persone che origliano nella sua canonica...*

Continuai a camminare alla pallida luce del sole, nel vento pungente, stringendomi il cappotto al petto. – E allora, che differenza fa? – sussurrai.

– *Il prete ti potrà confermare che siamo cattolici, che volevo essere sepolto in terra consacrata. Che anche se siamo zingari, la gente del paese non ha nulla da temere.*

*Non ci sono mai stati problemi, perché dovrebbero aver paura all'improvviso?*

*– Girano voci in paese, nei bar, nelle taverne, nei negozi, secondo le quali i lupi stanno scorrazzando. Gli allevatori dicono di aver trovato pecore sventrate, bestiame mutilato. L'inverno è duro in queste terre, e quando le prede cominciano a scarseggiare i lupi cercano la debolezza tra gli uomini. Circolano già dicerie sul bambino attaccato quella notte nel vicolo, che dicono sia stato aggredito da un lupo messo in fuga dai vicini terrorizzati.*

– Ma eravamo noi... noi correvamo, Mimi e io – M'interruppe.

*– Tanto peggio. Guarda le loro facce, Imre, credono che uno zingaro possa trasformarsi a suo piacimento in un lupo o in una volpe. È pericoloso, qui... non solo per la vecchia strega, ma per il cuore stesso di questo paese.*

La strada mutò in acciottolato sotto i miei piedi, avanzai lungo vicoli stretti, dirigendomi verso la chiesa. Per la prima volta, avvertii gli occhi degli abitanti del paese che mi scrutavano e mi domandai se Joseph avesse ragione, se fossero spaventati. Tentai di apparire disinvolto, ma li osservai con attenzione per vedere se facessero le corna o il segno della croce quando li superavo. Se si affidarono a quelle vecchie superstizioni – i loro volti erano inquieti, segnati da una tensione che non avevo mai notato prima.

Vidi il campanile della chiesa di pietra profilarsi davanti a me, passai sotto un vecchio arco, entrando nella piazza.

*– Il prete è dentro che confessa* – bisbigliò Joseph. *– Sii triste, accendi una candela, le vecchie che pregano notano ogni cosa.*

Esitai per un istante, poi salii una rampa di grossi gradini e aprii la pesante porta borchiata della chiesa, ricordando a me stesso che quella era la parte più facile. Accantonai la paura per ciò che doveva ancora accadere.

\* \* \*

C'era una piccola lampada votiva di vetro che guizzava su un sostegno montato all'esterno del confessionale. Bruciava di una misteriosa luce blu. Joseph aveva ragione, il prete era ancora lì dentro, e di tanto in tanto udivo voci attutite che imploravano perdono.

Restando all'erta per il sacerdote, m'inginocchiai al più vicino altare laterale; la mia mente tornava di continuo a ciò che il vecchio voleva che facessi, le sue parole mi rimbombavano in testa.

*– Olio di vetriolo* – aveva detto Joseph. *– Ma non te lo venderanno. Dovrai entrare di nascosto e rubarlo...*

– Perché? – avevo chiesto, con una leggera paura che mi serpeggiava dentro.

*– Perché...*

Cercando di interrompere il flusso dei ricordi, sollevai lo sguardo verso l'altare. C'era una statua di Cristo dipinta, le dita delicate reggevano il Sacro Cuore – di un rosso brillante, il colore del sangue fresco, i raggi che lo circondavano simili a lame. All'improvviso fui sopraffatto dal calore, dall'intenso odore di cera fusa proveniente da file di candele accese. La mia testa ciondolò in avanti in preda alle vertigini, la poggiai sul bordo della fredda balaustra di marmo. Non è l'aria soffocante a darti il capogiro, mi dissi, o una statua raccapricciante. Era sentire la sua voce nella testa...

— *Non te lo venderanno perché l'olio di vetriolo è acido solforico concentrato.*
Era sapere cosa Joseph voleva che facessi...

Le mie dita erano intrecciate, ma poi sussultarono e si contorsero in uno spasmo doloroso. Il cuore esposto della statua sembrava una cosa viva, pulsante. Per un breve istante ebbi l'orribile visione di carne sciolta, di un corpo devastato simile a una marea di sangue gorgogliante, ossa bianche e pelle che s'increspava. O Cristo, pensai, Joseph aveva ragione, l'acido lo avrebbe distrutto.

Udii il debole frusciare di velluto e mi voltai per vedere il prete che spostava di lato il drappo viola del confessionale. Soffiò sulla candela, e mi diressi verso di lui.

* * *

Sedevamo nel minuscolo ufficio surriscaldato del prete, nella canonica. — Lei mi sorprende — disse il sacerdote. — La Chiesa lo vieta. Se il mio vescovo dovesse scoprirlo...

Annuii con aria assente, asciugandomi una lacrima. Joseph sapeva ciò che avrebbe detto il prete. *I morti conoscono dei segreti.*

— E gli abitanti del paese... — aggiunse sospirando. — Conosce i Romeni, sono così superstiziosi. — Il prete allargò un paio di mani irsute, lentigginose, e mi lanciò un'occhiata che sembrava voler dire: *lo sappiamo bene, lei e io, ma cosa posso fare?*

Poi avevo già smesso di ascoltarlo, la mia mente ripeteva la parola 'acido, acido', come un osceno ritornello, la bocca secca per il terrore.

Sollevai lo sguardo e vidi la sua testa bionda muoversi su e giù. — Sì, sarò lì dopodomani — stava dicendo. — Non credo vi saranno molti partecipanti, al funerale, ma potrebbe organizzarsi per far portare la bara alla fossa comune?

— La fossa comune — ripetei. Guardai verso il basso l'anello d'oro, lo feci ruotare come avevo visto fare a Joseph migliaia di volte. Le mie mani erano umide di un sudore oleoso, e girava facilmente.

*Sei sicuro di volere lui?* domandai.

— *È lui il pastore. La sua parola sarà convincente...*

Vidi la bocca del prete muoversi, sentii la mia faccia tirata, immaginai che stessi esibendo un sorriso da idiota.

*Lascia che il futuro sia un velo nero.*

Attraversammo la stanza. Come un sonnambulo, sollevai una mano intorpidita in segno di saluto. Ma i suoi occhi blu guizzarono all'improvviso verso la soglia. Qualcosa scricchiolò nell'ingresso.

Il prete si portò un dito alle labbra, indicandomi di fare silenzio, e spalancò la porta veloce come un gatto. Una grassa domestica con gli occhi sporgenti si ricompose, allontanandosi dall'uscio. Immaginai che avesse tenuto l'orecchio poggiato al buco della serratura, calcolando male la fine della nostra conversazione.

— Be'? — disse il prete, guardandola di traverso. — Non ti avevo detto che se ti avessi scoperta di nuovo a spiare ti avrei licenziata?

Lei ricambiò lo sguardo e le sue mani, che reggevano uno spolverino di piume, si abbassarono sui larghi fianchi. − Non farai messa per uno di questi qua − lo sfidò, indicandomi.

− Anche loro sono figli di Dio − disse con calma il prete.

− Eh. Sono più seme del diavolo. La mia Lidia mi ha detto che c'era 'sta donna zingara che sbirciava suo figlio mentre lo portava a spasso nella carrozzina. Gli faceva le moine, la zingara. Voleva segnare il bambino. Lidia ha detto che se si girava un attimo quella *untdelmn* zingara glielo portava via!

− Non essere ridicola − cominciò il prete. La domestica lo ignorò. − Tieni d'occhio tua moglie, zingaro. Se succede qualcosa a mio nipote ne risponderai al mio uomo! Metteremo la tua testa su un vassoio d'argento, come Giovanni Battista. − La sua faccia, sotto la corona di pallide ciocche color carota, si fece di un pericoloso rosso scuro.

Il prete mi condusse verso la porta, passando davanti alla domestica che farneticava. Sentii un suono raschiante in fondo alla sua gola, poi qualcosa mi colpì la manica del cappotto.

Joseph aveva ragione, pensai, gli abitanti del paese erano spaventati. Non riuscivo nemmeno a ricordare se mi avessero mai sputato addosso. Abbassai lo sguardo e osservai il grumo appiccicoso, provando un leggero disgusto.

− *Lascia perdere, vattene, prendi l'acido* − mi incalzò Joseph, e uscii dalla canonica.

\* \* \*

La campana della chiesa batté le otto; celato e protetto dal vano di un negozio lì davanti, osservai il farmacista dall'altra parte della strada chiudere il suo negozio. Infilò le chiavi in tasca, sollevò un pesante sacco tra le braccia e s'incamminò lungo la strada. Si fermò per un attimo, parlando con una guardia che indossava un alto cappello. Nell'oscurità, le loro voci sembravano forti e stridule.

Ebbi una fugace visione mentale dell'acido che sibilava e fumava, poi accantonai le mie paure − maneggiare quel liquido denso e chiaro, essere colto in flagrante. Strinsi i pugni e mi appoggiai contro la porta, tra le ombre più scure, aspettando che se ne andassero per fare ciò che Joseph voleva facessi.

Udii il guardiano che batteva il suo bastone per terra e augurava la buonanotte al farmacista. Mi superò, fischiettando piano. Uscii dalle ombre e attraversai la stretta strada bagnata, con l'ansia che cresceva a ogni passo.

\* \* \*

Il farmacista non aveva lasciato alcuna candela accesa nel suo piccolo negozio. Presi un profondo respiro, poi poggiai la fronte contro il vetro freddo. − Non farmelo fare − sussurrai, ma questa volta non arrivò risposta da Joseph, solo silenzio, affilato come un ammonimento.

La vetrina frontale era alta e suddivisa in tre sezioni piene di scaffali. Riuscivo appena a distinguere le forme dei vasi di vetro e dei barattoli colmi di liquidi torbidi che alla luce del sole sarebbero stati verdi, rossi o blu. Nessuno di quelli era acido, ne ero sicuro – senza dubbio veniva tenuto nel retro. A ogni modo, stavo per fare un baccano d'inferno, spaccando la vetrina.

Ebbi la visione del sottoscritto che scivolava sul pavimento, tagliandosi malamente, o peggio, che cadeva mandando in frantumi la bottiglia d'acido. La gente moriva per le ustioni provocate dall'acido. Sentii i muscoli della mascella sussultare con un tic nervoso. Mi ricordai di un uomo che era stato impiccato per omicidio – lo chiamavano il lanciatore d'acido...

– *Rompi il vetro* – disse Joseph, interrompendo i miei pensieri. Mi spostai di lato verso lo stretto pannello più vicino alla porta e avvolsi il cappotto intorno al gomito destro per proteggerlo. Portai la spalla all'indietro, tendendo i muscoli dell'avambraccio, sbattei con violenza il gomito contro il vetro, rompendo la vetrina e scagliando sul pavimento i vasi da farmacia, con uno schianto bagnato.

Nelle strade deserte, il suono riecheggiò forte. Esitai, aspettandomi di vedere delle luci o di sentire le urla del guardiano, ma non accadde nulla.

I vetri rotti scricchiolarono sotto i miei piedi. Allungai un braccio oltre la vetrina, facendo cadere un altro scaffale pieno di pesanti bottiglie.

– *Fai in fretta* – m'incitò Joseph; attraversai la vetrina ed entrai nel negozio.

* * *

C'era una porta dietro il bancone di legno; la aprii, esplorando con i polpastrelli oltre lo stipite, sulla destra. Molte persone sono destrorse, e se appendono una lanterna nel vano della porta quasi sempre si troverà da quel lato. Le mie dita sfiorarono una forma bulbosa di vetro, e udii il debole scricchiolio di un manico di metallo. Il farmacista usava una lanterna. Chiusi la porta e accesi un fiammifero, poi staccai la lampada dal gancio.

Mi trovavo in una sorta di ripostiglio senza finestre con le pareti d'intonaco gialle. L'aria era pesante per le esalazioni dei farmaci e degli agenti chimici. C'era un banco da lavoro ingombro di piccole fiale, mucchi di etichette, strumenti per confezionare e tagliare le pillole. Accanto c'era una profonda vasca di pietra grigia, sotto una serie di mensole grezze cariche di centinaia di vasi di ceramica, sacchi pieni di erbe medicinali, barattoli e bottiglie. Niente di etichettato, tutto alla rinfusa, mi ci sarebbe voluto un giorno intero per trovare ciò che cercavo.

*Dov'è?*

Ci fu una pausa, come se il vecchio stesse esaminando le mensole con cautela.

– *In alto a destra, la bottiglia di vetro marrone.*

Mi allungai verso l'alto, la tirai giù. La bottiglia scura aveva un collo lungo e sottile e un morsetto di metallo sul tappo per evitare fuoriuscite accidentali, immaginai. Avrebbe potuto contenere almeno un litro, ma era piena soltanto per un quarto. La sollevai per guardarla più da vicino, inclinandola con delicatezza, per poi raddrizzarla di nuovo. Il liquido sciaguattò su un lato, poi si spostò avanti e indietro come una piccola onda malvagia. Mi si rivoltò lo stomaco, e sentii gocce di sudore imperlarmi le ascelle.

– Non ce n'è abbastanza – cominciai a dire.

– *È abbastanza...*

– Potrei dare un'occhiata in giro, non ci vorrà molto, magari ha della calce viva.

– *Ce n'è abbastanza... per quello che dobbiamo fare.*

All'improvviso capii ciò che voleva dire, e chiusi gli occhi, sentendomi sempre più nauseato al pensiero, rimproverandomi allo stesso tempo. Cristo, come immaginavi che sarebbe stato, pensavi di poterlo semplicemente buttare in una vasca di quella roba? Sarebbe stato più facile? Gemetti. Era ridicolo, ma era la verità. La mente cerca sempre di razionalizzare, è capace di distinzioni assurde: sarebbe stato molto meno orribile immergerlo in una botte – come se quel liquido non fosse più malevolo dell'acqua; molto *meno* terribile starsene in piedi accanto alla sua tomba spalandogli addosso calce viva, fingendo che non fosse molto differente dalla terra. Ma in quella bottiglia sottile c'era...

*Abbastanza.*

Abbastanza da squagliare i tessuti del viso, corrodere i muscoli, l'osso, fino ad affondare con un sibilo nel cervello.

– O buon Dio – sussurrai, con le dita che tremavano intorno al collo della bottiglia. Non posso farlo. Volevo gettare il liquido nella vasca di pietra e fuggire di corsa da quel posto. Strinsi la bottiglia, sollevai il braccio... ma la sua voce m'inchiodò sul posto.

– *Questo è il mio volere. E tu devi essere forte per il bene di Constantin, Imre.*

Un suono, in parte una risata, in parte un singhiozzo, mi morì in gola.

– Constantin. Si batterà fino alla morte prima di lasciarmelo fare, vecchio.

– *Capirà, se la decisione è mia. Mezzo zingaro, conosci il vecchio detto romeno? L'anima rimane col corpo.*

– Sì – dissi, sentendomi come se me lo avesse estorto. Abbassai la bottiglia con calma, come in sogno, soffiai sulla lanterna e mi ritrovai ad attraversare la porta con tranquillità, come un sonnambulo.

– *Quando me ne sarò andato davvero, voglio che tu restituisca l'anello a Constantin. Gli darà conforto... per un po'.*

*Ma quando te ne sarai andato, quando noi... quando io farò ciò che devo fare,* feci una smorfia, *lui non sentirà nulla, vero?* domandai, conscio del suono dei miei tacchi che battevano sul pavimento del negozio, frantumando i pezzi di vetro.

– *Diresti a un bambino che l'amico che immagina di poter vedere e sentire, con cui immagina di poter parlare, non esiste? Constantin è come un bambino, e penserà a me, mi parlerà, e...*

*Com'è quel vecchio detto zingaro? Quando l'ultima persona che si ricorda di te muore, muori di nuovo,* dissi, toccando l'anello, sentendo crescere l'irritazione. *Di' la verità!* intimai. *Vuoi che gli dia l'anello perché hai paura, perché quel vecchio detto zingaro conforta* te! Una folata d'aria fredda m'investì le guance.

– *Sì* – sospirò.

Per un secondo provai una sorta di sensazione di trionfo. Poi compresi che mi aveva provocato di proposito per mascherare la mia paura. Il suo volere era più forte del mio. Avrei voluto spaccare la bottiglia, versare quella roba immonda nella vasca del farmacista, ma stavo già affrettandomi sul marciapiede deserto, con la bottiglia marrone al sicuro tra le mie braccia.

– 46 –

Prima scorsi il bagliore di una torcia, poi, mentre mi avvicinavo alla carrozza, udii il fruscio di un arnese per piallare, i colpi di un martello. Constantin stava sistemando le ultime assi della bara di Joseph. Lo osservai intento nel suo lavoro, col volto congestionato dal freddo e il naso gocciolante. Posò il martello ed estrasse un fazzoletto da una manica, se lo fregò sotto le narici e poi lo infilò in tasca. Rimasi nell'ombra, osservandolo per un po'. Lavorava del platano con la pialla, uno sbuffo di trucioli seguiva il movimento delle sue mani, capii che nei suoi gesti c'era una sorta di tenerezza.

Con quell'ultimo compito voleva onorare il suo amico, e l'aveva fatto: la bara di Joseph non era grezza e raffazzonata. Le giunture erano magnificamente incastrate a coda di rondine, la superficie, anche senza i tocchi finali, era liscia, le venature del legno luccicavano.

Passai le dita sopra l'anello d'oro. Sapevo che sarebbe stata l'ultima volta, l'ultima notte che avrebbe potuto passare con Joseph. Lo desideravo, per Constantin. Sfilai l'anello.

Quando lo chiamai si voltò. Poggiò le larghe mani sul coperchio di assi, poi m'indicò, mimando una veloce genuflessione e facendosi il segno della croce.

– Tu visto?

– Il prete? – domandai, e lui annuì. – Sì. Il funerale è tra due giorni. Una fossa comune.

– Fugnerale... fossa?

– È un posto per emarginati, poveracci, sconosciuti senza nome. Sarà una cosa deprimente – dissi, cercando di non pensare che ciò che mi aspettava sarebbe stato ancora più difficile. – Fa freddo stanotte. Vuoi che finisca io? – Tamburellai le dita sul bordo scoperto della bara.

– I-io finisco. – Constantin si batté una mano sul petto robusto, poi rivolse lo sguardo verso la carrozza. – Per lui.

Afferrai la sua mano, la girai e posai l'anello di Joseph al centro del palmo.

– Tienilo tu, stanotte.

– Nu-u – disse, scrollando il capo.

– Sì. Chiusi le sue dita intorno all'anello, insistendo. – Sì.

Piegò la testa di lato con espressione interrogativa.

– Parlagli – dissi. – Prova.

Constantin strinse l'anello e chiuse gli occhi. Un basso borbottio salì dalla sua gola e attraversò le labbra - il suono prodotto da un uomo che entra all'improvviso in possesso di ciò che desiderava di più al mondo. Gli angoli della bocca si arcuarono in un largo sorriso. Poi annuì, agitando con gioia l'anello nella mano chiusa, come un paio di dadi. Aprì gli occhi e mi sorrise. – O-okay. Tengo io.

Quando mi avviai verso la carrozza, era piegato sulla bara, sembrava ascoltare con attenzione. Lo udii ridere, voltandomi vidi che si asciugava lacrime di gioia dagli occhi. Ridacchiò di nuovo, prese la pialla e, annuendo allegro men-

167

tre ascoltava l'ultimo eco della voce del vecchio Joseph, la fece scorrere sul legno con lunghe e attente carezze.

\* \* \*

Constantin aveva lasciato una lampada accesa nella carrozza del vecchio e quando vidi la cuccetta vuota immaginai che Lenore fosse lì. Scesi i gradini per stare un po' accanto al corpo del vecchio. Giaceva sul letto, vestito con giacca e pantaloni neri troppo grandi per la sua magra corporatura. Notai che Constantin gli aveva annodato un *diklo* di seta rossa intorno al collo e ripiegato con cura le estremità del foulard.

Era soltanto il suo corpo e nulla più, mi dissi, per me non c'era nient'altro da sentire, e dopodomani non ci sarebbe stato più niente anche per Constantin.

Afflitto dal senso di colpa, tirai fuori la bottiglia d'acido che avevo nascosto tra le pieghe del mio cappotto. Il liquido aveva un aspetto oleoso, viscoso. Sinistro. Deglutii a disagio, all'improvviso mi resi conto di aver paura di guardare il volto cinereo di Joseph, di pensare a ciò che voleva da me; la mia mente si concentrò sui piccoli dettagli – dissotterrare la bara, aprire il coperchio di legno, controllare la pelle nel buio della notte, togliere il tappo dalla bottiglia di vetro, guardare il vetriolo colare lungo i fianchi...

– Non farlo, Imre.

La voce di Mimi mi fece sussultare. Provai un brivido, la mia mano tremò, sentii il vetro scivolare tra le dita umide di sudore. Il mio cuore sobbalzò, allungai l'altra mano, agguantai la bottiglia. Il vetro tintinnò debolmente nel mio palmo, tra le dita strette. Espirai a fondo, imprecando a bassa voce.

Lei se ne stava in piedi in cima alle scale, tra le ombre. I vestiti le cadevano addosso svolazzando, come se lei fosse fatta di stecche di legno e non di carne e ossa. I capelli neri erano un groviglio di riccioli e ciocche. Gli occhi erano vitrei, ed enormi occhiaie simili a lividi risaltavano contro la pelle pallida.

– Non farlo – ripeté. Il suo sguardo si spostò su Joseph, poi tornò su di me, e di colpo compresi che si riferiva alla distruzione del corpo. Mi sentii sbiancare. Cristo, pensai, è Anyeta.

Mi rivolse un ghigno nauseante. – Sono io, Mimi – bisbigliò, muovendosi verso di me nella pozza di luce creata della lampada. Allungò una mano, e fu allora che vidi che le sue braccia erano legate con delle strisce di garza logore e insanguinate.

– No – dissi, arretrando di un passo; la immaginai mentre si pugnalava, in trance. Le parole di Joseph riecheggiarono nella mia testa.

*Anyeta ha paura del dolore, ma come farai a tenere a bada la strega la prima volta che troverai tua moglie col coltello in mano?*

– Oh Dio – mormorai con un fremito. Sotto una delle garze allentate vidi una ferita incrostata che trasudava un misto di sangue e pus giallastro.

– Sai che sono io – disse, allungando le mani, remissiva come una donna che si sottomette per farsi legare. – Questa è la prova. Il suo viso era stanco, le spalle curve. – Il fatto che io sia qui, a parlare con te accanto al suo letto di morte, mi è costato più sofferenze di quante spero tu debba mai provarne.

— Perché, Mimi? — Un basso lamento scivolò dalle mie labbra, passai con gentilezza un dito sulle garze, lei sussultò.

— Anyeta sta diventando più forte — disse. — Questa è una delle ragioni. Ma volevo essere qui, per Joseph, per quello che gli è successo, e per la parte che ho avuto in tutto questo. Ma anche per Lenore. — Scorgendo l'espressione stupita sul mio volto, fece un debole sorriso. — Lenore voleva bene a Joseph, Imre.

— Cristo, ero uscito di corsa dalla carrozza la mattina senza nemmeno pensare alla reazione di mia figlia. Doveva aver visto Constantin preparare la bara, pensai. — Come l'ha presa?

— L'ho trovata qua dentro stamattina, a piedi nudi e in camicia da notte. È entrata di corsa quando ha visto la carrozza parcheggiata, credeva fosse una sorpresa, che ci fossimo entrambi, che io stessi meglio.

Arrossii, colto dal rimorso.

— A quanto pare ha gridato quando ha visto il corpo. Ma quando sono arrivata si era già calmata. Constantin le stava stringendo la mano. Sembravano due bambini che si fanno coraggio l'un l'altro, lui le stava dicendo di non aver paura. Lenore gli ha legato la cravatta rossa intorno al collo e gli ha messo la pipa in mano. — Fece una pausa. — Non volevo turbarla. Le ho detto che Joseph aveva avuto un infarto e l'ha accettato.

— E queste? — dissi, indicando con un cenno le bendature bianche.

— Non le vede, Imre — disse Mimi. — Non lascerò che succeda.

— Tu...

M'interruppe, irritata. — Ho ancora dei poteri. — I suoi occhi tetri incrociarono i miei. — Vedevi forse attraverso Zahara?

— No — risposi con voce roca.

Annuì. — Bene, allora. Per quanto debole e afflitta, come mi vedi e come sono, perlomeno oggi mia figlia ha avuto vicino la madre di cui aveva bisogno. Al funerale piangeremo la sua fine tutti insieme...

La sua fine. Non il normale rito di un funerale, pensai; no, i funerali sono piacevoli. La sua fine sarebbe stata il feroce compito che mi aveva chiesto.

— Perché hai detto che non dovrei... distruggerlo? — domandai, e la mia voce si abbassò in un sussurro.

Scrollò la testa. — Non lo so. — Strinse gli occhi con forza, la bocca tirata in una linea sottile. — Qualcosa che ha a che fare con Anyeta... ma non so cosa. L'idea la rende... inquieta, arrabbiata.

Mi sentii raggelare, pensando che se avesse detto ancora qualcosa non sarei mai riuscito a farlo. — Per favore. Non rendere ancora più difficile il mio compito.

— Va bene — disse con calma. — Terrò a bada Anyeta. — La sua piccola mano mi sfiorò la guancia con dolcezza, per un attimo. Le baciai il palmo, capendo cosa intendeva fare. La osservai raddrizzare le spalle, con aria coraggiosa, pensai; poi si voltò e uscì dalla stanza.

Qualche tempo dopo la udii respirare con brevi e difficoltosi rantoli. Ci fu il sibilo di un coltello passato rapidamente sulla carne. Grugnì, mi ritrovai a barcollare all'indietro, spaventato al pensiero del suo dolore.

Piegai la testa, intrecciai le mani in grembo. Poi udii ancora un fendente e chiusi gli occhi, sbattendo un palmo contro l'altro per la frustrazione.

*Dio lo vuole.*

Lanciai un'occhiata al cadavere del vecchio; i suoi lineamenti magri sembravano più morbidi nella luce soffusa, come se fosse in pace.

*Certe cose del futuro è meglio non vederle, meglio non saperle.*

Non dovetti guardare nell'altra stanza – guardare mia moglie – per sapere che dai suoi polsi squarciati colava il sangue, creando un percorso di chiazze circolari e dense gocce che luccicavano oscure sul pavimento.

## – 47 –

Quando si trattava di un funerale, i rom non badavano a spese; Constantin aveva bardato quattro cavalli con ondeggianti piume nere e redini di pelle nera nuove di zecca, punteggiate di medaglioni di rame. Sistemammo la bara aperta su una slitta e i cavalli la trainarono nel bosco. Nella luce del crepuscolo avremmo detto addio a Joseph – Mimi, Constantin e io. Mimi sfiorò la guancia pallida del vecchio con la punta delle dita. Si piegò e baciò le labbra bluastre.

Questo era il funerale (lavoro ingrato!) prima del funerale vero e proprio, pensai, guardando Joseph nella bara; ma Constantin non lo sapeva ancora.

Prima mi ero ripreso l'anello. Strinsi l'oro, sentii il metallo sprofondare nella mia carne. *Aiutami. Per favore*, sussurrai tra me e me, *dammi la forza, perché questo gli spezzerà il cuore.*

Mimi arretrò lentamente, avvertii il peso di un dolore terribile, sapendo che era giunta l'ora.

– *Tesaulor* – cominciai, poggiando una mano sulla spalla di Constantin, – domani, dopo il funerale, ce ne andremo. Collegherò le carrozze, poi torneremo tutti in Ungheria. Questo è una sorta di addio... una cerimonia privata, solo per noi; non come domani, alla fossa comune.

Constantin spalancò le labbra, annaspando per il crescente panico. – Pattire? – urlò. – No! No fossa! No 'unerale! No solo! – Le sue mani caddero pesantemente sul bordo della bara. – No solo! No pattire! Tu prendere lui! – Colpì il legno con i palmi.

Pensai all'acido avvolto nella mia mantella, poggiato lì vicino sull'erba, e per un fuggevole istante considerai con eccitazione che saremmo potuti partire subito, portando Joseph con noi...

*(Lascia che il futuro sia un velo nero).*

...ma il prete ci stava aspettando, fuggire avrebbe destato sospetti e si sarebbero messi sulle nostre tracce come una muta di segugi. – No – scossi la testa.

– No solo – piagnucolò Constantin.

Solo. Pensai al vecchio alla fossa comune, con i suoi cumuli di terra spoglia. Le file e file di croci di legno marcescenti. Il suo corpo avrebbe riposato in una tomba non contrassegnata, lontano da tutti noi. Sarebbe stato uno sconosciuto, un senza nome. Anno dopo anno, le stagioni avrebbero svolto il loro lento e silenzioso lavoro.

Constantin aveva ragione. Non c'è pensiero più triste di qualcuno che ami sepolto sottoterra, lontano dalla luce del sole. Solo...

— No solo, Joseph — gemette Constantin.

— Parlagli — dissi piano, porgendo a Constantin l'anello luccicante. *Quando l'ultima persona che si ricorda di te muore*, pensai, *muori di nuovo*. Mi schiarii la voce. — Di' a Joseph che lo amiamo. Digli che lo ricorderemo. Vive nei nostri ricordi. Lo porteremo con noi, sempre, nei nostri cuori. Provai una fitta di amarezza, per il vecchio, per Constantin, salirmi fino alla lingua.

Il vento si sollevò, scompigliando i capelli del vecchio in spruzzi grigi, sibilando nel suo abito nero. Il vestito si sollevò un poco, scosso dalla brezza; era un suono orribile, il suono della solitudine. *Joseph*, implorai. *Hai promesso. Devi dirglielo. Per favore*, dissi, e dentro di me lo sentii annuire.

L'anello lasciò le mie dita, e Constantin lo strinse forte al suo petto.

Rimase accanto alla bara, mormorando, carezzando con nervosismo i bianchi capelli del vecchio. I suoi occhi erano bagnati di lacrime, le ciglia incollate dalle lacrime.

Sentii le dita di Mimi intrecciarsi con le mie, stringendo.

— *Nu* — disse all'improvviso Constantin, con la sua voce rotta e gutturale. La sua testa scattò all'indietro e ululò: — No! Joseph! No! N-non famelo fare!

L'immagine della bottiglia marrone e dell'acido sibilante esplose nella mia mente. Avevo un groppo in gola. O Dio, aiutami, pensai. Sapevo ciò che stava sentendo Constantin.

— Portalo via — dissi con voce roca. — Lo farò io.

Mimi si sposto verso di lui, il volto severo. Gli sussurrò qualcosa nell'orecchio.

— NO! — urlò Constantin, crollando sulle ginocchia. Allungò le braccia e si aggrappò a un lato della bara. Dopo parecchio tempo, Mimi lo aiutò ad alzarsi. Il suo viso era spettrale, gli occhi ciechi di un terrore disperato, le dita stringevano il braccio di mia moglie così forte che le nocche erano diventate bianche. Mi superarono, sprofondando tra le ombre.

Mi accovacciai, cominciai lentamente a tirar fuori la bottiglia marrone dalla mantella. Il vetro lanciava bagliori scuri, il morsetto del tappo brillava di un argento opaco. Mi alzai, tenendo la bottiglia per il collo, le dita mi tremavano contro quella fredda gola sottile. Mi avvicinai alla bara, il cuore mi batteva come un terribile ariete da guerra deciso a sfondare le mura del mio petto.

Ci fu uno scatto metallico quando rimossi il morsetto, seguito dallo stridore delicato del vetro contro il vetro, quando rimossi il tappo.

Trattenni il respiro e sentii il sangue rombarmi nelle orecchie.

— *Non voglio che la strega profani il mio corpo. Dammi la pace. Sii mio figlio.*

Guardai il volto di Joseph per l'ultima volta, mentre alle mie spalle le grida di Constantin riempivano la notte.

* * *

Il tempo parve fermarsi. Vidi l'acido colare dal beccuccio, seguii con lo sguardo la sua scia scintillante. Quando colpì la carne con un crepitio, allontanai la testa. Si sollevò un sottile vapore, e mescolato a quel fumo bianco sentii l'odore del sangue. Il vetriolo schiumava e ribolliva. Chiusi gli occhi, ma a ogni sibilo sapevo che stava scavando sempre più a fondo nella carne. Sotto il braccio sollevato avvertii un tremendo calore, un tepore nauseante che penetrò attraverso il tessuto della giacca rendendo la mia pelle fredda e umida. Mi si rivoltò lo stomaco, non riuscivo più a sopportare quel tanfo, quel gorgoglio viscoso; infine piegai il polso con uno scatto e raddrizzai la bottiglia.

Cadde un'ultima goccia, poi sollevai il braccio e scagliai la bottiglia il più lontano possibile. Colpì un albero, udii il vetro spaccarsi con un forte schiocco.

Mi si seccò la bocca. Fui colto da un attacco di brividi così forte che il mio corpo venne piegato in due dagli spasmi. Sedetti pesantemente, il viso rivolto al cielo, la schiena abbandonata contro la bara. Le stelle cominciavano a brillare, e osservai il bagliore della loro luce bluastra. Dopo un po' mi accorsi che i suoni ribollenti all'interno della bara erano cessati e capii che Joseph se n'era andato. Era finita.

Non guardai. Chiusi il coperchio con delicatezza, le mie unghie ticchettarono appena sul legno, la mia mente evocò il suo viso magro, i suoi penetranti occhi scuri.

Costretto ad andarsene, aveva lasciato l'Ungheria molti anni prima. La sua fine era giunta nelle foreste presso Sibiu, dove era stato acclamato Strauss e dove Listz aveva suonato motivi rubati agli zingari. Ogni cosa, riflettei con tristezza, ci viene portata via, un pezzettino alla volta, crudelmente. Tutti noi, siamo sempre sull'orlo della perdita. La sua vita, il suo tempo, erano stati segnati dalla perdita; e io l'avevo perso.

*Quando l'ultima persona che si ricorda di te muore*, pensai, *muori di nuovo.* Chinandomi, mi umettai le labbra e sussurrai: — Qui c'è un corpo, ma nei nostri ricordi, Joseph, nei nostri cuori e nei nostri ricordi, vive l'uomo.

Carezzai la bara per un breve istante, e le mie lacrime sgorgarono all'improvviso, cadendo come una pioggia calda.

– 48 –

Mi svegliai per un intenso bagliore giallo, inizialmente pensai fosse il sole che filtrava attraverso i vetri. Era la luce di una torcia. Ero solo. Mimi se n'era andata. Mi tirai su a sedere nell'oscurità e il mio cuore accelerò all'improvviso, udii il suono di ramoscelli che si spezzavano, di voci urlanti. Ci fu uno schiocco secco, poi un altro. Piedi che frusciavano nell'erba. La luce arretrò in lontananza.

Alcuni secondi dopo qualcosa sfiorò e poi urtò un fianco della carrozza, sentii che ondeggiavamo leggermente. Attraverso le pareti sottili giunse un respiro rauco, affaticato.

Strisciai fino alla porta, la spalancai. Mimi giaceva sulla schiena, abbandonata sui minuscoli gradini di legno, con un piede nudo immerso in una pozzanghera ghiacciata ai piedi delle scale. Mimi ruotò gli occhi verso di me. — Aiutami, Imre — ansimò. — Non lasciare che Lenore mi veda così. — Il suo vestito era

zuppo di sangue. C'erano luccicanti chiazze scure sui gradini, e altre sgoccio-
lavano dal corto corrimano.

Fu allora che vidi che si reggeva un gomito, il viso contorto dal dolore. Spostò
la mano di lato e un piccolo fiotto di sangue gorgogliò tra le dita; capii che le
avevano sparato.

\* \* \*

— Cos'è successo? — Era ancora troppo presto per arrischiarsi ad accendere
una luce. Avevo chiamato Constantin e insieme le avevamo fasciato il braccio
ferito meglio che avevamo potuto. Lenore stava dormendo nella sua carrozza.
Mimi sedeva poggiata a un mucchio di cuscini, sorseggiando tè caldo.

Chiudendo gli occhi, si piegò all'indietro poggiandosi alla testiera del letto.

— Anyeta è arrivata mentre dormivo — disse. — Non ho potuto evitarlo. L'ho
vista strisciare fuori dal letto, muovendosi con cautela per non svegliarti.

Grugnii. — E poi?

— Era arrabbiata. Non so.

— Non sai o non vuoi dirlo? — dissi, camminando verso la finestra e indicando fuori. — Quegli uomini ti hanno sparato... ti stavano dando la caccia.

— No, lei... — disse Mimi con voce sottile. — Anyeta ha usato il suo potere e
li ha mandati via, li ha confusi. Poi mi ha lasciata sola ad affrontare il dolore.

— Cosa li ha messi sulle sue tracce, Mimi? — chiesi, infuriato. Constantin
tossì, e quando lo guardai mi fece segno di pazientare. — Puoi guarire la ferita? — domandai con più gentilezza.

— No — bisbigliò Mimi, gli occhi scuri di paura. — Uscirebbe allo scoperto.

Mi passai una mano tra i capelli, poi mi spostai al suo fianco. Presi la sua
mano ancora sana. — Cerca di ricordare il più possibile — dissi, e lei annuì lentamente.

— Anyeta – lei era, lei era nei boschi.

— Cosa vedi?

— Niente. Non riesco a vedere niente, ma la sento. Rabbrividì. — Era agitata.
Furiosa. Gli occhi di Mimi si spalancarono per il terrore. — Sento il suono di cardini che cigolano. È la bara di Joseph. — Ebbe un fremito d'orrore. — O mio
Dio, o Dio, sento la sua voce — disse Mimi, piantando improvvisamente gli
occhi su Constantin. Seguii il suo sguardo. Lui se ne stava seduto tranquillo su
una sedia, giocherellando con l'anello del vecchio che dondolava appeso a un
nastro contro la sua camicia scura.

— No, no — si lamentò Mimi, fissando l'anello che oscillava e sobbalzava nella
luce fioca.

— Cosa sta dicendo, Mimi?

La sua voce aveva un suono malsano. — Sta dicendo in continuazione
*'Indosserò tua figlia come un ciondolo intorno al collo'*.

Nessuno di noi disse una parola. Nel silenzio spaventoso che parve riempire
la stanza, avvertimmo tutto il peso della vendetta della strega. Anyeta aveva
corso coi lupi.

* * *

Il viso di Constantin sbiancò nella prima luce del mattino. Mi toccò col gomito, indicando l'impronta di un palmo insanguinato contro il tronco grigio pallido di un alberello. Anyeta o Mimi vi si erano poggiate contro per riposare, riflettei.

– Mi-miii – disse, mimando una pistola che sparava. – De-bole.

Annuii. Era la seconda o terza macchia in cui ci imbattevamo. – Cristo, ma quanto sangue ha perso? – dissi, accendendo una sigaretta per calmarmi i nervi.

– Nu – sbottò Constantin, sollevando lo sguardo verso il sentiero soffocato dalle foglie cadute. Emise un gorgoglio, curvò le mani ad artiglio, e mi ritrovai a osservare le macchie rosse e le goccioline che punteggiavano la stradina. Stava cercando di dirmi che non tutto il sangue era di mia moglie – ma che una parte proveniva dalla preda. Le parole di Joseph cominciarono a ronzarmi in testa. *Prima gli animali, poi i bambini.*

Attraverso le ombre scure e nebbiose, riuscivo a distinguere la sagoma squadrata della bara del vecchio in lontananza. Mi si strinse lo stomaco, schiacciai la sigaretta sotto il piede, provando una forte nausea.

Continuammo a camminare, i piedi mi scivolavano tra le foglie marce. Vidi una ciocca di capelli appiccicata a una pietra bianca.

No, buon Gesù, implorai, pensando agli uomini che inseguivano Mimi attraverso i boschi, pregando fossero semplicemente degli allevatori arrabbiati che avevano trovato i resti di una pecora, di bestiame.

Mi avvicinai alla bara, le mani mi tremavano. Il coperchio era chiuso. Dietro la mia spalla, il fiato caldo di Constantin annebbiava l'aria. Non volevo che vedesse i resti del vecchio, e lo feci spostare di lato.

Notai che la bara di Joseph era ricoperta di strisce scure e bagnate, mi dissi che poteva trattarsi dell'umidità notturna o di goccioline di rugiada. No, sembrano appiccicose, ribatté la parte più stanca della mia mente. Ma scacciai il pensiero, cercando di convincermi che era il legno fresco, le assi stavano stillando resina, trasudavano... ma in fondo al cuore sapevo che non era così, sapevo che era sangue, e con un gemito sollevai il coperchio.

* * *

– O hGesù Cristo santissimo – sibilai. Il viso di un bambino mi fissava dall'interno della cassa. Il corpo era ripiegato su se stesso, come un feto troppo cresciuto annidato nel grembo della bara. I polsi ossuti incrociati, le ginocchia bluastre tirate sul petto, giaceva ricurvo proprio sopra le spalle di Joseph – sopra i brandelli di tessuto bruciato. Era lì, la piccola schiena premuta contro le assi deturpate dall'acido. Anyeta era malvagia, tutto questo era grottesco e nauseante, pensai, trattenendo il fiato. Il bambino era disteso nell'ampio spazio vuoto dove avrebbe dovuto esserci la testa di Joseph.

Richiusi il coperchio di schianto.

– Oh Cristo benedetto. Quel bambino, barbaramente oltraggiato, aveva poco più di un anno. Sulla sua pelle c'era del sangue, ma non avrei permesso alla mia mente di pensare alla causa di quelle ferite. No. Non volevo immaginare i segni slabbrati inflitti dai denti...

Lo stomaco mi salì in gola e mi piegai per vomitare un sottile fiotto acidulo che si spiaccicò sulle foglie marroni seccate dal vento. Ero poggiato sulle mani e le ginocchia, insensibile al terreno ghiacciato; ebbi un capogiro, il mio corpo ondeggiò, vomitai ancora e ancora, finché nel mio stomaco non rimase più nulla.

* * *

— Perché io sono la resurrezione e la vita — intonò il prete dai capelli biondi.

La bara di Joseph giaceva accanto alla buca poco profonda della tomba. Il mio sguardo si spostò sul legno luccicante nella pallida luce del sole. Avevamo pulito il sangue meglio che avevamo potuto, pensai. I miei occhi caddero sulla grande bolla di cera rosso scuro che avevo utilizzato per sigillare il coperchio. Fissandola con cura, si poteva individuare la J dove avevo premuto il sigillo dell'anello.

Mi augurai che il prete facesse in fretta e mi domandai se sapesse che stava leggendo la funzione anche per un bambino. Era il nipote della governante? Non l'avremmo mai saputo, pensai. Si alzò il vento, rabbrividii. Il bambino ripiegato sopra il suo... sopra Joseph; chiusi gli occhi per scacciare l'immagine.

La mia mente era annebbiata. Gli shock degli ultimi giorni. Ero stanco, stanco da morire, pensai.

— Colui che crede in me vivrà per sempre — disse il prete, con la tunica nera che sventolava nella brezza. Constantin piangeva sommessamente. Sentii le sue dita umide intrecciarsi alle mie.

Entrambe le carrozze – la mia, verde brillante, e quella di Joseph, con la copertura di tela – erano parcheggiate troppo vicino all'entrata del cimitero, apparivano pacchiane, fuori luogo. Mimi era lì, Lenore con lei. Mimi non poteva venire alla funzione – non con un braccio bendato. Il rischio sarebbe stato troppo grande.

Il mio sguardo scivolò verso il lato più lontano dello squallido camposanto, oltre le file di semplici croci di legno e cumuli di terra privi di qualsiasi lapide. Vidi tre uomini che camminavano adagio, gli occhi bassi; mi meravigliai che potessero trovare le tombe degli amici che avevano conosciuto.

— Donagli il riposo. Noi te lo chiediamo in nome di Gesù Cristo, della Vergine Maria, degli apostoli Pietro e Paolo, dei santi martiri e di tutti i santi e gli angeli che riposano eternamente nella Tua salvezza. — Gli occhi del prete erano chiusi, le mani screpolate sollevate, i palmi in fuori, all'altezza delle spalle.

Constantin sfiorò l'anello che pendeva dalla cordicella e notai un piccolo pezzo di cera appiccicato alla superficie piatta. Lanciai un'occhiata alla bara, al semplice buco della tomba. La terra era dura; i sagrestani avevano sistemato lì accanto delle pietre e delle rocce per coprire la bara e tenere lontani gli animali.

Eccoci qui a piangere Joseph, di nuovo, pensai, inebetito. Il prete continuava a salmodiare. Non sembrava reale. Lenore voleva venire. Aveva pianto quando le avevamo detto di no. Non parlammo del pericolo che correvamo.

Alle mie spalle, udii i due becchini strascicare i piedi. Uno di loro sfregava la sua vanga sul terreno con aria assente. Il prete scosse la testa, aggrottando la fronte, e l'uomo si fermò.

Dopo il funerale, nel pomeriggio, sarei andato a barattare i miei cavalli – tutti – con degli animali più veloci possibile. Poi avrei collegato le due carrozze e saremmo partiti subito dopo.

All'improvviso mi accorsi di un picchiettio, come il suono della pioggia contro un vetro. Sollevai lo sguardo per vedere il prete che immergeva un aspersorio d'argento in un vaso d'acqua santa. Lo sollevò, stringendo l'estremità più sottile, e lo agitò a tempo con la sua voce, benedicendo la bara.

– Nel nome del Padre, del Figlio...

Si fermò. Spalancò gli occhi, e vidi la sua faccia pallida diventare di un rosso allarmante. – Cosa volete, signori? – disse.

Mi voltai. Accanto ai becchini c'erano i tre uomini che avevo visto camminare nel cimitero pochi minuti prima.

– Perché la cassa è sigillata, padre? – domandò un uomo barbuto. Teneva le braccia incrociate.

– Come osate profanare questa funzione? Questo è un sacro rito di Dio. – Gli occhi blu del sacerdote si fecero severi.

*È lui il pastore. La sua parola sarà convincente.* Le parole profetiche del vecchio riecheggiarono nella mia testa. La sognante nebulosità del funerale andò in frantumi. Sentii il mio battito accelerare. *Alcune cose è meglio non saperle.*

– Gli zingari aprono sempre la bara. Anche accanto alla fossa. L'uomo barbuto mi scoccò un'occhiata beffarda, poi si piegò in avanti e sputò per terra.

– Dicono addio, seppelliscono i loro morti con attrezzi, vestiti... tutta quella merda, insomma...

– Per il *viaggio* – disse un grassone coi capelli lunghi. – Nell'*oltretomba.*

Ovviamente era vero, avevo sigillato la bara nell'eventualità che il prete si aspettasse un rituale gitano. Non volevo che lui o uno dei sagrestani l'aprisse prima che...

– Cristo, sì – mormorò uno dei becchini, picchiettando sul terreno con una vanga arrugginita. – Mai visto un loro funerale senza che versassero dentro vino o brandy. Persino oro. – I suoi occhi s'illuminarono alla vista dell'anello che brillava sul cappotto di Constantin.

– Ma noi siamo cattolici, non sciocchi pagani – dissi, voltandomi e invitando il prete a proseguire la funzione.

L'uomo con la barba s'intromise. – È scomparso un bambino – disse. – Ne sapete qualcosa? – S'inchinò, raccolse una pietra. Cominciò a passarsela da una mano all'altra, quasi con indifferenza.

– Non portiamo via bambini – risposi, travisando deliberatamente le sue parole.

– Fuori di qui – disse il prete. – C'è un vecchio nella bara. Un amico amato come un padre. Il suo nome era Joseph, era un Lovari, un commerciante di cavalli dell'Ungheria. – Il sacerdote mi posò una mano sulla spalla. – E io vi dico che quest'uomo aveva gli occhi gonfi di lacrime quando è venuto nella mia chiesa e mi ha parlato della sua morte.

Gli occhi dell'uomo barbuto lampeggiarono. − Il bambino è stato ucciso. C'era del sangue nella sua culla. Rudy − disse, indicando il grassone, − ha sparato a qualcosa nella foresta, la notte scorsa. Dov'è la donna zingara? Eh? Perché non è qui?

− Mia moglie è malata.

− Chi ha sigillato la bara? Tu? − Indicò il prete, che scosse la testa. − Non credo proprio.

− Dammi la tua parola − disse il prete, − che non hai niente a che fare con quel bambino, e manderò via questi uomini.

Ebbi un'esitazione, sapevo cosa avrebbero trovato se avessero infranto il sigillo e sollevato il coperchio. All'angolo della mia visuale, vidi che tutti e tre gli uomini avevano in mano rocce affilate.

− Dammi la tua parola, Imre − disse il prete, mettendosi tra me e loro. Le sue dita apparivano molto pallide contro il rosso scuro del sigillo.

− Stupido bastardo! Levati di mezzo! − urlò l'uomo barbuto.

− Corri! − gridai, afferrando il braccio di Constantin, e nello stesso istante vidi una pietra volare e colpire la fronte del prete, che ondeggiò all'indietro. Le sue mani scivolarono sulla liscia superficie di legno del coperchio della bara. Ci fu uno schizzo di sangue, i suoi occhi divennero vitrei, spalancò la bocca. Poi crollò in avanti.

Ansimando, corremmo verso la carrozza. Una pietra colpì la carne soffice del mio orecchio. Salii sulla cassetta, afferrai la frusta e sferzai i cavalli, urlando. Su di noi piombò una grandinata di pietre, gli uomini ci inseguivano gridando. Un cavallo nitrì in preda al panico. Scattammo in avanti, sobbalzando sui ciottoli e lungo la strada stretta, poi svoltammo velocemente dirigendoci verso ovest.

Stavamo giungendo alla fine della curva quando sentii la fucilata. Dietro di me il vetro di una finestra andò in frantumi, sparpagliandosi sulla strada. I cavalli continuavano a correre. Gli uomini urlarono delle oscenità e vidi le loro braccia sollevarsi con furia, poi udii le pietre che colpivano i fianchi di legno della carrozza.

Fu allora che mi voltai per guardare Constantin, la faccia pallida, aggrappato alla cassetta.

Ricambiò il mio sguardo, le sue labbra si mossero lentamente. Sollevò una mano minuta, cercando a tentoni l'anello di Joseph.

− Constantin − dissi, notando che stava tirando i risvolti del suo cappotto.

− Im-re − rispose. Il cappotto si aprì, e con un dito indicò il centro della sua camicia di mussola.

In quel punto risplendeva una piccola stella di sangue.

Sentii l'urlo salirmi dai polmoni. − NO! Non può essere!

L'anello ondeggiava sul suo petto; lo sollevò piano verso la bocca. Unì le labbra per baciarlo, una schiumosa bolla di sangue rosso brillante esplose tra i denti, poi colò giù lungo il mento.

I suoi occhi cercarono i miei. Non c'era paura, solo un'espressione, dietro quella luce morente, che diceva che era giusto così, che presto sarebbe stato con Joseph.

— No — gemetti. Le carrozze ondeggiarono sui ciottoli e imboccarono una strada sterrata. Eravamo fuori pericolo; ce l'avevamo quasi fatta, mancava così poco, pensai con tristezza. I cavalli rallentarono l'andatura fino a un lento trotto.

Nella mia mente rividi Joseph il giorno in cui eravamo arrivati in Romania, molti mesi prima; i suoi occhi socchiusi brillavano di un'espressione misteriosa che adesso sapevo essere amore.

*Lo tengo con me, lo mantengo pulito e comodo – quanto più possibile possa fare un uomo per un altro.*

— O Cristo, Constantin, non – non morire adesso. Devi stare con noi. Deglutii a vuoto sentendo il gusto salato delle lacrime. — Per favore — dissi, cercando la sua mano piccola e callosa.

Un debole sorriso gli sfiorò le labbra. La sua mano trovò la mia.

\* \* \*

Scrollò il capo. — No lasciare Joseph — sussurrò, e i suoi occhi si chiusero di colpo. — Io sto. Jos-eph. No solo.

Sotto le mie dita avvertii le pulsazioni che rallentavano, e strinsi la mano più forte. Ci fu un ultimo, potente battito irregolare; e poi, più nulla.

### – 49 –

Ci dirigemmo a ovest, verso Gradistea, un luogo remoto collocato al di sopra di antiche rovine pre-romane. Due giorni dopo esserci accampati, cominciai a scavare la fossa sotto un enorme faggio ai margini della foresta. C'era odore di neve nell'aria, il lavoro fu duro e faticoso, le mani erano intirizzite dal freddo. Non si udiva alcun suono all'infuori del raspare della vanga di metallo e del debole picchiettio della terra che riuscivo a smuovere. Il cielo divenne sempre più scuro e mi affrettai a concludere il mio compito: raccogliere pietre da ammucchiare sulla tomba e incidere i nomi dei miei amici e la data nella corteccia dell'albero. L'epitaffio era un ricordo, le parole di una poesia che ricordavo dall'infanzia.

Gennaio 1864

Joseph dei Lovari
e
Constantin, veggente

Donaci un lungo riposo o la morte,
Morte oscura – o quiete sognante.

Pensai che si adattasse bene a entrambi, sapendo che tutti e due avevano desiderato la pace della morte oscura – il sonno senza sogni. E se ci fosse stata una qualche forma di coscienza oltre la morte, speravo in quell'altra forma di pace: che potessero riposare insieme nei loro sogni quieti.

178

* * *

A mezzogiorno ero partito per ritornare alla fossa comune, le voci di Lenore e Mimi mi ronzavano in testa: devi tornare per Joseph! Nessuno di noi sapeva se Constantin avesse previsto la propria fine, ma i suoi ultimi pensieri erano stati per il vecchio. L'enorme riparo dell'albero era un luogo che avremmo ricordato quando ce ne saremmo andati – qualcosa di essenziale che avremmo sempre portato con noi; ma mentre il cavallo arrancava cominciò a nevicare, e lanciai un'occhiata stanca verso le montagne. A ogni chilometro mi sentivo sempre più tagliato fuori, isolato. Rabbrividii sotto il mantello; la neve mi sferzava la pelle, mentre un silenzio pesante e ovattato cresceva intorno a me; capii che non saremmo mai riusciti ad attraversare i picchi ghiacciati e i passi soffocati dalla neve – non prima della primavera.

Calata la notte, il terreno era già ricoperto di neve; avvolgeva la fossa comune in una distesa bianca e ondulata, che la rendeva più desolata di quanto già non fosse. Guidai il cavallo oltre il cancello e all'improvviso vidi che gli abitanti del villaggio si erano dati da fare con le accette sulla bara di Joseph. Un angolo spuntava dal terreno, come lo spettrale scafo di una vecchia nave. Alla luce della lanterna notai frammenti di cera rossa sparsi sulla neve, quasi temetti di trovare il cadavere fatto a pezzi. Invece, l'avevano solo rovesciato fuori dalla bara. Il suo corpo era un groviglio di membra congelate che giaceva ai piedi di un basso muro di pietra. Cristo, l'hanno lasciato qui come una carogna, pensai, avvolgendolo in una coperta che avevo portato per lo scopo. Mi balenò nella mente l'immagine di due luminosi occhi verdastri che mi fissavano da sopra il corpo. Una volpe che digrignava i denti e si dileguava. Ma non c'era nulla, sistemai il cadavere di traverso sul cavallo. Cavalcai trasportando quel peso spiacevole, le membra ciondolanti che tenevano il tempo con la parola 'carogna' che continuava a risuonarmi in testa. Più tardi ricordai che quella parola sembrava attraversarmi ancora e ancora, con particolare intensità. Ovviamente, è solo in seguito che si può riconoscere una premonizione per quello che è.

* * *

Li seppellimmo insieme, la loro piccola tomba contrassegnata da un mucchietto di antiche pietre grigie che spuntava dalla neve. Ricordavo quel giorno, il sole anemico, i capelli neri di Lenore che sventolavano nella brezza quando si chinò e poggiò sulla tomba un ramoscello carico di rosse bacche invernali. Percorsi con l'indice l'iscrizione intagliata nel vecchio faggio, augurai loro buona fortuna. Osservai il paesaggio spoglio al di sopra della città in rovina coi suoi monumenti silenziosi, le pietre traballanti. C'è sempre un'immobilità mortale in questi luoghi; si estende come una spessa coperta, ovattando, ma non del tutto, il senso della vita, un tempo florida. Come se, voltandosi abbastanza velocemente, si potesse cogliere la vista di pastorelle che ridono, di uomini radunati nelle piazze, di bambini che vanno a zonzo per i vicoli e le strade. Era al contempo appropriato e terribile che quei due uomini giacessero lì, pensai.

Ricordavo quel giorno, il sole pallido, la sensazione di quelle pietre fredde che mi mordevano le mani mentre le ammucchiavo.

Ma quando arrivò l'inverno e ci tagliò fuori dal mondo, dovetti sparare prima a un cavallo e poi a un altro per nutrirci, l'enorme albero cominciò a insinuarsi nei miei sogni. Nei miei e in quelli di Mimi – Anyeta era tra noi.

\* \* \*

– Imre! Imre!

Mi svegliai di soprassalto da un sonno irrequieto, accorgendomi che le lenzuola erano umide e che Mimi era rannicchiata al mio fianco, tremante. La porta d'ingresso della carrozza era aperta; un freddo vento di marzo mulinava oltre la soglia, la porta oscillava sui cardini, e udii la tenda verde svolazzare. È stata fuori di nuovo, pensai, nello stesso istante in cui le sue dita si chiudevano intorno al mio polso, fredde e scivolose.

Sussultai, temendo fosse sangue, e prima di poterne fare a meno mi allontanai con un fremito.

– No, stavo sudando – disse Mimi, lasciando che il mio timore, inespresso, restasse sospeso tra noi. – Era un sogno, un incubo. – La sua voce si affievolì, mi alzai, chiusi la porta, poi accesi una candela, e persino nella luce fioca riuscii a vedere che la sua faccia era smunta. I capelli pendevano dallo scalpo in ciocche, la vestaglia era appiccicata alla pelle sudata.

– Ho freddo – disse, rabbrividendo; mi attraversò il pensiero che fosse bagnata perché era stata fuori, non che fosse sudore.

– È lo stesso sogno. Sempre lo stesso, dalla notte in cui sei tornato indietro per Joseph. Ho paura, ma non posso fermarlo una volta che è cominciato.

– C'è un lampo di luce frastagliato, il cielo e la terra sono di un argento luminoso, vedo un albero torreggiante, un mucchio di pietre tra il groviglio di radici scure. E in quella luce vivida scorgo una profonda cicatrice nel tronco dove qualcuno ha inciso i loro nomi e...

– Faccio lo stesso sogno anch'io – cominciai, pensando che la loro morte, l'inverno precedente, aveva lasciato il segno su tutti noi.

– Ma Imre, come potevo sapere...

Mi fermai. Il battito del mio cuore parve invadere il silenzio della stanza.

– Io non c'ero – disse Mimi.

– Te l'ha detto Lenore.

Scrollò il capo lentamente. – Cristo, ho paura. Piegò la testa, i capelli caddero in avanti a coprirle il viso. – I suoni – sussurrò, – i suoni. Il tonfo della pietra che colpisce altra pietra. Lenzuola bianche che svolazzano al vento. E poi, il peggior suono di tutti. – Si strinse tra le braccia. – Sento lo schiocco bagnato di nervi e tendini, il molle suono soddisfatto di denti che strappano la carne in decomposizione. – Sollevò la testa, la bocca tirata verso il basso in un rictus di paura, e dietro la sua espressione implorante scorsi l'ombra del tormento. – Oh Gesù Cristo, aiutami.

L'avevano lasciato lì come una carogna. – No – dissi, provando una nausea acidula. – No, le tue mani, le tue gambe, la tua vestaglia... è tutto pulito!

– Davvero?

La fissai. Nessuno di noi aveva mangiato molto ultimamente, avevamo tutti perso peso. Forse era solo uno scherzo della luce, ma fu allora che vidi che in confronto al suo corpo magro e sciupato, la pancia era sporgente – dura, rotonda e piena – come lo stomaco gonfio di un uomo che mangia carne una volta l'anno, a un banchetto, e non può fare a meno di ingozzarsi.

* * *

Le rocce erano sparpagliate. Uno dei lenzuoli che avevo usato come sudario per i cadaveri era pizzicato sotto un mucchietto di pietrisco; l'altro, di un giallo pallido nella luce mattutina, era un cumulo rigido, congelato; giaceva parzialmente coperto dal manto di neve che andava ritirandosi.

Mi avvicinai di un passo, e il mio stomaco sussultò. La loro pelle annerita era diventata del colore del vino andato a male. Il volto di Constantin era ricoperto da una patina di brina. I capelli erano un groviglio di bianche ciocche congelate. Gli occhi aperti, come se fosse terrorizzato dalla sua stessa distruzione. Una guancia violacea era stata rosicchiata, attraverso il buco vidi l'intera arcata di denti gialli dove le gengive si erano ritirate. La gola era scoperta fino all'osso, la poca carne rimasta imbrattata di sangue coagulato. Qua e là c'erano alcuni brandelli di vestiti, ma i loro corpi erano in gran parte coperti. La camicia inzaccherata di Constantin presentava un lungo strappo nella manica; penzolava sfilacciata nel punto in cui la tenera carne dell'ascella era stata morsa. Qualcosa aveva banchettato con le parti molli di entrambi gli uomini. Le interiora di Joseph erano squarciate, un pezzo d'intestino penzolava dimenticato vicino all'anca. Da due polpastrelli sporgevano le estremità bianche delle ossa, luccicanti contro la pelle nera e avvizzita.

Qualcosa li aveva fatti a pezzi come carogne. La mia mente rimuginò sul sogno di Mimi, la notte nel cimitero dei poveri, e le mie ginocchia cedettero. All'improvviso mi sentii accaldato e stordito. Non era stato *qualcosa*, gemetti tra me. Udii un acuto gracchiare, un corvo si poggiò sul ramo più basso dell'albero, fissandomi coi suoi luminosi occhi neri, sperando che me ne andassi. Ma non erano stati i corvi a compiere quello scempio. Avrebbero potuto beccare le parti esposte, ma non avrebbero potuto spostare le pietre. No. Non i corvi, né le volpi o cani impazziti per la fame. Non era stato qualcosa. Era stata Anyeta. O Cristo, cosa avrei detto a Mimi?

* * *

Una parte di lei sapeva, immagino. Mi aveva seguito, arrampicandosi lungo la ripida collina. Ero rimasto lì a lungo, rigirando l'anello di Joseph sul dito, con gli occhi che continuavano a posarsi – senza volerlo – sulla carneficina.

Non prestavo attenzione. Non sentii arrivare i suoi passi lenti attutiti dalla neve. La udii sussultare e mi voltai, notando che il suo viso era diventato mortalmente pallido. Di colpo, aveva compreso. L'enorme faggio che pensava di aver visto nel suo incubo, le pietre cadute, i corpi devastati.

– Anyeta – cominciai a dire, pentendomene subito...

*Quando Anyeta esce allo scoperto, dove va tua moglie? Osserva, attende, dorme?*

... pensando che Mimi non poteva vivere con quel rimorso; non ricordava nulla – non davvero. Ma all'improvviso si lanciò in avanti e mi afferrò la camicia, graffiandomi.

– Anyeta cosa? Di cosa stai parlando? – La saliva schizzò tra le sue labbra, gli occhi lampeggiavano di una luce infernale. Il corvo svolazzò via con uno stridio rauco.

– Anyeta... – Non riuscivo a pronunciare la parola, agitai le braccia, impotente, la mia voce sprofondò. – Li ha presi...

– Non è vero! Non avrebbe potuto! – implorò Mimi. Ci fu una pausa, poi sollevò gli enormi occhi viola nei miei.

Per il suo bene, desiderai che non fosse così. Annuii tristemente.

Le mani di Mimi si abbassarono allontanandosi da me, poi cominciò a gridare, ancora e ancora.

\* \* \*

Superò la cosa, in qualche modo tenne duro e mi raccontò la storia – l'incubo – che era stata la sua vita per tutti quei lunghi mesi, da quando Anyeta aveva cominciato a correre coi lupi. Mi piace pensare che fosse la consapevolezza che l'amavo, a darle la forza.

Perché da quel giorno, quando restavamo soli ai margini della foresta sotto un cielo grigio piombo, accanto alla tomba oltraggiata, fu spesso Mimi. Ma non parlò mai più.

\* \* \*

– Non lo sapevo – gemette, il volto premuto contro i palmi delle mani.

– Sapevo che nei miei sogni mi stava mostrando l'albero per qualche motivo, ma non sapevo perché. – Una mano affusolata di Mimi scattò in avanti e mi afferrò. – Cristo, devi credermi, lo giuro sulla vita di Lenore, non lo sapevo!

Deglutii a disagio, poi annuii, e lei continuò.

– Anyeta... mi lasciava vedere parte di ciò che accadeva quando ammazzava... gli animali. Ma mai tutto. La visione era sempre distorta, come guardare attraverso un vetro rovinato. Erano immagini confuse, nauseanti – gemette, – ma non sapevo mai se mi sentivo male per quella visione distorta o per quello che stavo vedendo. Non ho mai assaggiato il sangue... penso temesse che avrei potuto uccidermi. – Mimi si leccò le labbra. – Ma sapevo che lo adorava, sentirne il calore, la sensazione di bagnato sul suo corpo, come una donna viziata alle terme. Le piaceva annusarne l'odore. Qualche volta mi svegliavo e scoprivo che si era lavata, e in un primo momento provavo un grande sollievo. Poi, mentre tornavo in me, mi accorgevo che il mio alito era disgustoso, che le mie braccia e le mie mani erano leggermente appiccicose e... oh Cristo, capivo che si era leccata.

– Sentivo una risatina malvagia nella testa, e l'immagine frammentata compariva di nuovo. Vedevo una mano ricoperta di sangue, la punta rosa di una lingua che si muoveva sulla soffice pelle tra le dita... leccando il sangue. – Mimi sollevò lo sguardo. – Sai cosa le piaceva di più... dopo aver ucciso... dopo? – Esitò, vidi la sua bocca tremare, e sentii una risposta scuotermi dentro.

– Stare con un uomo – scoparselo, Imre. Si riempiva di profumo per nascondere l'odore del sangue e si rotolava con un uomo; qualche volta mordendo, leccando fino a quando tutti quei sapori si mescolavano. Sesso, sporcizia, sangue. E poi dormiva.

– Ogni volta che mi riprendevo, mi lavavo, strofinandomi con forza. Correvo al fiume, non preoccupandomi che il freddo potesse uccidermi. M'immergevo con indosso i vestiti che aveva rubato e inzuppato di sangue. Poi li strappavo... li guardavo andare alla deriva nelle rapide, impigliarsi nei rami, arenarsi sulle rocce. Si fermò, notai che la sua espressione sembrava vuota, distante, come se l'immagine dell'acqua corrente del fiume potesse lavare via quei terribili ricordi.

– Ma non importava quanto a lungo rimanessi nell'acqua ghiacciata, quanto mi sfregassi, non riuscivo a liberarmi della sua influenza – sospirò.

– Il dolore aiuta. Lei teme il dolore, e questo la tiene a bada. Per un po'. – Mimi fece una pausa, fregandosi le garze sulle vecchie ferite al braccio. – Ma è una cosa difficile. È difficile perdere il controllo di te stessa, del tuo corpo.

– Lo so.

– Davvero? – La sua voce era lugubre, scosse la testa. – Non pensavo che altri se ne fossero resi conto. – Sollevò le mani, togliendosi un pesante scialle frangiato, tirando con goffaggine il colletto del suo vestito. – Ah, Dio, cosa accadrà adesso?

– Cosa? – domandai, ma stava già continuando, non poteva sentirmi...

– Pensare che mi ha trasformato in un animale! Sentire il brivido continuo della carne della bestia, sapere che sono segnata. Gli uomini si terranno alla larga – annuì, mordendosi un labbro, – lo faranno, sì. – Strappò il vestito, i bottoni saltarono come chicchi di grano nel fuoco, abbassò lo sguardo. – Gran parte di me è sparita. Lo vedi?

Il respiro mi si strozzò in gola, la vista si annebbiò e, per un secondo, vidi. Il suo petto era coperto da un tappeto di fitto pelo nero. Qua e là, s'intravedevano macchie di pelle grigiastra. I seni si erano appiattiti completamente, sprofondati in una fila di piccole sporgenze che scendevano sulla pancia. Non possono essere capezzoli, pensai follemente. Mimi passò un dito in mezzo alla peluria. – Sono sei, adesso – disse. – Come quelli di un cane. La sua voce era piena di amarezza.

Inquieta, tirò con violenza l'orlo della gonna, vidi gli stretti piedi di un animale infilati nelle sue ciabatte di pelle, i calzettoni bianchi afflosciati e i nastri neri di raso avvolti e legati intorno a un paio di caviglie pelose. Le ginocchia sporgevano come quelle di una bestia. – Ah. Avrei dovuto immaginarlo che avevi capito, nelle scorse settimane – disse. – Dalla mia camminata.

La visione si offuscò, cercai di scuoterla. – Non c'è niente lì! – urlai. – È un'illusione. Per l'amor di Dio, non è cambiato niente.

– No? – disse, e mi accorsi di uno strano luccichio nei suoi occhi. – Niente...

— Cominciò a ridere con voce acuta. — Ma ho visto gli uomini arretrare quando cammino tra loro, coprirsi il naso per non sentire l'odore rancido della pelle di un animale.

— L'hai immaginato.

Scrollò il capo, gemendo. — Allora il cambiamento è qui — disse, toccandosi il petto. Stavo per dirle che era proprio così, ma mi fermò. — Riesco a bere soltanto se chino la testa nel fiume. Afferro coi denti tutto il cibo che riesco a trovare quando sono a quattro zampe. Non riesco a mangiare con le mani — disse, guardandosi i palmi.

Mentre pronunciava quelle parole vidi unghie nere e ritorte, palmi come cuscinetti neri dai quali spuntavano ciuffi di pelo folto. La lingua rotolò fuori dalla sua bocca, la saliva luccicava sui denti bianchi e forti.

— No — sussurrai, scuotendo il capo, e l'immagine vacillò. — No. È un'illusione. Non lasciare che contagi entrambi.

— Tieni Lenore lontana da me — disse, inclinando la testa di scatto, in ascolto, come se avesse udito un debole suono portato dal vento. O, pensai, gemendo tra me, come se avesse colto una zaffata proveniente dalla tomba aperta.

— Dio ha visto giusto, nella sua punizione. Come si adatta bene al mio crimine! Una forma animale per azioni animali — annuì.

La fissai, sollevato nel vedere Mimi, vedere una forma di donna. Ma non riuscivo a scacciare l'impressione che la sua voce fosse un profondo brontolio in fondo alla gola, o che il viola sorprendente dei suoi occhi fosse diventato un castano torbido che riempiva completamente le orbite. Sollevai di colpo lo sguardo, allarmato. I suoi occhi... il bianco era sparito...

— Come un cane — mormorò. — Un mangiatore di carogne che si nutre di tutto ciò che trova. — Il suo viso divenne inespressivo e Mimi si chiuse nel silenzio. La osservai tornare adagio verso la carrozza, le anche che ondeggiavano follemente sopra le caviglie che apparivano instabili. Procedeva con i passi cauti di una qualche creatura a quattro zampe ammaestrata a tenersi dritta sulle zampe posteriori, e il mio cuore perse un colpo. Volevo dimenticare quel dolore. Tenni occupata la mente cominciando ad ammucchiare le pietre massicce – una sull'altra – su Joseph e Constantin.

Anyeta aveva sfruttato la visione di quell'eterno non-riposo – giacere paralizzati sotto il freddo peso della terra – per liberarsi di Zahara. Pensai che avesse trovato ciò di cui aveva bisogno per provocare la distruzione di Mimi, per spezzarla. Una piccola pietra rotolò giù dal mucchietto, e la rimisi a posto.

Con grande pena, ripensai al giorno in cui Joseph aveva ipnotizzato Mimi. Vidi Anyeta sorridere, udii la sua voce canzonatoria. *Prima gli animali. Mordi a fondo. Il sangue ti riempie la bocca. Prima gli animali. Poi i bambini.*

— E poi? Poi *cosa?* — aveva urlato il vecchio con tono imperioso. Vidi la faccia maliziosa della vecchia. *Poi vedremo, vedremo in cosa si trasformerà l'altra...*

Rividi Joseph, i suoi occhi socchiusi, le dita sottili intrecciate mentre se ne stava seduto a pensare. *Anyeta userà le scorciatoie segrete della mente per scavare in profondità, per arrivare ai sogni di tua moglie, alle sue paure.*

Il ricordo si dissolse. Joseph aveva avuto ragione, ovviamente. Mimi era tormentata, annientata. Da bambino avevo sentito dire che gli zingari romeni trasformavano i loro nemici in orsi ammaestrati, mi rattristava sempre vederne uno che eseguiva le sue acrobazie strascicando le zampe enormi, con un collare rosso intorno al collo. Cercavo sempre – e credevo di poter scorgere – una terribile sofferenza negli occhi di un orso ammaestrato, la disperazione della mente umana; smorzata, forse, ma ancora cosciente. Era solo una leggenda, avevo sempre pensato, tuttavia Mimi era intrappolata in un'illusione che poteva essere reale.

Per la prima volta, compresi il fascino della mano del morto. Anyeta imperversava su tutti noi con la furia di un'orda conquistatrice. Eravamo solo io e Lenore. Se solo avessi avuto quel potere gliel'avrei fatta pagare a quella troia, per questo, per tutto! Infuriato, sistemai le ultime pietre, ultimando quella struttura grossolana.

Il mio sguardo cadde sulla profonda incisione al centro del tronco grigio del faggio. Nei rigidi mesi invernali la cicatrice era diventata scura e opaca. – Ah, Cristo... Joseph, Constantin, ho bisogno di aiuto, ho bisogno che proteggiate la mia piccola – dissi ad alta voce, ma non sentii nulla. Nulla tranne il muto ammassarsi delle pietre erose dal tempo e l'amara consapevolezza di com'erano state profanate.

C'erano zingari – anche *gaje*, sapevo, che stavano di guardia sulle tombe dei loro cari per mesi, per proteggere i resti mortali dai "resurrezionisti". Se non potevano sorvegliare le tombe, qualche volta le riempivano di paglia, perché dopo aver scavato i ladri di cadaveri usavano i piedi di porco per aprire le bare e tirare fuori i corpi. Ma la paglia era soffice: le pareti della tomba collassavano e per i resurrezionisti non c'era modo di far leva e accedere alla bara. Era un destino orribile; qualche volta i resti venivano venduti a medici ignobili. Nei paesi più isolati le parti di corpo erano molto ricercate: occhi, dita e persino genitali venivano tagliati via e rivenduti per riti magici e incantesimi. Ma quello che era accaduto a Constantin e Joseph era mille volte peggio. Era vero che non ero riuscito a scavare una fossa adeguata nel terreno gelato, e anche se avessi saputo cosa sarebbe successo non avevo della paglia – né sarei rimasto di guardia, se non nel mio cuore.

Più di ogni altra cosa al mondo, in quel momento, desideravo non aver mai usato l'acido, così da poter stringere l'anello luccicante e sentire la voce del vecchio. E poterne trarre tutto il conforto, per quanto minimo.

# Parte 4

# Lenore

*Tutti gli uomini uccidono ciò che amano.*
Oscar Wilde

## – 50 –

Un mese dopo le tombe erano ancora indisturbate. La luce ingrigiva verso l'oscurità quando tornai verso la carrozza. Sopra le cime degli alberi potevo scorgere un pallido filo di fumo proveniente dal camino. Mentre mi avvicinavo, i piedi che si bagnavano sempre di più, sprofondando nel soffice fango primaverile, riuscivo a scorgere il bagliore giallastro della lanterna. Mi fermai un attimo, rendendomi conto che non provavo nessuna delle solite e piacevoli emozioni del ritorno a casa, del tornare dentro, al caldo, dove l'oscurità e il freddo non potevano entrare. Avvicinandomi, notai come le tende verdi fossero ormai pallide e sbiadite per il sole. Avevano un aspetto logoro. La carrozza stessa pendeva leggermente su un fianco. I miei occhi si posarono sulla vernice scrostata, su una finestra rotta che avevo riparato di fretta un pomeriggio, con del cartone ormai rigonfio e ammuffito. Guardandola, era difficile credere che avessi preferito stare nella carrozza; ma ero stato riluttante a trascorrere l'inverno come facevano alcuni zingari, in una capanna d'argilla coperta con dei rami, o in una caverna di terra scavata nel fianco di una collina. Rimasi nell'ombra, respirando velocemente, col cuore che accelerava – sebbene in un primo momento non avrei saputo spiegarne il motivo. Il vento cambiò e udii il *pi-ping* metallico di due piatti di latta arrugginiti che avevo legato alla carrozza (riflettendo che quando un pover'uomo ha parecchio tempo a disposizione si mette a giocare con cianfrusaglie e ciarpame), un gong improvvisato per chiamare Lenore quando era ora di mangiare...

...e poi capii. La mia mente tornò al giorno in cui eravamo arrivati in Romania, alla lurida carrozza di Anyeta piena di rifiuti, alla vecchia paura di dover vivere in una squallida caverna, alla prima volta che Mimi e io eravamo andati in Ungheria tanti anni addietro. La carrozza non era più la nostra casa. Era la sua. E forse, mi dissi, era giunta l'ora di lasciare di nuovo il suo paese e reclamarne uno per noi.

\* \* \*

Due paia d'occhi si piantarono nei miei quando aprii la porta. Gli occhi viola di Mimi, velati dalla sofferenza. Quelli di Lenore invece segnalavano allarme. Cominciò a parlare con voce rapida e acuta.

— Non vuole mangiare — disse Lenore, indicando prima la mano di Mimi inerme accanto a un piatto smaltato di blu che teneva in grembo, e poi un cucchiaio di metallo dal manico corto che giaceva sul pavimento a poca distanza. Lenore afferrò il piatto pieno, il grasso che si congelava intorno allo stufato, e lo sbatté sul tavolo con uno schianto. — Gliel'ho detto: il suo braccio sta bene! Può muoverlo se vuole, ma non fa altro che starsene seduta lì! — l'accusò Lenore. — Le metto le dita intorno al cucchiaio, ma non lo tiene. Le scivola di mano e se ne sta seduta lì! A fissare! Se le sollevo il gomito lo tiene sospeso. Perché fa così, papà? Perché?

Sollevai una mano per calmarla. Mimi rivolse i suoi occhi affranti verso di me e fece un sorriso spaventoso. Un pezzo masticato di quella che sembrava carne cadde da un angolo della bocca e piombò sul bavagliolo bianco che Lenore le aveva legato intorno al collo e alle spalle. Un filo di bava marroncina e luccicante colò giù per il mento.

— Guarda! — disse Lenore, sollevando un angolo del bavaglino macchiato e pulendo la bocca di Mimi. — Guarda cosa fa! — Si voltò verso di me. — Anche se glielo metto in bocca non mangia! Sputa o lo tiene sotto la lingua, continuando a muoverla, come una specie di mucca impazzita. La sua voce salì di tono. Lenore si portò le mani al viso e cominciò a piangere.

Gli occhi di Mimi incrociarono i miei. Vedi com'è? diceva la sua espressione tormentata. Cosa posso fare? Non mangerò davanti a lei. *Tu sai perché, Imre.*

Carezzai i capelli di Lenore, le sue guance gonfie e arrossate, poi la strinsi e la cullai tra le braccia. — Non può farne a meno, tesoro.

— Perché no? — disse Lenore contro il mio petto. — Perché non può farne a meno? — domandò, fregandosi il dorso della mano sugli occhi. — Esce di notte e...

Il mio cuore perse un colpo. Lenore che sentiva quella bassa risata maligna, il suono di Anyeta che strisciava fuori dalla porta. Nutrendosi di Dio solo sapeva cosa. Mia figlia si sarebbe piegata a baciare sua madre, la mattina, ritraendosi scossa dai conati per l'odore di sangue e interiora?

Scacciai il pensiero, sollevai il viso di Lenore verso il mio. — Sei stata una buona infermiera per tua madre, cara, ma adesso è finita.

— Cosa vuoi dire? — Le sopracciglia scure di Lenore si piegarono verso il basso.

— Voglio dire — spiegai, carezzandole con la punta dell'indice, — che stiamo partendo. Torniamo in Ungheria.

— Davvero? — Il suo volto s'illuminò; ricordai un rigido giorno d'inverno in cui aveva gridato che odiava il paese in cui ci trovavamo! Odiava tutto! L'unica cosa buona erano gli zii, e loro se ne erano... andati. Lei aveva pregato Dio e la Vergine per far arrivare la primavera, così saremmo potuti partire, ma Dio non l'aveva ascoltata.

La mia piccola se ne stava alla finestra, piangendo, come se fosse sconvolta nel vedere i rami neri e bagnati degli alberi, il turbinare senza fine della neve grigiastra, una fila di stalattiti di ghiaccio che pendeva dal tetto, simili ad appuntiti denti d'argento. – Non ci lasceranno partire – aveva detto con fervore, indicando il cielo. Non sapevo se si riferisse a Dio e alla Vergine, o alla fila di denti ghignanti che ci intrappolavano all'interno della carrozza.

– Ce ne andiamo davvero? – domandò ancora Lenore.

– Domani – dissi, passandole un braccio sulle piccole spalle e giocherellando con una ciocca dei suoi capelli. – Attaccherò tutti i cavalli, andremo a sud. Troveremo una città dove si tiene il mercato... sta arrivando la primavera. In uno di quei posti dimenticati da Dio ci sarà pure una fiera. Scambieremo questi ronzini con dei bei cavalli.

– Posso venire con te?

– Andremo tutti – dissi, guardando Mimi negli occhi, lanciandole un'espressione implorante che significava *Aiutami; se puoi aiutarci in qualche modo, aiutaci ad andare via da qui.* Chiuse le palpebre. La vidi annuire appena.

*   *   *

Condussi Lenore alla carrozza di Constantin e Joseph, dove dormiva. Trotterellò davanti a me, udii lo sventolio delle tende, poi si lanciò dentro. Mentre si preparava per andare a letto rimasi fuori, fumando, aspettando che mi chiamasse per rimboccarle le coperte. La udii versare l'acqua in un catino, il suono gocciolante dell'asciugamano mentre si fregava il viso.

Amava la sua privacy, mi aveva detto il giorno in cui si era sistemata in quel piccolo spazio una volta per tutte, e allora le avevo sorriso.

Ora mi domandavo se avesse a che fare con la parte ancora infantile della sua mente, che diceva che se non sentiva i passi nudi di sua madre avvicinarsi furtivi, il debolissimo scatto del chiavistello, il cigolio dei cardini – se non li sentiva, se non poteva sentirli, allora non succedeva.

– Pronta.

Lenore infilò il viso tra le tende, ricordandomi un burattino, sentii il mio volto illuminarsi in un ampio sorriso. Stavamo per andare a cercare una fiera, stavamo per partire. Lenore avrebbe implorato per delle monete, le avrebbe spese in dolciumi e roba inutile, osservando ogni cosa – i burattini combattenti Punch e Judy, i cani e le scimmie ammaestrati, i giocolieri – con occhi spalancati e bramosi.

La lampada sul comodino era accesa. Lenore sedeva a gambe incrociate fuori dalle coperte. Le mani e i denti erano al lavoro sul nodo all'estremità di un calzino di cotone pieno di monete. Il suo viso era carico di determinazione, i capelli una cascata nera e lucente nella luce fioca, e all'improvviso capii che si trovava in un luogo ombroso tra l'infanzia e la maturità.

Il nodo si allentò, infilò una mano in profondità nel calzino logoro e tirò fuori una manciata di monete. – Non male – disse, ficcando un dito tra le monete e facendole tintinnare.

– Te ne darò di più – dissi, facendo risuonare a mia volta delle monete nella tasca.

Fu la Lenore bambina a sorridermi. – Tutte. – Allungò una mano, e la riempii di soldi. Scoppiammo a ridere entrambi osservando quel luminoso ruscello d'oro.

– Stiamo davvero, veramente partendo?

– Sì – dissi, invitandola a raccogliere le monete e a metterle sotto le coperte.

– Promessa solenne, parola d'onore? – chiese, cominciando un vecchio rituale che utilizzava ogni volta che desiderava ardentemente qualcosa da me o da sua madre.

– Promessa sacra, giuramento d'onore – risposi, sfregando il mio naso contro il suo per completare il gioco. Emise un piccolo sospiro di sollievo e lasciò che le sue palpebre si chiudessero. Sorrisi guardando le sue ciglia folte e scure, in contrasto con le rotonde guance da bambina. Le sue dita erano ancora strette intorno al calzino-salvadanaio. Aprì un occhio, ne controllo la posizione, poi tornò a dormire.

– Buonanotte, tesoro – dissi, soffiando sulla lampada. Diede un colpetto al calzino, udii il piacevole tintinnio delle monete che si spostavano.

– Adoro le fiere – disse Lenore, insonnolita.

– Lo so...

– Vado a sognare colori, lustrini luminosi sui vestiti delle signore, i baracconi, e il cibo... – Sbadigliò. – Quanto adoro tutto questo...

– Sì – sussurrai.

– E sai una cosa, papino? Adoro anche te.

– Lo so – sospirai, sentendo qualcosa dentro il mio petto riempirsi all'improvviso di gioia. Me ne andai in silenzio, per non spezzare l'incantesimo di quel sonno leggero, non conoscendo ancora la triste verità degli umani desideri. C'è un po' di Lenore in tutti noi. Desideriamo piccole, minuscole gioie. La sensazione che il domani ci porterà colori luminosi, orpelli scintillanti – il delizioso profumo del cibo, un momento d'avventura in uno spettacolino di second'ordine. Vogliamo speranza. Vogliamo amore. E Cristo, non dovrebbe essere chiedere troppo in questo mondo strampalato – e tuttavia lo è. In qualche modo, lo è.

\* \* \*

Immagino che fosse la mancanza di sesso. Da mesi Mimi dormiva nella cuccetta di Lenore. Io dormivo da solo nel nostro affossato letto matrimoniale. Avevo spento la candela e mi ero infilato sotto le coperte; da qualche parte, nel bel mezzo dei miei piacevoli progetti per l'indomani, avevo avvertito una scintilla d'eccitazione che si era trasformata velocemente in una furiosa erezione. Il lenzuolo, delicatamente avvolto al mio interno coscia, aveva la soffice consistenza dei capelli di Mimi. La punta di un dito che carezzava la mia carne era un capezzolo scuro di uno dei suoi grossi seni premuto contro di me. Mi leccai un palmo, e strizzai l'intera lunghezza del mio cazzo con la mano bagnata, e nella mia immaginazione la bocca di Mimi succhiava e carezzava...

...da oltre la cucina giunse il suono della piccola porta scorrevole. Mimi si calò dalla cuccetta e camminò con passo tranquillo verso la cucina.

Nell'oscurità mi accarezzai con maggior delicatezza, stando all'erta per sentire il suono di passi che si avvicinavano. Rallentai il movimento della mano e mi spostai su un altro terreno mentale.

Ti farò impazzire e implorare, bambino, sussurrò con voce flebile la Mimi della mia fantasia. Più saliva, e nella mia mente si presentò all'improvviso un asciugamano insaponato; ne strofinò la superficie calda e scivolosa sulle mie cosce e sulla pancia. Poi osservai il tessuto che risaliva con infiniti movimenti circolari le sue gambe, l'inguine, il petto. Stuzzicandomi, scivolò contro di me. Delizioso, e oh, per tutti i santi, ora sentivo i suoi seni insaponati sul mio corpo – i capezzoli duri che premevano attraverso la schiuma. Si stava strusciando, stava scivolando verso il basso, stava...

Un rumore proveniente dalla cucina, sembrava il piatto smaltato di blu che veniva spinto sull'orlo del tavolo, per poi capovolgersi con uno schianto bagnato sulle assi del pavimento...

Oh, per l'amor di Dio, non adesso, gemetti tra me, c'ero quasi, non volevo fermarmi, no, non potevo fermarmi...

...un tonfo di ginocchia, un debole gemito, il suono stridulo del piatto...

Ero conscio solo di quanto fossi eccitato: i miei piedi formicolavano, avevo la gola secca. Assaporavo l'eccitamento sessuale sulla lingua – denso e gustoso come vino. Un odore di muschio si levava dalla mia pelle...

Il piatto smaltato stava raschiando sul pavimento, come se, pensai, Mimi lo stesse spingendo col naso in una direzione e nell'altra, fiutando come un animale. Cercando di capovolgerlo di nuovo, per raggiungere il cibo sotto il bordo.

In un lampo mentale, vidi lo stufato sul pavimento in una pozza di grasso freddo.

La mia mano si mosse più velocemente, e capii di essere sul punto di venire. La Mimi della mia fantasia strinse le labbra, tirandomi più in profondità nella sua bocca.

Nello stesso istante, sentii il piatto scivolare con un tintinnio sul pavimento della cucina.

Digrignai i denti, tagliando fuori la realtà. Mi concentrai sulla sensazione immaginaria della lingua – un cuscinetto soffice e umido che mi avvolgeva. Il suono mentre scivolava, leccava. Venni, con un lungo brivido, mentre il respiro mi sibilava tra le labbra.

Dalla cucina provenne un forte suono. Fauci che masticavano rumorosamente, un trangugiare bagnato.

Cominciai a tremare e provai un terribile gelo, come se mi avessero cosparso all'improvviso di acqua gelida.

Ero in camera da letto, a fingere che mia moglie fosse accucciata tra le mie gambe a leccarmi il cazzo. Invece era in cucina, a quattro zampe come un cane, a mangiare il suo cibo dal pavimento.

\* \* \*

— Ti ho sentito, sai?

Mi ero appisolato, e adesso mi risvegliavo alla luce fioca di una candela, con un peso soffocante sul torace che m'inchiodava al letto.

— Cosa? — dissi, emergendo dal sonno.

Anyeta, nuda, ghignante, era a cavalcioni su di me. — Un ragazzo solo, vuole giocare, e deve giocare da solo. Emise un *tsk-tsk*, scuotendo la testa.

Sentii il mio viso avvampare. — Non so di cosa stai parlando.

— No? — ridacchiò. — Non puoi fregare una mano esperta come me — disse, poi piegò la testa all'indietro, sbellicandosi dalle risate per la sua battuta.

— Nossignore. — Sollevò una coscia con lentezza, poi si tolse da sopra di me. Si allontanò di alcuni passi dal letto, dondolando i fianchi magri. — Per di più, ne sento l'odore su di te — disse, muovendo con sensualità una mano sottile lungo il muscolo teso della coscia, verso l'inguine. — Proprio come — continuò, toccandosi leggermente, — tu lo senti addosso a me.

Aveva ragione, dal suo corpo si levava a ondate un odore maturo, un profumo umido che avevo pensato provenisse dal mio corpo. Deglutii a vuoto. I miei occhi percorsero a disagio il suo corpo; vidi quanto era bagnata, la carne perlacea che luccicava...

— Stavo giocando da sola in quell'assurdo, piccolo letto. Non era male ovviamente, ma perché dobbiamo giocare da soli? Mmm? Il tocco di qualcun altro è sempre più eccitante. — La sua voce calò di tono sull'ultima parola. — O no? — domandò, avvicinandosi al letto. Chiusi gli occhi, in parte affascinato, in parte spaventato. Le sue dita mi sfiorarono il naso e la bocca, lasciando tracce umide come bava di lumaca. Mi sedetti e allontanai le sue mani. Ridacchiò di nuovo, con gli occhi illuminati da una gioia perversa. Parve arretrare, ma poi le sue mani cercarono il mio inguine e premette le labbra contro le mie.

— Lo vuoi, vuoi lei. Io posso dartela, puoi vederla, ma non come si vede lei — disse Anyeta, e per un attimo vidi i lineamenti di Mimi sovrapposti ai suoi, il volto parzialmente sommerso da uno strato di ispida peluria.

Gemetti, ma ora stavo fissando mia moglie, la sua figura aggraziata e piacevole. La vita sottile, i seni dai capezzoli scuri, i fianchi prosperosi e le gambe affusolate. Anyeta girò su se stessa e sentii le sue natiche (quelle di Mimi!) premere contro di me, la carne soffice che si dischiudeva. Spinse ancora di più all'indietro.

— Così mi piace — disse. — Continua — mi incitò.

I miei denti e le mie labbra erano affondati nel suo collo. Le mani si sollevarono, posandosi sulla soffice rotondità dei seni, il cuore mi martellava nel petto, e Dio sa che una parte di me la desiderava. Ma la donna che volevo...

— Non sono come lei — gemette Anyeta, mordendosi le labbra e fregandosi contro di me. — Mi piace nel culo...

...no, la donna che volevo era Mimi, mia moglie, non un'oscena e volgare puttana, non lo era mai stata. Pensai ai tempi in cui Anyeta aveva tentato di sedurmi, quando le avevo chiesto del denaro, quando Mimi aveva perso il nostro primo figlio, Elena. Erano passati vent'anni e stava ancora continuando con quel gioco. — No! — urlai. Bruscamente, spinsi via Anyeta.

Atterrò sul pavimento, poi sollevò lo sguardo verso di me con occhi carichi d'odio.

– Se non vuole me – sbottò, – forse il gentiluomo può scegliere qualcun'altra. Era il motto di qualunque tenutaria di bordello. Sebbene non esistesse puttana al mondo che l'avrebbe pronunciato con quel tono velenoso.

Strisciò via, quando raggiunse le scale e mi osservò da sopra la spalla vidi Mimi, gli occhi annebbiati dallo stupore. Cominciò a sgattaiolare su per le scale, sbattendo sgraziatamente sugli scalini, e poi era di nuovo Anyeta che rideva, e immaginai che avesse imitato mia moglie per tormentarmi.

– Posso essere la tua cagna tutte le volte che vuoi, caaaro – ghignò, mettendosi in piedi.

Alcuni secondi dopo udii il suono della piccola porta di legno che si chiudeva di schianto.

### – 51 –

Fu il peggior incubo della mia vita. Ero in un bordello a Buda vecchia. Le ragazze mi passavano davanti pavoneggiandosi. Sedevo in un salotto pacchiano, con un bastone nero da passeggio poggiato tra i piedi e un drink su un tavolino accanto alla mano. Una grassona bionda con una faccia da bambina sporgeva le labbra rosse, poi si voltava per mostrare il contorno paffuto del suo culo bianco.

– Lei? – Il ventaglio di seta nera della tenutaria del bordello scese sulla mia spalla con uno scatto improvviso, e io scossi la testa. Fece segno di allontanarsi col ventaglio, e la cicciona bionda sparì sinuosamente dietro un cencioso drappo di velluto.

La madama si piegò, e vidi l'estremità di un lungo ricciolo argento, mentre mi sussurrava all'orecchio sentii odore di brandy. – La prossima è davvero speciale.

Batté le mani, la porta scorrevole si aprì per la quarta o quinta volta. Dall'altra parte, una graziosa ragazza orientale avanzò a piccoli passi, il volto dipinto di bianco. Indossava uno spesso kimono blu.

– Orientale – disse la tenutaria, senza che ce ne fosse bisogno.

– Assolutamente pulita. L'ho trovata io stessa.

Scossi di nuovo la testa.

– Se non vuole lei, forse il gentiluomo può sceglierne qualcun'altra – disse la donna, e avvertii irritazione nella sua voce.

Batté le mani di colpo, e il ventaglio, legato a una cordicella nera intorno al suo polso, ondeggiò follemente. La porta si aprì e un'intera fila di donne – di tutte le forme, taglie e colori – cominciò a sfilarmi davanti, con i loro tacchi alti che schioccavano sul pavimento di piastrelle.

– Forse...

– Non ce ne sono altre. Scegli.

Sollevai lo sguardo verso la tenutaria, una vecchia con una parrucca bianca; per un attimo pensai è *Anyeta, è un trucco.*

– Camminate ragazze, camminate in fretta – strillò.

Loro cominciavano a trotterellare via.

Una visione di carne tremolante, di sottovesti di pizzo, di piedi che si affrettavano.

Si stavano allontanando dalla mia portata, irrevocabilmente. Una a una le puttane scomparivano dietro il drappo di velluto rosso.

– Lei? Lei? – Il ventaglio di seta batteva sulla mia spalla, ancora e ancora.

Sollevai lo sguardo, trattenendo il respiro: era Anyeta, i suoi occhi neri m'inchiodavano, senza nemmeno guardare la fila di donne sollevai un braccio e gridai: – Quella, prendo quella con lo chiffon rosa. Lei... la terza dalla fine! Voglio *lei!*

– Molto bene, signore. Come desidera. Ottima scelta, la ragazza è vergine. – La madama poggiò le mani sui fianchi larghi e sorrise. Poi batté le mani, e la scena cambiò.

Ero al buio, mi muovevo sopra la ragazza, le mie mani artigliavano lo chiffon rosa trasparente, strappandolo. O mio Dio, una vergine addestrata alla prostituzione, pensai, colto da un'eccitazione frenetica. Le succhiai i seni e lei gemette.

– Per favore, oh, per favore – sussurrò con voce debole, impotente.

Ero estasiato, mi domandai se le piacesse o mi stesse chiedendo di fare piano. Spinsi più a fondo. La ragazza, un po' grassottella, faceva resistenza e si agitava sotto di me, eccitandomi ancora di più.

Andò avanti a lungo. – Adesso, così – urlai, facendole cambiare posizione più volte, possedendola ancora e ancora. La mia mente era in subbuglio. Immaginai il suo piccolo corpo tarchiato gravido del mio bambino, i suoi seni fanciulleschi gonfi di latte, percorsi di vene blu.

Andò avanti a lungo – finché la luce sbiadita del giorno cominciò a filtrare dalle imposte, e io stavo ancora ansimando sopra di lei.

– Per favore, oh, per favore – ripeté, e riuscii a scorgere i piccoli boccioli del suo seno sotto di me, le ciglia scure e folte che riposavano sulle guance da bambina, la cascata scura e luminosa dei suoi capelli.

Il mio cuore sussultò con una fitta di dolore nella cassa toracica.

– Per favore, papino, per favore – m'implorava Lenore.

Mi sedetti di scatto, un grido di terrore bloccato in gola. Non importava che fosse soltanto un sogno: il senso di colpa, disgustoso come la più ributtante delle fogne, si allargava in una pozza nera nel mio cervello. Sollevai una gamba tremante oltre il bordo del letto e toccai il vaso da notte. Mi piegai, le budella che si torcevano, e fui scosso dai conati di vomito.

Il mio cuore rallentò, barcollai, lamentandomi.

E, o Cristo, ero nauseato al pensiero di non riuscire a vomitare.

– 52 –

– Dormito bene, caaaro?

Cercai tentoni le lenzuola per coprirmi, poi sollevai lo sguardo per vedere Anyeta che si appoggiava con aria vivace allo stipite della porta, i suoi occhi di ossidiana illuminati da un'esultanza maliziosa. Lenore era al suo fianco.

– Sei malato, papà? Mamma sta molto meglio, stamattina – cinguettò

Lenore, dando un veloce abbraccio ad Anyeta. – Penso perché stiamo andando alla fiera, aveva bisogno di avere qualcosa da fare.

– Non andiamo alla fiera. Prima vado a barattare i cavalli rimasti e poi torno a prenderti.

Lenore lanciò un gridolino, ma non la guardai. Quanto tempo ancora, pensai, mentre un brivido mi strisciava nelle viscere, prima che mi ritrovi a camminare nel sonno fino al suo letto?

– Vestiti, Lenore – dissi a denti stretti, lei corse verso la cucina, con la vecchia vestaglia di Mimi che le svolazzava intorno. Quando udii la porta della carrozza chiudersi mi alzai dal letto, trascinandomi dietro il groviglio di coperte e lenzuola, e mi spostai verso Anyeta. Se ne stava lì in piedi, inflessibile, il volto severo nella prima luce del mattino.

– Hai inviato tu quel sogno – dissi, sentendo la rabbia montare.

– Non era eccellente? – sghignazzò, piegando la testa all'indietro.

Le afferrai un braccio, stringendo le dita intorno alla carne. – Preferirei tagliarmi la gola piuttosto che toccare la bambina.

Non si spostò, ma sollevò gli occhi e li piantò nei miei. – Capisco. È per questo che guardavi attraverso la vestaglia? È per questo che deglutivi a vuoto? Era la forma delle sue cosce o il pensiero delle sue tette? – Sollevò lenta una mano sino alla curva del seno.

– Ti ucciderò, fottuta troia.

– Una vergine addestrata alla prostituzione, non era così? – mi derise, e io mi allontanai di un passo, sentendomi all'improvviso svuotato. Non potevo lasciare Lenore – lasciarla con Anyeta. Era troppo giovane per tener testa a Mimi. Un terribile peso mi schiacciava il petto. Le mie dita si strinsero intorno alle lenzuola. Solo poche settimane prima Lenore mi aveva detto di aver sentito che l'Imperatrice Elisabetta adorava le stesse cose che aveva amato suo padre, il duca Massimiliano. Gli animali e i viaggi, imparare nuove lingue e scrivere poesie. – Ho sentito – aveva detto, – che a suo padre piaceva vestirsi da menestrello e andare alle fiere. Quando era una ragazza, lui suonava la chitarra e cantava, mentre Sissi agitava il suo tamburello, danzava e raccoglieva le monete che tirava la folla. Non credi che sia come per gli zingari? – Ero sveglio solo in parte, avevo annuito sopra il vapore del mio caffè, rispondendo "uh-uh", più per farla stare tranquilla che per altro. Ma carica dell'energia mattutina tipica dei bambini, lei aveva continuato a chiacchierare. – Sissi è come i suoi genitori; e tu hai suonato il violino e la mamma ha un tamburello.

Aveva fatto una pausa, inizialmente avevo pensato che fosse per attirare la mia attenzione, ma poi avevo capito che qualcosa la turbava. – Sissi ha paura della follia; e credo che forse qualcuno della sua famiglia è impazzito. Quindi, ciò che voglio sapere è – aveva detto, pizzicando la tovaglia con le dita, – dato che mi piace imparare cose sulle erbe, e tu dici che assomiglio alla mamma...

– Lenore aveva esitato. – Credi che quando crescerò diventerò come lei?

Dall'esitazione nella sua voce avevo capito che aveva paura di Mimi, della madre dagli occhi viola e spiritati che se ne stava seduta in un angolo. Ripensai al sollievo che aveva mostrato Lenore poco prima, perché sua madre sembrava star meglio. Ma se la madre che temeva Lenore era sparita, quella che temevo io era proprio di fronte a me. Sollevai lo sguardo verso di lei.

Anyeta ridacchiò. — Corri il rischio, Imre — disse, tamburellando con le dita. — Lasciarla sola con me? Mmm. Difficile dire cosa potrebbe vedere o imparare. Sogghignò. — Portarla con te? Lei vuole andare alla fiera, certo. Ma è difficile sapere cosa potrebbe accadere, non è vero? Difficile dire quanto puoi fidarti di te stesso. Un uomo nella tua posizione tocca il fondo in fretta. È un bel rischio. Ma, oh, è così interessante scoprire quanto carattere hai.

— Fuori di qui — dissi, ma lei si limitò a incrociare le braccia e a restarsene poggiata allo stipite di legno.

— Hai paura, Imre? — mi canzonò. — Com'è quel vecchio detto zingaro? *La paura è il padre del desiderio.*

— Fuori di qui, troia, fuori mentre mi vesto.

La porta d'ingresso si aprì di uno spiraglio. — Stiamo andando, Lenore — disse con voce allegra. — Ho convinto tuo padre. Mi lanciò un sorriso malevolo e se ne andò.

Ero stato sul punto di dire che stavo per attaccare i cavalli perché ce ne andavamo, ma lei mi aveva rubato le parole che pensavo, le aveva dette a voce alta. Potevo sentirla ridere mentre m'infilavo i vestiti in fretta e furia.

* * *

Le giornate erano sicure, pensai, in piedi sotto un grande albero ai margini della fiera dove avevo aperto bottega – per così dire – per gestire lo scambio di cavalli. Intorno a me regnava il rumoroso tintinnio del carnevale.

Eppure le notti... deglutii a vuoto. Ultimamente non avevo dormito granché. Ero troppo spaventato dai sogni. Ero ancora più spaventato di cadere sotto l'incantesimo della strega e di metterli in atto. *Per favore, papino, per favore.* Quella vocina indifesa, e Lenore, pensai, respirando a fondo... mi chiamava così solo quando provava un improvviso impeto d'affetto o quando stava male.

Un cliente con un enorme paio di baffi si avvicinò con aria pigra. Era vestito in modo malconcio; aveva l'aspetto di un curioso, non di un compratore. Proprio come mi aspettavo scosse la testa, pensava che il prezzo dei cavalli che offrivo fosse troppo alto, e si allontanò con passo tranquillo. Non ero preoccupato; lo osservai scomparire tra la folla.

— Ti ho cercato dappertutto, papà. — Mi voltai per vedere Lenore che mi sorrideva radiosa, sollevando il viso per ricevere un bacio, e prima di riuscire a fermarmi mi ritrassi con un sussulto. S'infilò l'ultimo morso di un *gogos*, una pasta simile a una ciambella, in bocca, e continuò. — Come vanno gli affari?

Mi sentii sollevato. — Tutto a posto. — Gli affari stavano andando bene. Avevo lustrato i ronzini con cui eravamo arrivati e li avevo venduti. Avevo preso il denaro e comprato cavalli migliori, poi li avevo scambiati con quelli che brucavano tranquilli sotto l'albero, tre roani e uno stallone. Li indicai con un cenno del capo. — Non può andarci male. È l'ultimo pomeriggio della fiera. Ci saranno un mucchio di altri capi di bestiame in arrivo. Se riesco a vendere al prezzo che voglio guadagnerò qualcosa... altrimenti − dissi, scrollando le spalle, − quelli ci riporteranno in Ungheria.

Lenore annuì, e notai che indossava un paio di enormi orecchini d'argento.

− Quelli dove li hai presi? − domandai.

− Li ho comprati da un ragazzo zingaro. − Sollevò una mano e fece ondeggiare gli orecchini.

− Non sono veri − dissi. − Sono *peche*, e faranno diventare i tuoi lobi verdi prima che finisca la settimana.

Un vecchio ci superò, osservandoci, e Lenore mi sussurrò nell'orecchio. − Be', papà, è come quando vendi i ronzini. Mischi inchiostro e fuliggine per nascondere i peli grigi dei loro musi o metti il catrame di carbone nei loro molari per far sembrare i denti di un cavallo vecchio come i centri scuri di uno giovane. Dici sempre "credo che tra una settimana l'acquirente starà lanciando maledizioni sulla mia testa da zingaro, ma un affare è un affare".

Ridacchiò, arretrando. − Comunque non m'importa, li adoro. − Scosse il capo facendoli tintinnare, poi prese un piccolo specchio dalla tasca e vi sbirciò per vederli risplendere. Mi colpì il pensiero che fosse un gesto che avrebbe potuto compiere Anyeta. − Mettilo via − dissi pacato. Ripose lo specchietto. In lontananza udii il debole motivo della giostra che tintinnava come un carillon. Sollevai lo sguardo. Riuscivo a scorgere la punta dorata, parte del palo centrale striato di rosso.

Anche Lenore si voltò. − Oh − disse, − quella è il motivo per cui sono venuta. Volevo che mi portassi sulla giostra. Una ragazza mi ha detto che vendono i biglietti a metà prezzo perché oggi è l'ultimo giorno.

Sentii lo stomaco annodarsi. La giostra, sapevo, era allestita con gli animali dell'arca di Noè. Scorrevano − cammelli, scimmie, cavalli e giraffe − due a due intorno al loro percorso di specchi scintillanti e dipinti dai colori vivaci, che mostravano l'intero e variegato equipaggio che saliva sulla barca di Noè, su uno sfondo così verde che sembrava la giungla.

Riuscivo a immaginare gli animali montati sui loro pali che facevano su e giù. − No, non posso − nel caso arrivi qualche cliente...

− Ma hai appena detto che non può andar male.

− Vai tu. Ti do i soldi − ribattei con voce roca, mettendo una mano in tasca per prendere il denaro.

− Io voglio andarci con te.

− No − dissi, scuotendo la testa. All'improvviso, nella mia mente era fiorita l'immagine del suo corpo di bambina seduto sulla giostra davanti al mio. La schiena minuscola premuta contro il mio petto massiccio. Le mie gambe piegate intorno alle sue. − No. Deglutii a vuoto.

− Andiamo, porta tua figlia sulla giostra − disse Anyeta, accostandosi a noi, i fianchi magri che ondeggiavano come quelli di un gatto. Un ventaglio carnevalesco fatto di carta penzolava da un cordino giallo avvolto intorno a un polso. Giocherellò per un attimo coi capelli ricci di Lenore, poi aprì il ventaglio.

− Oh sì, ti prego, papà. La mamma è già venuta sulla giostra con me. Ti prego.

− No − farfugliai, ma sembrava che non potessi fermarmi. Lenore rise, prendendomi la mano e tirandomi tra la calca, mentre Anyeta ci guardava, gli occhi fiammeggianti sopra la curva lucente del ventaglio.

* * *

*Le giornate sono sicure*, mi dissi, osservando la folla di bambini – le loro bocche sporche di marmellata, le braccia cariche di orribili premi imbottiti – che si arrampicava sulla giostra, trascinando con sé madri e padri sulle bestie vorticanti.

– Tirami su, papi! – cinguettò una bimba all'indirizzo di suo padre, mentre con una mano paffuta dava dei colpetti sul fianco di un leopardo.

Lenore si sistemò sulla sella di cuoio di un cavallo bianco con la lingua rosa e i denti punteggiati di schiuma. Diede uno strattone alle redini dorate. – Forza – mi incitò.

– Rimango qui – dissi, chiudendo le dita sudate intorno al palo su cui era montato il cavallo. Colsi un improvviso aroma di cibo, salsicce calde nell'aria riscaldata dal sole, un odore pungente da premonizione. *Non farlo. Non salire dietro di lei*, sussurrò una voce saggia nella mia mente. Ma ero a malapena consapevole del pericolo; non percepivo la terribile catena di eventi che infine mi avrebbe condotto alla rovina, facendomi contrarre la schifosa malattia che mi sta consumando le forze e mangiando la carne.

– Non dirmi che hai paura – mi stuzzicò.

– No – dissi, aggrappandomi all'asta e scuotendo il capo con testardaggine. – Rimango qui – ripetei.

– Non ti lasceranno stare là – ridacchiò. – Nessuno in piedi, devono cavalcare tutti. – Indicò un addetto alla giostra, che stava dicendo la stessa cosa a un uomo con una pancia enorme che sollevava gli occhi al cielo. Lo guardai sbuffare, l'addetto gli diede una spintarella per farlo sedere dietro il figlio sorridente.

– Sbrigati, papà – disse Lenore. – Sta iniziando la musica.

*Le giornate sono sicure*. Sentii le assi di legno sollevarsi un poco sotto i miei piedi e balzai sulla sella.

* * *

La giostra ronzò, cominciando a muoversi in un cerchio vertiginoso. Lenore rideva. C'era la musica, lo sfondo della giungla che vorticava; i suoni della folla, le facce sorridenti riflesse nei lunghi specchi scintillanti. Vidi il sorriso di Anyeta trasformarsi in una macchia bianca, mi sembrò di cadere vittima di un incantesimo, ondeggiando lievemente col movimento del cavallo, sobbalzando su e giù, su e giù, con le mani che sfioravano i fianchi di Lenore – e all'improvviso mi accorsi del suo piccolo viso che mi guardava con perplessità da sopra la spalla, sbirciando all'indietro.

– Papà – cominciò, – c'è un bitorzolo sulla sella. – Si spostò in avanti con uno strattone, cercando di opporsi alla forza centrifuga della giostra. Poi utilizzò una mano per tastare sotto di lei e...

Il mio inguine. Buon Dio, le sue mani sono sul mio inguine perché... provai una sensazione d'orrore improvvisa e dolorosa come un manrovescio. Le mie guance s'incendiarono, udii un basso gemito morirmi in gola. L'aveva sentito: il mio cazzo, rigido, duro come ferro contro la sua schiena. Vidi la confusione sul suo viso, era convinta (o Cristo, lo pregai) fosse un rigonfiamento della sella, ma era dubbiosa, perché prima l'aveva sentita piatta.

O Dio, Dio, aiutami, implorai, sopraffatto dal rimorso e dalla paura. Mi allontanai da lei con uno scatto, saltando giù dalla sella. Corsi in avanti, chino per lo strazio. I miei passi erano instabili, le assi roteavano in modo vertiginoso sotto i piedi; fuggii dalla giostra. Mi feci strada attraverso la folla. Poi vidi gli allegri occhi ossidiana di Anyeta che mi sbirciavano da sopra il ventaglio giallo.

– È colpa tua! Per l'amor di Dio – urlai, avvicinando il mio viso al suo. – È una bambina di dodici anni. – Ci fu un attimo di sospensione, la folla si allontanò da me, e corsi via.

Alle mie spalle udii quella musica melensa che continuava, e delle urla: *cos'è successo? Avete visto? Quell'uomo è saltato giù all'improvviso dalla giostra!* Lanciai un'occhiata indietro, osservando la macchia caleidoscopica di colori e vetri, le sagome bizzarre e confuse degli animali, e sopra tutto il resto, il viso in lacrime di Lenore dietro la nuvola dei suoi capelli scintillanti.

\* \* \*

Mi ubriacai e trovai una puttana.

Più mi sbronzavo, più mi sembrava che sbattermi una prostituta fosse l'unico modo per togliermi dalla bocca quel gusto. Ce n'è sempre qualcuna che si lavora le folle del carnevale. Ed eccomi lì a bighellonare in un tendone di stamigna gialla, bevendo direttamente dal collo di una bottiglia di brandy, aspettando che una di loro mi passasse davanti. Ne volevo una bionda. La volevo vecchia. E più di tutto, pensai fregandomi gli occhi, non volevo che la sua testa arrivasse all'altezza del mio torace, com'era per Lenore. Osservai la folla, facendo di proposito l'occhiolino a un paio di donne dalla voce roca.

– Ci offri da bere, bello? – disse quella più bassa. Era una ragazza magra, non poteva avere più di diciannove anni, indossava un enorme cappello ornato di stelle filanti rosa.

– Certo. – Feci un cenno al barista, che tirò fuori due bicchieri. Le donne mi circondarono, sollevando i bicchieri e ringraziandomi. Indugiai con lo sguardo su quella grossa. Bionda, larga e dondolante come un vagone merci. Era più alta di me. Perfetto. Parlai a bassa voce e giungemmo a un accordo.

– Sei sicuro di non volerci tutt'e due? – disse quella più bassa. – Io sono più giovane e grintosa di Marta. Ti costerà poco di più – disse, dandomi una strizzata furtiva alla coscia sotto un lembo trasparente della stamigna gialla. – Sei sicuro che la vuoi proprio bionda?

– Fila via – disse Marta. – Vuole una ragazza abbondante con... esperienza.

– Se lo dici tu. – Tirò su col naso, agitando i nastri rosa. – Io la chiamo una vecchia scrofa lardosa.

Comprai un'altra bottiglia e ci allontanammo, col mio braccio che cingeva la sua vita larga.

* * *

Mi condusse all'interno di una specie di capanno, addossato al retro di un baraccone di legno. Dall'altro lato della tenda una vecchia vendeva vasetti e barattoli d'erbe, marmellate, miele e tè. Faceva buoni affari, immaginai, a giudicare dal tintinnio dei vasi appesi a una corda intorno al baraccone. Lo stesso valeva per la mia puttana. La prima cosa che fece fu sollevare la gonna stropicciata, mettendo in mostra una coscia voluminosa, e tirò fuori dei soldi dal risvolto nero della sua calza. Li mise in un vaso di terracotta vicino alla porta.

— Abbiamo una specie di accordo — disse.

Mi sedetti e cominciai a svestirmi.

— Uh-uh, non puoi usare il letto — disse, accennando col capo al materasso sudicio dove dormiva la vecchia venditrice. — Non le va che usi il suo letto.

Così la presi in piedi, contro il muro. Tre volte, mentre lei mi sussurrava all'orecchio: — Piano ora, piano... alla vecchia non piace che i suoi clienti dall'altra parte capiscano, sai.

Tenni gli occhi aperti tutto il tempo. Mi concentrai sulla carne massiccia, sui grossi pori della pelle, sui capelli di un biondo vivace. Nelle pause bevevo a grandi sorsi dalla bottiglia, pulendomi la bocca con la mano prima di passargliela. Non beveva molto, faceva solo dei piccoli sorsi, quando insistevo. — A quanto pare non lo fai molto spesso, eh, amico? — disse, cominciando ad abbottonarsi il vestito. La fermai. Volevo proteggere Lenore, costringermi a stare con quella donna, per prosciugarmi fino all'osso.

— Ti costerà di più — disse, e annuii. La strapazzai di nuovo, ma questa volta sentii il mio pene ritirarsi nelle profondità usurate del suo sesso. Quando mi spinse via ero ancora più ubriaco e stavo piangendo. — Oh, Cristo, Mimi, perdonami — piagnucolai. — Avevo paura, tanta paura, e non potevo fare altro.

— Va bene, va bene, è abbastanza per ora. Ti ci vorrà fino a Natale prima di ricaricare la pompa. — Chiuse il vestito. — Torna da tua moglie, adesso.

— Lo farò — dissi, tirando su col naso e fregando via le lacrime.

— Ma se fossi in te, accetterei un consiglio. Non chiamare a squarciagola quella Lenore mentre ti stai sbattendo *lei*...

— Cosa — Mi sentii sbiancare.

— Sicuro, per tutto il tempo che mi hai sbavato addosso hai sussurrato il nome della tua ragazza. Non sta bene, con una *moglie*. — Tirò indietro la pancia e iniziò ad abbottonarsi il vestito. La temperatura parve farsi torrida di colpo all'interno del piccolo capanno di tela. All'esterno i vasetti tintinnarono e la vecchia batté una vendita. Il mio cuore tremava in preda a un dolore acuto, avevo la nausea. — Uomini — scosse la testa, sollevando lo sguardo su di me. — Siete tutti uguali.

Tremando, presi la bottiglia e me ne andai.

* * *

— Ehi, non ho nessuna fretta — dissi a un uomo con indosso un completo nero nuovo di zecca e un paio di luccicanti stivali di cuoio verniciato. Portava una spilla costosa sul colletto. Presi un lungo sorso dalla bottiglia, poi gliela passai. Rifiutò, gli occhi tradirono un fugace disgusto.

– No? – disse. – Conosco tutti i trucchi zingari. – Passò una mano guantata lungo il muso fulvo di una giumenta; diede un'occhiata al guanto, poi pizzicò appena la carne sotto gli occhi vitrei dell'animale. – Usi una cannuccia per soffiare aria sotto gli occhi in modo che non sembrino incavati?

– No – dissi con sincerità. Il sole mi feriva gli occhi, facendomi pulsare la testa con violenza. Non mi piaceva quell'uomo pomposo, volevo farla breve. Mi pizzicai il naso, feci una smorfia. – Li compri, oppure no? Ci saranno un centinaio di uomini che vogliono questi cavalli, oggi pomeriggio – biascicai, e per un attimo mi chiesi se avesse sentito.

– Forse. Forse no. – Batté una sigaretta su un sottile astuccio d'argento.

– Adesso sono le tre – disse, aprendo le mani. – Dove sono tutti questi compratori?

Fece un sorriso rammaricato. – Da dove hai detto che vieni? Gradistea? Forse non hai sentito. Molti non verranno qui... non quest'anno. C'è la morva, nella regione.

– Morva...

– Una malattia dei cavalli, che spesso può passare all'uomo e infettarne altri.

– So cos'è – dissi con fervore, con la testa che mi pulsava. Lesioni e croste sanguinolente. Carne viva che gocciolava pus denso... scacciai il pensiero, bevvi l'ultimo sorso della bottiglia e la scagliai via. Scintillò nell'erba.

L'uomo sollevò le mani guantate. – I tuoi cavalli sembrano sani – disse, nello stesso istante in cui sentivo un vago fruscio alle spalle e giravo la testa, la vista che si appannava, per scorgere Lenore e Anyeta che camminavano verso di me.

L'uomo parlava a bassa voce mentre tastava delicatamente, con un dito, le narici della giumenta, alla ricerca di minuscoli noduli che avrebbero potuto diventare più grandi, più spessi...

– Papà.

– Non adesso, Lenore.

– Papà – continuò, – volevo solo dirti che mi dispiace di averti fatto arrabbiare.

Questa volta mi voltai completamente, le mani sui fianchi; stavo quasi per dirle che non ero arrabbiato, di lasciarmi condurre gli affari in santa pace, ma le parole mi morirono sulle labbra.

I suoi occhi avevano un'espressione vacua. Si alzò in punta di piedi, e prima di potermi ritrarre le sue labbra sfiorarono le mie. Sentii la punta della sua lingua, le piccole mani che mi stringevano forte la vita.

La mia bocca si aprì, il viso s'infiammò, avvertii gli occhi curiosi del cliente altolocato che studiavano la scena. Capii che stava osservando i nostri abiti sciatti, pensando che eravamo usciti da uno da uno di quei posti dimenticati da Dio dove l'incesto era molto, molto comune...

– Lenore – gracchiai, passandomi una manica sulle labbra umide. Lei ridacchiò, poi fece un passo all'indietro, e fu in quell'istante che intravidi lo scintillio accecante del pendaglio d'argento che portava al collo. O buon Dio, indossava quell'oscena luna crescente, il ciondolo che Zahara aveva rubato e portato al collo. Lenore stava cadendo vittima dell'incantesimo di Anyeta. La mia bambina marchiata dalla strega come una schiava, con un girocollo! Tutto ciò che era accaduto esplose in me con una forza tale da annichilirmi.

— *Dove l'hai preso quello, dove?* — urlai, afferrandola per le spalle e scuotendola. La sua testa ondeggiò come quella di una bambola di stracci. Provando vergogna, la lasciai andare. Oh Cristo, perché l'avevo tenuto?

La sua mano afferrò il ciondolo. — Mamma — cominciò, gli occhi che guizzavano come falene, poi esitò. — Lei...

— Toglilo! — urlai. La voce di Joseph mi trapanò il cervello. *Qualunque cosa indossata a lungo diventa come la persona stessa, ne assorbe pensieri, sensazioni.*

— Ha detto che sarebbe stato bene con gli orecchini, i cerchi.

L'avevo comprato per Mimi quel giorno a Sighisoara, la prima volta che avevamo fatto l'amore. Zahara l'aveva bramato a lungo; e volendo me, l'aveva indossato forse per anni... Zahara era stata posseduta. *Qualunque cosa indossata a lungo.* Le parole continuavano a ronzarmi in testa. La stessa cosa che se l'avesse indossato la strega, e Lenore non aveva forse baciato le mie labbra, poggiato la sua lingua e la bocca umida sulla mia? Anyeta si sarebbe impossessata del corpo della bambina e io sarei stato impotente; lei avrebbe riso quando avessi ceduto e fossi impazzito per il tormento — e l'avessi scopata ancora, e ancora.

— No — gemetti. Nella testa udivo le minacce e i feroci dileggi di Anyeta. *Indosserò tua figlia come un ciondolo intorno al collo.*

— No. — Afferrai la catenina e la strappai via dal collo di Lenore. Segni rossi simili a minuscole punture d'insetto circondarono la tenera carne della gola. Rimasi lì, sconvolto, con la catenella che penzolava tra le dita, la luna crescente d'argento che dondolava avanti e indietro.

— Sei ubriaco, Imre! — gridò all'improvviso Anyeta.

Ma non era colpa dell'alcol, non davvero; e lo sapevo. Era lei. — Non sono così ubriaco, maledetta troia, e lo sai!

Gli occhi di Lenore si spalancarono, la sua bocca si aprì in una O tremolante. Piangendo, mi strappò dalle mani il ciondolo d'argento, poi si sollevò la gonna e corse via.

— Lenore, Lenore — urlai, le lacrime mi scorrevano lungo il viso. — Torna indietro, non capisci, è questo ciò che vuole. Sta cercando di... oh Gesù — piansi, crollando sulle ginocchia e seppellendo tra le mani la testa. Il sole bruciava e mi percuoteva la nuca. Udii voci cantilenanti simili a un ronzio di mosche. Caddi all'indietro sull'erba calda.

— È ubriaco — sentii Anyeta dire, la voce patetica di una casalinga maltrattata per anni. — Litiga sempre con me o con mia figlia... e beve fino a svenire.

— No — tentai di dire, ma avevo la lingua incollata al palato.

— Per favore, signore — disse al mio cliente. — Ci aiuti, abbia un po' di pietà. È così da giorni. Temo che non abbia scelto bene, credo che questi *grastende*, questi cavalli, siano pieni di malattie...

— Sono sani — mormorai, tentando di alzarmi. Un peso invisibile m'inchiodava al suolo. Capii che l'uomo, tutto cuoio verniciato e gioielli vistosi, era un impostore. Stava cercando un ubriacone, uno stupido. Aveva trovato me. E poi Anyeta. No, per la miseria, Cristo, no!

— I miei cavalli sono qui — disse il cliente. — Vuole scambiarli?

— Sì, oh sì. — Udii l'impazienza nella sua voce.

Capii cosa stava facendo. Cercai di protestare, ma ero impotente, non potevo fermarla. O Dio, non è l'alcool, pensai, e alcuni minuti dopo sentii il cliente che portava via i miei cavalli sani, in piena salute, i loro zoccoli che battevano sull'erba.

Anyeta condusse quattro stalloni neri vicino a me. Vidi gli zoccoli verniciati, lustrati e lucidi come il proprietario degli animali. Il mio sguardo salì verso l'alto. Anyeta stringeva le redini di cuoio con tranquillità, passando una mano sopra il pelo soffice e scuro di uno stallone. Il cavallo di testa sbuffò all'improvviso e un'enorme colata di muco sgocciolò dal suo naso. Lo vidi luccicare debolmente sull'erba. *O Gesù! È nella prima fase della malattia!* pensai.

— Che peccato — disse Anyeta, scuotendo la testa. — Un *lovari*. Un commerciante di cavalli. Avrebbe dovuto capirlo. Ma era ubriaco, dirò così. Talmente ubriaco da non accorgersene.

Diede un colpetto sul manto, vidi la carne nera guizzare come se fosse stata punta da qualcosa. Il cavallo cominciò a tremare. La sua testa si abbassò.

Osservai in preda al panico le palpebre che tremolavano, le viscere annodate in una spirale nauseante. Gli occhi luccicanti di Anyeta incontrarono i miei.

— No — tentai di dire, e all'improvviso mi parve che la mia testa fosse schiacciata tra le tenaglie di una morsa. Ripensai a Joseph inchiodato al muro, immobile. — Cristo, Cristo — gemetti.

Il suo viso si dissolse in un ghigno astuto e il suo sguardo non abbandonò mai il mio, mentre la sua mano dalle dita affusolate scompariva dentro il naso gocciolante del cavallo. Le ritirò e vidi uno strato di bava gialla e viscosa.

— Non la prenderò — disse. — La morva. Ma se dovesse succedere userò il mio potere per guarirmi. Fece due lenti passi verso di me.

Poi la mia bocca cominciò ad aprirsi. Come se un bastone stesse facendo leva sulla mandibola, spalancandola centimetro dopo centimetro dopo centimetro. Non riuscivo a muovere le labbra. Udii uno strano grugnito — un verso di terrore — fuoriuscire dalla mia gola paralizzata. No, stavo gridando, implorando tra me. Non farlo! Per l'amor di Dio, non farlo! Ti prego, Anyeta. *Non farlo!*

— Chi possiede la mano del morto porta distruzione — disse a bassa voce.

Vidi le sue pallide dita piegate a coppa sopra il mio naso, la mia gola, le mie labbra aperte e doloranti. Vidi il muco luccicante, quel denso veleno dall'odore disgustoso, penzolava sospeso come un unico filo di ragnatela, sgocciolando. Il mio sguardo — il mio intero essere — era concentrato sullo scorrere di quella bava bagnata.

— Una goccia — disse Anyeta. — Un tocco dentro il naso, sulla lingua... è come mangiare la morte stessa.

*No!* urlai, senza poter emettere un suono, sentendo gli occhi sporgere dalle orbite

— Posso persino curare i cavalli — disse, — e guidarci di nuovo in Ungheria — carooo.

*No-ooo!*

Gli occhi di Anyeta divennero opachi e scuri come il buio pesto di una caverna. Sollevò la mano ricoperta di liquido. Dal catarro giallastro proveniva un forte lezzo, un odore di formaggio andato a male. Lo osservai colare in un arco scintillante. Poi la mano di Anyeta calò veloce e precisa come l'ascia di un boia. Chiusi gli occhi per il terrore.

La sua mano gocciolante – una nube bagnata e irrespirabile – si serrò su di me.

– 53 –

### Nyiregyhaza, Ungheria nord-orientale: tarda primavera, 1864

Tre settimane dopo che Anyeta mi aveva infettato con la morva scoprii i primi noduli nel naso. Mi ero svegliato presto, trascinato estratto da un sonno profondo da quella che sembrava una brutta influenza; respiravo a fatica, avevo i brividi e la febbre, gli occhi irritati. Mi trascinai giù dal letto, mi accorsi subito di una sensazione di secchezza nelle narici – come se dei granelli di sabbia calda si fossero conficcati sottopelle. Accelerai il passo e mi diressi di corsa verso lo specchio.

La luce nella carrozza era fioca. Fissai lo specchio, piegando la testa su e giù, a destra e a sinistra, cercando di vedere dentro le narici. Titubante, infilai un dito all'interno e un'acuta scarica di dolore mi attraversò il cranio.

*Merda, oh merda.*

Mi avvicinai lentamente, piegandomi verso lo specchio, e vidi i noduli: duri, lucidi, grigiastri. Il mio battito aumentò e spalancai la bocca; ne vidi altri, a migliaia, che ricoprivano la lingua, le labbra, l'interno delle guance.

Osservai quell'eruzione maligna di bolle grandi come capocchie di spillo. Nei più profondi recessi della mia mente sapevo che avrebbero continuato a crescere, senza fermarsi. La carne che ricoprivano aveva già un aspetto rigonfio. Rantolai, avvertii una puntura in gola. Sentii il cuore accelerare di colpo. Stavano rivestendo la mia trachea, a ogni respiro trascinavo la malattia più a fondo nei miei polmoni. Volevo vomitare, assalito all'improvviso dal ricordo della mano viscida di Anyeta che spalmava quel grumo di catarro disgustoso sulle mie labbra, nel naso, sulla lingua. Il gusto e l'odore del muco – simili a qualcosa di scaduto e marcescente – mi soffocava. Mi si rivoltò lo stomaco.

*Calmati, adesso calmati*, mi dissi, accovacciandomi lentamente e abbassando la testa tra le ginocchia. *Devi tenerli giù, gli acidi del tuo stomaco, o brucerà come fuoco*, pensai, prendendo un debole respiro. Una seconda ondata di dolore ruggì su e giù per la gola – pungente e raschiante come se una mano invisibile stesse passando una lima per unghie sulle mucose. *Stai morendo, Cristo, stai per morire! Calmati adesso*, pensai, nello stesso istante in cui venivo colto da una paura insensata e rigettavo; soffocando per i grumi di vomito, per il bruciore. Un'agonia.

\* \* \*

— Ho paura — sussurrai. Mimì aprì con delicatezza la mia bocca con le dita e la esaminò. I suoi occhi erano cupi per il dolore.

Quel pomeriggio il primo nodulo si era gonfiato ed era esploso con un debole *pop!* bagnato, come il suono di un minuscolo tappo di sughero tirato via lentamente da una bottiglia. La mia mano salì al labbro superiore e toccai una sostanza molliccia e acquosa.

— I cavalli — dissi, mentre lei mi avvicinava un mucchio di strofinacci poggiati sul comodino. Senza guardare pulii via dalle dita e dalla bocca quello che immaginavo fosse denso pus, poi gettai le pezze in un cestino di vimini. Alla fine della giornata, pensai nauseato, quando il cesto fosse stato pieno di quegli stracci odorosi e bagnati, Mimì l'avrebbe bruciato.

— Ssst — mimò, portandosi un dito alle labbra. I suoi occhi mi dicevano di non pensare a ciò che stava per accadere. Sollevò una pesante tazza bianca piena di zuppa ma scossi la testa, non la volevo.

— Ho visto il decorso della malattia — dissi, — con i cavalli... i corpi rattrappiscono sino a diventare scheletri su un'ossatura enorme, le lesioni si diffondono, ammassandosi l'una sull'altra. Finché non rimane più carne, ma soltanto croste e piaghe purulente...

Mimì sollevò una mano, ma continuai. — Persino guardarli respirare è difficile. I toraci si muovono su e giù lentamente, come mantici bucati. E il suono... — Feci una pausa, risentendo l'acuto grido dell'aria che sibilava attraverso polmoni che stavano collassando.

— Si nutre della carne — dissi. — Lo sappiamo entrambi. — Sentii la bocca torcersi in un ghigno sghembo. — E quando la pelle è andata, attacca le cartilagini e si fa strada fino agli organi e alle ossa. — Rabbrividii, ricordando un cavallo nelle fasi finali della malattia. — Non sembrava più un animale, un essere vivente — dissi con voce stridula. — Era un mucchio di stracci sanguinanti montato su degli stecchi.

*Smettila*, imploravano i suoi occhi, *non puoi smetterla?* Non ci riuscivo.

— Dalla bocca non penzolava una lingua, ma solo un grumo scuro di carne ulcerosa. Gli occhi erano sigillati da pus verdastro. Ricordo che ero meravigliato, perché in qualche modo era riuscito a drizzarsi sulle zampe malferme, sbandando da una parte e dall'altra; ondeggiava avanti e indietro, troppo debole per nitrire il suo dolore. Tutti gli altri cavalli stavano morendo, lamentandosi nell'agonia, i loro versi che riecheggiavano sulle travi di legno. Poi l'animale crollò all'improvviso, come se gli fossero state tagliate via le zampe. Si schiantò su una parete della stretta stalla di legno, due delle sue zampe erano un ammasso scheggiato d'ossa e carne devastata. Era morto, e gli altri stavano morendo, quando diedero fuoco alla stalla. — Chiusi gli occhi, cominciando a piangere.

— Ssst — mi consolò Mimì, con le sue mani fresche sulla fronte.

All'improvviso avvertii un liquido scivolare sotto le palpebre. Mi ritrovai a pregare con tutte le forze che i rigagnoli appiccicosi che mi colavano lungo le guance fossero solo lacrime — e non collose strisce di pus.

* * *

Persi completamente il senso del tempo. Avevo di nuovo la febbre. Ondate di brividi seguite da un calore spietato che mi bruciava dentro con costanza, finché le mie ossa parvero aste di ferro gettate in una forgia, luccicanti di arancione e bianco.

Da lontano, udii Mimi versare acqua in un catino. Mi lavava quando poteva, per farmi sentire a mio agio. Sentii le sue mani muoversi su di me. Tirò giù il copriletto. Poi iniziò a sbottonarmi la camicia da notte, le sue dita armeggiavano coi bottoni, uno a uno, sempre più giù, poi si fermarono di colpo e si lasciò sfuggire un rantolo.

Spalancai gli occhi e sollevai la testa.

Il mio petto era un torbido mare di carne, punteggiato qua e là da croste simili a rubini opachi che gocciolavano sangue e un denso muco giallognolo.

− La mia faccia − rantolai. − Che aspetto ha la mia faccia? − Cominciai ad agitare le braccia, con la mente che vorticava. Era stata quella mattina che mia moglie mi aveva fatto vedere il mio viso allo specchio? O il giorno prima? L'aveva rotto, mi ricordavo. L'aveva fracassato sul pavimento.

− La mia faccia? È peggiorata?

Mimi non avrebbe risposto. Si limitò a piegarsi su di me e a scuotere la testa, poggiando le mani fresche sui miei polsi, immobilizzandoli lungo i fianchi sudati per dirmi di stare tranquillo. Strinse gli occhi e la sua bocca articolò un *Risparmia le forze.*

− Mi stai facendo male − sussurrai, contorcendomi. Arretrò di un passo, il suo viso avvampò di rosso.

*Io. Io ti ho fatto questo...* gesticolò.

− No. − Avevo il vago ricordo di lei che cercava di guarirmi, per poi scoppiare a piangere perché i suoi poteri erano svaniti. − No − tossii, e la mia mano salì automaticamente a coprire la bocca per bloccare gli sputi. M'immobilizzai. Avevamo visto entrambi.

L'anello d'oro di Joseph era sepolto in un paffuto rigonfiamento di carne. Voltai il palmo, ricoperto da noduli rossastri e infiammati che gli conferivano un aspetto deforme. La malattia si stava diffondendo sulle mani. Sollevai lo sguardo, col cuore che batteva per la paura come un lento orologio. − Quanto? Quanto mi rimane?

Gli enormi occhi viola di Mimi mi dissero che dovevo fare in fretta perché c'era qualcosa − qualcosa che voleva facessi.

La mia mente era annebbiata dalla febbre, non riuscivo a ricordare. − Che cosa vuoi?

*Lenore*, sillabò con le labbra, e il suo viso assunse una specie di urgenza. Vedevo il terrore nei suoi occhi. *È spaventata per me*, pensai, *perché non c'è più molto tempo...*

Mimi emise un debole gemito. Le sue palpebre fremettero; all'improvviso stavo guardando il volto malizioso di Anyeta.

Accennò alle ulcere sul mio torace. − Procede bene − disse, la voce carica di soddisfazione. Pronunciò quelle parole con tono abbastanza forte perché Lenore le sentisse; poi rise piano, perché intendeva dire che stavo morendo.

Sentii la mia mente avvampare di rabbia.

— Ti ho portato a casa per morire — sussurrò, piegandosi su di me. — Perché non muori? Arrenditi, lascia che ti prenda. Lo sai che cosa sembri? — I suoi occhi ossidiana luccicavano.

Scossi la testa. — Lenore — gracchiai, la lingua simile a piombo rovente.

— Lei è la mia preda. Non te l'ha detto Joseph? — mi canzonò. — Eri l'unico che si trovava sulla mia strada. Ma ovviamente adesso non puoi neanche metterti in piedi.

Troia schifosa. Mi allungai verso di lei, poi ricaddi all'indietro, tossendo, spruzzando goccioline di sangue sul mio petto, sulle coperte.

— C'è puzza, qui dentro. Puzza della tua carne che marcisce, Imre. Persino all'esterno, la brezza ci porta il tuo tanfo come una nube soffocante. Credo che Lenore non dimenticherà mai questo fetore. — Arricciò il naso per il disgusto. — Nemmeno dopo lo *yag* della carrozza.

— Perché non mi uccidi e la fai finita?

— Presto. Molto presto — disse, ed ebbi la sensazione che intendesse qualcos'altro, oltre alla mia morte. Mi fissò.

Ricambiai lo sguardo con occhi umidi. Di giorno, Anyeta permetteva che Mimi mi accudisse, ma quando i lunghi pomeriggi si trascinavano nella luce morente della sera, si manifestava lei.

— Sì, credo che Lenore ti vedrà ancora una volta, un attimo prima di morire. Sa che sua madre non ha paura di ammalarsi; e credo che nemmeno lei ne abbia...

— No.

— Se Lenore avesse saputo quanto suo padre era malato, avrebbe cercato di aiutarlo — disse Anyeta, fregandosi la cicatrice che circondava il polso di Mimi.

Prima che potessi rispondere se n'era già andata, e io rimasi lì, intrecciando inutilmente le mie mani deformi. — La cicatrice — sussurrai, pensando ad Anyeta, che la carezzava con tanta reverenza. Fui colto dal panico, cominciai a tremare. Sapevo cosa voleva Mimi. Voleva che reclamassi la mano del morto.

Piegai la testa e vidi la scatola di rame con il coperchio di vetro poggiata sul tavolo, dove mia moglie l'aveva lasciata per me.

La carne secca e raggrinzita della mano era nera per l'età; era una forma indefinita sul velluto porpora. Anyeta non l'aveva vista nell'oscurità, ma a me sembrava molto nitida. Mi sedetti, fissandola. Il rame assunse un lucore più vivido, i contorni screziati da una strana luce verdastra. Filtrava attraverso il vetro, anche la mano stessa divenne luminescente. Guizzava e sussultava come una lucciola.

— Reclamami — sussurrò. Cominciò a cantare, un debole e monotono strimpellio. Vidi un giardino al chiaro di luna dove zampillava una fontana d'oro immersa in una nebbia giallastra, su un manto di fiori bianchi, cerei; dove passeggiavano donne nude, i loro occhi pieni di desiderio...

Udii Anyeta chiamare Lenore per cena. Entrambe sgambettarono su per le scale della carrozza traballante di Joseph ed entrarono. Sentii Anyeta arrotolare le tende.

Il vento trasportava il suono delle loro voci che chiacchieravano durante il lungo pasto.

Deglutii a vuoto. O Cristo, per tutti i santi, ho freddo. Mi strinsi sotto le coperte, scivolando dentro e fuori da un sonno irrequieto, più simile al delirio che al riposo, mentre Anyeta e mia figlia parlavano e parlavano – d'amore, malattia e guarigione – e il vento di giugno mi portava il debole suono delle loro voci, a notte inoltrata.

\* \* \*

– Che cosa hai fatto oggi, Lenore? – domandò Anyeta, e udii il basso tintinnio delle posate.

– Sono andata al villaggio.

– Non ti avevo detto di non andarci? Tuo padre è malato; se lo scoprissero ci caccerebbero dal paese, forse ci metterebbero in prigione. Un bicchiere sbatacchiò e piombò su un piatto.

– Era solo per vedere il prete.

– Preti! – sbottò Anyeta.

– Sono contenta di essere andata – disse Lenore, – e guarda, mamma, guarda cosa mi ha dato. Il leggero suono dei suoi passi che si affrettavano. Il cassetto di una credenza aperto di colpo, richiuso di schianto.

– Guarda, è acqua santa. Di Lourdes. La sua voce assunse una sfumatura più tenera. – C'è una grotta, là... con rose rosse che fioriscono a dicembre e un lago blu dai poteri miracolosi. Questa caverna... è piena di stampelle, migliaia e migliaia. Uomini, donne e bambini storpi fanno il bagno in quell'acqua benedetta e la Santa Vergine li cura e...

– Tuo padre sta morendo, Lenore!

– Lo so. – Udii il suono di un pianto sommesso. – Ho pregato lo Spirito Santo... e San Sara, che era una zingara; ho pregato anche lei, ecco. Dopo cena andrò nella carrozza e dirò una preghiera per la Vergine Maria, e cospargerò tutta quest'acqua limpida e guaritrice.

– Non funzionerà.

– Ma il prete ha detto...

– Preti... non ho mai dato credito agli uomini di chiesa, Lenore.

\* \* \*

Sto delirando – o sognando, credo; sento la porta che si apre. Riesco a vedere la sagoma di Lenore: la luna brilla bianca e rotonda alle sue spalle.

– Papà? – sussurra. I suoi piedi producono un debole suono strascicato sulla soglia. Fa due passi nella stanza, la sua gonna pesante fruscia. – Papà, stai dormendo?

– Ugh – dice all'improvviso, e sento che sta cercando di trattenere un conato. Si batte il petto, le mani che si agitano. Le vedo muoversi come pallidi pesci argentati nella luce fioca. Sta respirando dalla bocca.

– Sei sveglio? Sono venuta ad aiutarti. – La luna fa risaltare una boccetta di vetro tra le sue mani. Balugina, quando la solleva. Il tappo di sughero scompare nella sua tasca. Inclina la bottiglia sui polpastrelli, come una donna che versa un profumo costoso da una fiala dal collo stretto. Lenore sparge le goccioline con delicatezza. Le sento cadere sul pavimento mentre si muove attraverso la cucina, verso la cima delle scale. La sua voce è bassa, poco più di un sussurro.

— Santa Madre, ti supplico con umiltà dal profondo del cuore di ascoltare la mia preghiera.

Si muove, più velocemente, i suoi tacchi di cuoio picchiettano giù per i gradini, attraverso la stanza buia. E poi sento la prima goccia cadere sulle lenzuola.

La bottiglia di vetro si piega verso il basso, c'è un debolissimo gorgoglio; sorriderei se potessi, perché mia figlia, Lenore, ha conservato gran parte dell'acqua santa per il mio corpo martoriato.

Scorgo la nuvola ombrosa dei suoi capelli folti, la testa piegata un poco di lato, la mano sollevata mentre cammina su e giù lungo il letto, benedicendomi. Non riesco davvero a sentire l'acqua, soltanto una vaga umidità, ma capisco dai suoni che mi sta inzuppando di quel liquido fresco.

— O Santissima Madre, ripongo questa causa nelle tue mani. Fai che mio padre guarisca.

La sua voce è un mormorio rilassante, leggiadro come una ninna nanna, penso, mentre mi muovo adagio verso una galleria scura e invitante. Senza sogni, forse...

* * *

— Papà?

Lenore sta sussurrando, comprendo che non c'è più stato alcun suono per quello che mi è parso un lungo lasso di tempo, e mi chiedo se sia lo stesso sogno o un altro. Sento dei suoni raschianti, come di un fiammifero passato sulla stufa. Il sogno muta nel tempo, è mattina. Sono immerso nella luce accecante del sole...

...la luce! Non è la luce del sole! È una candela!

Mi copro gli occhi infiammati con le mani, la luce è un prisma ondeggiante e nauseabondo che mi ustiona come fuoco vivo.

Lenore urla. Con gli occhi annebbiati vedo le sue mani chiudersi ad artiglio e, in preda al terrore, fare a brandelli la morbida pelle bianca delle guance. Fioriscono tre linee di sangue rossastre, due sulla guancia destra, una sulla sinistra. Sta strillando sempre più forte, le dita lacerano un labbro.

— No! No! Papino! No!

Il suo sguardo terrorizzato si posa sulla bottiglietta di acqua santa ai piedi del letto, e l'afferra. La vedo sfrecciare nell'aria. Si schianta sulla parete, sopra la mia testa. Frammenti di vetro mi cadono addosso all'improvviso, il rumore mi fa tirare su a sedere, allarmato. Il mio cervello febbricitante sta turbinando. Sembra caldo e stanco – sottile come un filo di rame. Sto così male, penso. Il delirio. Non voglio visite, nemmeno Lenore.

— Ti prego, vattene — dico. Sposto una gamba con lentezza. La vedrò andare verso la porta, penso incoerentemente. I suoi occhi scuri luccicano di terrore, muove due nervosi passi verso le scale, con le mani nascoste dietro la schiena.

Barcollo giù dal letto.

— La tua bocca, o buon Dio, la tua povera bocca — ansima, arretrando.

— Ti prego, ora vattene — dico, e nello stesso istante sento la mia voce per quello che è: un borbottio catarroso, un rantolo granuloso, come se stessi succhiando del porridge bagnato, invece che parlare.

— Peffavoreee... vuai viaaaa — borbotto, e quel suono che produco attraversa strati e strati di delirio. A un tratto colgo il riflesso della mia immagine, un fantasma che svanisce, nel vetro della finestra. Una testa calva, scabrosa, piantata su degli stecchi traballanti. Le palpebre sono state mezze mangiate via, fisso un paio di occhi crostosi e irritati, luccicanti e luminosi sopra il pozzo nero che un tempo era la mia bocca e il mio naso.

La lingua è una protuberanza marcescente. I miei denti sono consumati, ridotti a protuberanze arrotondate. Attraverso la carne che si sgretola, riesco a vedere l'osso della mascella. Il palato è ormai andato... ridotto in poltiglia... i buchi delle narici sono sprofondati incavandosi — come una faccia ghignante intagliata in una zucca di Halloween quando raggrinzisce e collassa su se stessa.

— Ahhh — gemo. — Peffavoreee... viaaa — imploro; il movimento fa esplodere una pustola rosso vivo e un siero giallo e fetido schizza fuori dalla mia bocca senza più labbra. Cola sul pavimento con un *ciac* viscoso.

Apro la bocca per gridare, sento che si riempie di sangue. Non ne esce alcun suono, se non un gracchiare roco. Lenore, invece, urla per entrambi, e poi corre via.

*  *  *

Camminando piano ritorno a letto, alle lenzuola luride. Le scuoto leggermente, guardando appena le croste rosso scuro che saltellano via sparpagliandosi sul pavimento. Persino quel debole movimento è sufficiente a farmi tossire. Cerco di arrivare al cesto di vimini, lo manco, e a terra adesso c'è una pozza di sangue.

Mi corico. Le grida di Lenore cessano. Guardo fisso la luna attraverso la porta aperta. Anche se è giugno fa freddo, penso, e vorrei che qualcuno la chiudesse. La corrente mi fa rabbrividire.

Nella carrozza di Joseph, le tende arrotolate sbattono come una vela. Sento le loro voci portate dal vento che spazza l'enorme distesa delle pianure. Lenore vuole sapere se sua madre è sicura, davvero sicura...

— Sì — risponde la strega per mia moglie.

— E questo talismano può guarirlo, davvero?

— Sì. Tu puoi salvarlo, Lenore.

I miei occhi si spalancano. Qualcosa che somiglia a una sbarra di metallo mi percuote il petto. O Cristo. Rivedo Mimi che piange fino a spezzarsi il cuore. Che mi dice — era stamattina, ieri o una settimana fa? — che il tempo è poco... Cristo, Cristo, avrei dovuto farlo! La scatola di rame con la mano è sul tavolo.

— Se sono coraggiosa...

— Un taglio, qui, e puoi reclamare il suo potere.

— La cicatrice...

— Una cicatrice è solo una cicatrice. Un attimo di dolore per salvare la vita di tuo padre.

— Il *mulengi malo*, la mano del morto — acconsente Lenore, alzandosi in piedi.

— Un miracolo che non è una bugia.

Nella mia carrozza la porta aperta cigola, ondeggiando piano al vento.

Mai, non riuscirò mai a chiuderla in tempo! penso follemente. Il mio battito cardiaco accelera all'improvviso, in preda al terrore riesco a lanciarmi giù dal letto.

Sento i piedi di Lenore frusciare nell'erba.

Striscio verso la porta, aiutandomi con le mani e le ginocchia sulle assi del pavimento. Con gli occhi annebbiati, la porta sembra più lontana di quanto sia. Continuo a trascinarmi, ignorando il dolore che romba su per le braccia e scocca dalle ginocchia scoperte in carne viva sino ai fianchi. L'ingresso ondeggia, lampeggiando di un chiaro di luna innaturale; sembra la gola dell'inferno.

Gesù Cristo in croce, fammi arrivare fin lì, fammi chiudere quella fottuta porta!

Le mani di Lenore scivolano sulla ringhiera, un piede è sul primo gradino.

Scatto in avanti con un mezzo balzo e sento il pomello di metallo, freddo e rotondo, stretto nel mio palmo coperto di vesciche, come una benedizione. Faccio scivolare il chiavistello, lo sento sferragliare nell'anello di ferro, strisciando sul montante di legno.

Mi giro, abbandonandomi contro il legno come un ubriaco sul punto di cadere, respirando con affanno. Grazie Gesù, o Cristo, grazie.

Nell'oscurità, come la lanterna verde di una nave in un mare nebbioso, la mano comincia a brillare.

— 54 —

Chiamandomi, Lenore scuote il pomello dall'altra parte. Una volta, due. Poi sta correndo verso il tenue lucore del fuoco dell'accampamento per dire ad Anyeta che la porta è chiusa. La strega l'aprirà con un guizzo della sua mente.

Uso le spalle e mi spingo via, cammino con passi pesanti e incerti sfiorando le pareti. Lascio macchie e sangue sulle sedie, sul tavolo della cucina.

Un coltello ammicca di luce verde sul bancone, la lama che riflette il bagliore di quella bizzarra luminescenza pulsante. Respiro a fatica, le dita sono goffe e insensibili, quando cerco di afferrarlo. Mi scivola e cade giù dal bancone. Per Lenore, penso, devo farlo per lei. Lo raccolgo tra le mani tremanti.

Si levano delle voci; Anyeta sarà presto qui. Il pomello sussulterà una sola volta. Ci sarà un breve lampo di luce blu elettrico, l'odore stordente dell'aria pura. E in quell'istante la porta distrutta si spalancherà, la maniglia di metallo si abbatterà sul sottile strato d'intonaco. La porta ondeggerà follemente, rimbalzando contro le pareti bucherellate della carrozza.

— Imre — cantilena con dolcezza la mano, mentre mi muovo verso le scale. Mimi era nuda quando l'ha reclamata, ricordo all'improvviso. Strappo la camicia da notte, lacerando la mia carne insieme al tessuto, poi uso il coltello per far saltare i bottoni, la stoffa svolazza intorno alle ossa sporgenti dei fianchi.

Scendo tre gradini e sono nella camera da letto; piegandomi sul tavolo, la mia mano diventa di fertile verde, quello della giungla, sotto la luce vibrante...

– Imre! Imre! – La voce di Anyeta è vicina. Passi si affrettano sui gradini.

Faccio scattare la chiusura. Il coperchio di vetro si solleva come quello di una scatola a sorpresa. La mano brilla sul velluto. C'è odore di gigli, tuberose, gelsomini. Profumi di giardino. Dolce *lulagis*, Imre, amore mio.

M'inginocchio sul pavimento, tenendo il coltello sopra il polso in putrefazione che ho posato sulle assi, come un chirurgo al tavolo operatorio. Sollevo il braccio destro, sperando di riuscire a mozzare la mano con un unico, potente colpo. Il coltello si abbassa sibilando come una mannaia da macellaio.

– Apri questa maledetta porta! – Il pomello sbatacchia. – Fetido pezzo di merda, *ti farò scoppiare gli occhi!*

Prendimi ora, amore mio. Oh, Imre, mi chiama la mano, *May kali i muri may gugli avela...* Ah, più scura la bacca, più dolce il suo succo, Imre...

– IMRE-E-E! – strilla Anyeta.

– Io la reclamo – dico, nello stesso istante in cui il metallo azzanna la pelle, l'osso, il legno. C'è sangue, che zampilla in una fontana rosso scuro. Ma oh, lasciate che ve lo dica, le grida frustrate di Anyeta sono una musica paradisiaca, non sento dolore, neppure per un attimo.

## – 55 –

Adesso ho tutto il tempo del mondo. Adesso posso tenere la porta chiusa, posso tenere fuori Anyeta. Il braccialetto frastagliato della cicatrice che mi circonda il polso è spesso, bitorzoluto e violaceo – ma è l'unica cicatrice. La malattia è scomparsa. Il resto del mio corpo è guarito, integro, intatto.

Accendo tutte le lanterne della carrozza, faccio bollire dell'acqua in una pentola, mi lavo, poi indosso abiti puliti. La scatola aperta che contiene la mano del morto spande il suo aroma inebriante nella stanza, sovrastando l'odore della malattia.

Frugo nella dispensa alla ricerca di formaggio, pane, vino, e consumo una cena leggera. Il cibo e le bevande non hanno mai avuto un gusto simile; è come se tutti i sapori buoni e confortanti del mondo – l'uva, il caglio salato, il gusto delicato del lievito – esplodessero sulla mia lingua. Credo sia così perché sono stato malato; poi avverto un sussulto interiore e mi domando: è così perché ho reclamato la mano del morto?

All'improvviso, le pareti e l'intonaco della mia carrozza cominciano a oscillare, trasformandosi in una nebbia informe. Riesco a vedere Anyeta pensierosa, che cammina avanti e indietro nella carrozza di Joseph. Avverto il ribollire della sua mente. Lenore dorme. L'astuta e vecchia *choovahanee* non ha ancora rinunciato alla sua preda; se riuscisse a trovare un modo per convincere Lenore – per ingannarla – a reclamare la mano del morto, potrebbe ancora impossessarsi di mia figlia. Mimi è poco più di un involucro, pensa; sarà facile.

Vengo colto da una furia improvvisa. Ho il potere, adesso desidero vendetta. Per avermi mandato quei sogni osceni; per aver corrotto mia figlia; per essersi impossessata di mia moglie, trasformandola in un ghoul che ha banchettato coi corpi di Constantin e Joseph, coi loro cadaveri in putrefazione; vendetta per la mia tremenda malattia – per tutto! Stringo gli occhi e la fisso. La mia mente brulica di fantasie sanguinose. Voglio fare a pezzi Anyeta, voglio che si lamenti con voce supplicante, voglio dilaniarla a mani nude...

M'immobilizzo, scorgendo l'anello d'oro di Joseph che brilla alla luce di una lanterna. Mi sembra di sentire la sua voce che s'insinua nella rabbia che ribolle dentro di me. – *Pensa a Mimi* – mormora la voce. – *non usarlo per questo, non usarlo per la vendetta! Usa il potere per mettere a dormire la strega, Imre. Usalo soltanto questa volta... Questa volta e poi, forse, un'altra ancora; perché è una cosa malvagia, che col tempo corrompe chi la possiede. Un'ossessione che divora la mente e il cuore, come il tarlo della malattia.*

Ha ragione, riguardo Mimi. Sento il sangue defluire dal mio viso, la rabbia si attenua, avvizzisce. – D'accordo – sussurro. La mia vista si annebbia, sbircio attraverso la sottile foschia nella carrozza a barile di Joseph, e spedisco Anyeta in un sonno senza sogni. Siede intontita sul letto, poi crolla di colpo, i capelli scuri che si allargano sulle coperte. Il suo respiro è lento, ritmico. Vedo il debole movimento del petto, le labbra che fremono appena. Il demone sta dormendo, e adesso posso richiamare indietro mia moglie.

* * *

Siamo seduti, Mimi e io, ci stringiamo le mani sul tavolo della nostra carrozza. Per un attimo mi ricordo della notte in cui tutto è cominciato; quella fredda notte d'autunno in cui abbiamo appreso che Anyeta stava morendo in Romania, e ci aveva mandato a chiamare. L'ombra di Mimi è scura e lunga contro la parete, le sue mani pallide nella luce della lanterna. Mi sorride; è un sorriso stanco, penso.

– Anyeta... – Mimi si blocca, schiarendosi la voce. È stata muta tanto a lungo che non è più abituata a parlare. Mi accorgo che le fa male la gola, la voce è secca, polverosa. Ricomincia, la sua mano stretta nella mia. – Anyeta non si arrenderà.

– E allora? Farò a pezzi quella troia, la ridurrò in polvere. – Sorrido, piegandomi all'indietro sulla sedia. Sono molto orgoglioso di me. Ho liberato Mimi dall'orribile incantesimo, dall'illusione che fosse una bestia famelica.

– No – ribatte, mordendosi un labbro con nervosismo. I suoi occhi sono molto scuri, il colore oscilla tra il viola e il marrone scuro. Si alza. Penso che stia per mettersi a camminare avanti e indietro, ma si avvicina e mi si siede in grembo, poggiandomi le mani sulle spalle. Le carezzo la vita. – Non capisci? Nemmeno ora? È dentro di me, Imre – dice, toccandosi il petto con delicatezza. – Sta dormendo, ma è il sonno di un verme schifoso che ingrassa anche quando sogna. E lo sento, qui. – Si tocca di nuovo il petto all'altezza del cuore.

– È più forte di me o di te.

– Il suo potere è cresciuto col tempo, sarà così anche per il mio.

— Incantesimi e contro-incantesimi, e poi cosa? Diventerai proprio come lei... Proprio come lei. Chino la testa sul petto. *La mano è un oggetto ossessionante, che corrompe...* Le parole di Joseph risuonano ovattate nella mia testa, come rintocchi di campane di piombo.

— No, ti sbagli — dico. — Non sono come lei; e nemmeno tu! È solo il maledetto rimorso! — urlo. — Perché non capisci che è stata lei! Tutto quello che è successo... l'uccisione di Joseph, nutrirsi di animali, bambini.

— Lei è me e io sono lei. Ci fondiamo sempre più. Mi sta prosciugando. Rimane così poco di me. Sto morendo, Imre. Si sta avvicinando il giorno, e accadrà presto, in cui non esisterò più. Lenore non è al sicuro con me.

— Non capisco. Io ho te, tutto ciò che voglio è stringerti, baciarti, fare l'amore.

— Allora fai l'amore con me, Imre. Fai l'amore con me e liberami. — Poggia le sue labbra alle mie con dolcezza. — Il potere della mano è una cosa terribile. Joseph lo sapeva, non l'ha mai reclamata. Non volevo questo per te, non lo volevo. Il nostro destino è lo stesso... giacere in una tomba puzzolente... furiosi di rabbia... gridando... in eterno...

La mano. Deglutisco, sento la terra fredda che preme su di me, soffocandomi; vedo rossi vermi della tomba che masticano la mia carne...

— Fai l'amore con me — ripete Mimi. La sua piccola mano si stringe in un pugno e si colpisce il centro del petto; nel punto appena sopra il cuore.

\* \* \*

È l'ultima volta. Siamo ogni cosa l'uno per l'altro. Uomo e donna, amante e amato, marito e moglie. Il mondo è il nostro universo, il nostro campo da gioco, penso, guardando il suo piccolo viso colto dalla passione.

Ondeggia piano su di me, la sua pelle non è mai stata così morbida, mai. Brilla sotto le mie dita, calda e delicata. Dal suo corpo si leva un odore di muschio che assaporo baciandole i seni, la bocca. Assaggio il suo sapore afrodisiaco, lei fa lo stesso. Ci amiamo, ancora e ancora.

Forse, penso, dopo aver reclamato la mano la mia forza sta scorrendo dentro di lei, insieme stiamo spingendo la strega-demone in qualche oscuro recesso dove non è altro che un puntino, un minuscolo granello... niente. I nostri corpi aderiscono, salgono e scendono al ritmo dell'amore. Mi sembra di essere sul punto di scoprire qualche segreto meraviglioso che sino a quel momento non avevo neppure mai sospettato.

Poi, qualcosa di simile a una porta o a una finestra si spalanca all'improvviso nella mia mente, lasciando entrare una sorta di tenue luce gialla, simile al bagliore della luna in estate. È come se la luna fosse un globo o una lanterna cinese rotonda che si può appendere in camera, proprio sopra la testa...

Mimi ondeggia su di me, con gli occhi chiusi, le sue ciglia folte tremolano sulle guance, ha un'espressione misteriosa e leggiadra come quella della Madonna. Ho una visione: un futuro libero dalla strega. E nella nostra dolce unione, nella mia mente, c'è solo mia moglie, c'è solo Mimi.

Sono passati cinque anni e abbiamo messo da parte tutte le follie zingare, le usanze, l'eterno peregrinare che Mimi odiava. Abbiamo una casa, una casetta,

a dire il vero, e la guardo sulla sedia a dondolo di broccato blu vicino alla finestra del piccolo e accogliente salotto. Vedo la luce del sole brillare sul pavimento tirato a lucido, un tappeto di lana intrecciato con foglie d'edera. Un orologio intarsiato ticchetta sulla mensola del camino. Sta cantando, la piccola
bocca sfiorata dall'accenno di un sorriso. E poi vedo il suo piede stretto nella
pantofola seguire il motivo con delicatezza; osservando meglio mi rendo conto
che sta cullando un infante tra le braccia. Ha la pelle scura e le guance gras-
socce e rossastre come una peonia. Si agita, la testa si rovescia all'indietro,
vedo il folto tappetino di capelli neri sulla nuca. Agita un braccio, apre la bocca
per strillare, reclamare il suo pasto. Mimi ride, gli dà del latte da una bottiglia
con uno straccio infilato nel collo. Il suono delle avide poppate è molto forte,
lei gli dice che gli vuole bene, anche se è un bambino ingordo e rumoroso. È
un angelo. Mimi si piega e arriccia il naso, dandogli un bacio schioccante sulla
fronte. – Ion – canticchia.

Intorno ai suoi occhi ci sono rughe sottili; le vedo quando sorride, così come
vedo le ciocche di capelli grigi tra i capelli un tempo neri e lucenti. Di notte,
nel letto, ridiamo di quelle strisce grigie, le dico sempre che era ora che si met-
tesse in pari con me. Mi stavo annoiando di essere l'unico a fare la conta dei
capelli grigi davanti allo specchio, ogni mattina. Anche lei ha contato per qualche tempo, poi ha rinunciato – finché, aveva detto ridacchiando, contare sarebbe stato di nuovo facile. Sapevo che intendeva il giorno in cui sarebbe rimasta
solo una spruzzatina di nero in contrasto con i capelli bianchi.

Ion, ricordo, era il nome del bambino a cui aveva donato la sua cavigliera
d'oro in ricordo della nostra figlia perduta, Elena. Sì, un bambino per cancellare gli anni di dolore, per liberarci dall'incantesimo del passato – dagli orrori e
dalle malvagità, sia quelle naturali che quelle innaturali. E se ora su quel viso ci
sono delle linee, sul viso della donna che amo, dico: lascia che diventino sempre più profonde col passare del tempo; perché l'altra linea – la cicatrice intorno al polso – si è ridotta ed è sbiadita fino a diventare insignificante.

Vedo Lenore che entra nella stanza, che si piega per baciare la guancia di sua
madre, per stringere e carezzare le dita dei piedi di suo fratello. È cresciuta,
penso, è davvero cresciuta; ha perso l'aspetto paffuto e infantile, ma non la sua
adorazione per l'Imperatrice...

– Sai mamma – dice Lenore, prendendo una mela dalla scodella di legno
accanto al divano, – Elisabetta insiste perché la sua dama di compagnia sia
ungherese.

– Dama di compagnia? Cos'è? – chiede Mimi, sollevando abilmente il bimbo
sulla spalla per fargli fare il ruttino, massaggiandogli la schiena.

– Una compagna, per lo più. Che si occupa di ricordarle gli impegni – cose
del genere. Posso provarci?

Mimi annuisce, sorride. Lenore sfreccia per la stanza e stringe con le braccia
sua madre e il bambino, trillando: – Grazie! Grazie! – Lenore prende il bambino e si lancia in un balletto gioioso per la stanza. – Ion, Ionny, tua sorella
vedrà l'Imperatrice!

Scorgo un velo di tristezza negli occhi di Mimi. Se ne accorge anche Lenore.
– Oh, mi mancherete, mi mancherete tutti – dice, e il suo entusiasmo si atte-

nua un poco. − Ovviamente potrei non farcela, l'Imperatrice potrebbe non volermi come compagna...

Poi Mimi si alza, allungandosi verso l'alto perché Lenore è più alta di lei. Le poggia un dito sulle labbra con delicatezza. − Silenzio, non dire o pensare certe cose. Potrebbe sceglierti oppure no, ma devi provare. − Lenore annuisce con un filo d'incertezza. − Ora, mi chiedo − dice Mimi, − mi chiedo cosa dovresti indossare... qualcosa tipo il vestito verde chiaro che indossava Elisabetta questa primavera?

− Oh, mamma, sono troppo grande per copiare i suoi vestiti...

− Proprio così − sospira Mimi. − È proprio così.

Finalmente capisco che Leonore ha la madre che desiderava avere, la madre che merita...

...la madre, riecheggia la mia mente.

Persino adesso, penso, questa visione del futuro è più vicina di quanto immagini. Forse in questo preciso momento il mio seme si sta trasformando in una vita.

Spingo sempre più forte dentro di lei, pregando che la mia forza la contagi, che la vita possa fluire in un'altra vita, renderla madre...

Sopra di me, Mimi geme piano, i suoi fianchi si agitano sempre più velocemente contro i miei. La sento sussurrare: − Sì, sì. Più in fondo adesso, più forte amore mio, perché devo farti vedere...

Sento che si lascia andare, sento che mi lascio andare anch'io. E all'improvviso, in quel rapido e totale oscuramento che è il principio della fine, vedo dentro di lei, in profondità...

\* \* \*

Mimi urla e quella visione, simile a un sogno, comincia a sfilacciarsi... colori luminosi si dissolvono, incorporei come coriandoli che turbinano in un canale di scolo. Apro gli occhi.

L'amato viso di mia moglie si sgretola come una maschera di gesso di Parigi schiacciata di colpo sotto un piede, e dietro...

(la madre... l'orribile faccia della madre)

...incombe l'antico viso di Anyeta.

O Cristo, Cristo! mi lamento, scrollando il capo, avvertendo la vertiginosa visione dissolversi del tutto, lasciandomi triste, disorientato. È Mimi che voglio. Dov'è? Il dolore lascia spazio alla rabbia. *Maledetta puttana! Il sesso l'ha fatta uscire allo scoperto!* penso.

− Ah − grugnisce, scattando verso l'alto, per poi ricadere e sfregare il suo corpo contro il mio, con un movimento che mi ricorda il balzo convulso di un rospo rugoso.

Sotto i capelli bianchi e flosci, i suoi occhi di ossidiana sono freddi. Le mani, sul mio petto, sembrano di cuoio, il mio sguardo si posa sulla carne che penzola dalle ossa delle cosce spalancate, e all'improvviso mi accorgo che la sua figa avvizzita è asciutta, secca come pietre nel deserto.

L'unica traccia d'umido è un sottile rivolo di sangue che cola dal buco.

Qualcosa dentro di me sussulta: è il mio sangue o il suo? mi domando. Si agita e dimena contro di me. Urlo per il dolore, il sangue mi scorre sulle cosce, e sento il cazzo contrarsi.

– Vuoi che te la faccia vedere, vuoi vedere cos'è rimasto di lei? – Le labbra grinzose di Anyeta si tirano in un ghigno.

Mi volto alla vista dei suoi denti marci e marroni.

– Pensi che sia carina? Ti sembra un po' stanca? È un'illusione, stupido! Questo! È questo che ti stai *scopando*! – urla, cavalcandomi come una strega folle su un manico di scopa, i capelli bianchi che spumeggiano sulle spalle scheletriche.

Un terrore gelido s'impossessa di me, e all'improvviso ricordo quella notte nella tomba, la notte in cui ho visto l'immagine di Zahara guizzare e fondersi con il volto avvizzito della vecchia strega.

– *Non c'è più nessuna Zahara, è stata prosciugata col trascorrere del tempo* – urlano insieme le voci di Joseph e Mimi, echi di morte in una cripta gelida.

– *Nessuna Zahara, nessuna Za...*

– *No!* – urlo in un parossismo di terrore.

– Sì! – gracchia Anyeta, trionfante.

In quella nebbia di forme in movimento, scorgo il viso di Mimi – pallido, ma stupendo. Anyeta la cavalca, le braccia ossute strette in una presa mortale intorno a mia moglie. Mimi urla, un lungo lamento tremolante che cresce d'intensità.

La bocca di Anyeta si spalanca sempre di più. Vedo l'arcata di denti feroci, appuntiti. La sua enorme lingua rossa spunta dal centro di quel cavernoso buco nero e la strega comincia a succhiare Mimi, consumandone la carne, le ossa, leccando via pelle e strati di muscoli dal viso di mia moglie, i seni...

Mi lamento, vedo Anyeta sollevare il suo viso verso il mio. Ridacchia. Gli occhi neri brillano di un lucore nauseante, i denti marci sono striati di sangue, la grassa lingua sgocciola saliva.

– No, no...

Abbassa di nuovo la testa. Tengo gli occhi chiusi per un po', ma la sua forza è inesorabile, sento la sua influenza, sono costretto a osservare la terribile fusione...

Anyeta non c'è più, penso. La strega diventa sempre più giovane, più grassa. Mimi non c'è più: la vedo invecchiare, diventare di quaranta, cinquanta, ottant'anni... diventare ossa. Di Mimi non resta più nulla se non un orribile spettro, uno scheletro dagli occhi tormentati che mi scrutano da un teschio bianco. Soltanto i suoi occhi ardono ancora, e si spegneranno quando le ossa diventeranno polvere.

Non può esserci alcun futuro, nessuna casetta. Nessun bambino. Il mio cuore sembra in procinto di spezzarsi; ma il dolore di mia moglie è inesprimibile.

Lenore, penso, o buon Gesù, la sua infanzia – i suoi sogni di adolescenza, la sua vita – le saranno portati via! Anyeta assorbirà la sua giovinezza, finché mia figlia non sarà altro che un pizzico di cenere grigia che turbina nella corrente, disperso da un vento caldo.

– No! No! – urlo all'improvviso, le mie mani si chiudono intorno al suo collo, e stringono.

Gli occhi di Anyeta sporgono dalle orbite. La lingua sussulta tra le labbra sottili, e in un lampo ricordo, ricordo! Quel demonio teme il dolore, teme la morte, e nella mia mente rivedo Mimi che si taglia i polsi per spingere la vecchia in profondità, per tenere la troia a bada. Le mie unghie affondano nella pelle sudicia e rugosa, fino a far sgorgare il sangue, e stringo più forte.

— *Haaannn!* — gracchia, vedendo il sangue che cola sul suo petto ossuto e incavato, gocciolando denso sulle sacche sgonfie dei seni avvizziti.

— Crepa, troia! — dico con voce roca. — Mimi non c'è più come dici? Allora *muori!*

Si dimena e fa resistenza, le mani artigliano l'aria follemente, colpendo e sferzando i miei avambracci. Cerca di saltare all'indietro per liberarsi dalla mia presa, ma le vene blu e i tendini delle mie braccia si gonfiano come corde robuste, e le mie mani stringono, stringono...

\* \* \*

Sento un suono strozzato, dei profondi colpi di tosse, un respiro affannoso e dei rantoli convulsi, pieni di un terribile dolore. Capelli scuri sobbalzano come lunghe setole di una scopa.

Mimi si agita e contorce sopra di me. Le mie mani, tremanti e contratte, ricadono inerti.

— Adesso sai — rantola Mimi. La sua maschera, sottile e sfocata, è di nuovo al suo posto. — Oddio, ora sai. — Crolla indebolita sul mio petto. Le cingo la schiena con le braccia e, rimpiangendo una visione che non era mai esistita, che mai avrebbe potuto essere, restiamo abbracciati a lungo.

\* \* \*

— Liberami — dice Mimi, sedendosi con lentezza, — libera quel poco che è rimasto di me. Non c'è più molto tempo. Non lasciarla vincere, non lasciare che io subisca quel tormento eterno. Cristo. Per favore. Devi farla finita. Per il mio bene. Per quello di Lenore. Per il tuo.

Mi siedo, sospirando. Infine capisco, ci sono arrivato. I miei occhi luccicano di lacrime, le mani tremano impotenti in grembo.

— Mimi — dico, rubandole uno sguardo. — Per favore...

Non risponde, si limita ad alzarsi. Comincia a vestirsi.

Vedo l'anello di Joseph, la J germanica incisa, scura contro l'oro. Imre, figlio mio, lo immagino mormorare, e la sua voce è un pozzo di dolore mentre mi dice che sa quanto è difficile.

Ammansirla è l'unico modo.

– 56 –

Sul soppalco ci sono delle tende di tela per l'estate, i giocattoli di Lenore che non usa più. Non la lasciamo andare là sopra. È il posto dove Mimi aveva nascosto la scatola di rame che contiene la mano del morto. Mia moglie e io diciamo a Lenore che lassù è sporco e pericoloso. E lo è davvero, penso, inspirando a fondo, il petto scosso dai brividi: ci sono pezzi di legno, fasce di cuoio e chiodi che possono essere assottigliati a martellate – i materiali grezzi, il cuore oscuro dell'ammansitore.

Ce n'è abbastanza, penso guardandomi intorno, per costruire una dozzina di quei maledetti marchingegni.

Poco dopo scendo le scale, le braccia cariche. Gli stivali producono un vago calpestio sui gradini. Nella stufa i tizzoni scoppiettano, sbattendo contro la grata. Udendo quel suono, sto quasi per sobbalzare all'indietro in preda al panico, ma riesco a trattenermi.

Mimi canticchia sottovoce, intrecciandosi i capelli. Si colora le labbra, poi usa il rossetto per sfumare le guance. Il suo viso, penso, non è mai parso tanto adorabile.

Poggio il punteruolo, il trapano e il martello accanto all'altro materiale. Poi mi siedo in una posa da sarto, e mi metto all'opera.

Immagino i cavalli selvaggi che corrono agili sui campi color miele. Un ragazzino dai capelli scuri con un cerchietto d'oro all'orecchio corre verso di loro, agitando le braccia, le maniche della camicia bianca che si gonfiano al vento; vuole farli scappare. Vi amo, vi amo, urla, non sapevo cos'era!

Lì vicino, un cavallo impastoiato nitrisce di dolore, poi si alza sulle zampe con un balzo. Il sangue scorre in un rigagnolo lungo il muso. I suoi occhi sono morti, vacui.

Vedo pelo e metallo e cuoio e sangue. Vengo investito da un'ondata di debolezza, mi gira la testa, la calotta di cuoio nero che sto cucendo mi scivola dalle mani intorpidite, cadendo sul mio grembo con un tonfo sordo. Sbatto le palpebre per scacciare le lacrime e la raccolgo.

*Cosa c'è che non va in te?* dice il vecchio Joseph, la sua voce che si confonde con quella di mio padre. *Dopo non ricordano.* Niente più demoni, la follia cancellata per sempre. Sono *bilovem*. Liberi. E trovano la pace, un tranquillo sonno senza sogni, eterno, eterno, eterno...

\* \* \*

— Allineali — dice Mimi, e giro la banda di legno esterna in senso orario, così che i suoi fori combacino con quelli che ho scavato nel cerchio interno.

— Mettili dentro — ordina Mimi con una voce dura.

Con un tremito, prendo i chiodi che ho battuto col martello e li inserisco uno alla volta. Tra le mie dita sudate sembrano untuosi.

Mimi è seduta sul letto. La sua mano, stretta nella mia, è umida. L'orribile calotta di cuoio è stretta intorno al suo cranio e le schiaccia i capelli. Sembra che la sua testa abbia assunto una forma strana e deforme. Le fasce di legno circondano la fronte, crudele caricatura dell'aureola di un santo. Deglutisco a vuoto. Non riesco a guardare i chiodi di metallo che intaccano la sua pelle diafana, le estremità luccicanti che ho affilato fino a rendere sottili come aghi. Fisso il suo grembo, l'orlo della gonna, le pantofole di velluto.

Non sono più un bambino, penso, e o Dio, o Gesù, maledizione, so cos'è quel marchingegno. Le mie lacrime sono calde e copiose, scorrono giù per le guance. Riesco a malapena a vedere, col petto squassato dai singhiozzi.

— Imre — dice, — credo che tra poco sarò con Joseph e Constantin. Li sento molto vicini adesso, ed è da loro che mi manderai.

— Non posso! Non posso! — Il mio intero corpo comincia a tremare. — È la morte, è la tua morte! Non farmelo fare — sussurro.

— Pensa al tormento. A una confusione e a una sofferenza peggiori della morte...

— Non è nemmeno morte! È non-esistenza — urlo. — Il non-essere, il nulla...

— No — scuote la testa. — C'è il cuore, lo spirito...

— Cuore e spirito non sono nulla senza la mente!

Mi lancia un debole sorriso, come se nascondesse un qualche segreto.

— Allora dì a te stesso che è libertà, Imre. Un'eternità di libertà. — Piega la testa all'indietro, fissando un orizzonte che non posso vedere. — *Bilovem*.

Una nota di trepidazione che non riesco a comprendere conferisce vivacità alla sua voce. Affondo il viso tra le mani, gemendo.

— Guardami — dice Mimi, i miei occhi bagnati si sollevano a fatica, incrociano i suoi. Non leggo paura, solo desiderio di pace. — Dammi quello che cerco.

Tiene la schiena diritta. Le spalle tirate all'indietro, il mento sollevato. Sotto le sopracciglia scure gli occhi sono divenuti enormi e fissi, come se stesse scrutando in un altro mondo, al di là di questo.

La sua mano stringe la mia – solo una volta – le mie dita si contraggono e sussultano, ma il suo tocco è leggero e delicato come le ali di una falena.

Le bacio le labbra. La sua bocca, ancora posata alla mia, sussurra: — Ti amo, Imre. — Il suo viso minuto è bagnato delle mie lacrime. Non riesco a guardarla negli occhi, quei scintillanti occhi viola che presto saranno morti, ottusi...

— L'ammansimento — dice. — Deve solo essere fatto in fretta. — Riecheggia le parole dette da mio padre tanto tempo prima. — Dopo non c'è più dolore.

Le mie mani si sollevano, tremanti. Le fredde flange di metallo – simili alle ali spiegate di una falena morta – sono strette tra le mie dita, le mie ginocchia sono diventate molli e acquose.

— Mimi — dico, poi mi blocco. Non ho parole per esprimere tutto quello che porto nel cuore. Le dita mi fanno male e pulsano intensamente contro il metallo.

— Chiudi gli occhi, amore mio — sussurra lei con dolcezza, — e liberami adesso. In fretta...

— In fretta — ripeto le parole della mia amata.

E poi, Dio mi aiuti, giro le viti con un unico movimento e pianto quei chiodi infernali nel suo cervello.

# Epilogo

L'ammansimento. Ormai è quasi l'alba. Siedo sul letto. Le sto ancora tenendo la mano. Le parlo, le dico che l'amo, che la desidero. Ma lei non risponde. È così immobile.

Ho rimosso l'orrenda calotta, estrarre i chiodi dal suo cervello è stato tanto difficile quanto è stato piantarli. Credo che non dimenticherò mai quel suono nauseante, come di un coltello sfilato via dalla polpa umida di un melone. Rabbrividisco. – Cristo – sussurro.

Ho lavato via il sangue dalle guance di Mimi con una spugna, ogni tanto le carezzo i soffici capelli scuri con delicatezza. Li pettino verso il basso per coprire quei due buchi profondi, così che non debba guardarli ancora.

– Oh Gesù. L'ammansimento – esclamo ad alta voce. Lancio un'occhiata all'anello di Joseph che porto al dito. È giallo pallido nella luce grigia. Mimi aveva sentito che lui e Constantin la stavano aspettando – nonostante fosse lontana dall'anello. Io invece non sento nulla.

Siedo con la calotta insanguinata sulla mia testa, il cuoio nero premuto contro lo scalpo, le punte di metallo che intaccano la pelle. Sto cercando di sondare il futuro, di vedere oltre la Terra. Mimi l'ha fatto; ha intravisto la pace oltre questo tempo. Ma per me non c'è più nulla, nessun futuro di qualche tipo senza di lei, penso, chinando la testa sul petto. Al limite estremo della mia visuale riesco a scorgere i cerchi di legno; mi attraversa una scarica di terrore, il mio cuore sobbalza con uno spasmo doloroso.

Ho un potere che non oso e non voglio usare. Il mio sguardo vaga per la stanza e scorgo l'osceno amuleto, la mano annerita poggiata nel suo letto di velluto color porpora. La mano può reclamare la mia anima, penso, finché non sarò sicuro che non c'è più una mente, nulla da poter ghermire, dovrò fronteggiare un tormento senza fine.

Non pensare all'ammansimento, fallo e basta! mi dico. Ma non avrò mai la forza per girare quelle viti, penso, e visualizzo Mimi, la luce svanita dai suoi occhi, il sangue che gocciola e scorre in rosse linee frastagliate sul viso, colando sulle labbra.

Nella mia immaginazione vedo me stesso abbassare la testa come un toro pronto a caricare, e poi correre a tutta velocità sbattendo contro il muro. I chiodi penetrano in profondità nel cranio. La carrozza ondeggia con forza sui ceppi.

E poi?

Poi mia figlia troverà il mio corpo e quello di sua madre. E se strisciasse pensosa nella stanza per guardarci, troverebbe la scatola? Una scatola con una mano? La troverebbe. E il talismano canterebbe la sua canzone da sirena, e se lei lo toccasse avvertirebbe quel potere malato, la sensazione martellante sulle dita. Caldo, freddo e confusione. Ne sarebbe disgustata, e attratta. Ancora e ancora. Una conoscenza velenosa filtrerebbe nel suo cervello.

Osservo la cicatrice bitorzoluta sul mio polso, simile a un grasso verme incollato alla pelle; il mio cuore diventa gelido e penso: o Cristo, la reclamerebbe! Con te fuori gioco, Lenore la reclamerebbe! E Anyeta vincerebbe.

Mi alzo in piedi di scatto e strappo via il congegno dalla mia testa. Lo scaglio attraverso la stanza, la corona ruota su se stessa. I chiodi si staccano dai cerchi di quercia e rotolano avanti e indietro sulle assi, sbatacchiando come ossa sul legno.

Bruciala, dice una voce nella mia testa. Brucia tutto. Lenore non deve venire a conoscenza di tutto questo, non deve vedere il corpo di sua madre, spezzato, che sanguina sul letto.

Il mio sguardo si sposta sulla scatola di rame, il mio cuore batte di una gioia folle quando penso al maligno talismano consumato dal fuoco. La cicatrice livida sul polso comincia a pulsare. Ignoro il dolore. Comincio a svuotare le lanterne a olio una a una. I vapori cominciano a levarsi tutt'intorno. Colmo di gioia, infradicio il pavimento, schizzo il liquido sulle tende. Corro su per le scale, mi piego sotto il basso soffitto. Inzuppo il soppalco, sentendo l'olio che gocciola giù per gli interstizi, scrosciando sul pavimento sottostante. Dabbasso, dalla scatola si leva un lamento simile a un canto funebre. Un gemito da banshee cresce d'intensità quando mi avvicino alla mano mummificata. *Imre, oh Imre*, piange. Mi tappo le orecchie, inzuppando la carne di cherosene oleoso. Attraverso la cucina e infine torno accanto al letto.

Guardo Mimi per l'ultima volta. Voglio crederci, spero sia con Joseph e Constantin...

E poi la vedo. Mi sfugge un debole grido, la lampada a olio mi scivola di mano con un tonfo. Distante, sento il liquido versarsi con un gorgoglio.

C'è una piccola luce, una scintilla dorata che sboccia al centro del petto di mia moglie. È il suo cuore, penso, ipnotizzato, circondato da raggi di luce danzanti. Poi vedo delle mani – pallide come latte – che si allungano verso di lei.

L'accenno di un sorriso spettrale si materializza su un viso rotondo. Il corpo tarchiato di un uomo paffuto cola nella stanza come un raggio di luna. Scorgo l'ovale luccicante di un volto magro dominato da occhi penetranti.

– Constantin! Joseph! – urlo.

Constantin si gira e mi sorride – solo per un secondo, credo – ma le loro facce pallide sono rivolte verso Mimi.

Joseph allunga una mano dentro di lei. All'improvviso la scintilla gialla diventa un granulo luminoso tra le sue dita, poi è come se stessi guardando Mimi uscire dal proprio corpo. Il viso è giovane, il viso di un bambino.

Mi frego gli occhi, alzo lo sguardo. Ma non c'è nulla.

– Sei uno stupido – dico a me stesso, tirando su col naso. – Erano i tuoi occhi appannati, prede di un'allucinazione. Non c'è nulla, e lei se n'è andata.

Mi chino per raccogliere la pesante lampada di vetro e la sollevo per finire ciò che ho cominciato. Sono in piedi davanti a lei, sul punto di versare il cherosene, e in quel momento scatta qualcosa nella mia testa.

— Il suo viso — sussurro, allungando una mano per poi tirarmi indietro. Perché non è il viso di mia moglie, non è il corpo di Mimi quello disteso sul letto. Anyeta giace scomposta sul materasso, deformata dal tempo e dall'età. Attraverso i capelli bianchi e disordinati vedo due buchi incrostati di sangue brunastro nel punto in cui i chiodi sono penetrati in profondità nella carne avvizzita. Gli occhi ossidiana di quella vecchia puttana sono morti, scuri.

Mia moglie, la mia amata, è davvero con i suoi amici adesso.

Raggiungo la soglia e accendo un fiammifero, mi torna in mente un passo della poesia che era l'epitaffio di Joseph e Constantin. — Ogni cosa riposa — dico, — e matura verso la tomba. Matura in silenzio, cade, cessa di essere. Riposa — dico a Mimi, — non vagheremo mai più.

Lancio il fiammifero con uno scatto delle dita. Arde debole per un istante sulle vecchie assi; poi divampa brillando quando incontra l'olio della lanterna. C'è un'ondata cangiante di fiamme blu che cominciano a ribollire come un mare in tempesta, il risucchio dell'ossigeno consumato con ferocia. Il fuoco comincia a sollevarsi caldo e giallo lungo le pareti, correndo folle verso il soffitto, il soppalco.

Chiudo la porta di schianto; scendo i gradini, la luce del sole mi avvolge.

Mi allontano. In un lampo, alle mie spalle, la carrozza è una pira bruciante, le fiamme ruggiscono verso il pallido cielo mattutino.

C'è Lenore per cui vivere e amare, penso. Tra poco andrò a svegliarla. Una voce saggia — forse quella di Joseph — mi parla, dicendomi che potrei usare il potere ancora una volta. Ma non voglio, e non lo farò.

Chiudo gli occhi e mi concentro. Chi possiede la mano del morto può guarire. Lenore non ricorderà nulla. Solo che mia moglie l'amava, che sua madre è morta quand'era giovane.

Penso al talismano. La scatola sta diventando nera per il calore, il rame si sta sciogliendo. Cenere. Lenore sarà al sicuro. Per sempre. Il suo futuro, i suoi sogni d'infanzia saranno al sicuro. E chi può dire che non diventerà davvero la dama di compagnia dell'Imperatrice?

Sollevo la mano, osservando la spessa cicatrice che serpeggia intorno al mio polso peloso. So che andrò incontro a quel tormento senza fine, a meno che... a meno che... Accantono il pensiero. Perlomeno, allora, Lenore sarà una donna matura, sistemata. Arriverà il giorno in cui non avrà più bisogno di un padre. È difficile dire quando. Sarò vecchio, penso...

L'ammansimento.

Schermandomi gli occhi dal bagliore rovente, mi volto e guardo la carrozza che brucia. Quando le fiamme moriranno, salirò le scale della carrozza sgangherata di Joseph e sveglierò mia figlia.

Mi tornano in mente le parole del vecchio. I morti hanno dei segreti, Imre, ma più cose conosci del futuro più il tuo compito sarà difficile. Aveva ragione, ovviamente; ma adesso credo che siano proprio le cose più difficili a renderci liberi.

*Bilovem.*

Guardo il fumo scuro che s'innalza in una densa nube nera, e penso. Sì, sì, verrà il giorno in cui conoscerò la libertà dell'ammansitore.

# L'autrice

Lisa Mannetti, autrice statunitense, ha vinto il Bram Stoker Awards® nel 2009 col suo romanzo d'esordio *The Gentling Box* (Shadowfall Publications e Nightscape Press, tradotto in Italiano da Kipple Officina Libraria col titolo di *Torture Sottili*, 2016) ed è stata finalista a questo prestigioso premio per ben quattro volte, nel 2015 con la novella *The Box Jumper* (Smart Rhino Publications), nel 2013 col racconto *The Hunger Artist* (in *Zippered Flesh 2*, Smart Rhino Publications) e nel 2010 con la novella *Dissolution* (in *Deathwatch*, Nightscape Press) e col racconto *1925: A Fall River Halloween*, (nel magazine *Shroud* #10, tradotto in Italiano da Delos Digital col titolo di *1925: Un Halloween a Fall River*, 2014).

La sua novella *The Box Jumper*, con protagonista Harry Houdini, ha vinto inoltre il This Is Horror Award 2015 nella categoria "Novella of the Year". Dal suo racconto, *Everybody Wins* è stato tratto un cortometraggio diretto da Paul Leyden, dal titolo *Bye-Bye Sally*. Tra le altre sue opere: *The New Adventures of Tom Sawyer and Huck Finn* (Shadowfall Publications, 2011), *Deathwatch* (Shadowfall Publications, 2011), *51 Fiendish Ways to Leave your Lover* (Bad Moon Books, 2010) e i racconti più recenti:, "Corruption" (in "Nightscapes Volume 1", 2013), *Esmeralda's Stocking* (in *Never Fear: Christmas Terrors*, 13Thirty Books, 2015), *Resurgam* (in *Zombies: More Recent Dead,* a cura di Paula Guran, 2016) e *Almost Everybody Wins* (in *Insidious Assassins* a cura di Weldon Burge, 2015). Tra le sue opere in uscita, il romanzo *Radium Girl* e il racconto *Arbeit Macht Frei* (in *Gutted: Beautiful Horror Stories*).

Lisa Mannetti vive a New York in una vecchia casa di cento anni con due gatti neri gemelli, di nome Harry Houdini e Theo.

Sito web: www.lisamannetti.com